가족 살인

가족 살인
MURDER IN THE FAMILY

카라 헌터
장선하 옮김

MURDER IN THE FAMILY
by Cara Hunter
Copyright ⓒ Cara Hunter 2023
All rights reserved.
Korean translation copyright ⓒ 2025 by Cheongmirae Publishing Company.
Korean translation rights arranged with Johnson & Alcock Ltd. through EYA Co., Ltd.

이 책의 한국어판 저작권은 EYA Co.,Ltd.를 통해 Johnson & Alcock Ltd. 와 독점 계약한 도서출판 청미래가 소유합니다. 저작권법에 의하여 한국 내에서 보호를 받는 저작물이므로 무단 전재 및 복제를 금합니다.

옮긴이 장선하(張善河)
대학에서 영문학을 전공했고, 현재 캐나다에 살면서 번역에이전시 엔터스코리아에서 출판기획자 및 전문번역가로 활동 중이다. 옮긴 책으로 『다크』, 『푸틴의 러시아 : 러시아의 굴곡진 현대사와 독재자의 탄생』, 『이웃집 커플』, 『킬링 케이트』, 『집 안의 타인』, 『클락 댄스』, 『The Art of 해리 포터 : 해리 포터 출간 20주년 기념 영화 오리지널 아트북』 등이 있다.

편집, 교정_김미현(金美炫)

가족 살인
저자 / 카라 헌터
역자 / 장선하
발행처 / 도서출판 청미래
발행인 / 김실
주소 / 서울시 용산구 서빙고로 67, 파크타워 103동 1003호
전화 / 02 · 739 · 1661
팩시밀리 / 02 · 723 · 4591
홈페이지 / www.cheongmirae.co.kr
전자우편 / cheongmirae@hotmail.com
등록번호 / 1-2623
등록일 / 2000. 1. 18
초판 1쇄 발행일 / 2025. 6. 30

값 / 뒤표지에 쓰여 있음
ISBN 979-11-990205-1-1 03840

지혜와 인내, 유머와 한결같은 통찰력을 지닌
나의 에이전트 애나 파워에게 바친다.
그녀 없이는 모든 일이 불가능했을 것이다.

가족 살인　　　　　　　　　　9

감사의 말　　　　　　　　　581

옮긴이 후기　　　　　　　　583

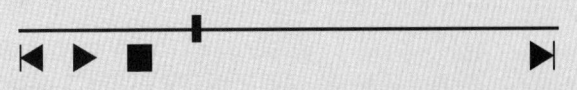

「타임스」, 2023년 11월 8일

방송 프로그램

그리고 한 사람이 있었다

「인퍼머스」에 충격적인 클라이맥스를 선사한
애거사 크리스티급 반전

로스 레슬리

어제 방송을 끝으로 막을 내린 「인퍼머스」의 최신 시리즈가 마지막 순간에 누구도 예상치 못한 숨 막히는 반전을 터뜨리며 시청자들을 충격의 도가니로 몰아넣었다.

「인퍼머스」는 쇼러너의 가을 시즌 프로그램 가운데 가장 돋보였던 히트작으로, 10월 3일에 처음 공개된 이후로 한 번도 인기 순위 TOP 10 밖으로 밀려난 적이 없을 정도로 시청자들의 뜨거운 관심을 받아왔다. 스트리밍 서비스가 없던 시절, 정해진 시간에 TV에서만 방영하는 프로그램을 시청하고 다음 날 회사에서 삼삼오오 모여 수다를 떨던 그때로 돌아간 듯한 기분까지 자아냈다. 제작사가 프로그램을 시작할 때, 요즘 유행하는 "몰아보기" 추세에 편승하지 않고 매 회차를 천천히 한 편씩 공개하기로 결정하는 데에는 큰 용기가 필요했겠지만, 결과는 대성공이었다. 덕분에 어젯밤 시리즈의 피날레로 동시에 공개된 두 편의 회차에서는 스크린 밖에서 실제로 일어난 사건들을 있는 그대로 화면에 담을 수 있었다.

이번 시즌의 형식은 "인퍼머스" 프랜차이즈가 처음 도입한 방식으로, 아마 많은 시청자들에게 참신하게 여겨졌을 것이다. 그러나 나는 어젯밤 마지막 회의 끝을 보며 지난 몇 주일 동안 우리가 본 것이 불후의 명작인 『그리고 아무도 없었다』의 현대적인 재해석이라는 생각이 들었다. 애거사 크리스티 원작인 이 책은 그를 이은 모든 세대의 범죄 추리소설 작가들에 의해 계속해서 재창조되어왔다. 그중 지금은 고인이 된 위대한 작가 P. D. 제임스의 작품이 가장 높은 평가를 받고 있으며, 좀더 최근에는 루시 폴리와 사라 피어스 같은 작가들이 눈에 띈다. 외부와 단절된 소수의 낯선 사람들은 그들 가운데 버젓이 살인자가 숨어 있다는 무시무시한 사실을 깨닫고 서로를 의심하기 시작한다.

어젯밤, 결국 모든 사실이 드러났다. 물론 여기서 그게 누구라고 밝힐 생각은 없다. 그러나 시리즈 전체를 처음부터 다시 보면서 어쩌다 중요한 단서들을 놓쳤는지 되짚어볼 시청자가 나뿐만은 아닐 게 분명하다.

★★★★★
@RLeslieTV

10개월 전

Showrunner

2023년 1월 9일

「인퍼머스」의 새로운 시즌,
지난 20년간 해결되지 않은 새아버지 살인사건을
재추적하는 영국의 영화감독을 따라가다

런던 현지에서 촬영하는 「누가 루크 라이더를 죽였나?」,
지금까지 한 번도 공개되지 않은
홈비디오 영상과 유가족 인터뷰, 그리고 범행 현장 특별 공개 예정

「인퍼머스 : 누가 루크 라이더를 죽였나?」
10월 3일 화요일 밤 9-11시(동부 시각)
쇼러너에서 첫 공개

세계적인 인기를 얻은 「인퍼머스」의 일곱 번째 시즌은 영국의 영화감독 가이 하워드가 자신의 어린 시절에 엄청난 충격을 안겨주었을 뿐 아니라 지난 20년 동안 온 가족을 괴롭혀온 사건 속으로 시청자들을 안내한다. 하워드가 열 살이었던 2003년 10월, 그의 새아버지 루크 라이더가 런던의 부촌에 있는 자택의 정원에서 살해당한 채 발견되었다. 오랜 기간 영국 사법 당국이 강도 높은 조사를 벌였음에도 불구하고 범인은 아직 잡히지 않았고, 결국 사건은

미제로 남았다.

새로운 형식을 도입한 이번 "인퍼머스" 프랜차이즈는 드라이 라이저 필름 사의 닉 빈센트가 제작을 맡아서 사건을 다시 짚어본다. 여전히 잡히지 않은 살인자를 찾기 위해서 당시 사건에 연루되었던 주요 인물들을 비롯해 범죄 현장 조사, 법정 심리학, 경찰 조사반과 법률 분야의 전문가들을 한자리에 모았다. 출연진은 다음과 같다.

앨런 캐닝	경감, 런던 경찰청MET(퇴직)
미첼 클라크	기자, 2003년 당시 「런던 프레스」에 관련 기사 기고
휴고 프레이저 KC	영국 형사사건 담당 주요 법조인
라일라 퍼니스 박사	법정 심리학자
JJ 노턴	법의학 수사관, 사우스웨일스 경찰서
윌리엄 R. 세라피니	형사, 뉴욕 경찰국NYPD(퇴직)

프로그램 기획에 몇 개월간 노력을 쏟아부어 완성된 이 7부작 시리즈는 출연진이 당시의 증언을 재조사하고 목격자들을 다시 인터뷰하며, 사건 발생 후 지금까지 발전한 최신 법의학 기술을 동원하여 2003년 당시의 증거들을 재검토하는 과정을 따라갈 예정이다. 또한 출연진은 그날 밤에 벌어진 일들과 관련하여 지금껏 한 번도 카메라 앞에 서지 않았던 피해자의 유족들도 인터뷰할 예정이다.

쇼러너의 실화 기반 콘텐츠 책임자인 개릿 홀벡은 다음과 같이 말했다.

이번 시즌의 새로운 형식을 통해 느껴질 속도와 긴장감에 기대가 큽니다. 시청자들에게 이 중요한 사건을 조사하는 과정을 직접 경험할 기회를 제공하고, 더 나아가 피해자 유족에게 오랫동안 기다려온 해답을 찾아줄 수 있기를 희망합니다.

「인퍼머스 : 누가 루크 라이더를 죽였나?」는 살인사건으로부터 20주년이 되는 10월 3일 화요일(밤 9–11시, 동부 표준 시간)에 쇼러너에서 첫 공개될 예정이다. 추후 회차들은 한 편씩 순차적으로 공개된다.

2014년에 처음으로 대중에게 선보인 이후 몇 차례 수상 이력이 있는 「인퍼머스」는 드라이 라이저 필름 사가 쇼러너를 위해 제작한 시리즈다. 리얼크라임 장르에서 두각을 나타내며 호평을 받은 이 프로그램은 과거 존베네 램지 사망사건, 로런 스피어러 실종사건, 2001년 오스트레일리아에서 발생한 피터 팔코니오 살인사건, 영국에서 발생한 커밀라 로완의 "카멜레온 소녀" 사건과 같은 악명 높은 미제사건들을 다룬 바 있다. 이 시리즈는 예리한 보도와 깊이 있는 분석, 사건과 가장 밀접한 사람들에게 접근하는 특종들로 정평이 나 있다.

닉 빈센트의 드라이 라이저 필름 사는 연예 및 다큐멘터리 프로그램 분야에서 혁신적인 선두주자로 인정받고 있다. 이전 프로젝트로는 도미니크 시프리아니가 제작, 감독한 「붉은 연등 : 중국에서의 여행」(2016), 루디 아사드가 제작한 「리얼 홈랜드 : CIA의 내면」(2018), 베스 맥베이가 제작한 「콜롬비아 마약왕을 쫓아서」(2019)가 있다. 「인퍼머스」는 닉 빈센트가 제작을, 파비오 배리가 편집을, 타렉 오스만이 조사를 맡고 있다. 「인퍼머스」의 일곱 번째 시즌은 잭 켈러만과 매리-앤 밸린저가 촬영을 맡았고 그래픽은 미디엄레어 크리에이티브가, 음악은 팬골린 사운드 스튜디오가 담당했다.

가이 하워드는 영국 타넷 대학교에서 영화와 미디어학을 전공했고 다수의 영국 TV 프로젝트 작업에 참여했다. 「인퍼머스」의 일곱 번째 시즌은 그의 첫 번째 주요 작품이다.

미디어 문의
크산테 몰트하우스
드라이 라이저 필름 리미티드
xanthe@dryriserfilms.com

편집자를 위한 메모
출연진에 관한 추가 정보는 뒤에 첨부했습니다. 필요에 따라 참가자의 인터뷰 및/혹은 배경 설명 가능합니다. 자세한 내용은 크산테 몰트하우스에 연락 바랍니다.

다음은 출연진의 공식 이력서입니다.

앨런 캐닝
ALAN CANNING

경감, 런던 경찰청(퇴직)

이력	**런던 경찰청** Metropolitan Police Service **런던 경찰청 브렌트 자치구 경감** 2009-2022 • 자치구 내 주요 범죄 사건, 사고 담당 • 사건별 경찰 자원 계획 및 할당 • 런던 경찰청 정책과 기준 실행 • 의정 담당자와 시민 단체 사이의 연락 담당 **형사** 런던 경찰청 헤이스 & 할링턴 2001-2009 **제복 경사** 런던 경찰청 사우스크로이던 1995-2001 **형사 순경** 런던 경찰청 브릭스턴 힐 1990-1995 **제복 순경** 런던 경찰청 사우스크로이던 1984-1990
학력	**경찰 사관학교** 헨던, 1984 **칼라일 로드 고등학교** 크로이던, 1972-1984 6개 과목 "O" 레벨 취득 5개 과목 "CSE" 취득
인적 사항	생년월일 1967년 5월 5일 결혼 여부 기혼 자녀 없음
취미	골프, 독서, 여행

래드브로크 그로브,
런던 W11

미첼 클라크 (미치 클라크)
프리랜서 기자

자기소개
1982년 래드브로크 그로브에서 나고 자랐다. 아버지는 자메이카, 어머니는 그레나다 출신이며 부모님 모두 자랑스러운 윈드러시 세대(제2차 세계대전 후 노동력이 부족해진 영국 정부의 적극적인 이민 정책으로 옮겨온 카리브 해 등지의 옛 식민지 시민들/옮긴이)다. 지금의 나와 내가 소중히 여기는 가치(내 인종, 내 계급, 내 친구들 등)은 모두 부모님의 가르침으로부터 형성되었다. 나는 있는 그대로의 진실을 명확하게 말한다. 흑인의 시선으로, (때로는) 백인의 시선으로.

하는 일
뉴스 보도
누구에 관해서든, 무엇에 관해서든 언제나 직설적이고 대담하게 보도한다.

특징
내 이웃과 공동체와의 깊고 오랜 결속감을 바탕으로 철저히 조사해 깊이 있고 설득력 있는 기사를 작성한다.
　내 기사는 지난 30년간 「웨스트런던 이브닝 뉴스」를 비롯해 「데일리 미러」, 「보이스」, 「뉴 스테이츠먼」에 실렸다.

he/him

변호사 핫 100, 2022
#thelawyerhot100

휴고 프레이저 KC

4년 연속으로 이 목록에 이름을 올리는 전례 없는 기록을 세운 프레이저는 법정에서 카리스마 넘치는 탁월한 능력을 발휘하며 최고의 전성기를 구가하고 있으며, 소속 사무실의 대표 자리가 비면 그 자리에 올라 사무실을 이끌어갈 유력한 후보자이기도 하다. 당대 왕실 고문 변호사들 가운데 두각을 나타내며 모두의 인정을 받는 프레이저는 어렵고 까다로운 사건들도 피하는 법이 없으며, 극도로 복잡한 증거도 설득력 있고 효과적인 방법으로 설명한다. 이튼 출신의 학력뿐만 아니라 고급스러운 패션 감각으로도 유명한 그는 두둑한 배짱과 창의적인 사고방식, 명석한 두뇌에 자신감까지 고루 갖추고 있다. 그가 동료들 사이에서 두각을 나타내는 것은 당연하다.

라일라 퍼니스
법정 심리학자 / 임상 심리학자

프로필
- 보건 및 사회복지 직업 자문위원회 공인 법정 심리학자
- 영국 심리학협회 회원
- 영국 심리학협회 공인 심리학 실습 지도교수

현업
퍼니스 어소시에이츠, 옥스퍼드
창립자 및 주요 활동가

전문 분야
- 범죄 심리학적 평가
- 재판 전 평가 및 전문가 증언 제공, 특히 폭력적인 '연쇄' 범죄자 전문
- 개인 성격 및 가족 내 상호작용, 트라우마 관련 상담

학위
- 법정 심리학 과정, 영국 심리학협회 2009
- 임상 심리학 박사학위 2002
- 심리학 연구 방법론 석사 1999
- 심리학 학사 1996

경력
영국 교도소 관리 기관에서 근무할 당시 성인 수감자 보호 구역과 청소년 범죄자 교정 시설에서 일했으며, 런던, 리버풀, 더비셔의 국민 보건 서비스 소속으로 약물 및 알코올 의존, 인격장애 및 아동 성범죄와 같은 분야를 담당.

대표 저술
'Dissociation in Criminal Forensic Psychology', *The Psychiatrist*, Summer 2020

'Beyond Mindhunter: Profiling Current Approaches to Serial Killers', *Clinical Psychology Journal*, Winter 2016

'Crime and PTSD', *British Journal of Psychiatry*, June 2013

'Cognitive Analytic Therapy in the Treatment of Serial and Violent Offenders', *American Papers in Forensic Psychology*, Fall 2006

'Towards a more Humane Understanding of Dissociative Personality Disorder', *The Psychiatrist*, Summer 2004

'Far Gone: Dealing with Grief and Absence', Paper presented at EABCT conference, Manchester, 2002 (as Laila Khan)

이력서

➡ **법의학 수사관, JJ 노턴입니다.**

20년 이상 이 분야에서 활동하고 있으며 버밍엄 대학교에서 법의학 학사를, 허더즈필드 대학교에서 석사학위를 취득했습니다. 광역 맨체스터 경찰서, 글로스터셔 경찰 지구대에서 근무했으며 현재는 사우스웨일스 경찰서에 소속되어 있습니다.

전문 분야

- DNA 분석
- 혈흔 분석
- 법의학
- 탄도학
- 화재 현장 조사
- 독성학
- 디지털 수사
- 법인류학
- 곤충학

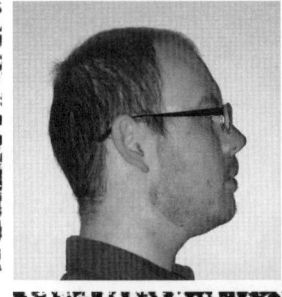

기타 사항

- 「사일런트 위트니스」(BBC 범죄드라마 시리즈/옮긴이)의 한 회차에서 파란 장갑을 낀 손으로 등장.
- 부검 참관 378회. 그중에는 위에서 떨어진 그랜드 피아노에 깔린 남자, 번개에 맞아 죽은 사람 3명, 범고래에게 반쯤 먹힌 사람도 있었음.
- 법의학을 공부하기 전에 신부의 길을 고려했음.
- 멘사 회원.
- 타란툴라 거미를 키운 적이 있음.
- 태권도 검은 띠.
- 리얼크라임 쇼는 한 번도 시청한 적 없음.

윌리엄 R. 세라피니 주니어(빌 세라피니)
탐정 서비스

자랑스러운 전직 뉴욕 경찰

"사설탐정에게 바라는 모든 것을 갖춘 서비스"
— 고객 만족평

경력

NYPD의 맨해튼 형사로 30년간 근무하면서 살인사건 350여 건, 성범죄 250여 건을 비롯해 셀 수 없이 많은 강도, 주거 침입, 방화, 약물 범죄 및 노상강도 범죄를 다루었다.

수천 건의 범죄 현장에 있었고 그만큼 수많은 범죄자를 겪었다. 용맹함으로 여섯 차례 표창을 받았고, 세 번의 총상을 입었으며(한 번은 거의 치명상이었다), 두 번 결혼했다(이 역시 한 번은 치명적이었다).

FBI, 런던 경찰청 및 유로폴과 공조했다.

지금까지의 경험을 토대로 범죄 현장 조사, 범인 프로파일링 작성, 피해자 연구 등 수사 절차 전반에 걸쳐 매우 광범위하고 해박한 지식을 습득했으며, 설령 내가 모르는 부분이 있더라도, 그 부분을 잘 아는 사람을 알고 있으리라 확신한다.

나를 뽑아야 하는 이유? 내 사전에 포기란 없다.

죽는 한이 있더라도 맡은 일을 책임지고 완수한다. 설마 죽기야 하겠냐는 마음가짐이다.

기술

- 정직함
- 진실함
- 솔직함
- 끈기
- 현명한 판단력
- 결단력
- 용기
- 신중함

- 보도 자료 끝 -

닉 빈센트의 촬영 개시 이메일, 2023년 3월 31일

날짜 2023/03/31 금요일 14:05

중요도 상

발신 닉 빈센트

수신 가이 하워드, 휴고 프레이저, 앨런 캐닝, 미치 클라크, 라일라 퍼니스, 빌 세라피니, JJ 노턴

참조 타렉 오스만, 파비오 배리, 드라이 라이저 제작팀

제목 「인퍼머스 : 누가 루크 라이더를 죽였나?」 촬영 일정 건

지난주에 마침내 모두를 직접 만나뵙고 정말 기뻤습니다. 본격적인 촬영에 들어가기 전에 서로를 만나보는 일은 늘 도움이 되지만, 말씀드렸다시피 첫 편에서는 출연진 소개 시간을 마련해 시청자들이 과도한 정보의 홍수에 빠지지 않는 선에서 여러분 각자의 배경을 소개할 예정입니다(언론사들과 달리 시청자들은 여러분의 이력서를 직접 볼 수 없답니다!).

그때 다 같이 대화하면서 서로에게 거리낌 없이 질문하세요(경력이나 전문 분야 등). 긍정적인 것도 좋고 부정적인 것도 좋습니다. 그런 상호작용이 화면에 역동성을 부여하는 중요한 역할을 할 겁니다. 게다가 시청자들이 영국과 미국의 사법 및 법률 절차상 차이를 이해하는 데에도 도움이

되겠죠. (➡앨런/빌/휴고)

앞서 말씀드렸듯이, 첫 편에서는 여러분이 이미 알고 있는 정보들을 재확인하는 과정이 필요합니다. 시청자들에게 현재의 상태를 알려주기 위해서죠. 그러나 그후 촬영은 대체로 자유롭게 진행될 겁니다. 조사에 필요한 특정 요소들에 대해서는 조사팀이 별도로 작업을 진행하고 있고, 그 부분에 대해서는 여러분에게도 알리지 않을 계획입니다. 이 모든 과정이 미리 "리허설"을 거친 듯 보이지 않는 것이 매우 중요하기 때문입니다. 우리가 바라는 대로 프로그램이 진행되는 동안 의미심장한 새 증거를 발견하게 된다면, 여러분 모두 정말로 놀라는 모습을 보여주시기 바랍니다. 물론 이 사건은 여전히 조사가 진행 중인 사건이며, 어쩌면 우리는 지금 우리의 예상과는 전혀 다른 결론에 다다를지도 모릅니다.

다음 주 촬영 계획 중에 몇 가지 수정 사항이 생겨서 새로 수정된 계획서를 첨부합니다. 질문 있으시면 저나 타렉에게 이메일이나 왓츠앱으로 연락해주십시오.

월요일에 뵙겠습니다.

닉

어밀리와 모라 하워드가 주고받은 문자 메시지

2023년 4월 1일 밤 9시 56분

> 결국 끝까지 밀고 나가겠대?

>> 그런 거 같아. 넌 어떻게 생각할지 모르지만 가이한텐 중요한 문제니까.

>> 가이한테 이렇게 큰 기회 다시는 없을 거야.

> 그래, 자기도 그렇게 말하더라.

>> 넌 안 해도 돼, 엄. 사실 넌 빠지는 게 좋을 것 같기도 해.

> 내가 볼 땐 우리 **모두** 하지 말아야 해.

> 엄마가 알면 "펄쩍 뛰실" 거야.

>> 글쎄, 엄마가 그럴 수 있는 상태도 아니고….

> 그런 문제가 아닌 거 언니도 알잖아.

가이는 무슨 일이 있어도 강행할 거야. 우리끼리 티격태격해봤자야.

알았어. 무슨 일 있으면 연락해, 알겠지?

그 사람들이 뭐라도 알아내면 말이야.

그럴 가능성이 있겠니?

무슨 짓을 할지 모르지.

다른 사람들 인생을 엉망으로 만들어놓고 자기들이 어떤 피해를 끼쳤는지는 신경도 안 쓰는 인간들이니까.

그건 나도 알아. 내 말 알겠지? 나만 믿어. 나쁜 일이 생기게 두고 보지만은 않을 거야.

약속할 수 있어?

약속해. X

피터 라셀레스에게 남겨진 음성 메시지

2023년 4월 2일 오전 10시 3분

피터? 앨런 캐닝입니다. 정말 오랜만입니다. 루크 라이더 사건을 다시 파헤치는 쇼러너 사의 새로운 시리즈에 저도 출연한다는 이야기는 아마 들으셨을 겁니다. 이번 주에 제게 잠시 시간을 내주실 수 있을까요? 도움이 될 것 같아서요. 우리 둘 다에게요.

다시 연락드리죠.

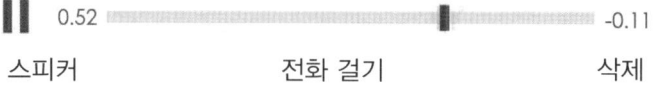

스피커　　　　　　전화 걸기　　　　　　삭제

제1화

촬영

드라이 라이저 필름 Ltd.
227 셔우드 가, 런던 W1Q 2UD

출연	콜시트	제작	닉 빈센트
앨런 캐닝		감독	가이 하워드
미첼 클라크	**인퍼머스**	편집	파비오 배리
휴고 프레이저	누가 루크 라이더를 죽였나?	조사원	타렉 오스만
라일라 퍼니스		제작 보조	제니 테이트
JJ 노턴	2023년 4월 3일 월요일	야외촬영 관리	가이 존슨
빌 세라피니			

출연자 대기 0900
카메라 준비 0930

제1화
현장 3일 중 첫째 날

현장 아침 식사 8 : 30 ~
점심 식사 12 : 45 ~
예상 촬영 종료 17 : 30

일출 06 : 27
일몰 19 : 37
일기예보 12도, 흐림

장소	참고
도니 저택	현장에 일부 주차 가능(사전 예약 필수)
2 라버트 가	가까운 전철역 | 홀랜드 파크
캠든 힐 런던 W8 0TF	비상 전화 07000 616178

팀원 명단

직책	이름	휴대전화	전화번호	이름	휴대전화	전화번호

타이틀 시퀀스 범죄 현장과 뉴스 보도 장면, 가족 사진 및 짧은 영상들이 아트하우스식 흑백 몽타주로 이어진다.

주제곡 밥 딜런의 "It's Alright, Ma(I'm Only Bleeding)" — 1969년 영화 「이지 라이더」 삽입곡 중에서

제목

인퍼머스

페이드인

누가 루크 라이더를 죽였나?

페이드아웃

어두운 배경이 깔리고, 여성 해설자의 목소리와 함께 글이 나온다.

> 2003년 10월 3일 금요일 밤, 런던 서부의 부유한 동네에서 누군가 경찰을 불렀습니다.
> 　신고자는 어린아이로, 응급 구조요원이 정확한 내용을 파악하지 못할 정도로 엄청난 충격에 휩싸여 있었습니다.
> 　사고였을까요? 가정폭력? 아니면 강도의 소행이었을까요?
> 　경찰이 발견한 것은 시신이었습니다.
> 　정원으로 이어지는 계단 끝에 있던 그 시신은 얼굴과 머리를

> 심하게 두들겨 맞은 상태였습니다.
> 집 안에는 아무도 없었습니다. 큰 충격에 빠진 10대 소녀 2명과 2층에서 자고 있던 그들의 어린 남동생뿐이었죠.

페이드아웃

장면 전환 가이가 도니 저택의 거실에 앉아 있다. 프랑스식 창문과 다소 옛날 스타일의 가구들이 보이고, 창문 너머로는 정원이 내다보인다. 가이는 마른 체격에 강렬한 푸른 눈동자와 어두운 금발의 소유자다. 한쪽 귀에 귀걸이를 했고, 은팔찌와 크롬 시곗줄이 달린 비행기 조종사 스타일의 묵직한 손목시계를 차고 있다. 청바지에 흰 셔츠 차림이다. 제작자인 닉 빈센트가 화면 밖에서 가이를 인터뷰한다.

닉 빈센트   당신이 그 어린 남동생이었군요.

가이 하워드   그렇습니다.

닉 빈센트   10대 소녀들은 당신의 누나들이었나요?

가이 하워드   (끄덕이며) 모라 누나가 열다섯 살, 어밀리 누나가 열세 살, 나는 열 살이었어요. 모라 누나가 신고했죠.

닉 빈센트   모라가 시신을 발견했어요?

가이 하워드   네.

닉 빈센트   누구였지요?

가이 하워드   루크 라이더요. 제 새아버지였습니다.

장면 전환   뉴스를 비롯한 다양한 보도 방송에서 나오는 소리가 배경음으로 깔리고, 당시 신문에 실렸던 헤드라인을 담은 이미지들이 몽타주로 이어진다.

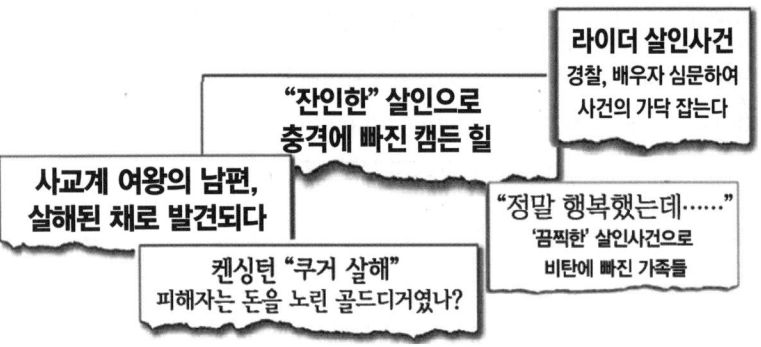

뉴스 자료 1

무자비하게 구타당한 루크 라이더(26세)의 시신이 캠든 힐에 있는 그의 부인의 저택 정원에서 발견된 지 2주일 이상이 지났지만, 런던 경찰청은 범인에 대해 아무 단서도 확보하지 못한 듯 보입니다. 라이더 부인은 그날 밤 파티에 참석 중이었고, 당시 집에 있던 사람은 그녀의 열 살배기 아들뿐이었습니다. 참혹한 현장은 밤 10시 30분경 극장에서 돌아온 부인의 딸들에 의해 발견되었습니다.

목소리 1(길거리에서 만난 여성)

정말 끔찍한 일이에요. **아주 끔찍해.** 지금도 무서워서 혼자 밖에 못 나가는 친구들이 있어요. 밤에는 말할 것도 없고요. 그런 범죄는 우리 동네에선 정말 있을 수 없는 일이에요.

목소리 2(전화를 걸어온 남성)

부인이 한 짓이 틀림없어요. 아니면 누가 그랬겠어요? 누가 죽일 생각을 하겠냐고요. 더구나 아무도 모르게 그 집에 들어간다는 건 불가능하잖아요. 제 생각엔 남자가 바람을 피우다 걸린 게 분명합니다. 그런 게 처음 있는 일도 아니고요, 안 그렇습니까.

뉴스 자료 2

무자비하고 잔인한 살인사건이 벌어진 것도 모자라서 피해자의 부인인 캐럴라인 라이더가 자신보다 훨씬 나이 어린 남성과 결혼했다는 이유만으로 런던 경찰로부터 부당한 의심을 받고 있다는 비난의 목소리가 커지고 있습니다.

조사를 지휘 중인 피터 라셀레스 경위는 어제 "집 안에서 살인사건이 발생하면 피해자와 가장 가까운 사람들을 최우선으로 심문한 뒤 그들을 조사 대상에서 제외하는 것이 수순이며, 지금도 그 단계를 거치고 있을 뿐"이라고 말했습니다.

목소리 3(캐럴라인의 친구)

캐럴라인의 십년지기로서 말하는데 캐럴라인은 절대 범인이 아니에요. 그 앤 그런 짓을 할 사람이 아니에요. 언론에서 뭐라고 떠들든 캐럴라인과 루크는 정말 행복했어요. 전 그가 죽기 며칠 전에도 두 사람이 함께 있는 걸 봤고, 두 사람 사이에서 불편한 긴장감 같은 건 전혀 느낄 수 없었어요.

더구나 캐럴라인이 루크를 죽이고 자기 **자식들**이 시신을 발견하도록 내버려뒀다는 생각은 정말 터무니없는 발상이에요. 그녀를 아는 사람이라면 누구나 이렇게 말할 거예요. 정말 말도 안 되는 소리예요.

뉴스 자료 3

이 사건은 "쿠거(연하의 남성을 만나는 돈 많은 여성을 지칭하는 속어/옮긴이) 살인사건"으로 알려졌지만, 10년 이상 지난 지금까지 캐럴라인 라이더가 연하의 남편을 살해했다는 증거는 없으며, 그녀가 기소되지도 않았습니다. 아니, 누구도 기소되지 않았습니다.

장면 전환   처음과 같은 실내, 가이.

닉 빈센트   지금이 2023년이니까 사건으로부터 거의 20년이 되었군요. 왜 지금 다시 그 사건을 들추려는 거죠?

가이 하워드   진실을 알고 싶기 때문입니다. 이게 영화감독으로서 내가 하는 일이기도 하고요.

이 사건은 거의 20년간 우리 가족 주위를 맴돌며 끊임없이 우리를 괴롭혔습니다. 누군가 나서서 범인을 밝히고 그를 감옥에 가두기 전까지 우리는 평화를 되찾을 수 없을 겁니다.

닉 빈센트   어머니가 편찮으시다고 들었습니다.

가이 하워드   (고개를 끄덕이며) 초기 치매 판정을 받으셨습니다. 이제 겨우 예순이십니다. 이 살인사건은 우리 가족 전체를 망가뜨렸지만, 그 누구보다 큰 타격을 받은 사람은 어머니이시죠.

닉 빈센트   그럼 이 프로그램으로 어머니의 무죄를 입증하고 싶은가요? 그래서 이 프로그램을 맡은 겁니까?

가이 하워드   난 진실을 밝혀내고 싶습니다. (잠시 침묵) 그 진실이 무엇이든 말입니다.

몽타주   캠든 힐을 담은 영상. 벽돌과 치장 벽토로 이루어진 4층 저택의 정면, 보도를 따라 두른 철책, 길게 낸 창문들과 연철 발코니들, 등나무를 비롯한 나무들이 비친다. 거리에는 고급 차들이 주차되어 있고, 개를 데리고 유아차를 밀고 가는 엄마들이 보인다.

해설자

이제 그 진실을 찾기 위한 여정이 이곳에서 시작됩니다.
이곳은 아마 여러분이 들어본 적 없는 런던의 최고급 부촌일 겁니다. 메이페어도, 벨그라비아도, 사우스 켄싱턴도, 첼시도 아닙니다. 이곳은 바로 런던의 W8 지구, 캠든 힐입니다. 인접해 있는 노팅힐은 휴 그랜트와 줄리아 로버츠가 출연한 1990년대 영화의 대성공 덕분에 세계적인 명소가 되었지만, 고급스럽고 나무가 울창한 캠든 힐은 널리 알려지지 않았죠. 그래서 사생활을 중시하는 부자들이 많이 거주하고 있습니다.

최근 시세를 기준으로 보자면, W8 지구의 아파트 한 채 가격은 1,000만 달러에 달합니다. 게다가 이런 빅토리아풍 저택이라면 그 가격의 2배가 훌쩍 넘죠. 그러나 바로 이 집, **이 집**은 급이 다른 최고의 저택입니다.

장면 전환 하늘에서 도니 저택을 찍은 드론 영상. 드넓은 땅과 너른 정원이 화면에 등장한다.

도니 저택이 지어진 1760년대, 이 지역은 런던에 속하지 않았습니다. 마을의 일부조차 아니었죠. 당시에는 캠든 하우스라는 오래된 자코비언 양식의 맨션이 있었습니다. 이 지역의 명칭 또한 그 집에서 유래했지만, 그 집은 1862년 화재로 소실되었습니다. 그 외에는 집 주변에 드문드문 자리한 작은 건물 몇 채가 전부였죠.

장면 전환 해설이 나오는 동안, 낡은 캠든 하우스에 이어서 켄싱턴과 나이츠브리지 마을이 표시된 1810년 런던 지도가 등장한다.

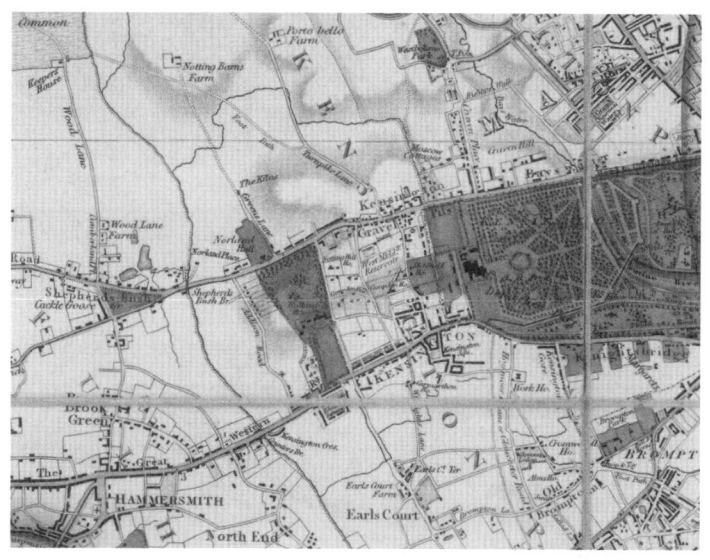

그 당시 캠든 힐로 올라가면 눈앞에 넓은 평원이 펼쳐지고 "런던"의 굴뚝과 첨탑들은 저 멀리 흐릿하게만 보였을 겁니다.

장면 전환 1900년대 초 도니 저택의 사진.

처음부터 도니 저택이라는 이름이 붙은 건 아니었습니다. 사실 처음에는 한 채의 집도 아니었죠.

　1850년대 중반쯤 서로 인접한 작은 집 두 채를 합쳐서 훨씬 커다란 집 한 채를 만들었고, 새 주인이 그 집을 "개발하기" 시작하면서 부속 건물들이 새롭게 추가되었습니다. 여기에 오렌지 나무 온실과 마구간이 생기면서 1800년대 말에는 귀족들이 탐낼 만한 저택의 모습이 갖춰졌습니다.

몽타주 빅토리아 시대 집들의 사진이 여러 장 이어진다. 여름옷을 입은 사람들이 차를 마시거나 테니스를 치는 모습과 집 정면과 안뜰의 외부 샷, 거실과 현관 홀, 모닝 룸과 같은 다양한 실내 샷이 이어진다.

이때가 바로 지금 우리가 아는 런던, 기차역과 상점이 빼곡한 거리가 들어선 지금의 런던이 막 탄생한 시점이었습니다.
1900년에 도니 저택 주위의 넓은 평원은 사라진 지 오래였습니다. 좁은 시골길은 도로로 바뀌었고, 새로 지어진 집들의 반짝반짝 빛나는 테라스들이 도니 저택을 에워쌌습니다. 그러다 보니 어느새 길가에서는 도니 저택이 보이지 않게 되었습니다. 그리고 그것은 지금도 마찬가지입니다.

장면 전환 카메라 도니 저택을 향해 길가를 따라 올라가다가 클로즈업한다. 방범 카메라는 보이지 않는다.

여기에 라버트 가로 연결되는 은밀한 입구가 있습니다. 그러나 문이 열려 있어도 진입로가 조금밖에 보이지 않습니다. 집주인의 이름 대신 숫자 2가 붙어 있고, 출입용 키패드만 있습니다. 그곳에 저택이 있는지 알고 있지 않다면 모르고 지나칠 가능성이 크지요.
1800년대 후반, 도니 저택 주변으로 주택들이 우후죽순으로 지어졌습니다. 그 틈에서 도니 저택이 건재했다는 사실은 일종의 기적이라고도 볼 수 있습니다. 그 당시에도 개발업자들이 집

집마다 문을 두드리고 다녔을 것입니다. 그들은 매번 도니 저택을 찾을 수 있으리라 생각했겠지요. 이 정도 크기의 땅이라면 오늘날 그 가치가 얼마나 될지 상상할 수 있을 겁니다. 그러나 저택은 그대로 유지되었고, 제1차 세계대전 시기에 하워드 집안이 도니 저택의 주인이 되었습니다.

카메라 무빙 카메라가 빙 돌아서 현관 입구에 서 있는 가이를 비춘다.

가이 하워드 우리 가족입니다.

몽타주 가이의 어린 시절을 담은 홈비디오가 이어진다. 그네를 타는 모습, 강아지와 함께 있는 모습, 어린이 수영장에서 친구들과 노는 모습. 가이의 뒤쪽으로 캐럴라인과 앤드루 하워드를 비롯한 여러 어른들도 보인다.

해설 — 가이 하워드

저는 도니 저택에서 태어났습니다. 누나들도요. 어린 시절을 보내기에는 더할 나위 없이 훌륭한 곳이었어요. 집 내부는 좀 복잡합니다. 적어도 2층은 그래요. 오랫동안 집을 확장하면서 생긴 계단과 복도, 다락, 애매한 모퉁이 공간들이 많거든요. 어린 제게는 마치 마법의 성 같았죠. 심지어 지하실도 있었어요. 우린 그걸 지하 감옥이라고 불렀는데, 사실 아버지의 포도주 창고였습니다.

여름이 되면 나뭇잎이 무성해져서 다른 집이 잘 보이지 않을 정도였어요. 그래서 그곳이 런던이라는 사실도 잊고 아무도 모르는 비밀의 정원에 있는 듯한 기분이 들었죠. 땅이 아주 넓어서 누나들을 위한 조랑말도 있었어요. 물론 크기가 작은 셰틀랜드 종이었지만, 그래도 말은 말이니까요. 그것도 **런던** 시내에서요. 누나 친구들이 수시로 몰려와서 차례로 말을 타곤 했습니다. 덕분에 학교에서 누나들 인기가 대단했답니다.

장면 전환 하워드 부부의 결혼식 영상. 아래쪽에 "앤드루와 캐럴라인 하워드"라는 자막이 나온다. 그리고 아기일 때, 어린아이일 때, 교복을 입었을 때 등 자녀들의 성장 시기에 따른 여러 장의 가족 사진이 이어진다.

부모님은 1987년에 결혼하셨습니다. 아버지는 두 번째 결혼이었어요. 아버지는 서른아홉, 어머니는 스물넷이었습니다.

자료 화면 하워드 가의 가계도

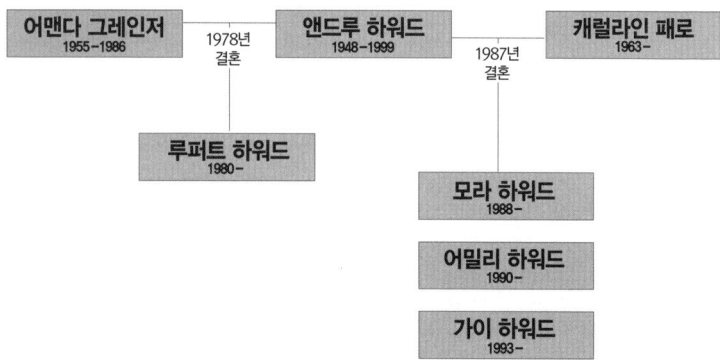

모라 누나는 부모님이 결혼한 지 1년쯤 지나서 태어났고, 어밀리 누나는 1990년, 저는 1993년에 태어났습니다. 배다른 형도 있는데 형은 대개 학교에 있었어요. 이튼에 다녔죠.

제 기억에 부모님은 사람들을 집으로 곧잘 초대하셨습니다. 저녁이 되면 항상 집에 사람이 북적였어요. 그럴 때면 우리는 2층에만 머물러야 했습니다. 누나들은 가끔 사람들을 구경한다며 몰래 엿보기도 했지만 저는 조금도 흥미가 없었습니다.

재연 2명의 어린 소녀가 난간 사이로 아래층 넓은 거실에서 술을 마시는 어른들을 훔쳐본다. 거실 한쪽에는 활기차 보이는 "캐럴라인"이 활짝 웃고 있고, 반대편에는 "앤드루"가 말없이 서 있다.

그런 다음 날이면 온 집에 담배 냄새가 지독했고, 쓰레기통 옆에는 빈 병들이 잔뜩 쌓여 있었습니다. 어머니는 "두통"에 시달렸어요. 어머니가 그런 파티를 여는 걸 정말 좋아했는지는 잘 모르겠습니다. 파티에 오는 사람들은 대개 "친구들"이 아니었거든요. 부모님께는 사실 친구가 없었어요. 최소한 두 분이 같이 친하게 지내는 사람은 없었죠. 아버지는 파티에 한 번도 초대하지 않은 남자들과 골프를 치고 어머니는 낮에 외출하곤 했는데, 우리에게 "점심 식사 친구들"을 만나러 간다고 말씀하셨습니다. 집에서 여는 파티에 그 사람들이 참석한 걸 본 적은 없습니다.

디너파티에 오는 사람들은 주로 아버지가 사업상 아는 사람들이었어요. 은행가, 변호사, 금융업계 사람들이요. 아버지는 "시내에서 한자리" 하셨어요. 그런 얘기가 나올 때마다 어머니가 그렇게 말했죠. 당연히 전 그 말이 무슨 뜻인지 몰랐습니다. 아버지가 무슨 일을 하는지 알기 훨씬 전이었으니까요. 어렸을 때 제가 아는 거라고는 아버지가 주말을 제외하고는 집에 있는 날이 거의 없다는 점뿐이었습니다. 주말에도 늘 집에 계신 건 아니었죠.

하지만 집에 계실 때에는 언제나 우리를 위해 잠시라도 시간을 내셨어요. 물론 그 당시에는 그렇게 생각하지 않았지만요. 다만 저와 놀아주시던 아버지의 모습은 기억합니다.

장면 전환 도니 저택의 정원에서 아버지와 크리켓을 하는 가이의 모습을 담은 영상. 가이가 아버지에게 공을 던지면 앤드루는 가이가 공을 쉽게 잡을 수 있도록 일부러 공을 하늘로 쳐올린다. 공을 잡은 가이가 환호성을 지르며 뛰어다니고 앤드루가 가이를 번쩍 들어올려 안아준다. 이 모습을 보는 캐럴라인과 딸들. 딸들은 바닥에 깐 깔개 위에, 캐럴라인은 야외용 의자에 앉아 있다. 캐럴라인은 얼굴에 그늘을 드리울 만큼 챙 넓은 모자를 쓰고 유리잔을 들고 있다. 다른 생각에 빠진 듯하다.

이때가 1999년 여름이에요. 밀레니엄 돔(새천년을 기념하기 위해 런던 북부 템스 강 강변에 세워진 건축물/옮긴이)이 막 문을 열었고, 빌 클린턴의 탄핵 재판이 부결되었고, 코소보에는 전쟁이 일어났던 해죠. 하지만 제가 기억하는 1999년은 그런 것과는 다릅니다. 그때가 온 가족이 함께 보낸 마지막 여름이었거든요. 그해 크리스마스에는 아버지가 돌아가시고 안 계셨습니다.

재연 흑백 영상. 어린 소년이 소파에 앉아 있고 주위에 어른들이 부산하게 움직이고 있다. 화면에는 바삐 오가는 어른들의 다리만 보인다. 어두운 조명 탓에 사람들의 그림자가 길게 늘어진다.

갑자기 행성에 충돌한 것처럼 느닷없이 벌어진 일이었습니다. 몇 년 후에 어머니로부터 아버지에게 병이 있었다는 이야기를 들었지만, 당시에는 누구도 우리에게 그런 말을 해주지 않았어요. 어느 주말에 아버지가 저만 데리고 홀랜드 파크에 갔을 때 그 일이 벌어졌습니다. 갑자기 아버지에게 심장마비가 왔고 그걸로 끝이었죠. 나중에 사람들에게 그렇게 들었습니다. 솔직히 저는 당시 상황을 전혀 기억하지 못하거든요. 분명 보긴 **봤을 텐데**, 기억이 없습니다. 하지만 사람들이 계속 내게 괜찮냐고 물어봤던 건 기억합니다.
　어쨌든 아버지가 돌아가신 후 집에는 사람들이 북적였어요. 아버지 생전에 거의 본 적도 없는 고모와 사촌들도 왔고, 처음 보는 남자들도 양복을 입고 찾아왔습니다. 그리고 루퍼트도요. 배다른 형이죠. 그게 루퍼트에 대한 저의 첫 기억입니다.

장면 전환 도니 저택의 거실에 앉아 있는 모라 하워드. 서른다섯 살인 모라는 호리호리하고 단정하며 수수하다. 옅은 청록색 셔츠를 입고 길게 늘어진 은귀걸이와 목걸이 세트를 착용했다. 부유층 출신다운 당당함과 여린 구석이 동시에 보인다. 다크서클이 있고, 말을 하면서 목걸이를 만지작거린다. 가이 하워드가 화면 밖에서 인터뷰한다.

모라 하워드　　그때 루퍼트는 열아홉 살이었어요. 아직 학교에 다녔지만, 사실 "옥스브릿지" 때문에-

가이 하워드　　미국 시청자들을 위해 설명하자면, 옥스브릿지는 옥스퍼드와 케임브리지 대학교의 입학시험을 치르는 걸 말합니다. 그래서 한 학기 더 학교에 다녔죠.

모라 하워드　　맞아요. 아무튼 루퍼트는 우리랑 수준이 달랐고 우리를 불쌍하게 봤죠. 별다른 이유도 없이 그럴 수 있으니까 그런 거예요. 나도 그땐 몰랐어요. 그저 루퍼트가 "수준이 높다"고 생각했죠. 엄마는 자기가 인정하는 사람들한테만 그 말을 썼거든요. (웃음) 어쩌면 그냥 넥타이를 매서 그랬는지도 모릅니다.
　　나는 루퍼트가 부러웠어요. 대학에 진학하고 나면 집에 살면서 이래라저래라 시키는 일을 하지 않아도 되니까요. 어린아이와 어른을 가르는 마법 같은 경계선을 넘어간 거죠. (숨을 들이마신다)
　　게다가 루퍼트는 당연하다는 듯 관도 들었어요. 아버지 관이요. 아들이자 상속인, 뭐 그런 의미죠. (가이를 똑바로 바라봤다가 고개를 돌린다)

장면 전환 가이, 같은 방, 다른 각도.

가이 하워드   장례식에 대해서 누구도 우리에게 제대로 설명해주지 않았어요. 제 기억으로는 장례식 전날 엄마와 앨리스 고모 사이에 큰 말다툼이 있었습니다. 나중에 알게 된 일이지만 앨리스 고모는 우리가 장례식에 참석하는 걸 원치 않았답니다. 아직 너무 어리다고요. 지금 생각해보면 고모 말이 맞았던 것 같아요.
　누나들은 열한 살, 아홉 살이었고, 나는 겨우 여섯 살이었어요. 뭔가 아주 불행한 일이 일어났다는 건 알았지만, 그 상황을 적절하게 받아들이고 이해하기에는 터무니없이 어렸죠. 검은 옷을 입은 사람들, 아버지 관을 싣고 가는 이상한 차, 땅에 파놓은 구덩이. 마치 내가 읽었던 동화책의 내용이 현실로 나타난 것 같았습니다. 『호빗』 같은 그런 책이요. 하지만 분명 즐거운 내용은 아니었죠.
　루퍼트 형과 대화를 한 기억은 별로 없습니다. 기대하지도 않았죠. 전 어리둥절하고 혼란에 빠진 한낱 어린아이에 불과했으니까요. 누구도 내게 신경 쓰지 않았어요. 그러니 형이 뭣 때문에 내게 관심을 보이겠어요?
　몇 년이 지나고서야 깨달았죠. 루퍼트 형은 그때 제가 어떤 상태였는지 알고 있었다는 걸요. 형도 저와 똑같은 상황을 겪었으니까요. 제 나이일 때 형의 친어머니가 돌아가셨는데 역시 갑작스러운 일이었습니다. 아버지 때와 마찬가지로요. 하지만 형은 한 번도 그 일을 이야기한 적이 없어요. 우린 형제인데도 동생인 저를 앞혀놓고 괜찮냐고 묻지도, 안아주지도 않았습니다. (고개를 떨군다)

장면 전환 모라.

모라 하워드 그후로 안 좋은 일들이 이어졌어요. 집이 텅 비었죠. 우리와 엄마만 남기고 모두 떠난 거예요. 엄마는 몇몇 구혼자들과 "만남"을 가졌고, 여전히 점심 약속을 위해 외출하셨죠. 하지만 더 이상 파티는 없었습니다.

엄마는 담배가 늘었고 "두통"에 자주 시달렸어요. 일하는 사람들이 우리를 돌봐줬죠. 이름은 기억이 나지 않지만 가정부가 있었는데 그녀도 얼마 가지 않아 떠났고, 어떤 여자가 와서 청소와 빨래를 했어요. 엄마는 그런 집안일을 싫어했기 때문에 늘 사람을 고용했죠. 베아트리스, 이름이 베아트리스였어요. 우린 그녀를 좋아했어요. 베아트리스가 우리를 잘 챙겨줬거든요. 특히 가이를 예뻐했어요.

그리고, 물론 루퍼트도 있었어요. 이런저런 이유로 루퍼트를 아주 자주 보게 되었습니다.

몽타주 루퍼트 하워드의 어린 시절 모습. 도니 저택에 있는 모습, 부모님과 함께하는 모습, 이튼에 있는 모습, 케임브리지 대학교 시절의 모습들이 이어진다.

해설자

루퍼트 하워드는 1980년에 태어났습니다. 앤드루와 첫 번째 부인 어맨다 사이의 유일한 자녀였죠. 어맨다가 교통사고로 사망했을 때 루퍼트는 고작 여섯 살이었습니다. 어맨다가 음주운전을 했다는 소문이 돌았지만, 공식적으로 발표된 사고 원인은 빙판길로 인한 미끄러짐 사고였습니다.

캐럴라인은 원래 하워드 집안의 보모였습니다. 앤드루 하워드가 아내가 사망한 지 몇 주일 만에 캐럴라인과 결혼한 건 큰 스캔들을 일으켰지요.

장면 전환: 「데일리 메일」의 사교계 칼럼 사진.

보모에서 백만장자로

데일리 메일 재닛 알덴 기자

건축업자의 딸로 헐에서 자란 캐럴라인 패로는 런던의 최고 부촌 가운데 한 곳에서 많은 사람이 꿈꾸는 삶을 일구고 있다.

24세인 캐럴라인은 런던의 백만장자이자 유력인사인 39세 앤드루 하워드의 집에서 보모로 일한 지 겨우 2년 만에 저택의 안주인으로 신분이 상승될 예정이다.

정보통에 의하면 "결혼식은 올여름에 있을 예정"이며, "어맨다가 사망한 지 얼마 되지 않은 탓에 두 사람은 이 결혼이 어떻게 보일지 매우 조심스러워하고 있다"고 한다.

해설자

어맨다가 죽기 훨씬 전부터 앤드루가 캐럴라인과 바람을 피운 게 분명하다고 확신하는 사람들이 많았다는 점은 그리 놀라운 일이 아닙니다. 물론 앤드루는 매번 부인했지요.

심지어 어맨다의 자동차 사고도 단순한 "사고"가 아닐지 모른다는 의심을 제기하는 사람들도 있었습니다. 물론 그렇다고 공공연하게 말하는 사람은 없었죠. 런던 W8 지구 주민들은 그렇게 행동하지 않습니다.

진실이 무엇이건 간에 새 커플이 결혼식을 올린 지 몇 개월 지나지 않아서 도니 저택에 뭔가 문제가 있다는 소문이 돌기 시작했습니다.

캐럴라인은 친구들에게 루퍼트가 "반항"을 하고 "침울하다"고 하소연했습니다. 앤드루가 분위기를 풀어보려고 애썼지만 루퍼트는 점점 더 자신의 외가 친척들과 많은 시간을 보냈고, 열세 살이 되자마자 짐을 싸서 이튼으로 떠나 명절 때나 가끔 집에 들른다는 것이었습니다.

장면 전환 도심의 사무실에 있는 루퍼트 하워드. 양복을 입고 안경을 꼈으며 밝은 주홍색과 붉은색이 섞인 MCC 넥타이를 매고 있다. 아버지를 많이 닮았다.

루퍼트 하워드 그 여자를 좋아했는지 묻는 거라면, 아니요, 물론 **좋아하지** 않았습니다. 증오했어요. 전 제 어머니와 아주 가까웠기 때문에 덮어놓고 무조건 캐럴라인이 싫었습니다. 그런 상황에선 어떤 여섯 살짜리라도 그랬을 겁니다.
    그 여자가 그럴 만한 행동을 했느냐고요? 아마 아니겠죠. 하지만 전 그 여자를 따뜻하게 대한 적도 없고, 믿지도 않았습니다. 그리고 커갈수록 그러길 잘했다는 확신이 더 강하게 들었습니다.

장면 전환   노트북으로 루퍼트의 인터뷰 내용을 듣고 있는 가이의 모습. 씁쓸한 미소를 짓고 있다. 화면 밖에서 제작자인 닉 빈센트가 가이 하워드를 인터뷰한다.

가이 하워드   형의 이야기가 놀랍지는 않습니다. 늘 자기가 무슨 생각을 하는지 숨기지 않았거든요. (어깨를 으쓱하며) 제가 형 입장이었어도 아마 그렇게 느꼈을 거예요.

닉 빈센트   요즘 두 사람 사이는 어떻습니까?

가이 하워드   그렇게 자주 만나지는 않습니다. 형은 다음 선거에서 국회의원 후보로 나설 예정이라 대부분의 시간을 슈롭셔에서 보내면서 그 지역 보수당 지지자들과 어울리느라 바쁘거든요.
    하지만 질문에 대답하자면, 사이가 나쁘지는 않습니다. 우리 생각이 다르다는 걸 인정하고 더는 논의하지 않죠. 불필요한 갈등을 일으킬 만한 문제는 피합니다.
    F와 관련된 이야기는 꺼내지도 않습니다. 패밀리의 F 말이죠.

닉 빈센트 그래서 직접 루퍼트를 인터뷰하지 않는 건가요? 왜 다른 사람이 하길 원했죠?

가이 하워드 (몸을 뒤척이며) 이 프로그램의 목적은 진실을 찾는 겁니다. 그런 면에서 어떤 부분들은 내가 하기보다는 다른 사람들에게 맡기는 편이 더 나을 수도 있죠.

닉 빈센트 방금 한 말대로 가족 이야기가 불필요한 갈등을 일으킬 수 있다면, 루퍼트가 이 프로그램에 참여하겠다고 한 것 자체도 놀랍다고 생각하는 사람들이 있을 것 같군요.

가이 하워드 직접 물어보세요. 아마 자기는 숨길 게 없다고 말할 겁니다.

장면 전환 루퍼트.

루퍼트 하워드 (미소를 지으며 손을 쫙 편다) 저요? 전 숨길 게 없습니다. 무엇이든 숨길 게 없어요. 루크가 죽던 날 런던에 있지도 않았고요. 그리고 미리 말하지만 캐럴라인에게 미안한 마음 따위 없습니다.

(잠시 말을 멈췄다가) 그렇지만 루크는 다릅니다. 루크에게는 죄책감을 느낍니다. 모든 게 다 제 탓인 것 같거든요.

장면 전환 얼굴을 희미하게 처리한 사건 현장 사진. 시신이 계단 맨 아래쪽 바닥에 등을 대고 대大 자로 널브러져 있다. 바닥에는 갈라진 틈들이 있고 왼쪽 위로는 삽과 작업 도구들이 보인다. 비가 내리고 있었던 것이 분명하지만, 시신의 머리 주위에는 핏자국이 넓게 퍼져 있다.

해설자

루크 라이더가 살해당한 시점은 그가 캐럴라인 하워드와 결혼한 지 1년이 조금 넘었을 때였습니다. 오스트레일리아 서부의 도시 캘굴리 출신인 그는 당시 스물여섯 살이었습니다. 우리가 알기로 그의 유일한 직업은 바텐더였으며, 처음에는 시드니에서, 그후에는 그리스에서 일했습니다.

루크 같은 사람이 캐럴라인 하워드와 우연히 맞닥뜨릴 가능성은 아주 희박합니다. 그럼에도 불구하고 그는 캐럴라인을 만났고, 2년 후에 목숨을 잃었습니다.

루크 라이더의 살인자로 기소된 사람은 없습니다. 사람들을 경악하게 하고, 경찰을 당혹스럽게 만들고, 어린 의붓자식 3명의 인생을 완전히 뒤바꾼 이 사건은 아직 미제로 남아 있습니다.

그러나 사건 발생 20년이 다 되어가고 DNA 연구와 법의학이 많은 발전을 이룬 지금, 어쩌면 이 사건을 다시 살펴볼 때가 왔는지 모릅니다.

어쩌면 지금이 루크 라이더를 죽인 살인자를 정의의 심판대에 세워 하워드 가족의 고통에 마침표를 찍을 때인지도 모릅니다.

장면 전환 도니 저택의 식당. 닉과 가이가 출연진과 함께 탁자에 둘러앉아 있다. 닉은 면도를 하지 않았고, 희끗희끗해지기 시작한 검은 머리를 어깨까지 늘어뜨렸다. 푸른색 면 셔츠를 입었고 왼쪽 손목에 구슬 팔찌와 플라스틱 팔찌를 여러 개 차고 있다. 가이는 검은 티셔츠를 입었다. 탁자 위에는 여러 장의 종이와 사진, 물잔, 커피포트, 노트북 여러 대가 놓여 있다. 이젤 위에 세워진 화이트보드와 메모판도 보인다. 메모판에는 앞서 보았던 여러 장의 사진(집의 외관, 현관문, 가계도 등)이 붙어 있다.

카메라 무빙 메모판의 사진들을 클로즈업해서 훑고 마지막으로 여러 장의 가족사진을 화면에 담는다. 제작자인 닉 빈센트가 입을 연다.

닉 빈센트 (탁자에 둘러앉아 있는 사람들을 둘러보며) 이제 여러분이 나설 때입니다. 이 사건을 해결하려면 자타공인 각 분야의 최고가 필요하기 때문에 여러분을 이 자리에 모셨습니다. 형사 사법 체계 각 분야의 전문가들이시니까요. (출연자 몇몇이 미소를 짓거나 소리 없이 웃는다)
　보시다시피 우리가 있는 이곳이 도니 저택, 살인사건이 일어난 바로 그 장소입니다. 지금까지 경찰과 유족을 제외한 다른 사람이 이 집에 들어온 건 처음입니다. 사건 현장을 살펴볼 특별한 기회죠. 어쩌면 그날 밤 정말 무슨 일이 있었는지 밝힐 수 있을지도 모릅니다. (커피가 든 병을 가리키며) 커피도 스튜디오에 있는 것보다 더 맛있습니다. (여러 명이 웃는다)

놀랍게도 오늘이 우리가 한자리에 모인 첫날입니다. 그러니까 다소 쑥스럽더라도 누구나 거치는 절차를 밟도록 하죠. 한 사람씩 돌아가면서 자기소개 부탁드립니다. 먼저 시작하시겠어요, 앨런?

카메라 무빙 한 명씩 자기를 소개하는 출연자의 얼굴을 비추고 화면에는 이름과 직업 및 직위가 자막으로 뜬다.

첫 번째 클로즈업 대상은 앨런이다. 그는 어두운색의 재킷에 넥타이를 매고 안경을 썼고, 살짝 구겨진 흰 셔츠를 입었다. 흰머리가 섞인 짧은 머리에 야윈 얼굴이다. 다소 날카롭고 짧게 끊는 말투가 신경질적으로 들린다.

앨런이 자기소개를 하는 동안 화면에는 소리 없는 참고 영상이 나온다. 과거 그가 맡았던 사건을 다룬 뉴스들에서 발췌한 영상으로, 기자들로부터 질문을 받는 앨런의 모습 등이 담겼다.

앨런 캐닝 런던 경찰청 출신 퇴직 수사관 앨런 캐닝입니다. 살인사건을 전문으로 담당했죠. 30년 이상 범죄 수사를 맡았고 이 사건이 벌어졌을 때에도 현직에 있었습니다. 당시 조사팀에 소속되지는 않았지만요.

카메라 무빙 휴고. 50대 초반이지만 나이보다 젊어 보인다. 폭이 넓은 세로줄 무늬 정장에 분홍색 셔츠를 입고, 남색과 흰색이 섞인 넥타이를 맸다. 재킷 안쪽으로 물결무늬의 붉은색 실크 안감이 보인다. 노련하고 자신감 넘치는 태도와 약간의 우월감이 느껴진다.

휴고 프레이저   휴고 프레이저 KC입니다. 영국 출신이 아닌 분을 위해 설명하자면 KC는 왕실 고문 변호사를 지칭하는 약자입니다. 영국과 웨일스의 형사재판 변호사협회 상임 멤버로 1997년부터 각종 사건의 변호와 기소를 담당하고 있습니다.

카메라 무빙   미첼(미치). 나이는 40대, 짧게 깎은 머리, 안경을 썼으며 짧게 깎은 수염에 새치가 섞여 있다. 데님 셔츠를 입고 무늬 있는 실크 스카프를 맸다.

미첼 클라크   미첼 클라크이고 기자입니다. 20년 이상 국내 중앙지 및 런던 지역 언론에 기사를 쓰고 있습니다.

닉 빈센트   그게 다가 아니죠, 아마?

미첼 클라크   (손에 든 펜을 돌리며) 그렇습니다. 라이더 살인사건이 발생한 그 밤에 현장에 가장 먼저 도착했습니다. 사실, 경찰보다도 먼저 갔죠.

가이 하워드   어떻게 그렇게 됐는지는 조사를 진행하면서 더 자세히 알아보기로 하죠. 다음으로, 라일라 박사님?

카메라 무빙   라일라. 40대 후반에 올리브빛 피부, 수수하지만 완벽한 화장, 짧은 은발. 녹색 새틴 블라우스에 실크 스카프를 맸고 금팔찌를

찼다. 외모에 신경을 많이 쓰는 사람임이 엿보인다.

라일라 퍼니스   법정 심리학자 라일라 퍼니스입니다. 런던 경찰청과도 협업했고 브로드무어를 포함해 영국의 여러 감옥에서 일했어요. 연쇄살인범 전문입니다.

가이 하워드   분명히 말씀드리자면 루크가 연쇄살인범에게 희생되었다는 증거는 어디에도 없었습니다.

라일라 퍼니스   (고개를 끄덕이며) 맞아요. 그런 증거는 없었죠. 하지만 이 자리에 계신 경찰분들도 아시다시피 하나의 가능성에 초점을 맞추기 전에 있을 법한 **모든** 가능성을 확인할 필요가 있으니까요.

빌 세라피니   그 말에 동의합니다.

카메라 무빙   윌리엄(빌). 그는 모든 면에서 커다랗다는 느낌을 준다. 체격도 크고 존재감도 상당하다. 온화해 보이지만 잘못 건드렸다간 큰일 날 것 같은 느낌이다. 다소 작아 보이는 정장 옷깃에 미국 성조기 핀을 달고 있다.

빌 세라피니   퇴직 뉴욕 경찰관 빌 세라피니라고 합니다.

자료 화면   빌의 옛날 모습이 몽타주로 이어진다. 제복을 입은 모습, 메달을 받는 모습, 평상복 차림의 모습.

빌 세라피니   살인, 성폭행, 방화, 어린이 유괴, 갱단 범죄 등 어지간한 사건은 다 겪었습니다. (미소) 물론 내가 범죄를 저질렀다는 말은 아니고요. 30년 이상 경찰직에 몸담았고 지금은 사설탐정으로 일하고 있습니다. 영국인들은 사립탐정이라고 하죠. 궁금한 게 있으면 뭐든 물어보세요.

닉 빈센트   고맙습니다, 빌. 이제 마지막으로 JJ 차례네요.

카메라 무빙   JJ 노턴. 나이는 40대, 짧은 흑발에 안경을 썼고, 옷깃 끝부분에 은색 장식이 달린 검정 셔츠를 입고 있다. 왼쪽 팔뚝 안쪽에 문신이 보인다. 바코드처럼 보이지만 사실 그의 DNA 프로필이다. 그의 앞에는 스테인리스 스틸 물병이 놓여 있다.

JJ 노턴   JJ 노턴입니다. JJ가 무엇의 약자인지는 말하지 않겠습니다. 굳이 소개하자면 사우스웨일스 경찰서 소속으로 범죄 현장을 찾아다닌 지 5년 됐습니다. 그전에도 쭉 같은 일을 했습니다.

가이 하워드   (출연진을 향해) 이 사건에 나한테 왜 중요한지 다들 잘 아실 겁니다. 그러나 이제부터 이 사건은 "나"의 사건이 아니라 여러분의 사건이 될 겁니다.

내가 이 프로그램을 맡고 있기는 하지만, 나는 "감독하지" 않을 겁니다. 이 이야기가 어디로 향할지는 여러분에게 달려 있고, 여러분의 조사가 이끌 것입니다. 그곳이 어디가 될지는 아무도 모릅니다. (카메라를 가리키며) 이제부터 내가 저 카메라 앞에 나서는 경우는 오직 증인으로 나설 때뿐입니다. 그 외에 다른 경우가 또 있다면 충분히 그럴 만한 이유가 있을 겁니다. 닉도 마찬가지입니다. 지금부터는 여러분의 시간입니다.

카메라 무빙 출연진을 하나하나 죽 훑고 나서 다시 뒤로 빠진다. 이제 가이와 닉의 모습은 보이지 않는다.

빌 세라피니   (식탁 주위를 둘러보며) 자, 시작해볼까요?

출연자들이 자세를 고쳐 앉으며 각자 서류를 집고는 서로를 흘긋 쳐다보기도 한다. 빌이 조사를 지휘할 것처럼 움직인다.

빌 세라피니   내 경험으로 미루어보면 미제사건을 재조사할 때 기존에 아는 사실들을 재검토하는 게 가장 좋은 방법이고-

앨런 캐닝   내가 기꺼이 하죠-

빌 세라피니   (말을 막으며) 미안합니다, 앨런. 지금은 이 사건에 관해 새로운 시각이 필요할 듯합니다. 물론 런던 경찰청의 수사 절차에 정통하실 테니 당신의 의견이 매우 중요하지만, 지금은 모든 걸 새로 시작할 필요가 있어요. 어떤 선입견도 배제하고요.

당신이 하면 어떨까요, JJ? 게다가 이 사건은 법의학 감식 결과에 달려 있으니까요.

JJ 노턴   (비꼬듯이) 모든 사건이 그렇죠. 어쨌든 그럼 기꺼이 내가 말씀드리겠습니다.

(서류를 자기 앞으로 당기며) 먼저 우리가 아는 걸 짚어볼까요?

루크 라이더는 캐럴라인 하워드와 결혼했습니다. 두 사람이 오래 사귄 사이는 아니라는 것, 두 사람의 결혼이 소위 "논란거리"였다는 것도 알고 있죠. 특히 캐럴라인의 가족 내에서도요.

사건 당일 루크는 가이를 돌보며 집에 혼자 있었습니다. 캐럴라인은 파티에, 두 딸은 노팅힐에 있는 게이트 극장에 갔죠.

경찰이 현장에 도착했을 당시에는 비가 퍼붓고 있었습니다. 그러나 시신이 있던 자리에는 젖지 않은 부분이 있어서 그가 **쓰러진 후에** 비가 내리기 시작했음을 짐작할 수 있었죠.

재연 설명과 함께 소리 없는 흑백 영상이 나온다. 어두운 밤, 카메라가 정원을 지나 집을 비춘다. 2층은 모두 불이 꺼져 있고, 1층은 한두 개 창문에서 빛이 새어나오고 있다. 이윽고 비가 내리기 시작하고 카메라 불빛에도 빗방울이 비친다.

장면 전환 출연진. 메모판에 타임라인이 붙어 있다.

타임라인
2003년 10월 3일

저녁 8:15	캐럴라인이 딸들을 극장 앞에 내려줌
9:05	캐럴라인이 파티에 가기 위해 집을 나섬
10:20경	비가 내리기 시작
10:30	자매가 집에 도착, 부엌으로 감
10:45	모라가 정원에서 시신을 발견
10:47	999에 신고
10:52	모라가 엄마에게 전화
10:56	경찰과 응급차 도착

JJ 노턴 응급구조대에 모라 하워드의 신고 전화가 걸려 온 건 10시 47분이고, 구조요원이 도착한 건 10시 56분이었습니다.

런던 경찰청 기록에 의하면 그날 밤 10시 20분경부터 비가 내리기 시작했고, 검시관은 루크 라이더가 구조요원이 도착하기 한 시간 전쯤 사망한 것으로 추정했습니다. 그러니까 대략 밤 9시 20분부터 10시 20분 사이에 사건이 발생했다고 볼 수 있죠.

루크의 후두부에는 상처가 있었는데, 넘어질 때 생긴 것으로 짐작됩니다. 그러나 직접적인 사망 원인은 둔기에 의한 얼굴과 두개골 앞쪽의 심각한 부상이었어요. 분명한 점은 이 부상은 넘어질 때 생긴 것이 **아니라는** 겁니다.

그 외에 누군가 집에 무단 침입한 흔적은 없었습니다. 저택 안으로 들어오는 대문은 키패드로 작동되기 때문에 방문자가 비밀번호를 알고 있거나, **집 안**에서 누군가가 문을 열어줘야 들어올 수 있습니다. 그러나 집 밖 길거리에는 방범 카메라가 없었기 때문에 그날 밤에 누가 들어오고 나갔는지 확인할 길이 없습니다.

그러니 여기 계신 법 집행 전문가님들을 존중합니다만, 내가 보기에 우리가 가진 정보에는 온통 의문점투성이입니다.

카메라 무빙 카메라가 뒤로 물러나며 JJ가 화이트보드로 다가가 펜을 집는 모습을 잡는다. 그가 글씨를 쓰자 화이트보드가 가볍게 흔들린다.

JJ 노턴 가장 명백한 것부터 시작해보죠.

첫째, **도구**입니다. 경찰은 살해 도구를 분명하게 밝히지 못했습니다. 살인자가 가져왔을까요? 아니면 순간적으로 화가 나서 정원에 있던 뭔가를 집어들었을까요?

둘째, **가능성**입니다. 그날 밤에 누가 정원으로 들어올 수 있었을까요? 루크의 지인이었을까요? 그래서 그가 문을 열어줬을까요? 아니면 이미 현관 비밀번호를 아는 사람이었을까요?

이때 집 안에서 진흙이 발견되지 않았다는 점이 중요합니다. 진입로 상황을 고려하면 밖에서 누군가 들어왔을 경우 신발에 진흙이 잔뜩 묻었을 겁니다. 그렇다면 살인자가 집 안으로 들어갔을 가능성은 희박하죠. 무슨 이유에선지 날씨가 추운데도 루크가 밖으로 나갔다고 추측할 수 있습니다. 그리고 거기서 살해당했고요. 그리고 마지막으로 내가 무엇보다 중요한 요인이라고 보는 것은- 셋째, **동기**입니다. 루크 라이더를 살해할 만한 이유가 있는 사람이 누구일까요? 이유는 무엇일까요?

라일라 퍼니스   동감이에요. 살해 동기가 핵심이죠. 그러나 우리가 받은 사건 관련 자료들을 아무리 살펴봐도 루크 라이더가 어떤 사람이었는지 알 수 있는 정보는 전혀 없었습니다. 루크에게 원한을 품었을 만한 사람을 찾기 전에 먼저 피해자에 대해 제대로 알아야 한다고 생각해요.

빌 세라피니   (주위를 둘러보며) 그 부분에는 모두 동의하는 것 같습니다.

해설 모드로 전환 후 몽타주   1970년대 중반의 오스트레일리아 모습을 담은 자료 영상. 시드니 오페라 하우스 개관 모습, 해변에 모여 있는 사람들의 모습 등.

해설자

루크 라이더는 1977년 6월, 오스트레일리아 서부 캘굴리에서 태어났습니다. 부모인 브라이언과 모린 라이더는 1970년대 초에 영국 남부에서 오스트레일리아로 이주했지요. 그때나 지금이나 태양과 바다, 새로운 삶을 위해 오스트레일리아로 떠나는 영국인이 많죠.

그러나 그렇게 떠난 가족들이 대개 시드니나 멜버른, 애들레이드와 브리즈번과 같이 해안가의 대도시에 정착한 것과 달리 라이더 가족은 오스트레일리아의 오지 한가운데 있는 작은 시골 마을에 정착했습니다. 어디서든 차를 타고 온종일 달려가야 도착하는 곳이었죠.

자료 화면 오스트레일리아 지도, 천천히 캘굴리 부근이 확대된다.

자료 화면 1970년대 캘굴리 시내의 모습을 담은 빛바랜 사진들. 개발된 곳이 드문 동네, 옛날식 자동차, 구레나룻과 수염을 길게 기른 남자들이 바에서 술을 마시는 모습.

해설자

브라이언 라이더의 부모인 빅터와 플로렌스 라이더는 영국 길퍼드 외곽에서 탄탄한 가족 사업체를 운영했습니다. 그러나 브라이언은 영국을 떠나기 전부터 부모님과 사이가 틀어지기 시작한 것으로 보이며, 그 원인은 아마도 그의 결혼과 관련되었던 것 같습니다.

브라이언은 영국을 떠난 뒤 가족과의 인연을 끊은 것으로 보입니다. 아마 연락하고 싶었다고 해도 어려웠을 겁니다. 당시 국제전화의 통화료는 매우 비쌌기 때문에 가끔 편지를 쓰는 방법 외에는 없었는데, 그런 편지도 몇 주일이나 걸려야 도착했기 때문입니다.

브라이언이 광산 기술자 훈련을 받았기 때문에 번성하는 금광촌인 캘굴리를 새 보금자리로 선택했을 것으로 추측됩니다.

그러나 새로운 시작을 꿈꾸던 희망은 비극으로 끝나고 말았습니다. 루크가 열한 살이 되던 해 모린 라이더가 유방암 진단을 받은 지 6개월 만에 세상을 떠났고, 브라이언 라이더는 그로부터 5년 후 간경화로 사망했습니다. 폭음이 원인이었겠죠. 루크는 특히 어머니와 가까웠던 것으로 보입니다. 루크가 살해당한 후 지갑에서 발견된 유일한 사진이 어린 시절 엄마와 함께 찍은 사진이었습니다.

자료 화면 어린 시절의 루크 라이더와 한 여자가 단층집 앞에서 함께 찍은 흑백사진. 창문에는 레이스 커튼이 걸려 있고, 처마에 걸린 꽃바구니의 꽃들은 다소 시들었다. 문 앞에 우유 상자가 놓여 있고, 집 뒤쪽으로 콘크리트 배수탑이 보인다.

짧은 곱슬머리에 주름치마를 입고 연한 색 카디건을 걸친 여자가 반소매 흰 셔츠와 반바지를 입은 소년의 어깨에 팔을 두르고 있다.

해설자
루크는 열일곱 살에 고아가 되었습니다. 가까운 친척도 없고, 앞날도 어두웠죠. 어머니의 건강이 악화하기 시작하면서부터 학업에 큰 타격을 받았고 결국 그 어떤 공식적인 졸업장도 받지 못했습니다. 루크의 관심은 오토바이에만 쏠렸습니다. 아버지가 사망하고 집이 팔리자, 그는 곧장 그 돈으로 두카티(이탈리아의 고급 오토바이 제조사 두카티에서 만든 오토바이/옮긴이)를 사서 캘굴리를 도망치듯 떠났습니다.

그리고 바로 시드니로 향했습니다. 1994년이었던 당시, 시드니는 막 번성하기 시작하고 있었습니다.

자료 화면 당시 시드니 모습을 담은 영상. 술집과 바닷가, 비키니를 입은 여성들, 서핑하는 사람들의 모습이 계속 이어진다.

시드니와 캘굴리는 낮과 밤처럼 전혀 딴판이었습니다. 오스트레일리아에서 가장 큰 도시인 시드니는 그야말로 놀거리 천국으로 현란하고, 다채롭고, 늘 활력이 넘쳤습니다. 세계 각국에서 각양각색의 사람들이 모여 자기 나라의 음식과 음악과 문화를 한데 즐기는 용광로 같았죠. 여기저기서 떠들썩한 파티가 벌어졌고 사람들은 느긋하게 삶을 즐겼으며 전 세계에서 손꼽히는 멋진 파도를 만끽했습니다. 그리고 루크 역시 곧 서핑의 세계에 눈을 떴습니다.

루크는 그때까지 서핑을 해본 경험이 없었지만 포기하지 않았고, 몇 주일 만에 해변에서 살다시피 하며 많은 시간을 보내게 되었습니다.

자료 화면 서퍼들의 모습을 담은 영상.

이즈음 루크에게 "이지^{easy}"라는 별명이 붙었습니다. 라이더라는 성을 생각하면 진작에 생겼을 별명 같지만(커스텀 오토바이를 타고 미국을 횡단하는 두 젊은이를 주인공으로 한 1969년 영화 「이지 라이더」는 당대 사회, 문화에 큰 영향을 미쳤다/옮긴이), 캘굴리에서의 삶은 루크에게 절대 "이지"하지 않았습니다.

그러나 이제 상황이 완전히 달라졌습니다. 그는 현지 바에서 바텐더로 일했고, 서핑으로 다져진 건장한 체격과 구리빛 피부 덕분에 주위에 여자가 끊이지 않았습니다. 단 일주일 동안 만난 여자들의 수가 캘굴리에서 살던 시절을 통틀어 만난 여자들보다 많을 정도였습니다. 그야말로 인생이 즐겁고 "이지"한 시절이었죠.

루크가 그대로 그곳에 눌러앉았다면, 아마 그의 인생은 줄곧 그렇게 흘러갔을 겁니다.

그러나 그는 거기 머물지 않았습니다.

2년이 지난 후 루크는 다시 이동하기 시작했습니다. 발리를 시작으로 캄보디아와 레바논, 그리스에서 이 섬 저 섬을 여행하죠. 그러고는 1999년, 그리스의 한 바에서 다시 일하게 됩니다. 그리고 그곳에서 루퍼트 하워드를 만났습니다.

장면 전환 루퍼트. 이전과 똑같은 실내, 똑같은 모습이다. 제작자인 닉 빈센트가 화면 밖에서 목소리를 통해 루퍼트와 인터뷰한다.

루퍼트 하워드 A 레벨 시험(영국의 대학 입학시험/옮긴이)이 끝난 여름이었습니다. 아버지가 두 달간 유럽 기차여행을 다녀오라며 돈을 주셨어요. 당시엔 그게 유행이었죠. 비싸지도 않고 재밌고 진짜 위험한 일은 별로 없지만 대단한 모험을 떠나는 기분이었어요. 다양한 사람들을 만나고 싸구려 음식을 먹으며 늘 잠이 부족한 상태로 돌아다녔죠. 처음으로 여자랑 잤고, 처음으로 대마초도 피워봤고, 처음으로 진탕 술을 마시고 정신을 잃어보기도 했습니다. 그러니 모든 게 기억에 남는 여행이었죠. (손가락을 구부려 인용부호 표시하는 손짓을 하며) 아버지에게는 이탈리아에 가서 "예술작품"을 보겠다고 말했지만……어쩌다 보니 그러지 못했고 정신을 차려 보니 그리스였어요. 정확히 말하면 케팔로니아 섬에 있는 아소스라는 작은 어촌이었습니다. 거기서 맨 처음 들어간 술집에 그가 있었어요. 환한 미소를 띠며 내게 말했죠. "어서 와요, 친구, 맥주 한 잔할래요?" 그게 시작이었습니다. 친구가 됐죠.

평생 친구요. (침묵 후에) 정말 그렇게 됐네요.

몽타주 그해 여름에 찍은 사진들. 루퍼트와 루크가 술집에서, 배 위에서, 술을 마시거나 담배를 피우거나 웃고 있는 사진들. 사진마다 여자들이 함께 있다. 매번 다른 여자들이다.

루퍼트 하워드 나는 케임브리지 입학시험을 치르려고 9월에 이튿으로 돌아왔고 루크는 아소스에 남았습니다. 루크가 앞으로 무얼 할지에 대해서는 들은 기억이 없습니다. 그가 하는 일들은 딱히 정해진 것이 없고 늘 유동적이었어요. 그후 그의 소식을 듣지 못했고, 다시 들을 거라고 기대하지도 않았습니다. 루크는 편지를 쓰는 성격도 아니었고 아시다시피 당시에는 페이스북도 없었죠. 솔직히 아소스에서 인터넷을 사용한 사람이 단 한 명이라도 있었을까 싶네요.

루크를 다시 본 건 석 달 뒤 런던에서였습니다. 새해 첫날. 새천년이 시작되는 첫 번째 날이었지요. 그런 날은 쉽게 잊어버리지 않죠. 하지만 난 축하 행사 같은 데에는 참석하지 않았습니다. 그 1-2주일 전에 아버지가 돌아가셨거든요.

그때 말고 다른 시기에 루크가 내 앞에 나타났다면 우리는 아마 잘 지냈을 거예요. 누구나 휴가지에서 사귄 친구 한 명쯤은 있잖아요. 그러나 그런 친구 관계는 오래가지 않는 경향이 있죠. 레치나 포도주**(송진이 들어간 그리스의 전통 포도주/옮긴이)**처럼요.

하지만 아버지의 죽음과 형편없는 날씨, 나만 빼고 모두가 웃고 떠드는 상황에서 루크를 보니 한때 좋은 시절도 있었는데 싶은 생각이 들었습니다.

우리는 나가서 술을 진탕 퍼마셨어요. 루크가 무일푼이어서 내가 술값을 냈고, 빈털터리인 그는 우리 집 마룻바닥에서 잤죠. 그렇게 하루이틀 밤이면 충분했을 만남이 어쩌다 보니 2주일이나 이어졌습니다. 당시에 나는 도니 저택에서 살지 않았어요. 솔직히 말하면 한 번도 그 집이 편했던 적이 없습니다. 아버지가 돌아가신 뒤엔 더 불편했죠. 요즘 애들 말마따나 "#어색해서" 말이에요.

어쨌든 케임브리지에 합격했다는 사실을 알게 된 후 (솔직히 나도, 선생님들도 깜짝 놀랐죠) 난 다시 여행을 떠났습니다. 이번에는 루크도 함께 갔어요.

닉 빈센트 그럼 루크가 캐럴라인을 만난 건 언제였습니까?

루퍼트 하워드 (자세를 고쳐 앉으며) 내 첫 번째 크리스마스 방학 때였어요.

닉 빈센트 그럼 2000년 12월이겠군요.

루퍼트 하워드 맞아요. 캐럴라인이 크리스마스이브 파티에 날 초대했어요. 아마 정말 내가 참석하길 바라지는 않았을 겁니다. 친구들이 다 모일 테니 선택의 여지가 없었겠죠. 그냥 보여주기식으로 초대하는 거, 아시잖아요.

그때 루크는 나와 함께 얼스 코트에 살았기 때문에 루크도 파티에 따라왔습니다. 사실 그가 가고 싶다고 했을 때에는 좀 뜻밖이었습니다. 절대 루크가 좋아하는 분위기는 아니었으니까요. 하지만 그가 공짜 술을 마다할 리도 없었지요.

술이나 잔뜩 마시고 한 시간 내로 나올 생각이었습니다. 그런데 9시쯤 루크를 찾아다니다가 두 사람이 부엌에 같이 있는 걸 발견했어요. 루크와 캐럴라인이요. 물론 **무슨** 일이 있었던 건 아니고, 그냥 대화를 나누고 있었습니다.

정말 **대화를 나누고 있었어요**. 여자애들 앞에서 루크가 그런 모습을 보인 적은 한 번도 없었는데요. (웃음) 물론 캐럴라인이 "여자애"는 아니었지만요.

닉 빈센트 이전에도 그가 그런 여성에게 관심을 보인 적이 있었나요?

루퍼트 하워드 (눈썹을 치켜뜨며) 나이 많은 연상의 여자를 말하는 거라면, 아니요, 절대로요. 솔직히 우리가 주로 다니던 술집에서 캐럴라인 같은 나이대의 여자들은 보기 드뭅니다. 아소스의 바에도 나이 든 중년 여성들이 있기는 했지만, 루크가 특별히 그들에게 신경을 쓴 적은 없었어요. 공손하지만 형식적으로 대했어요. 무슨 뜻인지 아시겠죠.

닉 빈센트 그럼 이번에는 뭐가 달랐을까요?

루퍼트 하워드 (양손을 펴 보이며) 나도 도무지 모르겠습니다. 그러다 마침내 루크에게 두 사람이 사귄다는 이야기를 들었을 때는 웃음이 터졌어요. 장난친다고 생각했거든요.

뭐, 캐럴라인이 매력적인 여성이었던 건 맞습니다. 나이에 비해서요. 바로 코앞에 있으니 하룻밤 상대는 가능할 수도 있지만······ (다시 한번 허공에 손가락을 구부리며) "사귀는 사이"라니요? **결혼한다고요?** 말도 안 되죠.

닉 빈센트 그럼 어떻게 설명할 수 있을까요?

루퍼트 하워드 (눈썹을 치켜뜨며) 난들 알겠어요. 모르죠, 혹시 루크에게 마미 이슈Mummy issue 같은 게 있었는지. 루크는 어렸을 때 엄마가 돌아가셨으니까요.

어쩌면 진짜 특별한 **사랑**이었을 수도 있지만, 난 믿지 않습니다. 절대로요. 그리고 다들 돈 때문이라고 생각했어요. 루크가 돈을 보고 덤비는 골드디거gold-digger라고요.

닉 빈센트 그 말에 동의하십니까?

루퍼트 하워드 (비웃으며) 어떨 것 같아요?

장면 전환 루크 라이더와 캐럴라인 하워드의 결혼식 영상의 몽타주. 일류 사진작가가 찍은 듯 대부분 예술적인 흑백 영상이다. 결혼식 장소는 도니 저택 정원이고, 꽃이 만발한 퍼걸러(덩굴식물이 타고 올라가도록 만들어진 아치형 구조물/옮긴이) 주위로 반원을 그리며 의자가 배치되어 있다. 캐럴라인은 무릎 바로 아래까지 내려오는 실크 드레스를 입고 흰 장미를 들었다. 루크는 옅은 색 정장에 넥타이는 매지 않았고 재킷에 흰 장미를 꽂았다. 짧은 금발의 루크는 사진마다 환하게 웃고 있지만, 신랑의 들러리인 루퍼트는 입을 꽉 다물고 있다. 몇몇 사진에 보이는 캐럴라인의 딸들은 똑같은 신부 들러리 드레스를 입고 의미 모를 묘한 표정을 짓고 있다. 가이가 찍힌 것은 고개를 돌린 채 돌로 만든 화분을 발로 차는 모습이 뒷배경으로 잡힌 사진 한 장 뿐이다.

해설자
루크 라이더와 캐럴라인 하워드는 2002년 여름에 가족과 친한 지인들만 초대해서 조촐하게 그녀의 집에서 결혼식을 올렸습니다. 몰디브에서 3주일간의 신혼여행을 마치고 돌아왔을 때 신혼부부는 더할 나위 없이 행복해 보였고 겉보기와 달리 문제가 있다고 생각할 만한 단서는 전혀 없었습니다.
그래도 소문은 쉽게 사그라들지 않았습니다.

장면 전환 매들린 다우닝이 나오고 "캐럴라인 라이더의 친구"라는 자막이 뜬다. 60대 후반으로, 잘 다듬은 백발에 머리색보다 조금 짙은 회색 캐시미어 스웨터를 입고 있다. 그녀는 시골풍으로 꾸며진 부엌에 앉아 있다. 중앙에 놓인 나무 탁자 위로 여러 개의 구리 팬과 말린 허브들이 걸려 있다. 붉은색 아가(영국의 유명 스토브 겸 오븐 브랜드/옮긴이) 위에 체크무늬 식탁보가 널려 있으며, 검은색 래브라도 강아지가 자고 있다. 가이 하워드가 화면 밖에서 인터뷰한다.

매들린 다우닝   맞아요, 사람들이 수군거렸죠. 어쩔 수 없는 일이라고 생각해요. 그후로는 유행이 되기도 했지만, 당시에는 여자가 자기보다 나이 어린 남자를 사귀는 경우가 드물었으니까요. 그렇지만 난 캐럴라인 뒤에서 험담하던 여자들 대부분은 부러워서 그랬다고 생각해요. 루크는 잘생기고, 말 그대로 **아주** 건장했거든요. 운동을 보통 열심히 해야 말이죠.
게다가 자기 잘난 맛에 사는 사람도 아니었어요. 친절하고 사려 깊었죠. 누군들 그런 파트너를 원하지 않겠어요? 두 사람의 나이 차이가 입방아에 오를 때마다 나는 조앤 콜린스(**영국의 배우, 작가, 칼럼니스트. 32세 연하의 남성과 결혼했다/옮긴이**) 이야기를 했어요. 조앤 콜린스도 비슷한 시기에 훨씬 어린 남자랑 결혼했는데, 젊은 남편에 관한 질문을 받았을 때 이렇게 말했거든요. "그가 죽으면 죽는 거죠 뭐(**영화 「록키 4」에 나왔던 대사로, 냉정함이나 무관심을 강조하는 표현으로 자주 사용된다/옮긴이**)." (웃음)
조앤 콜린스는 남편과 나이 차이가 무려 서른 살쯤 됐어요. 캐럴라인은 겨우 열네 살 차이였죠. 요즘 세상에 그 정도는 그렇게 많은 것도 아니잖아요. 게다가 나는 루크를 볼 때마다 나이에 비해 상당히 성숙하다는 인상을 받았어요. 캐럴라인도 루크를 "애늙은이"라고 부르곤 했죠.

가이 하워드   사건 당시 언론에서는 루크가 바람을 피웠을지도 모른다고 추측했습니다. 불륜 때문에 어머니가 그를 살해했을 가능성을 제기했죠. 혹시 그런 느낌을 받은 적이 있으신가요?

매들린 다우닝   전혀요. 캐럴라인은 한 번도 그런 말을 한 적이 없어요.

가이 하워드   어머니가 두 사람의 관계에 관해 말한 적은요?

매들린 다우닝   가끔요. 그들도 다툴 때가 있었죠. 모든 부부가 그렇잖아요. 하지만 뭔가 심각한 문제가 있다고 의심할 만한 낌새는 전혀 없었어요.

가이 하워드   루크가 돈 때문에 결혼한 골드디거라고 생각하는 사람들이 많았습니다. 동의하십니까?

매들린 다우닝   (불편한 기색을 보이며) 아뇨, 난 그렇게 생각하지 않았어요. 루크는 크게 돈에 신경 쓰지 않는 것 같았어요. 결혼하기 전에 몇 년간 그가 어떻게 살았는지 한번 생각해보세요. 서핑이나 하고, 술집에서 일했죠. 별 5개짜리 화려한 인생을 꿈꾸는 사람이라면 그렇게 살지 않았겠죠, 안 그래요?
　그리고 캐럴라인도 고급 호텔이나 값비싼 레스토랑에는 별 관심이 없었어요. 그런 건 그녀에게 별로 중요하지 않았죠.

장면 전환 애비게일 파커. "캐럴라인 라이더의 친구"라는 자막이 뜬다. 짙은 색 정장에 흰 블라우스를 입었고 안경을 썼다. 책상과 서류 캐비닛, 컴퓨터가 있는 것으로 보아 인터뷰 장소가 근무 중인 사무실임을 알 수 있다. 가이 하워드가 화면 밖에서 인터뷰한다.

애비게일 파커 제 생각에는 캐럴라인이 돈을 **정말** 중시했던 것 같아요. 신분이 모든 걸 말해주잖아요. 도니 저택의 안주인이니까요. 물론 결혼으로 얻은 자리이긴 하지만요. 게다가 그만큼 오래된 집은 늘 손볼 곳이 생기기 마련이에요. 지붕이나 배관 같은 데를 늘 관리해야 하죠. 저택 유지비가 **말도 못 했을** 거예요.

가이 하워드 하지만 아버지가 유산을 많이 남기셨을 텐데요?

애비게일 파커 글쎄, 맞기도 하고 틀리기도 해요. 물론 다른 사람들에 비하면 분명히 그렇죠. 하지만 말했듯이 캐럴라인에겐 돈 나갈 곳이 많았어요. 교육비도 만만치 않았고요. 자기 아들인 **당신**도 당연히 이튼에 보내고 싶어했는데 형편이 안 됐죠. 루크도 가난뱅이는 아니었어요. 서핑을 하며 생각 없는 한량처럼 살았지만 조부모님에게 제법 많은 유산을 받기로 되어 있었거든요.

가이 하워드 정말입니까? 루크는 오래 전에 가족과 소원해지지 않았나요? 루크 본인이 사람들에게 그렇게 말했는데요.

애비게일 파커   맞아요. 사이가 틀어졌었죠. 하지만 결혼 후에 루크가 연락했대요. 알고 보니 할아버지는 몇 년 전에 돌아가셨고 할머니가 살아 계셨는데 사람들 말로는 정정하셨대요. 루크가 유일한 손자라는 점을 생각하면 그가 유산을 물려받을 거라고 기대하는 게 당연하잖아요.
 루크가 할머니에게 연락했다는 사실을 숨긴 건 자기가 구걸하는 것처럼 보일까 봐 그런 거라고 생각해요. 공짜로 얻는 건 좋아 보이지 않잖아요.

가이 하워드   어머니도 그 사실을 알고 계셨나요?

애비게일 파커   물론이죠. 루크에게 그러라고 부추긴 사람이 캐럴라인인걸요. (웃음) 사실 이 결혼에서 누구 하나가 골드디거라면 루크가 아니라 캐럴라인이라고 말할 수도 있겠네요.

가이 하워드   하지만 유산 때문에 어머니가 그를 살해했을 리는 없지 않나요? 루크가 할머니보다 먼저 죽으면 어머니는 아무것도 받을 수 없게 되잖아요. 루크가 최소한 자기 할머니가 돌아가실 때까지는 살아 있는 게 어머니한테 중요했겠죠.

애비게일 파커   (다소 불쾌하다는 기색을 비치며) 글쎄요, 그렇게 말할 수도 있겠죠. 하지만 맞는 말이에요. 유산이 살해 동기가 될 리는 없었죠. 경찰도 그렇게 결론을 냈고요.

장면 전환　루크와 캐럴라인의 사진 몽타주. 결혼식, 신혼여행지의 해변, 도니 저택 정원에서 세 자녀와 함께 있는 모습. 아이들은 모두 웃고 있지 않다. 카메라가 뒤로 물러나면 이 사진들이 흩어져 있는 탁자에 둘러앉은 출연진이 나온다.

빌 세라피니　그러니까 이 사진들에 우리 생각보다 더 복잡한 의미가 있다는 데 모두 동의하는 거죠?

라일라 퍼니스　그리고 루크 역시 훨씬 복잡한 성격의 소유자였던 것 같군요. 어려서 어머니를 잃고 곧이어 아버지도 잃었으니 큰 슬픔과 버림받은 느낌 때문에 감정적으로 해결되지 않은 문제가 많았을 듯해요. 하지만 겉으로는 놀랄 만큼 태평하고 여유로웠죠.

빌 세라피니　게다가 운도 엄청 좋았던 것 같네요. 사람 마음을 읽는 재주가 있었던 듯해요. 누구한테 접근해야 할지도 잘 알고요.

휴고 프레이저　누구를 이용할지 잘 알았다는 뜻이겠죠. 방금 말씀하신 대로라면 자기중심적이고 교묘하게 남을 조종할 줄 아는 사람입니다. 게다가 아주 노골적으로 행동하죠. 순진해 보이는 얼굴과 무심한 듯한 태도 덕분에 훨씬 효과적이었을 겁니다.

앨런 캐닝　루크는 분명 자기가 낼 비용을 루퍼트가 내게끔 "만드는 데" 성공한 것 같습니다.

JJ 노턴   그럼 루크가 만났던 사람 중에 별로 협조적이지 않았던 사람들도 있겠군요. 휴고의 표현을 빌리자면 "이용당했다"고 생각한 사람들 말입니다.

앨런 캐닝   돈이 얼마나 강력한 살해 동기인지 간과해서는 안 됩니다. 경찰 생활 30년하면서 얻은 가장 확고한 교훈입니다.
 물론 이 사건이 루크가 알고 있던 면식범의 소행이라면, 그러니까 루크에게 원한을 품은 누군가가 그를 죽였다면 그날 밤 도니 저택에 어떻게 들어왔는지도 설명이 됩니다.

휴고 프레이저   우리가 루크의 주변 사람들에 대해서 더 알고 있는 게 뭐죠? 어쩌면 루크가 런던에서 알고 지낸 사람들만 살펴봤을 수도 있어요. 그 정도는 큰 집단이라고 할 수 없죠.

라일라 퍼니스   (사건 파일 복사본을 뒤적이며) 여기에도 그 부분에 대한 정보는 별로 없어요. 경찰이 요청해서 3-4명이 출두했지만, 모두 아무 문제 없었죠. 경찰도 그 외에는 의심할 만한 사람을 못 찾은 듯해요.

휴고 프레이저   흠, 만약 여러분이 살인사건 피해자에게 사기라도 당한 적이 있다면 제 발로 경찰에 출두하지는 않을 거예요, 그렇지 않습니까? 자진해서 살해 용의자가 되는 셈이니까요.

빌 세라피니   그래도 분명 조사해야 할 부분이라고 봅니다. 루크 정도의 젊은 남자라면 여기 적힌 이름보다 훨씬 많은 사람들을 알았을 거예요. 술 친구라도 있었겠죠.

그 사람들을 찾아야 해요.

JJ 노턴   그 말에 동의하지 않는 바는 아니지만 무엇보다 법의학적 증거부터 파헤쳐야 한다고 생각합니다. 물론 내 전문 분야이긴 합니다만, 피해자가 입은 부상을 좀더 자세히 알아봐야 합니다. 그럼 살해 도구를 알 수 있고, 거기서부터 추론하면 가해자에 관한 정보를 얻을 수도 있을 테니까요.

살인이 일어난 장소를 생각해보면 루크와 가해자가 아는 사이는 아니었을까요? 만약 그렇다면 계획된 범행일까요, 아니면 우발적인 범행일까요? 어느 쪽이든 그 배후에 무엇이 있을까요, 분노, 열정, 질투, 복수, 아니면?

탁자에 둘러앉은 출연진이 고개를 끄덕이며 동의한다고 중얼댄다.

빌 세라피니   좋습니다. 그럼 사건 당일의 시간대별 기록을 상세히 따지는 것부터 시작하면 어떨까요. 머릿속에 정확히 새겨놓도록 누가, 언제 도니 저택에 있었는지 확인해봅시다. 그후에 JJ, 당신이 나서서 법의학적 증거에 관해 설명하면 어떻겠습니까?

JJ 노턴   좋습니다.

카메라 무빙 빌이 자리에서 일어나 메모판에 지도를 붙이고 기존에 붙어 있던 타임라인 옆에 두 번째 종이를 붙이는 모습을 따라간다.

빌 세라피니 자, 이것이 사건 당일 도니 저택의 하루입니다.

타임라인
2003년 10월 3일

오전 8:35	캐럴라인이 차로 가이를 학교에 데려다줌
	딸들은 걸어서 등교함
9:00	청소 도우미 도착(베아트리스 알베스)
9:15	캐럴라인 귀가
11:15	캐럴라인이 점심 약속을 위해 집을 나섬
오후 2:00	베아트리스가 일을 마치고 퇴근
2:45	캐럴라인이 점심을 먹고 귀가
3:30	캐럴라인이 세탁소에 맡긴 옷을 찾고
	가이를 데려오기 위해 출발
4:15	딸들이 학교에서 돌아옴
4:45	딸들이 파티에 가기 위해 집을 나섬
7:00	딸들이 파티에서 나와 7:15쯤 귀가 후
	저녁 식사로 피자를 먹음

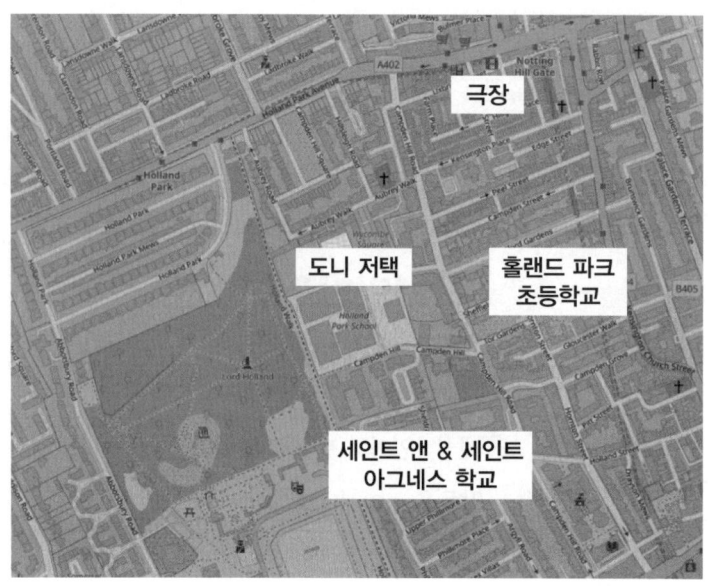

빌 세라피니   10월 3일은 금요일이었고, 세 자녀 모두 학교에 갔습니다. 캐럴라인이 가이를 홀랜드 파크 초등학교에 데려다주었고, 딸들은 걸어서 학교에 갔습니다. 딸들이 다니는 학교는 비체스터 가에서 세 블록 떨어진-

앨런 캐닝   "비체스터"가 아니고 "비스터"라고 읽습니다.

빌 세라피니   그래요? 영국식 영어는 정말 이해하기 어렵군요. (자기 말에 씩 웃는다) 아마 이게 영국인들이 말하는 역설인가 보죠?
　어쨌든 모두 도니 저택에서 나간 시간이 오전 8시 35분쯤이고 루크는 혼자 집에 남았습니다.

JJ 노턴   그 시간에 집으로 찾아오거나 전화를 건 사람이 있는지 알 수 있습니까?

빌 세라피니   청소 도우미인 베아트리스 알베스가 9시쯤 저택에 도착했습니다만, 그때부터 오후 2시에 그녀가 집으로 돌아갈 때까지 찾아온 사람은 없었다고 경찰에 진술했습니다. 그리고 루크의 행동에서 평소와 다른 점을 느끼지 못했다고도 증언했죠. 그는 평소와 다름없이 공손하지만 말수가 적었고, 딱히 기분이 상하거나 불안해 보이지도 않았다고 합니다. 적어도 그녀는 그렇게 진술했습니다.

휴고 프레이저   그 말은 그날 저녁에 루크를 만나러 집으로 오기로 한 사람은 없었다는 뜻으로 들리는군요. 혹시 있었다 해도 그런 상황이 벌어질 거라고는 전혀 예상치 못한 거고요.

빌 세라피니   맞아요. 물론 경찰에서 도니 저택의 LUD를 확인했지만—

라일라 퍼니스   잠깐만요, LUD가 뭐죠?

빌 세라피니   아, 미안합니다. 통화 기록을 줄여서 그렇게 부릅니다. 적어도 미국에서는 그렇습니다만, 여러분 표정을 보니 여기서는 아니군요.

앨런 캐닝   그래서 그날 집으로 걸려온 전화가 있었습니까?

빌 세라피니   두 통의 전화가 걸려왔습니다.

빌이 마커를 집어들고 타임라인에 손으로 메모하기 시작한다.

빌 세라피니   한 통은 오전 9시 46분에 걸려왔고 1분 20초간 지속되었습니다. 발신번호는 동네 드라이클리닝 세탁소의 번호였는데, 나중에 캐럴라인에게 옷을 찾아가라고 전화했다는 확인을 받았습니다. 루크가 전화를 받았고, 역시 평소와 다름없었다고 합니다.
두 번째 전화는 오후 2시 37분에 걸려왔고 2분 33초간 지속되었습니다. 공중전화에서 걸려온 전화였죠. 경찰은 킹스크로스 역의 중앙홀에 있는 공중전화임을 확인했지만, 전화를 건 사람이 누군지는 밝히지 못했습니다.

휴고 프레이저   통화 지속 시간을 보니 잘못 걸려온 전화는 아니었군요.

빌 세라피니   나도 그렇게 생각합니다.

라일라 퍼니스   그때 루크는 집에 혼자 있었나요?

빌 세라피니   좋은 질문입니다. 잠시만 기다려주세요.

  우선 타임라인으로 돌아가죠. 캐럴라인은 가이를 학교에 내려주고 9시 15분에 돌아왔고, 그때부터 볼일을 보고 점심 약속을 위해 11시 15분에 집을 나서기까지는 집에 있었습니다. 그때 루크도 집에 있었다고 캐럴라인이 진술했고, 역시 평소와 다른 점은 없었던 듯합니다. 베아트리스 알베스는 캐럴라인과 루크 사이에서 불편한 기류를 느끼지 못했다고 했지만, 청소하고 세탁기를 돌리느라 그들과 같은 공간에 있지는 않았겠지요.

  (다시 타임라인을 보며) 캐럴라인이 점심을 먹고 돌아온 것이 오후 2시 45분쯤입니다. 역시 그때도 루크는 아무렇지 않았고, 킹스크로스 역에서 걸려온 알 수 없는 전화에 대해서는 아무 말도 하지 않았습니다. 캐럴라인은 다시 3시 30분에 집을 나서서 경찰의 확인대로 세탁소에 맡겼던 옷을 찾고 가이를 학교에서 데려왔습니다.

  그리고 오후 4시 15분쯤 모라와 어밀리가 학교에서 돌아왔고, 옷을 갈아입고 친구 집에서 하는 파티 같은 데 가기 위해 집을 나섰습니다.

라일라 퍼니스   (웃으며) "파티 같은 데"요? 자녀가 없으신가 보군요.

빌 세라피니   (씩 웃으며) 너무 티가 났나요? 아무튼 뭐라고 부르는지 모르겠습니다만 12명 정도의 소녀들이 모여 있었고, 모라와 어밀리는 7시 정도까지 그 집에 있었습니다.

카메라 무빙 타임라인 옆에 여러 장의 사진을 붙이는 빌의 뒷모습을 비춘다. 모라와 어밀리가 또래의 10대 소녀들과 함께 친구의 방에 있는 모습을 찍은 사진들이다. 거울 주위에 두른 꼬마전구, 화장품과 매니큐어가 잔뜩 쌓여 있는 화장대, 벽에 걸린 드림캐처, 침대 위에 흩어져 있는 밝은색의 쿠션들이 보인다.

사진 속 소녀들은 신이 나서 카메라를 향해 인상을 쓰기도 하고, 포즈를 취하고, 번갈아가며 분홍색 카우보이모자를 써보고 밝은 녹색의 깃털 목도리를 둘렀다가 여러 켤레의 하이힐도 신어보고 제각각 다른 화장과 머리 모양을 하고 있다.

빌 세라피니 딸들은 저녁 7시 15분쯤 다시 도니 저택에 도착했고 부엌에서 루크와 가이와 함께 피자로 저녁을 먹었습니다.

휴고 프레이저 그 두 사람은 내내 집에 있었던 것으로 추정되는군요.

빌 세라피니 맞습니다. 정원에 있거나 집에서 TV를 봤겠죠. 그날 오전에는 폭우가 쏟아졌지만 오후가 되자 해가 났고, 루크는 정원에서 가이와 한 시간 정도 크리켓을 했습니다. 어두워지기 전까지요.

라일라 퍼니스 캐럴라인이 두 사람한테 방해받기 싫었던 모양이네요. 그날 저녁에 외출할 예정이었으니 더 그랬겠죠.

빌 세라피니   그럴 수도 있겠지요. 원래는 루크도 그녀와 **함께** 파티에 가기로 했었는데 마지막 순간에 루크가 마음을 바꿨다는군요. 캐럴라인이 경찰에 그렇게 진술했고, 베아트리스 알베스도 그렇다고 확인해줬습니다. 그날 저녁에 가이를 봐주러 가기로 했는데 저녁 8시 30분쯤 캐럴라인이 휴대전화로 전화를 걸어서 오지 않아도 된다고 했다고요.

휴고 프레이저   그럼 킹스크로스 역에서 걸려온 정체불명의 전화 때문에 루크가 외출하려던 마음을 바꿨을 가능성도 있겠군요?

빌 세라피니   그렇죠. (그날 밤의 타임라인을 가리키며) 아까도 말했던 것처럼 캐럴라인은 8시 15분쯤 노팅힐에 있는 극장에 딸들을 내려주고 집에 돌아왔습니다. 그때 루크는 거실에서 TV를 보고 있었고, 파티에 가지 않겠다고 말했답니다.

라일라 퍼니스   캐럴라인은 그 말을 듣고도 별 상관 없었대요?

빌 세라피니   (어깨를 으쓱하며) 그랬나봅니다. 캐럴라인이 옷을 갈아입고 9시가 좀 넘어 내려왔을 때도 루크는 TV를 보며 맥주를 마시고 있었다고 합니다. 그리고 그것이 생전에 남편을 마지막으로 본 것이고-

JJ 노턴   그녀의 말에 따르면 그렇죠.

빌 세라피니 (의미심장하게 고개를 끄덕이며) 그녀의 말에 따르면 그렇죠.

라일라 퍼니스 그럼 가이는 그날 밤을 어떻게 기억하나요? 경찰의 당시 면담 기록을 읽기는 했지만, 혹시 그후에 뭔가 생각난 건 없는지 궁금해서요. 루크가 살해당할 당시 집에는 가이밖에 없었으니까요.

빌 세라피니 (카메라 너머를 바라보며) 이 질문에 대답하시겠습니까, 가이?

가이가 화면 안으로 들어와 의자에 앉는다. 그는 허벅지에 팔꿈치를 올리고 몸을 앞으로 기울인다.

가이 하워드 박사님의 질문에 답하자면, 아무것도 기억나지 않습니다. 오후에 정원에서 루크와 크리켓을 했던 건 기억나는데요. 여담이지만 그는 오스트레일리아 출신인데도 크리켓을 영 못했어요. 늘 하는 시늉만 하다가 금방 그만하자고 해서 날 화나게 했죠.
　크리켓을 한 후에는 피자를 먹었습니다. 다음 날이 주말이라서 어머니에게서 10시까지 깨어 있어도 좋다는 허락을 받아놨었죠. 보고 싶은 TV 프로그램이 있었거든요. 하지만 9시 30분이 되자 루크가 자야 한다며 날 방으로 들여보냈어요.
　(쓴웃음을 지으며) 보고 있던 프로그램을 끝까지 보지도 못했죠.

휴고 프레이저   루크가 누군가 온다고 했나요? 그래서 방으로 보냈어요?

가이 하워드   아뇨, 그런 이유였는지는 나도 모릅니다.

JJ 노턴   그 뒤로 무슨 소리를 듣지 못했습니까? 초인종 소리라든가, 다른 사람의 목소리라든가?

가이 하워드   아뇨. 아무 소리도 못 들었어요. 그 이후의 기억은 엄마가 나를 깨웠고 집에 사람들이 가득했다는 겁니다.

빌 세라피니   (파일을 확인하며) 경찰에 의하면 그때가 자정이 지난 직후였군요.

휴고 프레이저   (2개의 타임라인을 살펴보며) 그러니까 방금 들은 이야기에 의하면 사망 시각은 가이가 방으로 올라간 직후인 9시 35분에서 비가 내리기 시작한 10시 20분 사이로 좁힐 수 있겠네요.

빌 세라피니   그렇습니다.

JJ 노턴   그럼 딸들이 집으로 돌아왔을 때에는 어떻게 되었습니까?

빌 세라피니 직접 물어보는 게 어떨까요?

장면 전환 모라 하워드. 이전과 마찬가지로 도니 저택의 거실에서. 가이 하워드가 화면 밖에서 모라 하워드에게 질문한다.

모라 하워드 우린 10시 30분쯤 집에 돌아왔어요. 집 안에 불이 모두 켜져 있었고 딱히 이상한 건 없었어요.

가이 하워드 대문은 닫혀 있었어요?

모라 하워드 네.

가이 하워드 현관문도 잠겨 있었고요?

모라 하워드 당연히 잠겨 있었죠. 우리가 그걸 모를 리 없잖아요. 나는 열쇠를 가지고 있어서 초인종은 누르지 않고 그냥 문을 열고 들어갔어요.

가이 하워드 들어왔을 때 정말로 뭔가 이상하지 않았어요?

모라 하워드 전혀요. 우린 콜라를 가지러 부엌에 갔다가 난 곧장 내 방으로 가려고 나갔어요–

가이 하워드　　옛날 마구간 위에 있는 방 말이죠. 어머니가 처음 아버지 집에 들어와 보모로 일하기 시작했을 때 쓴 방이요.

모라 하워드　　맞아요.

가이 하워드　　그다음엔 어떻게 됐어요?

모라 하워드　　(깊이 숨을 들이마시고) 그를 발견했어요. 그러니까, 밖으로 나가자마자 뭔가 이상하다는 걸 느꼈죠. 얼마 안 가서 눈에 들어왔어요, 그게.
　(침을 삼키고 시선을 돌리며) 시체라는 걸 직감했어요. 폭우 때문에 잘 보이지 않았지만, 알 수 있었어요.

가이 하워드　　무슨 일이 일어났다고 생각했습니까?

모라 하워드　　그땐 놀라서 무슨 생각을 할 겨를이 없었어요.
　(어깨를 으쓱하며) 아마 누군가 계단에서 넘어졌다고 생각했겠죠. 엄마가 그 계단은 위험하니까 조심하라고 입버릇처럼 말씀하셨는데 폭우까지 쏟아졌으니—

가이 하워드　　그를 알아봤습니까? 루크라는 걸 알았어요?

모라 하워드　　(고개를 저으며) 처음엔 몰랐어요. 그냥 어떤 남자

같았어요. 검은 옷을 입은 남자요. 좀더 가까이 갔을 때에서야 그 사람이 루크라는 걸 깨달았죠.

가이 하워드   밖은 캄캄했고 시신이 많이 훼손됐는데도 알 수 있었어요?

모라 하워드   그건-

말을 멈추고 고개를 떨군다. 눈에 띄게 괴로워하며 숨을 몰아쉬면서 진정하려고 애쓴다. 잠시 후, 여전히 고개를 숙인 채 말을 잇는다.

모라 하워드   옷 때문이에요. 재킷을 보고 알았어요. 검정 데님 재킷, 옷깃에 은색 로고가 있어요. 엄마가 사준 옷이었죠.

가이 하워드   그러고 나서는?

모라 하워드   도망갔어요. 아니, 도망가고 싶은데 다리가 마비된 것처럼 말을 듣지 않는 통에 계속 진흙탕에 미끄러졌죠. 집 안으로 들어가자마자 어밀리를 불러서 너-, 아니 당신을 살펴보라고 했죠. 당신에게도 무슨 일이 생겼을지 모른다는 두려움이 앞섰으니까요.

가이 하워드   그러고 나서 999에 신고했어요?

모라 하워드   (주저하다가 고개를 끄덕이며) 맞아요. 그리고 문을 다 닫았어요. 루크를 공격한 사람이 누군지 몰라도 아직 밖에 있을지도 모르니까요.

가이 하워드   어머니한테도 전화했어요?

모라 하워드   휴대전화로 전화를 걸었는데 받지 않으셨어요. 그리고 곧 경찰이 도착했고 모든 게 엉망진창이 되었어요.
　영원히 말이에요. (시선을 피한다)

장면 전환 출연진.

라일라 퍼니스   안타깝네요. 모라는 당시에 겨우 열다섯 살이었는데요. 너무 어린 나이에 인생이 뒤집히는 충격적인 일을 경험했어요.

휴고 프레이저   캐럴라인의 휴대전화가 언급되어서 문득 든 생각인데, 루크에게도 당연히 휴대전화가 있었겠죠. 그날 루크의 휴대전화에 미심쩍은 통화 기록은 없었습니까?

빌 세라피니   (고개를 저으며) 경찰이 일일이 확인했습니다.
　(방을 둘러보며) 그럼 이쯤에서 다른 질문은 없습니까? 없어요? 그럼 JJ에게 순서를 넘기도록 하죠.

카메라 무빙 파일을 열고 범행 현장에서 찍은 사진들을 탁자 위로 올려놓는 JJ를 잡는다. 시신 주변의 핏자국을 보여주는 근접 사진들(입고 있는 옷은 분명히 보이지만 얼굴 부분은 흐릿하게 처리되어 있다)은 이미 대중에게 공개된 것이고, 집과 시신의 위치를 파악할 수 있는 넓은 각도의 그림들은 처음 공개되는 것들이다.

JJ 노턴 사진을 보시면 라이더는 모라의 진술대로 검정 데님 재킷을 입고 있습니다. 그리고 청바지와 티셔츠, 검정 단화 차림에 캐럴라인이 결혼선물로 준 브라이틀링 어벤저 손목시계를 차고 있었습니다.

휴고 프레이저 (인정하듯) 멋진 시계죠.

JJ 노턴 캐럴라인이 가이의 스물한 살 생일에도 똑같은 시계를 선물했기 때문에 어디서 본 것 같은 느낌이 들 수 있습니다.

JJ가 자판을 두드리자 스크린에 검시 보고서가 뜬다.

JJ 노턴 자, 요약하면, 시신은 밤 10시 45분경에 발견되었고, 그때 라이더는 죽은 지 1시간 정도 지난 상태였습니다. 잠시 후에 다 같이 밖에 나가서 직접 살펴보겠지만 먼저 여기 이 그림을 보시면, (저택 배치도를 가리키며) 지형을 대충 파악할 수 있습니다.

법의관 사무실 검시 보고서

이름　　　루크 라이더　　　　검시관　　T 할리데이
생년월일　1977. 8. 9.　　　　장소　　　채링 크로스 병원
부검일　　2003. 10. 4.
부검시간　09 : 45　　　　　　참고번호　CJG-1620/18J

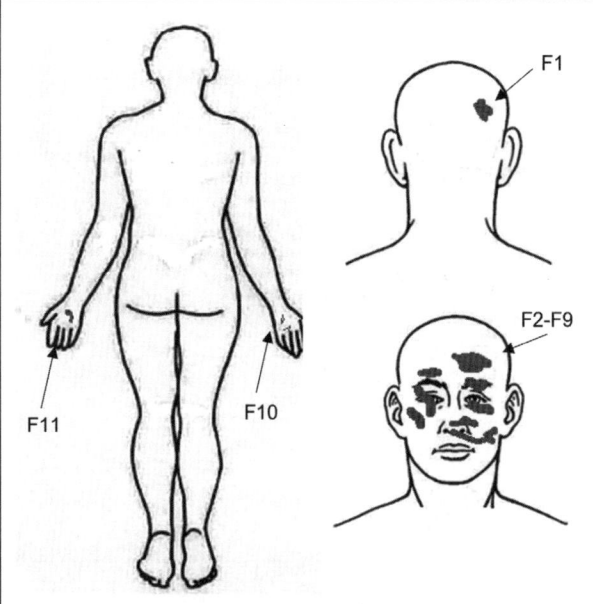

검시 결과

F1　　　함몰성 두개골 골절 7×3.5cm
F2-F9　둔기에 의한 외상으로 광범위한 조직 손상 및 골절 발생
　　　　　F2(6×1.75cm), F3(9×2cm), F4(6×3cm), F5(10×2cm),
　　　　　F6(11×2cm), F7(5×6cm), F8 (4.5×3cm), F9(8×7cm)
F10　　경미한 찰과상
F11　　경미한 찰과상

서명　Timothy Halliday　　　　　날짜　2003. 10. 4.
1쪽 중 1쪽　　　　　　　　　　　대외비(작성 후)

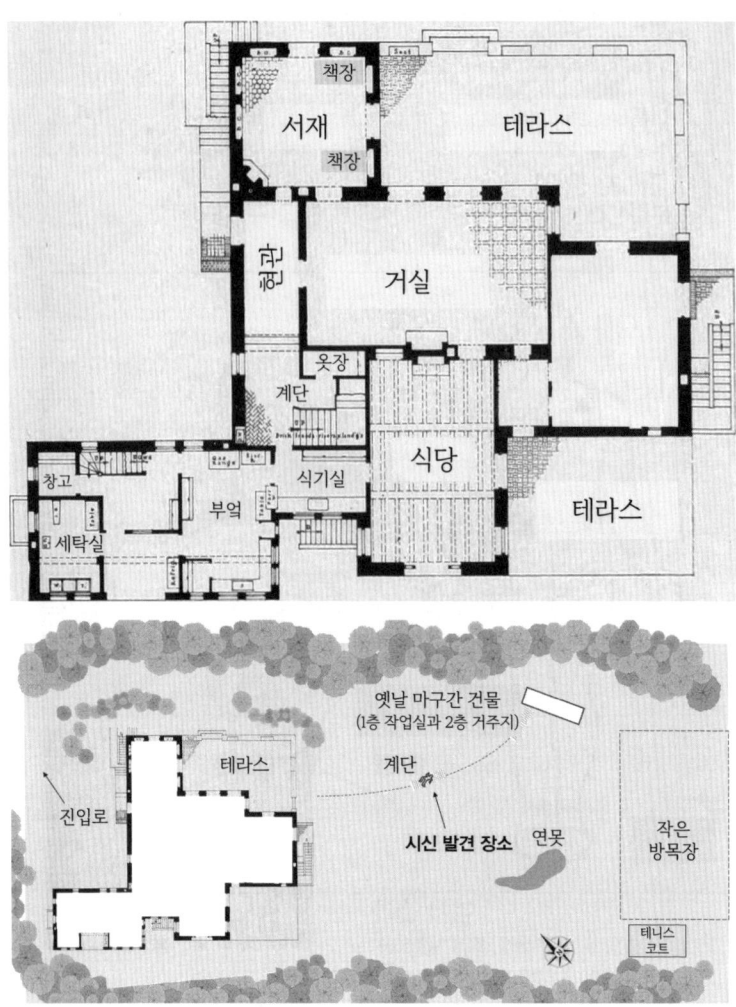

JJ 노턴　　여기에 테니스 코트가 있고, 여기에 방목장이 있습니다. 그리고 이쪽에 있는 건물은 옛날 마구간 건물로, 하워드 집안이 차고 겸 작업실과 창고로 개조해서 사용했죠. 라이더의 오토바이도 이곳에 보관했습니다.

차고 위층은 필요 시설을 갖춘 독립적인 주거 공간으로 개조하여 캐럴라인이 맨 처음 하워드 집안에 보모로 들어왔을 때 살았고, 방금 들었듯이 살인사건이 일어난 시기에는 모라 하워드의 방으로 사용되었습니다.

배치도상으로는 알 수 없지만, 저택에서 마구간 건물 사이에는 꽤 가파른 경사가 있어서 이곳에 계단이 만들어졌습니다. 정원은 말 그대로 테라스에서 연결되고요.

(배치도를 내려놓고 주위를 둘러보며) 아까도 말했지만 가해자가 저택 안으로 들어온 흔적은 없었습니다. 딸들이 귀가했을 때 문도 잠겨 있고요. 정원에서도 식별 가능한 발자국은 발견되지 않았습니다. 날씨 탓도 있었겠죠.

앨런 캐닝   어쨌든 그때가 10월이었고 궂은 날씨에 기온도 겨우 5도였기 때문에 집에 들어오는 사람들은 십중팔구 장갑과 외투 차림이었을 테니 설령 그날 비가 오지 않았더라도 DNA 흔적이 남아 있을 가능성은 적습니다. 날씨를 고려하면 그렇게 입었대도 의심을 사지 않았겠죠.

JJ 노턴   가능성이 별로 없는 가정 같기는 하지만 라이더가 정원에 침입자가 있다는 걸 눈치채고 살펴보기 위해서 밖으로 나갔을 수도 있고, 아니면 그 침입자가 라이더가 아는 사람이었을 수도 있고—

미첼 클라크   정체불명의 킹스크로스 역 남자일 수도 있죠, 아니면 여자거나―

JJ 노턴   그리고 무슨 이유에서인지 루크는 그 사람이 집으로 들어오는 걸 원하지 않았고, 그래서 궂은 날씨에도 불구하고 밖에서 만났습니다.

라일라 퍼니스   그렇지만 그게 아주 이상한 건 아니잖아요? 살해당한 시간이 아무리 빨라도 밤 9시 30분 직후였으니 루크는 모라와 어밀리가 곧 귀가하리라는 걸 알았겠죠. 만약 그가 조금이라도 의심받을 만한 사람을 만나기로 했다면 딸들에게 들키고 싶지 않았을 게 당연해요.

빌 세라피니   (의미심장하게 고개를 끄덕이며) 특히 **캐럴라인**에게 알려지기를 원치 않았다면 더욱 그랬겠군요. 딸들이 뭔가 미심쩍은 걸 보고 엄마에게 숨길 리가 없으니까요. 특히나 딸들이 루크의 약점으로 잡을 수 있는 거라면 더욱 감추고 싶었을 겁니다.

라일라 퍼니스   바로 그거예요.

휴고 프레이저   하지만 달리 생각해보면 루크는 차고 작업실에 오토바이를 보관하고 있었으니, 기다리는 사람이 있었든 없었든 정원에 나갈 이유가 있긴 합니다.

JJ 노턴   이론상으로는 그 말도 맞습니다. 하지만 루크는 작업실에 자물쇠를 채워놓았고 시신이 발견되었을 당시 열쇠를 지니고 있지 않았습니다. 열쇠는 집에 있었죠. 그러니 루크가 오토바이를 손보러 가던 길에 공격을 받았다는 가능성은 제외할 수 있습니다.

그리고 분명히 말하지만, 작업실에서 사라진 도구는 전혀 없었을 뿐더러 핏자국이나 다른 사람의 흔적이 남은 도구도 없었습니다.

라일라 퍼니스   범행 도구가 무엇일지 생각해야겠군요.

JJ 노턴   그렇습니다. (부검 사진들을 나누어준다. 자세한 부분은 카메라에 흐릿하게 보인다) 심약한 분들은 보기 힘든 사진입니다만, 보시다시피 후두부의 상처는 루크를 기절시키기에 충분한 정도입니다. 또 양손에 보이는 경미한 찰과상은 돌계단에서 떨어지면서 생긴 것으로 보입니다. 그러나 얼굴과 두개골 앞부분에 입은 심한 손상은 분명 사고에 의한 상처가 아닙니다.

빌 세라피니   (사진을 살피며) 지속적이고 잔인한 공격을 받은 것 같군요.

JJ 노턴   (다시 검시 보고서를 가리키며) 얼굴 부위를 여덟 차례 가격당한 흔적이 직접적인 사망 원인입니다. 부검 당시에는 분명하게 뇌가 보일 정도였습니다.

라일라 퍼니스　　전형적인 과잉 치사입니다. 어쩌다 그렇게 된 게 아니에요. 개인적인 감정이 실린 거죠. **아주** 강하게요.

미첼 클라크　　더군다나 루크가 이미 정신을 잃은 상태였다면 자기방어도 하지 않았을 텐데, 살인자는 정말로 루크가 죽기를 바랐군요.

휴고 프레이저　　살해 도구가 루크가 사용하는 연장이 아니라면 경찰은 무엇이라고 생각했나요?

JJ 노턴　　경찰도 정확한 결론을 내리지 못했습니다. 망치 같은 걸 미리 들고 왔을 수도 있고, 우발적으로 정원에서 돌조각이나 보도블록 파편을 집어들었을 수도 있겠죠.
　사진에 보이는 것처럼 계단 보수공사를 하는 중이었어서 사실 사건 당시 현장 주변에는 부서진 보도블록들이 많았습니다.

미첼 클라크　　재킷 속에 망치를 숨기고 런던 시내를 돌아다녔다가는 쉽게 눈에 띌 겁니다. 그냥 그렇다고요.

JJ 노턴　　맞습니다. 그래서 경찰도 돌을 사용했을 거라는 가정에 무게를 두는 것 같습니다. 정말 그랬다면 비에 씻겨 내려갔을 테니 확인할 방법이 없죠.

빌 세라피니   (범행 현장 사진들을 살펴보며) 보수공사 말인데요, 공사에 사용된 연장들은 모두 확인했겠죠? 삽이나 뭐 그런 것들 말입니다.

JJ 노턴   물론입니다.

휴고 프레이저   (배치도를 보며) 멀지 않은 거리에 꽤 큰 연못이 보이네요. 범행 도구를 버리기에 "최적의 장소"처럼 보이는데요. 특히나 정원에서 무작위로 집어 든 폐기물이라면 은폐하기가 더욱 쉬웠겠죠.

JJ 노턴   그렇습니다. 물론 당시에 연못도 물을 다 빼고 조사했습니다. 하지만 연못 바닥에 돌무더기와 부서진 파편들이 쌓여 있어서 돌 하나 더 빠뜨렸다 해도 확인이 어렵습니다. 더구나 물속에 빠진 상태에서 증거를 찾기란 불가능하죠.

라일라 퍼니스   시신의 상처나 머리카락에 돌을 사용했다는 가정을 뒷받침할 만한 흔적 같은 건 없었나요?

JJ 노턴   좋은 질문입니다. 결론부터 말하면 있었습니다만, 정확히 규명하기에는 부족했습니다. 시신이 밖에서 발견되었고 몇 개의 계단을 굴러떨어졌으니 어느 정도 오염될 수밖에 없었겠죠.

앨런 캐닝   돌을 사용했다는 가정이라면 남자와 마찬가지로 여자도 쉽게 휘두를 수 있을 겁니다.

빌 세라피니   (의미심장하게 고개를 끄덕이며) 그리고 캐럴라인은 도보로 20분 정도 떨어진 거리에 있었어요.

라일라 퍼니스   캐럴라인의 친구들이 파티 도중 그녀가 잠시 자리를 비웠다고 말했나요?

빌 세라피니   "직접 본 사람은 없다"라고 했습니다.
 하지만 만찬 파티가 아니라 술자리였기 때문에 다들 앉아 있지 않았습니다. 30-40명이나 되는 사람들이 참석했으니 캐럴라인이 잠시 사라졌다고 해도 쉽게 눈에 띄지 않을 수 있어요.

라일라 퍼니스   그렇지만 캐럴라인이 다시 파티장으로 돌아갔을 때는 비가 내리고 있었으니 홀딱 젖었을 거예요. 핏자국은 말할 것도 없고요. 그런 모습이 눈에 띄지 않을 리는 없죠.

빌 세라피니   캐럴라인의 변호사들도 경찰에 정확히 그렇게 말했습니다. 하지만 그날 밤 파티에 참석했던 사람들에게 연락해서 혹시 더 하고 싶은 말이 없는지 확인해볼 참입니다.

휴고 프레이저   (노란색 메모지에 뭔가 기록하며) 그러니까 지금 상황에서, 우리가 생각하는 용의자는 이렇군요.

캐럴라인, 이런 종류의 살인사건이 벌어지면 가장 가까운 배우자가 범인인 경우가 많다는 사실을 고려하면 가장 유력한 용의자. **그러나** 꽤 분명한 알리바이가 있고 명백한 살해 동기가 없음. 최소한 아직 밝혀진 것은 없죠.

루퍼트, 마찬가지로 분명한 동기가 없고, 당시에 런던에 있지 않았다고 주장하고 있음. 그러나 이 부분은 다시 확인해야 합니다.

그리고 마지막으로, 그러나 위의 두 사람 못지않게 중요한 용의자가 킹스크로스 역에서 루크에게 전화를 건 사람입니다. 물론 지금까지 신원이 밝혀지지 않았고 알아낸 것도 없지만요.

그러나 정말 라이더를 죽일 정도로 큰 원한을 품은 사람이 있었다면, 정말 눈에 불을 켜고 찾아야겠네요. 경찰도 찾지 못한 것 같으니까요.

(탁자를 둘러보며) 솔직히 이외에 또 누가 있겠습니까? (침묵)

미첼 클라크   (고개를 들며) 나도 있습니다.

페이드아웃 후 엔딩 크레딧

닉 빈센트의 촬영 마무리 이메일, 2023년 4월 6일 오전 10시 11분

날짜 2023/04/06 목요일 10:11
발신 닉 빈센트
수신 가이 하워드, 휴고 프레이저, 앨런 캐닝, 미치 클라크, 라일라 퍼니스, 빌 세라피니, JJ 노턴
참조 타렉 오스만, 파비오 배리, 드라이 라이저 제작팀
제목 첫 편 마무리 및 다음 일정 건

미치에 관한 비밀을 마지막 장면까지 잘 지켜주신 점 다시 한번 감사합니다. 시청자의 관심을 붙잡는 데는 뭐니 뭐니 해도 손에 땀을 쥐게 하는 극적인 요소만 한 게 없죠. 그러나 이제부터는 촬영 중에 여러분이 미처 몰랐던 내용이 나오면 그때그때 바로 말씀해주시기 바랍니다. 극적인 효과를 한층 더 높여줄 테니까요!

다음 촬영은 17일에 재개할 예정이며 당연히 미치에게 초점을 맞춰 그가 사건과 어떤 관련이 있는지에 집중할 것입니다. 그 사이 앨런과 빌이 당시에 수사를 이끌었던 피터 라셀레스와 인터뷰를 진행할 예정이고요. 그는 오래 전에 퇴직했지만 예리한 통찰력은 여전하지요. 우리가 처음 인터뷰를 제안했을 때는 망설였지만, 이제 마음을 정한 것 같습니다. 지금은 데번에 살고 있으니 아무래도 남쪽으로 짧은

여행을 다녀와야 할 것 같군요.

늘 그렇듯이 질문 있으시면 주저 말고 연락해주십시오.

닉

날짜 2023/04/07 금요일 14:05
중요도 상
발신 타렉 오스만
수신 파비오 배리, Mel@MediumRare.com
제목 2화를 위한 시각 자료

전에 말씀드렸던 대로 미치에게서 받은 2003년경에 찍은 사진을 첨부합니다. 예상했던 대로 런던 경찰청은 그의 경찰 심문과 관련한 영상과 취조록을 공개하지 않겠다고 거부했습니다. 그래서 그 대안으로 재연 장면을 찍으려고 합니다.

그래도 원래 수사와 관련한 다른 뉴스 영상들을 발견했습니다. 물론 미치는 등장하지 않지만요.

감사합니다.

타렉

어밀리와 모라 하워드가 주고받은 문자 메시지

2023년 4월 7일 저녁 7시 33분

> 어떻게 되어가고 있어?

>> 내 예상대로지 뭐. 근데 그 집에 다시 가니까 기분이 이상하더라.

> ?? 몇 달 전부터 거기 있었잖아.

>> 그치, 근데 내 방에만 있었거든, 집이 아니라. 집에 들어가니까 정말 시간이 멈춘 것 같았어.

>> 진짜 기분 묘하더라.

>> 네 방은 네가 떠난 날 그대로고, 가이 방도 마찬가지야.

>> 소름 끼쳤잖아, 나.

> 인터뷰는 어땠어?

>> 엄마랑 어맨다 얘기가 계속 나왔어. 자동차 사고 얘기도 나왔고.

> 그게 이거랑 무슨 상관인데?

가이 말로는 "프로그램 흐름상" 필요한 얘기라나. 😏

앞으로도 이런 식이겠지.

어쨌든 이렇게 시간이 많이 흘렀는데 이제 와서 누가 그런 쓸데없는 이야기에 신경 쓰겠어?

말은 쉽지.

나 잘하고 있거든?
괜찮을 거야. 약속할게.

그건 그렇고 루퍼트도
그닥 멋있게 나오는 거 같진 않더라.

감추기 바쁘겠지, 뭐.

머저리.

맞아. 늘 그랬지. 넌 걱정말고 있어.

알겠지? 다 잘돼가고 있으니까.

「타임스」, 2023년 10월 4일

방송 프로그램

도니 저택에서 일어난 수수께끼 사건

쇼러너 사의 새로운 시리즈가
악명 높은 범죄 사건을 해결할 수 있을 것인가? **로스 레슬리**

인퍼머스 :
누가 루크 라이더를 죽였나?(쇼러너)

잉글리시 미스틱스 :
새뮤얼 파머 (BBC4)

어제(10월 3일) 막을 올린 쇼러너 사의 새로운 시리즈「인퍼머스」는 2003년에 발생한 "악명 높은" 진짜 미제 사건에 초점을 맞추었다. 당시 스물여섯 살이던 오스트레일리아인 루크 라이더가 잔인하게 살해당한 캠든 힐은 그 당시 내가 대학을 갓 졸업하고 거주했던 동네에서 얼마 떨어지지 않은 곳이었다. 그 살인사건의 여파로 모두가 불안에 떨었던 것을 지금도 기억하는데, 특히 내 하우스메이트였던 여성들은 더욱 그랬다.

수백 명의 경찰관이 수사에 투입되었던 이 사건에서 경찰들은 단서란 단서는 모조리 확인하고 또 확인했을 것이 틀림없다. 지금까지 그 사건을 다룬 범죄실화 다큐멘터리도 여러 편 제작되었지만, 어느 것도 새로운 실마리를 제공하지는 못했다. 그런데 지금, 사건 발생 후 20년이 된 시점에서「누가 루크 라이더를 죽였나?」가 등장했다. 이 프로그램의 감독인 가이 하워드가 피해자의 의붓아들인 덕분에 제작팀은 하워드 가족과 범행 현장에 접근할 수 있는 전례 없는 특권을 얻었다. 만약 누군가 뭔가를 발견할 수 있다면, 그 주인공은 바로 그들이리라는 기대가 모이고 있다.

「누가 루크 라이더를 죽였나?」는 또한 "인퍼머스" 프랜차이즈의 이전 시리즈와는 달리 새로운 형식을 시도했다. 전문가들을 한자리에 모아서 "실시간"으로 사건을 재조사하는 것이다. 우리는 이것을 리얼크라임 장르판 리얼리티 쇼라고 불러도 좋을 듯하다. 어젯밤에 공개된 첫 편의 마지막 순간에 밝혀진 뜻밖의 반전은 긴장감을 더욱 고조시켰고 프로그램의 성공을 예감케 했다.

한편 "잉글리시 미스틱스"의 2화는 19세기의 화가 새뮤얼 파머를 다루었고……

인퍼머스 / 루크 라이더 가입하기

모두의 의견을 들을 수 있게 하위 게시판을 만들었습니다. 게시판 규칙을 잘 지켜주세요. 모두 환영합니다!

　작성자 Slooth　　9시간 전
　댓글 6　　공유 숨김 신고

대박……어제 마지막에 나온 결정타 뭐임? 미치라는 남자를 아는 사람이 있기나 했겠어요??

　작성자 BernietheBoltcutter　　9시간 전
　댓글 4　　공유 숨김 신고

　나 여태까지 이 사건에 관한 정보는 다 찾아본 사람인데 그 남자는 "수사망"에 오른 적도 없는 사람이에요.

　　작성자 AngieFlynn77　　8시간 전
　　댓글 2　　공유 숨김 신고

　킹스크로스 역인가 어딘가에서 왔다는 전화는 또 뭐고……내가 잘못 아는지 모르겠는데 그것도 새로운 정보잖아요. 그게 결정적인 단서일 수도?

　　작성자 Investig8er　　8시간 전
　　댓글 8　　공유 숨김 신고

　동감이에요.

　　작성자 AngieFlynn77　　8시간 전
　　공유 숨김 신고

사건 당시에 경찰은 부인을 의심했어요. 물론 언론에서 당장 그렇게 발표하진 못했지만, 사실 당시엔 가장 유력했죠.

　작성자 TruCrimr　　7시간 전
　댓글 6　　공유 숨김 신고

　흥미롭군요. 부인이 그랬다고 생각해요?

　　작성자 RonJebus　　6시간 전
　　공유 숨김 신고

지금은요. 살해 동기가 있는 사람이 또 있을 것 같지 않아요. 하지만 이 사람들이 새로운 걸 알아낼지도 모르겠네요. 지켜보면 알겠죠.

↪ 작성자 TruCrimr　　　6시간 전
　　공유 숨김 신고

저는 형식이 맘에 들었어요. 본 사람 있을지 모르겠지만 다큐멘터리 「누명 쓴 사나이」랑 좀 비슷한 느낌이에요. 2018년 조 벌링거 감독 작품인데 퍼트리샤 로어러 사건 다룬 편이 진짜 좋았고 그때도 이전에 본 적 없는 내용이 나왔죠.

↪ 작성자 Brian885643　　　5시간 전
　댓글 11　　　　　　공유 숨김 신고

여태 내가 이 사건을 몰랐다니 기가 막힘……완전 흥미진진! 게다가 그 집은 어떻고! 대박! 런던 한복판에 그런 집들이 있는 줄 전혀 몰랐음. 도대체 그렇게 생긴 궁전은 얼마나 함? $$$$

↪ 작성자 TCFanatic88　　　4시간 전
　댓글 2　　　　　　공유 숨김 신고

　돈거래를 추적해야 해요. 그냥 하는 말이지만.

　↪ 작성자 TruCrimr　　　4시간 전
　　　공유 숨김 신고

　　맞아요. 돈이 중요한 원인일 게 뻔하죠.

　　↪ 작성자 Brian885643　　　3시간 전
　　　　공유 숨김 신고

제2화

촬영

드라이 라이저 필름 Ltd.
227 셔우드 가, 런던 W1Q 2UD

출연	콜시트	제작 닉 빈센트
앨런 캐닝 미첼 클라크 휴고 프레이저 라일라 퍼니스 JJ 노턴 빌 세라피니	**인퍼머스** **누가 루크 라이더를 죽였나?** 2023년 4월 17일 월요일 제2화 현장 3일 중 첫째 날	감독 가이 하워드 편집 파비오 배리 조사원 타렉 오스만 제작 보조 제니 테이트 야외촬영 관리 가이 존슨 현장 아침 식사 8 : 30 ~ 점심 식사 12 : 45 ~ 예상 촬영 종료 17 : 30
출연자 대기 0845 **카메라 준비 0915**		
일출 05 : 59 일몰 19 : 58 일기예보 3도, 흐림		출연자 공지 외부 촬영이 먼저 진행될 예정이오니 적절한 옷차림 요망

장소	참고
도니 저택 2 라버트 가 캠든 힐 런던 W8 0TF	현장에 일부 주차 가능(사전 예약 필수) 가까운 전철역	홀랜드 파크 비상 전화 07000 616178

팀원 명단

직책	이름	휴대전화	전화	이름	휴대전화	전화번호

타이틀 시퀀스 범죄 현장과 뉴스 보도 장면, 가족 사진 및 짧은 영상들이 아트하우스식 흑백 몽타주로 이어진다.

주제곡 밥 딜런의 "It's Alright, Ma(I'm Only Bleeding)" — 1969년 영화 「이지 라이더」 삽입곡 중에서

제목

인퍼머스

페이드인

누가 루크 라이더를 죽였나?

페이드아웃

어두운 배경이 깔리고, 여성 해설자의 목소리와 함께 글이 나온다.

> 2003년 10월 3일, 무자비하게 구타당한 루크 라이더의 시신이 런던 서부의 부촌에 있는 그의 부인의 집 정원에서 발견되었습니다. 시신을 발견한 사람은 당시 열다섯 살이던 의붓딸이었습니다.
>
> 집은 텅 비어 있었습니다. 누군가 침입한 흔적도, 도둑맞은 물건도 없었으며, 그토록 잔인한 범행을 저지를 만한 뚜렷한 동기도 없는 것 같았습니다.

> 경찰은 수사에 어려움을 겪는 듯 보였습니다.
> 그러나 대중은 시신이 발견된 지 몇 시간 만에 경찰에게 붙잡혀 심문을 받은 사람이 있었다는 사실을 지금껏 몰랐습니다.
> 그 남자의 이름은 미첼 클라크였습니다.

페이드아웃

장면 전환 도니 저택의 대문 앞에 서 있는 출연진. 구름이 끼어 다소 흐리지만 대체로 맑다. 그러나 코트를 입고 목도리를 두른 출연진을 보면 4월치고는 쌀쌀한 날씨임을 짐작할 수 있다.

빌 세라피니 자, 미치, 지난 회차의 마지막 장면이 아마 시청자들에게 큰 충격을 안겨주었을 겁니다. 이 사실이 당시에는 왜 공개되지 않았는지 혹시 알고 있습니까?

미첼 클라크 사실 살인사건 용의자로 체포된 적은 없습니다. 아마도 경찰은 내가 흑인이라는 이유로 잡힌 것으로 보일까 봐 조심했겠죠. 그 동네는 부촌이니 특히 그랬을 겁니다. 2003년이라 사람들이 아직 "맥퍼슨 보고서"를 생생하게 기억할 때였어요.

빌 세라피니 (카메라를 향해) 저 같은 미국인들을 위해 설명하자면, "맥퍼슨 보고서"란 런던 경찰청이 1993년에 발생한 스티븐 로런스라는 흑인 청년의 살인사건에 대응한 방식에 관한 보고서입니다.

조사 결과 발견된 사실들이 1998년에 발표되었는데, 그 여파로 런던 경찰청은 "제도적인 인종차별주의 집단"이라는 비난에 시달렸습니다. 당시에 매우 큰 논쟁거리가 되었죠, 그렇죠?

미첼 클라크   물론이죠.

빌 세라피니   이제 그때 당신에게 무슨 일이 있었는지 말해보세요. 어쩌다 연루되었습니까? 그때 당신은 20대 초반이었지만 이미 기자로 일하고 있었죠?

장면 전환 후 몽타주   기자 클라크의 이름이 들어간 신문 기사들이 사건 당시 클라크의 모습과 교차한다. 미치의 이야기가 이어지는 동안 영상이 이어지다가 화면이 다시 빌을 비춘다.

14세 흑인 남학생, 급증하는 갱단 폭력에 희생

지난 금요일 밤 버리 가 근처에서 일어난 칼부림 사건으로 숨진 10대 소년은 웨스트번 파크의 엘리 클로즈에 사는 14세 잭슨 터너로 밝혀졌다.
터너의 어머니인 캐롤은 자신의 아들이 갱단과는 아무런 관련도 맺지 않았다고 부정하면서, 다른 부모들에게 자녀를 주의 깊게 살피라고 호소했다. "잭슨은 착한 아이였어요."
오클리 파크 커뮤니티 칼리지의 교사들은 터너가 최근까지 성실히 출석했으며 다섯 과목의 GCSEs를 준비하고 있었다고 전했다.

미첼 클라크 기자

◀「웨스트런던 가제트」
2002년 1월

▼「보이스」
2001년 6월

논설   맥퍼슨 보고서는 무엇을 변화시켰나?

이러한 우려가 해소되기 전에는 단기간에 개선되리라고 기대하기는 어려운 형편이다.

흑인 남성은 누구나 길을 가다 갑작스러운 검문 검색을 당해본 경험이 있으며, 이는 대학생이라고 해서 다르지 않다. 그

약물 및 흉기 관련 범죄 "만연" …… 미첼 클라크 기자
경찰청 상급 간부, "한숨"

한 소식통에 따르면 어제 런던 경찰청 고위 간부가 런던의 거리에서 벌어지는 약물 및 흉기 관련 범죄 수준이 "통제가 어려운" 수준임을 인정했다고 한다.
특히 런던 서부 지역이 인종 간 갈등과 갱단 활동의 증가로 위험하다고

"더욱 효과적인 전략"이 시급

포럼 부청장은 한 자선행사에서 21세기에 걸맞은 경찰 서비스를 제공하는 데 최선을 다하겠다고 강조했다.
세인트 앤 & 세인트 아그네스 학교에서 열린 이 행사는 세이브 더 칠드런의 아프리카 활동을 돕기 위한 모금 행사의 일환으로 개최되었다.

◀「래드브로크 그로브 이브닝 뉴스」
2003년 3월

미첼 클라크　　2003년에 나는 스물한 살이었고 프리랜서 기자로 활동 중이었습니다. 특정 신문사에 소속된 건 훨씬 나중의 일이죠. 당시 래드브로크 그로브에 살았기 때문에 내가 쓴 기사는 대부분 그곳 신문에 실렸어요.

빌 세라피니　　래드브로크 그로브는 캠든 힐 바로 옆에 있는 동네이지만 가까운 것 외에는 모든 면에서 매우 다르죠, 맞습니까?

휴고 프레이저　　하늘과 땅 차이죠. 그때는 아마 더 심했을 겁니다. 거리로는 1킬로미터 정도밖에 안 되는 가까운 동네지만 북극과 남극처럼 완전 딴판입니다. 약물과 폭력, 총과 칼을 쓰는 범죄가 흔했어요. 위험한 동네죠.

미첼 클라크　　(그를 보며) 그 모든 게 결핍과 형편없는 주거 환경, 그보다 더 열악한 교육 환경이 빚어낸 결과였습니다. 지금도 마찬가지고요. 미안하지만, 이 말은 꼭 해야겠어요. **만연하고 "제도적인"** 인종차별 역시 큰 영향을 미치고 있습니다. 반드시 대중에게 알려야 하는 이야기들이죠.

휴고 프레이저　　(고급 디자이너 가죽장갑을 낀 두 손을 들어올리며) 그 말에 반대하는 거 아닙니다. 나를 봐요, 어딜 봐서 내가 전형적인 백인들과 비슷합니까.

빌 세라피니   그래서요 미치, 라이더 사건은 어떻게 알게 되었습니까? 평소 당신이 다루던 주제와는 좀 다른 사건 같은데요.

미첼 클라크   달랐죠. 하지만 여느 기자들처럼 나도 경찰의 라디오 통신을 주의 깊게 듣고 있다가-

자료 화면   경찰의 양방향 무전기에 대한 영상. 경찰 간의 통신 내용을 듣고 있는 사용자의 모습이 클로즈업된다.

빌 세라피니   몰래 듣고 있었군요, 그렇죠? 무슨 일이 있는지 내부 이야기를 들으려고요?

미첼 클라크   네, 그리고 그때 경찰이 그 주소로 경찰차를 보내라고 지시하는 걸 들었어요. 바로 감이 왔죠. 이런 동네에서는 나쁜 일이 일어나지 않거든요. (거리를 향해 손짓하며) 이 동네를 좀 보세요.
 어쨌든 때마침 다른 건수도 없었고, 가까이 있었기 때문에 단숨에 달려왔죠.

빌 세라피니   여기 왔을 때 뭘 발견했습니까?

미첼 클라크   보시다시피 이 집은 길에서 잘 보이지도 않습니다. 빌어먹을 대문을 찾는 데만 5분 정도 걸렸다니까요. 저쪽 길

반대편에 차를 세워놓고 경찰차가 도착해서 벨을 눌러 대문 안으로 들어갈 때 나도 차에서 내려 그 뒤를 따랐어요.

앨런 캐닝   당연히 불법이었죠-

미첼 클라크   엄밀히 따지자면 그렇죠.

앨런 캐닝   사실 엄밀히 따질 필요도 없습니다. 그것 때문에 경찰에 붙잡혀서-

빌 세라피니   (대화에 끼어들며) 잠깐만요, 너무 앞서가는 거 같습니다. 다시 대문 안으로 들어갔을 때로 돌아가죠. 경찰은 당신이 따라오는 걸 몰랐습니까?

미첼 클라크   그런 것 같습니다. 꽤 어두웠고 비까지 퍼붓고 있었으니까요. 모르긴 해도 내 차가 그랬던 것처럼 경찰차 창문도 허옇게 김이 서렸겠죠.

빌 세라피니   그다음에는 무슨 일이 있었죠?

미첼 클라크   직접 보여드릴까요?

카메라 무빙   대문이 열리고 출연진이 빌과 미치를 따라 자갈이 깔리고 키가 큰 나무들이 늘어선 진입로를 따라 올라간다. 진입로가 오른쪽으로 구부러지고 얼마 후 집이 보인다. 이미 여러 번 사진을 통해 본 집이지만 여전히 감탄이 나온다.

미첼 클라크   (멈춰서서 손으로 가리키며) 경찰들은 저기 왼쪽에 차를 세웠고 현관으로 가서 벨을 눌렀습니다. 나는 경찰들 눈에 띄지 않게 이쯤에서 기다리고 있었죠. 집 안으로 들어가게 해줄 리 없다는 걸 알고 있었지만 그래도 창문으로 뭔가 볼 수 있을지도 모른다고 생각했고-

빌 세라피니   그럼 커튼이 열려 있었습니까?

미첼 클라크   맞아요. 그래서 경찰이 안으로 들어간 후 집 뒤쪽으로 움직였죠.

카메라 무빙   출연진이 진입로를 가로질러 집의 오른편으로 이동하자 곧 뒤쪽에 있는 테라스가 나온다. 누군가가 "와" 하며 감탄한다. 출연진 앞에 정원이 펼쳐져 있다. 옛날 마구간 건물과 루크의 시신이 발견된 계단이 보인다. 그러나 잔디밭에서 노니는 비둘기 두 마리를 제외하고는 전혀 인기척이 없다.

라일라 퍼니스   지금은 여기 아무도 살지 않나요?

빌 세라피니　　작년에 세 번째 남편이 죽기 전까지 캐럴라인이 살았습니다. 지금은 서머싯에 살고 있죠. 두어 달 전에 모라가 집을 관리하기 위해 예전에 쓰던 방으로 이사 왔습니다. 하지만 그 외에는 아무도 없지요.

　　(미치를 향해) 다시 2003년으로 돌아가서, 여기 왔을 때 무슨 일이 있었나요?

미첼 클라크　　아주 어두웠어요. 빛이라고는 창문에 비친 불빛이 전부였고 비가 쏟아지고 있었으니까요. 하지만 저쪽 계단 발치에 뭔가가 있는 걸 똑똑히 봤습니다. 정확히 뭔지는 알 수 없었고 시커먼 그림자 정도였어요. 마치 낡은 옷 무더기를 쌓아놓은 것처럼요.

빌 세라피니　　모라가 본 것도 비슷했어요. 우리도 가까이 가서 볼까요?

카메라 무빙　　잔디밭을 가로질러 돌계단으로 향하는 출연진의 뒤를 따른다. 카메라의 시점이 낮아지며 서리 내린 풀밭 위에 발자국을 남기며 걸어가는 출연자들의 발을 비춘다.

빌 세라피니　　단순히 낡은 옷 무더기가 아니라는 건 금방 눈치챘겠는데요.

카메라 무빙   시신이 발견된 자리를 가까이 확대한 후, 화면이 비가 쏟아지는 어둠 속에 시신이 누워 있는 사건 당일 밤의 재연 장면으로 천천히 바뀌었다가 다시 밝아지며 현재로 돌아온다.

미첼 클라크   맞아요. 무슨 공포영화의 한 장면 같았습니다. 알아보기도 힘들게 두들겨 맞은 얼굴에, 사방으로 피가 낭자했어요. 비가 계속 내렸고요.

빌 세라피니   그러고 나서 무슨 일이 있었죠?

미첼 클라크   솔직히 말씀드리면 1분 정도 제정신이 아니었던 거 같습니다. 정신을 차려보니 경찰관 2명이 고함을 치며 집에서 뛰어나와 나를 잡으러 달려오는 게 보였습니다. 전 그대로 뒤돌아 도망쳤고요. (출연자들이 서로 눈빛을 교환한다)
  아마 여러분이라면 두려워하지 않고 당당히 말했을 거예요, 그렇죠? 거기서 뭘 하고 있었는지 경찰에게 있는 그대로 설명했겠죠? 하지만 여러분과 **나**는 달라요. 난 밥 먹듯이 검문 검색을 당하는 래드브로크 출신의 가난한 흑인 청년이었으니까요. (잠시 말을 멈추고 숨을 들이마신다)
  30초쯤 후에 **나**는 진흙탕에 누워 있었고 경찰은 날 살인 혐의로 체포하고 있었어요.

휴고 프레이저   그때 그 자리에서 당신을 체포했어요?

미첼 클라크   그렇습니다. 그러고는 집 앞쪽으로 끌고 와서 날 경찰차에 처넣었어요. 그러는 사이에 난리가 났더군요. 구급차에 감식반에, 경찰차도 3대나 더 출동했고, 다 모였죠. 모든 게 진행되는 동안 난 경찰차에 그대로 갇혀 있었어요. 새벽 1시가 넘어서야 노팅힐 경찰서에 넘겨졌죠.

장면 전환   모라 하워드. 1화와 똑같은 배경.

모라 하워드   바깥에서 무슨 일이 있었던 걸 기억해요. 갑자기 여기저기서 고함치는 소리가 들렸고 정원 쪽에서 옥신각신하는 소리가 들렸죠. 우리 때문에 집 안에 남아 있던 여자 경찰은 우리가 밖을 내다보는 걸 허락하지 않았어요. 남자를 본 기억은 없어요. 어밀리가 창가에 서 있었으니 봤을지도 모르지만, 난 기억나지 않습니다.

재연   소리 없이 영상만 나온다. 평상복을 입은 2명의 경찰관에 의해 경찰서 취조실로 들어가는 "미첼"의 모습을 카메라가 위에서 잡는다. 경찰들이 "미첼"에게 의자에 앉으라고 한 뒤 카메라를 등지고 그의 맞은편에 앉는다. 경찰들이 심문하기 시작하고 곧 분위기가 험악해진다. 미첼의 이야기가 계속되는 동안 화면이 이어진다.

미첼 클라크   경찰은 빌어먹을 6시간이나 날 잡아뒀어요. 똑같은 질문을 하고 또 했어요. 내가 거기서 뭘 하고 있었는지, 어떻게 집에 들어왔는지 물었습니다. 난 사실대로 기자라고 밝혔고 내가 쓴 기사들을 확인해보라고 말했지만 내 말을 믿지 않았죠. 그러고 나서 그가 도착했어요. 피터 라셀레스요. 런던 경찰청 소속 피터 라셀레스 **경위**.

재연 2명의 경찰이 일어서서 나간다. "미첼"은 몇 분 동안 왼쪽에 그대로 앉아 있다. 잠시 꼼짝하지 않고 앉아 있다가 의자 등받이에 등을 기대며 카메라를 정면으로 쳐다본다. 문이 열리고 다른 남자가 들어온다. 키가 크고 정수리 쪽이 벗겨지기 시작한 남자가 의자에 앉아 심문을 계속한다.

미첼 클라크 그리고 또 똑같은 과정을 반복했어요. 똑같은 질문, 망할 내 대답도 당연히 똑같죠. 그는 흑인도 **기자**가 될 수 있다는 사실이 믿기지 않는 눈치였어요. 그가 물건이 있는지 묻기 시작했어요. 내가 물건을 **팔았는지**, 루크에게 팔았는지, **그래서** 내가 그 자리에 있었던 건지-

다시 장면 전환 정원에 있는 출연진.

라일라 퍼니스 루크가 약물에 손댔다는 정보는 들은 기억이 없는데요. 부검에서도 나오지 않았고요.

JJ 노턴 맞아요, 약물에 관한 언급은 없었습니다.

라일라 퍼니스   (미첼에게) 물론 인종차별도 있었겠지만, 라셀레스는 왜 그렇게 약물에 관해 중점적으로 물었을까요?

미첼 클라크   난들 알겠어요.

앨런 캐닝   뒤졌겠군요? 몸수색도 했습니까?

미첼 클라크   (불편한 듯 몸을 뒤척이며) 그렇습니다.

앨런 캐닝   당신 차도 수색했겠죠?

미첼 클라크   그냥 마리화나가 조금 있었을 뿐이에요. 내 개인용이요.

휴고 프레이저   그것 때문에 경찰이 약물을 사용했을 가능성에 무게를 실었군요.

미첼 클라크   맞아요. 경찰은 내가 루크에게 약물을 팔려고 거기에 갔고, 거래하다가 다툼이 일어나서 사건이 벌어졌다고 생각하는 것 같았어요-

라일라 퍼니스   그날 초저녁 시간에 뭘 했는지 알리바이가 없었어요?

미첼 클라크   불행하게도 그랬죠.

라일라 퍼니스   그렇지만 만약 정말 "다툼"이 벌어졌고 어쩌다 루크를 죽였다면, 당신이 뭣 때문에 그 장소에 남아 있겠어요? 말이 안 되죠.

JJ 노턴   그리고 마리화나를 루크에게 팔 계획이었다면 차에 둘 게 아니라 당신이 가지고 있었겠죠, 안 그래요?

미첼 클라크   바로 그거예요. 간단히 말하자면.

앨런 캐닝   자, 그럼 분명히 하고 넘어가죠. 당신은 루크 라이더가 누군지 알았습니까?

미첼 클라크   (고개를 돌려 그를 보며) 아니요, 몰랐습니다.

앨런 캐닝   전에 만난 적 없습니까?

미첼 클라크   없었어요.

앨런 캐닝   그냥 본 적도 없어요?

미첼 클라크   없습니다.

앨런 캐닝　　하지만 경찰은 당신 말을 믿지 않았죠, 그렇죠?

미첼 클라크　　맞아요. 믿지 않았습니다.

앨런 캐닝　　이유가 뭔지 압니까?

미첼 클라크　　아니요, 나도 모릅니다. 직접 물어보세요.

빌 세라피니　　(출연자들을 둘러보며) 뭐, 아무래도 그래야 할 것 같군요.

장면 전환　 차에 타고 있는 빌과 앨런. 피터 라셀레스를 만나러 가는 길이다. 선글라스를 끼고 운전 중인 빌은 창문을 다 내리고 창가에 팔꿈치를 올리고 있다. 앨런은 묵직한 코트와 스카프 차림이다.

빌 세라피니　　현직 때 피터 라셀레스와 아는 사이셨습니까?

앨런 캐닝　　두어 번 사건을 같이 맡은 적은 있지만, 워낙 많은 사람이 투입된 큰 규모의 수사였기 때문에 잘 "아는" 사이는 아닙니다. 그런 사이는 아니에요.

빌 세라피니　　(흘깃 옆을 보며) 이 사건에 대해서 당신에게 뭐라고 얘기한 적은 없어요?

앨런 캐닝 (창밖을 바라보며) 난 이 사건과 관련된 적이 없습니다.

빌 세라피니 내 질문은 그게 아니잖아요?

앨런 캐닝 당시에 이 사건에 대해 그와 대화를 나눈 적은 없습니다.

빌 세라피니 그럼 그 이후에는요?

앨런 캐닝 (그를 쳐다보지 않고) 얼마 전에 이야기한 적이 있어요. 내가 이 프로그램에 나간다는 소식을 들었을 때요.

빌 세라피니 (급정거하며) 이 나라에서 여러 번 운전해봤지만 이런 원형 교차로는 도대체 적응이 안 되는군요─

앨런 캐닝 로터리라고 합니다.

빌 세라피니 언젠가 영국인이 해준 최고의 충고가 있어요. 일단 들어가기만 하면 그다음부턴 내 맘대로라고요. 어느 방향으로 나갈지만 잘 기억하라더군요. (자동차 경적을 울린다)

장면 전환 빌과 앨런이 피터 라셀레스의 집 앞에 서 있다. 깔끔하게 포장된 정원을 가로지르는 길 끝에 단층집이 있다. 바람이 불고 갈매기 소리가 들린다. 문이 열리고 라셀레스가 나온다. 예전에 언론에 실렸던 사진으로 낯이 익지만, 지금은 등이 굽고 안경을 썼다.

빌 세라피니   (선글라스를 벗고 손을 내밀며) 라셀레스 씨, 전직 뉴욕 경찰 빌 세라피니입니다. 만나 뵙게 되어 영광입니다.

피터 라셀레스   (다소 어리둥절한 표정으로 악수를 하며) 나도 마찬가집니다. 동감이에요.
  (캐닝을 향해 고개를 끄덕이며) 오랜만이군요, 앨런.

앨런 캐닝   만나서 반가워요, 피터.

피터 라셀레스   (한쪽으로 비켜서며) 들어와요, 어서 들어오세요.

장면 전환 빌과 앨런, 피터가 집 뒤쪽 정원이 보이는 피터의 거실에서 차를 마신다. 정원 대부분을 차지하고 있는 테라스 한쪽 구석에 녹이 슬기 시작한 바베큐 그릴이 있고, 어린이용 그네도 보인다. 탁자 위에 차가 담긴 찻잔과 주전자, 설탕통이 담긴 쟁반이 있다.

빌 세라피니   미첼 클라크와 대화를 나눴습니다.

피터 라셀레스   그럴 거라고 짐작했습니다.

빌 세라피니   그는 순전히 인종차별적인 이유로 자기가 표적이 되었다고 확신하고 있던데요.

(두 손을 올리며) 라셀레스 씨나 런던 경찰청의 절차를 무시하는 건 절대 아닙니다. 잘 아시겠지만 뉴욕 경찰국 내에도 문제가 있으니까요. 하지만 어쨌든 이건 밝히고 넘어가야 할 부분이라서요.

피터 라셀레스   그가 어떻게 생각하는지 잘 알고 있습니다. 그렇다고 지금 여기서 당시 런던 경찰청의 기록이 정확하다고 주장할 생각도 없습니다. 하지만 미첼 클라크의 경우는 보이는 것처럼 그렇게 흑백논리로 간단하게 설명할 수 있는 문제가 아닙니다.

빌 세라피니   설명을 좀 부탁드립니다.

피터 라셀레스   클라크는 우리에게 자기가 기자라고 말했습니다. 물론 그 말은 사실이었죠. 그런데 관여하는 데가 한두 군데가 아니었어요. 그가 작성한 기사들을 보면 알겠지만, 대부분이 범죄, 약물, 갱단에 관한 기사들이었어요. 클라크는 그 세계를 잘 알았고 연줄도 있었는데, 그 연줄을 단순히 기삿감을 얻는 데만 이용한 건 아니었습니다.

우리는 클라크가 소소하게 약물 거래를 해왔다는 걸 잘 알고 있었지만, 당시로서는 기소할 만큼 충분한 증거를 확보하지 못한 상태였어요.

빌 세라피니 그는 루크 라이더에게 약물을 판 적 없다고 부인했고, 우리가 알기로도 라이더는 약물을 사용한 적이 없습니다.

피터 라셀레스 맞아요. 하지만 라이더가 중독은 아니어도 가끔 재미로 손을 댔다는 증거는 찾았습니다. 주로 코카인이었지요.

빌 세라피니 그래서 클라크가 라이더에게 약물을 팔러 갔다고 생각했군요. 당시 코카인은 소지하고 있지도 않았는데 말이죠?

피터 라셀레스 그렇습니다. 맞아요.

빌 세라피니 하지만 라이더의 시신에서 현금은 나오지 않았죠, 그렇죠?

피터 라셀레스 네, 돈은 없었어요. 우리는 클라크가 그를 죽이고 나서 돈을 챙겼을 거라고 짐작했습니다. 클라크는 300파운드를 소지하고 있었거든요. 50파운드짜리 지폐로만요. 보통 그렇게 가지고 다니지는 않죠.

빌 세라피니 그 지폐에서 라이더의 지문이 발견됐습니까?

피터 라셀레스 아니요, 안타깝게도 2003년에 영국은 종이 지폐를 사용했습니다. 종이 지폐에선 아무것도 찾을 수 없죠.

빌 세라피니   하지만 추측하신 대로 약물 거래가 있었다고 해도 사건의 흐름이 좀 이상하지 않나요? 두 사람이 만나기로 했었고 예상치 않게 다툼이 생겨서 라이더가 목숨을 잃었다면, 클라크가 왜 경찰이 올 때까지 그곳에 남아 있겠습니까?

피터 라셀레스   우리는 이런 가설을 세웠습니다. 클라크가 돈을 찾느라 라이더의 주머니를 뒤지다가 하워드 자매가 집에 돌아온 걸 목격한 거죠. 거실 창문을 통해 두 사람의 모습이 분명히 보였을 테니까요. 클라크는 덤불에 몸을 숨겼고, 모라 하워드가 밖으로 나왔다가 시신을 발견하고는 집 안으로 뛰쳐들어가는 걸 봤습니다. 모라가 당장 경찰에 신고할 게 분명했지만, 그곳에서 빠져나가려면 진입로를 내려가서 대문을 기어올라 넘어가는 방법밖에 없었어요. 하지만 그건 쉽게 눈에 띌 테니 너무 위험하죠.
　그래서 우린 클라크가 정원에 숨어 있다가 경찰들의 주의가 산만할 때를 틈타서 빠져나갈 생각이었다고 추측했습니다.

빌 세라피니   그렇지만 경찰은 시신 옆에서 클라크를 발견하지 않았습니까?

피터 라셀레스   (씁쓸한 표정으로 빌을 보며) 클라크가 그렇게 말하던가요?

빌 세라피니   경찰관들이 자기를 발견해서 본능적으로 도망쳤다고 하더군요. 그리고 반대편에서 붙잡혔다고요.

피터 라셀레스   (고개를 저으며) 그런 일은 없었습니다. 부하 형사가 덤불에 숨어 있는 클라크를 발견하고 뒤쫓았어요.

빌 세라피니   클라크가 거짓말을 하고 있다는 건가요?

피터 라셀레스   (냉소적인 미소를 띠고) "저마다 다르게 기억할 수 있다"라고 해둡시다. 그날 밤 이웃을 돌며 탐문 수사를 했는데, 길가에 세워진 차 안에서 클라크와 인상착의가 일치하는 사람을 봤다는 한 주민의 증언이 있었어요. 그것도 클라크가 거기에 도착했다고 말한 시간보다 40여 분 **전**에요. 하지만 어두웠기 때문에 클라크나 그의 차를 정확하게 보지는 못해서 그를 포함해 용의자들을 한 줄로 세워놓았을 때 클라크를 찾아내지는 못했습니다.

빌 세라피니   클라크와 루크가 아는 사이였다는 증거를 찾으셨나요? 루크가 그날 밤 클라크를 기다리고 있었다는 증거는요?

피터 라셀레스   아니요. 두 사람을 연관 지을 만한 통화 기록이나 이메일 같은 건 없었어요.

빌 세라피니   하지만 킹스크로스 역에서 전화를 건 사람이 클라크일 수도 있지 않습니까?

피터 라셀레스   바로 그겁니다. 클라크는 그 전화가 걸려왔던 시간에 자기가 어디에 있었는지에 대해서 명백한 알리바이를 대지 못했어요.

앨런 캐닝   그래서 클라크가 "사유지에 무단 침입했다"라는 이유로 훈방 조치만 받았군요?

피터 라셀레스   그렇죠. 어떤 혐의에 대해서도 확실한 증거를 찾지 못했으니까요.
 (두 사람을 번갈아 보고 찻잔을 들며) 하지만 여러분은 나보다 운이 좋을 수도 있죠.

카메라 무빙   영상이 멈추고 카메라가 뒤로 물러나면서 스크린을 보던 출연진의 모습을 잡는다. 그들이 있는 곳은 메모판과 화이트보드, 스크린이 설치된 스튜디오 같은 공간으로, 천정이 높고 창문이 크며 하얗게 칠한 벽돌 벽이 드러나 있다. 빅토리아 시대 학교 건물을 연상시킨다.

빌 세라피니   (미첼을 향해) 방금 우리가 들은 내용에 대해 어떻게 생각하십니까?

미첼 클라크   (어깨를 으쓱하며) 전에 내가 했던 이야기 그대로예요. 토씨 하나 빠짐없이요. 나는 라이더를 만난 적도 없고, 그 공중전화로 전화를 걸지도 않았고, 한 번도 그에게 전화를 건 적이 없습니다. 그가 죽기 한 시간 전에 그 거리에 있지도 않았고요. 그냥 기삿거리를 찾아서 갔을 뿐이에요. 그리고 분명히 말하는데 난 약물 거래를 하지 않았어요.

경찰이 어떠한 증거도 찾지 못한 건 **사실이 아니기** 때문이에요. 그게 전부입니다. 하늘에 맹세코 정말입니다.

JJ 노턴   그후에 당신이 제대로 앙갚음했죠. 당신 때문에 런던 경찰청이 아주 곤욕을 치렀잖아요.

몽타주 미첼이 작성한 지역 신문 및 중앙 신문의 기사들.

W8 지구 살인사건 수사,
'치명적인 실패'라고
맹비난받는 런던 경찰청

오피니언
런던 경찰의 폐해를
적나라하게 드러내는
W8 지구 살인사건
수사의 더딘 속도

경찰이 "아는 게 없다"……W8 지구 살인사건
발생 후 5개월, 지역 하원의원의 거센 비판

라이더 살인사건,
유가족은 지금도 답을 기다린다

캠든 힐 살인사건 후 2년,
여전히 범인은 "오리무중"

참혹한 살인사건을 미제로 남긴
오류투성이 수사

JJ 노턴   (눈썹을 치켜올리며) 작정하고 칼을 갈았었군요, 미치?

미첼 클라크   (어깨를 으쓱하며) 누군가는 경찰에 책임을 물어야 하니까요.

라일라 퍼니스 그래서 지금 생각은 어때요, 미치? 오랫동안 이 사건에 관한 기사를 썼으니 그날 밤 무슨 일이 있었는지 나름대로 추리해봤을 텐데요.

미첼 클라크 누가 라이더를 죽였는지는 모르지만, 라이더를 왜 죽였는지 그 이유에 대해서 경찰의 조사가 부족했던 건 분명합니다.

빌 세라피니 경찰의 피해자 분석이 충분하지 않았다는 뜻입니까?

미첼 클라크 아마 당시 런던 경찰청은 그 말이 무슨 뜻인지도 잘 몰랐을 겁니다.

라일라 퍼니스 그건 좀 지나친 것 같은데요-

JJ 노턴 (미치에게) 확실히 해두기 위해서 묻는 건데, 당신은 범인이 아직 알려지지 않은 제3자라고 생각하는 겁니까? 그러니까, 캐럴라인이나 루퍼트가 아닌 다른 사람? 킹스크로스 역에서 전화를 건 사람을 찾아야 한다는 이야기인가요?

미첼 클라크 난 그렇다고 생각합니다.

라일라 퍼니스   (회의적인 말투로) 정말요? 지금까지 캐럴라인이 가장 유력한 용의자였는데요.

JJ 노턴   그렇지만 유죄 선고는 고사하고 캐럴라인을 기소할 만한 증거도 충분하지 않았잖아요? 박사님 의견에 반대하는 건 아니지만, 범행 동기에 관한 미치의 얘기가 맞을 수도 있다는 생각이 듭니다. 루크가 어떤 인생을 살았는지 경찰이 발견하지 못한 게 있을 수도 있어요.

라일라 퍼니스   난 그러기 전에 캐럴라인과 루퍼트를 조사해서 그들을 용의선상에서 제외하는 일이 먼저라고 생각해요. 당시에 경찰이 확인하지 못한 정체불명의 "미확인범"을 지금 와서 찾기는 훨씬 더 어려울 거예요.

앨런 캐닝   전적으로 동감합니다.

빌 세라피니   라일라 박사님 말이 맞아요. 그게 다음 순서일 것 같습니다. (탁자 주위를 둘러보며) 동의하십니까?
　(사람들이 고개를 끄덕이며 동의하는 소리를 들은 뒤) 자, 그럼 캐럴라인부터 시작하죠.
　JJ, 당신이 알려진 사실을 요약해주시겠어요?

JJ 노턴   그러죠. (파일을 펼치며) 캐럴라인은 1963년 헐의

외곽에서 캐럴라인 패로라는 이름으로 태어났고, 앨런과 제인 패로의 외동딸이었습니다.

몽타주 어린 시절 캐럴라인의 사진들. 부모님과 함께 찍은 사진, 바닷가에서 찍은 사진, 학교 교복을 입은 모습과 발레 수업을 받는 모습, 생일날 고깔모자를 쓰고 친구들과 찍은 사진 등. 갈색 머리에 밝은 미소를 짓는 깜찍한 캐럴라인은 주로 소녀 같은 옷을 입고 있다.

JJ 노턴 캐럴라인은 집안이 넉넉해서 사립학교에 다녔습니다만, "O" 레벨 성적을 보면 그다지 모범생은 아니었던 듯합니다. 열여섯 살 때는 연상의 남자를 사귀었는데, 둘 사이를 반대한 부모님이 캐럴라인을 여름 동안 에지바스턴에 있는 삼촌 집으로 보냈습니다.

 9월에 집으로 돌아온 캐럴라인은 학교에 가지 않겠다고 거부하며 보모 양성 프로그램에 등록했고, 스무 살이 되어서는 일을 하며 런던 켄싱턴 지역에 살았어요. 이때가 1980년대 초인데, 많은 시간이 흐른 탓에 당시 캐럴라인을 알고 지낸 사람을 찾기가 매우 힘들었습니다. 그러다가 딱 한 사람, 1984년에 캐럴라인을 잠시 고용했던 사람을 찾았습니다.

장면 전환 루스 캐머런. "캐럴라인 라이더의 전 고용주"라는 자막이 뜬다. 초라한 거실에 한 할머니가 앉아 있다. 각종 잡동사니와 화분들이 보이고 밤색 버미즈 고양이가 소파에 앉아 눈을 깜빡거리고 있다. 루스의 말투에는 미국식 억양이 희미하게 남아 있다.

루스 캐머런   우리는 늘 사이가 좋았어요. 사실 보모로는 그저 그랬죠. 한눈팔기에 재주가 있었거든요. 아이를 돌보는 보모로서는 문제가 생길 수 있는 기질이죠. 그래도 난 캐럴라인이 좋았어요. 수다 떨기를 좋아해서 같이 있으면 심심하지 않았어요.

　캐럴라인이 그만둔 후에는 연락하지 않았지만, 신문에서 결혼 기사를 본 건 기억나요. 결혼한다는 소식이 전혀 놀랍지는 않았어요. 보모는 그저 괜찮은 남편감을 만날 때까지만 임시로 하는 일이라는 걸 알고 있었거든요.

장면 전환   스튜디오. JJ가 여러 장의 사진이 붙어 있는 화이트보드 앞에 서 있다.

JJ 노턴   캐럴라인은 앤드루 하워드와 그의 아내에게 보모로 고용되어 도니 저택에 들어가면서 캐머런 씨 댁을 떠났습니다. 이때가 1985년이고 루퍼트는 막 다섯 살이 되었죠.

카메라 무빙   화이트보드에 붙어 있는 사진들을 비춘다. 1980년대 도니 저택의 모습이 담긴 사진들이다. 정원에서 친구들과 담소를 나누는 앤드루와 어맨다, 엄마 무릎에 앉아 있는 아기 루퍼트, 아빠의 어깨에 앉아 활짝 웃으며 손을 흔드는 루퍼트의 모습. 그리고 A3 고속도로 갓길에 전복된 어맨다 하워드의 자동차 골프 GTI의 파손된 잔해를 찍은 경찰 측 사진들, 마지막으로 결혼식 날 첼시 올드 타운홀 계단에서 찍은 앤드루와 캐럴라인의 사진 몇 장이 이어진다. 사진 속 캐럴라인은 금발에 미국의 영부인 재클린 케네디를 연상시키는 하늘색 투피스를 입고 있으며, 하워드는 회색 정장과 은색 넥타이로 말쑥하게 차려입었다. 그중 루퍼트가 두 사람과 같이 찍은 사진은 단 한 장으로, 캐럴라인에게서 최대한 멀리 떨어져서 아버지의 다리를 꽉 움켜잡고 있으며 웃음기 하나 없이 굳은 표정이다.

JJ 노턴 전에도 말했듯이 캐럴라인이 도니 저택에서 일하기 시작한 지 얼마 되지 않아서 어맨다 하워드의 사고가 발생했고, 캐럴라인과 앤드루는 사고 후 1년도 채 지나지 않아 지역 결혼등록 사무소에서 다소 간소하게 격식 없이 결혼식을 올렸습니다. 첼시 올드 타운홀을 "격식 없는 곳"이라고 부를 수 있다면 말이죠. 두 사람은 어맨다가 죽기 전부터 바람을 피웠다는 소문을 한사코 부정했지만, 이제는 사실이든 아니든 증명할 길이 없어졌죠.

라일라 퍼니스 어맨다의 차 사고가 정말 단순한 사고가 아니라고 의심할 만한 이유가 있었어요? 아니면 그저 악의적인 소문일 뿐이었나요?

앨런 캐닝 사고 기록을 꼼꼼히 확인해봤지만, 차에는 아무 이상이 없었습니다.

미첼 클라크 (자기 서류를 들춰보며) 빙판길 사고라고 결론이 나지 않았나요?

JJ 노턴 맞아요. 하지만 담당 경찰에 의하면 당시 어맨다의 혈중 알코올 농도가 법정 제한 수치 바로 아래였다고 합니다. 더구나 그때가 오전 11시였기 때문에 여러 사람이 그 소식에 놀랐지요. 그리고 경찰은 어맨다가 왜 그 길을 달리고 있었는지도 밝히지 못했습니다. A3 고속도로는 런던에서 서리, 햄프셔로 이어지는 길인데 그 지역에는 친구도, 가족도 없었다고 합니다.

라일라 퍼니스 평소에도 어맨다에게 술 관련 문제가 있었나요?

JJ 노턴 아뇨, 없었습니다. 사실 거의 술을 마시지 않았죠. 그래서 소문이 더 무성했습니다.

라일라 퍼니스 (한숨을 쉬며) 사람들이란. 정말 지긋지긋하네요.

미첼 클라크 그런 사람들은 어맨다에게 무슨 일이 일어났다고 생각한 거죠? 캐럴라인이 그녀를 없애려고 커피에 술이라도 탔다는 건가요?

앨런 캐닝 그렇다고 볼 수 있죠.

라일라 퍼니스   그건 터무니없는–

앨런 캐닝   (어깨를 으쓱하며) 나도 압니다. 하지만 그렇게 생각하는 사람이 많았어요.

라일라 퍼니스   당시에 그런 혐의에 대해서도 당연히 조사가 이루어졌겠죠?

앨런 캐닝   그렇습니다. 경찰이 정식으로 조사했죠. 어맨다의 가족들도 강력히 요청했고요.

라일러 퍼니스   그래서요?

앨런 캐닝   예상대로 확실한 결론을 얻지 못했습니다. 그날 아침 앤드루는 일찌감치 출근했고, 루퍼트는 겨우 여섯 살이었고, 집에 있던 사람이라고는 캐럴라인뿐이었습니다. 그녀는 어맨다의 목적지가 어디인지 몰랐고 그날 아침에 어맨다가 술 마시는 걸 보지 못했으며, 맹세코 어맨다에게 아무것도 주지 않았다고 진술했습니다. 하지만 그 말이 거짓이라도 무슨 수로 증명하겠습니까?

라일라 퍼니스   루퍼트 이야기가 나와서 말인데 지난번에 루크에 관해 언급했던 내용이 루퍼트 본인에게도 적용될 수 있습니다. 갑자기 엄마를 잃었고, 얼마 되지 않아서 다른 사람이 엄마 자리를 차지했는데 그것도 자기가 좋아하지 않는 사람이었으니 여섯 살 아이는 매우 불안했을 거예요. 나이가 어릴수록 새엄마나 새아빠를 비교적 빨리 받아들인다는 연구 결과가 있긴 하지만, 루퍼트의 경우는 분명히 그런 일반적인 상황이 아니었으니까요.

빌 세라피니 만약 앤드루와 캐럴라인이 바람을 피우고 있었다면 아이가 눈치챘을 수도 있습니다. 종종 있는 일이죠.

장면 전환 펄리시티 그레인저. "어맨다 하워드의 언니"라는 자막이 뜬다. 넓은 정원으로 이어지는 이중문이 있는 널찍한 부엌에 앉아 있다. 검은색 부엌 가구와 흰색 타일이 깔린 바닥, 크고 뾰족한 현대식 샹들리에가 매달려 있다.

펄리시티 그레인저 난 캐럴라인이 처음부터 앤드루를 눈독 들이고 있다는 걸 한눈에 알아봤어요. 속눈썹을 깜빡깜빡하며 앤드루를 바라보는 그 눈빛을 보면 알 수 있었죠.
  어맨다에게도 말했어요. 저 여자는 골칫거리니까 당장 내보내라고요. 하지만 어맨다는 그냥 웃어넘겼어요. 그리고 내 동생이 술을 마셨다면 절대 차를 몰고 나가지 않았을 거예요. 난 **알아요**. 더구나 빙판길이었잖아요. 이상한 점이 한둘이 아니라니까요.
  물론 루퍼트가 가장 안쓰러웠죠. 그 나이에 엄마를 잃었으니 얼마나 불쌍해요. 게다가 캐럴라인은 손가락에 결혼반지를 끼자마자 루퍼트에게는 완전히 무관심해졌어요. 그러면서 루퍼트가 "까다로운" 성격에 "말수가 적다"고 불평만 늘어놓았죠. 그나마 루퍼트가 우리에게 의지할 수 있어서 얼마나 다행이었는지 몰라요.

장면 전환 스튜디오.

휴고 프레이저 그런데 이 이야기가 우리에게 어떤 도움이 됩니까? 캐럴라인이 전 부인의 언니와 가깝지 않았다는 추론 외에 사건 해결과 무슨 연관이 있지요?

JJ 노턴 캐럴라인이 원하는 게 생기면 무슨 수를 써서라도 손에 넣으려는 성격임을 짐작할 수 있습니다. 솔직히 말해서 캐럴라인이 어맨다의 죽음과 아무 관련이 없다고 해도 기다렸다는 듯이 곧장 앤드루에게 접근한 건 사실이니까요.

빌 세라피니 그렇지만 그게 루크를 살해할 동기를 제공하는 건 아니잖아요? 애초에 왜 루크와 결혼을 했는지 그 이유를 설명할 수는 있겠죠. 캐럴라인은 루크를 원했고 그래서 누가 뭐라든 신경 쓰지 않고 손에 넣었어요.
  하지만 그런 것만으로 루크가 죽기를 바란 이유를 설명할 수는 없습니다.

미첼 클라크 어쩌면 루크가 바람을 피웠는지도 모르죠. 그거야말로 고전적인 살해 동기잖아요.

빌 세라피니　　사실 피터 라셀레스를 만났을 때 그 점에 대해서도 물어봤습니다. 그의 대답을 직접 들어보시죠.

장면 전환　빌과 앨런의 피터 라셀레스 인터뷰.

피터 라셀레스　　당연히 우리도 그런 가능성을 고려했습니다. 배우자의 부정에 대해서는 일말의 의심만 생겨도 부부 관계가 결딴날 수 있으니까요. 특히나 그 둘은 나이 차이도 큰 데다 캐럴라인은 절대 그런 모욕을 참고 있을 여자로 보이지도 않았습니다.

빌 세리피니　　그럼 캐럴라인에게 그 부분에 대해 질문하셨겠군요?

피터 라셀레스　　물론이에요. 그런데 그녀는 루크는 바람을 피우지 않았다고 딱 잘라 말했어요. 만약 그랬다면 자기가 "눈치챘을" 거라더군요. "루크가 거짓말을 할 땐 언제나 금세 알아차렸다"라고 했습니다.
　그리고 주변 사람들도 하나같이 비슷하게 진술했습니다. 루크가 한눈을 파는 느낌은 전혀 없었다고요. 만에 하나 정말 다른 여자가 있었다면 루크가 비밀 유지에 엄청 신경을 쓴 게 틀림없다고들 말했어요.

빌 세라피니　　캐럴라인의 말을 믿으셨습니까?

피터 라셀레스 네. 믿었습니다. 거짓말을 하는 것 같지는 않았어요.

장면 전환 스튜디오. 가이가 출연진과 함께 탁자에 앉아 있다.

가이 하워드 내가 다시 카메라 앞에 나설 때는 그럴 만한 충분한 이유가 있을 때일 거라고 말씀드린 바 있습니다. 지금이 그런 때네요. 피터 라셀레스가 잘못 알고 있기 때문입니다. 어머니는 그에게 거짓말을 했어요. 아니 거짓말을 했다기보다는 말을 하지 않은 거죠.
이걸 보시죠.

장면 전환 모라 하워드와의 인터뷰. 이번에는 도니 저택의 부엌에 앉아 있다. 오버사이즈의 카울넥 점퍼를 입고, 연한 청바지와 어그부츠를 신었다. 추운 듯 점퍼 소매를 끌어내려 손등을 덮었다. 부엌에는 사람이 드나든 흔적이 별로 없어 보인다. 가이 하워드가 화면 밖에서 인터뷰한다.

가이 하워드 그해 가을에 어머니와 루크의 관계는 어땠어요? 루크가 죽기 몇 주일 전에요.

모라 하워드 (어깨를 으쓱하며) 당신도 나랑 같이 거기에 있었잖아요.

가이 하워드   난 기억이 안 나요. 그때 겨우 열 살이었고 솔직히 그렇게 눈썰미가 있는 편도 아니라서.

모라 하워드   (한숨을 쉬고 시선을 피하며) 엄마는 심란해 보였어요. 낮에 외출하는 날이 늘었고 저녁 늦게 돌아왔어요. 전화도 많이 걸려왔고요. 그때마다 엄마는 2층으로 올라가서 문을 닫고 전화를 받았죠.

가이 하워드   어머니가 다른 사람을 만나고 있었을까요?

모라 하워드   (다시 가이를 보며) 그땐 그렇게 생각하지 않았습니다. 상상도 못 했죠.

가이 하워드   정말요? 누난 열다섯 살이었잖아요. 이듬해 여름에는 남자친구도 생겼고요.

모라 하워드   말했잖아요. 그런 생각 안 했다고.

가이 하워드   어밀리 누나는요?

모라 하워드   (소매를 만지작거리며) 그건 어밀리한테 직접 물어봐야죠, 내가 아니라.

가이 하워드   어밀리 누나는 이야기하고 싶어하지 않는 거 잘 알잖아요. "과거를 들추는" 일은 하지 말아야 한다고 생각하니까요. 그래서 카메라 앞에서 인터뷰하는 것도 거절했고요.

모라 하워드   (깊이 한숨을 쉬며) 좋아요. 그해 여름에 엄마에게 무슨 일이 있다는 걸 어밀리가 알고 있었는지 묻는 거라면, 대답은 "그렇다"예요.
어느 날 어밀리가 수영복을 집에 놓고 와서 점심시간에 집에 갔다 온 적이 있었어요. 현관문을 여는 순간 2층에서 무슨 소리가 났다고 했어요. 앓는 소리, 신음 같은 거. 섹스할 때 나는 소리죠. 어밀리는 너무 부끄럽고 민망해서 곧장 자기 방으로 가서 서둘러 준비물을 챙기고 아무 소리도 못 들은 척하려고 했대요. 그런데 1층으로 내려왔을 때 엄마가 부엌에 있었고 얼굴이 발갛게 상기되고 블라우스 단추가 하나씩 밀려서 채워져 있었다고 했어요.

가이 하워드   그 얘기를 그때 누나에게 했어요?

모라 하워드   아니, 몇 년 후에 들었어요. 나한테 충격을 주기 싫었다나.

가이 하워드   상대가 루크가 아니라는 건 어떻게 알았대요?

모라 하워드   그날 루크는 외출했었어요. 그리고 어밀리가 그 남자의 목소리를 들은 거죠. 목소리를 죽이고 있어서 무슨 말을 하는지 알아들을 수는 없었지만, 어밀리는 "상류층"의 말투 같았다고 했어요. 그러니 **절대로** 루크는 아니었던 거죠.

그리고 그날 길가에 구형 MGB 자동차가 서 있었대요. 강렬한 빨간색 자동차요. 어밀리는 전에도 몇 번 그 차를 본 적이 있었지만 그때까지는 그 차와 엄마를 연관 지어 생각한 적이 없었죠.

가이 하워드　　주변 이웃의 차일 수도 있잖아요? 아니면 방문객이거나?

모라 하워드　　나도 그렇게 말했어요. 어쨌든 그후로 우리 둘 다 그 차를 다시 본 적은 없어요. 다만 그때 그 차 조수석에 운동 가방과 티셔츠, 운동화가 있는 걸 봤댔어요. 그런 "실마리"를 찾고 있는 거라면요.

(눈썹을 치켜올리며) 잘해봐.

장면 전환　스튜디오.

가이 하워드　　(탁자 주위를 돌아보며) 모라 누나 말이 맞습니다. 조사팀이 알아보고 있지만 이미 20년 전의 일인 데다 운동 가방과 빨간색 스포츠카라는 단서만으로는 찾을 수 있는 게 별로 없었습니다.

빌 세라피니 분명히 짚고 넘어가죠, 어밀리는 당시에 경찰에 이런 얘기를 안 했습니까?

가이 하워드 안 했습니다. 아마 엄마를 보호하려고 그랬던 것 같아요. 또 신문에 오르내리면서 가족 이름에 먹칠을 하고 싶지 않았겠죠. 그 일이 아니어도 이미 우리 가족은 충분히 시달리고 있었으니까요.

그리고 기억할 건, 살인사건이 일어나기 적어도 3개월 전에 있었던 일이라는 점입니다. 그러니 아마 어밀리 누나는 그 일이 사건과 관련이 있다고 생각하지 않았을 거예요.

JJ 노턴 내 생각은 좀 다릅니다. 만약 캐럴라인이 그 남자와 관계를 정리할 생각이었는데 남자가 동의하지 않았다면요? 어쩌면 그날 밤에 캐럴라인에게 따지려고 집에 왔다가 루크와 마주쳤을지도 모르죠. 그래서 말다툼이 생겼을 수 있고요.

앨런 캐닝 충분히 있을 법한 시나리오예요. 나라면 당연히 조사해보겠어요. 물론 그 정보를 알았다면 피터와 그의 수사팀도 조사해봤을 겁니다. 아주 중요한 단서였을 수도 있어요.

빌 세라피니 (미첼을 돌아보며) 혹시 살인사건이 일어나던 날 밤 도니 저택 밖에 MGB가 서 있었는지 기억합니까? 거기 있었잖아요.

미첼 클라크   아니요. 하지만 그런 부자 동네에서 스포츠카는 그리 드물지 않죠.

앨런 캐닝   그런 빈티지 올드카도 흔합니까? 게다가 밝은 빨간색인데요?

미첼 클라크   글쎄요, 우선은 깜깜해서 하늘색인지 분홍색인지 구분할 수도 없었을 거고, 벌써 20년 전 일입니다. 말씀하신 대로 그 차가 있었을지도 모르지만 난 그 차를 본 기억이 없어요, 됐나요?

라일라 퍼니스   시간이 이렇게 많이 지났는데 지금 우리가 할 수 있는 게 뭐죠?

가이 하워드   앞서 말했던 것처럼 타렉과 조사팀이 계속해서 알아보고 있으니 뭔가 나올지도 모르죠. 그러는 동안-

빌 세라피니   그동안 우리는 캐럴라인의 알리바이에 집중해보죠. 만약 그날 밤 그 남자가 **정말** 캐럴라인을 만나러 집에 갔다면 알리지 않고 갑작스럽게 찾아갔겠죠. 그가 올 거라는 걸 캐럴라인이 알았다면 파티에 가지 않았을 테니까요.

JJ 노턴   반대로 캐럴라인이 파티에 참석하고 있을 때 남자가 전화를 걸었을지도 모릅니다. 집으로 찾아가서 루크에게 다

폭로하겠다고 협박했을지도 모르잖아요? 그래서 캐럴라인이 겁에 질려 서둘러 집으로 돌아갔지만 이미 늦었고-

라일라 퍼니스   (얼굴을 찌푸리며) 그럼 남편의 처참한 시신을 발견하고도 그냥 두고 갔다는 말이에요? 경찰에 신고도 안 하고, 구급차도 안 부르고, 아무렇지도 않게 파티장으로 돌아가서 술을 더 마셨다고요?

빌 세라피니   (고개를 끄덕이며) 게다가 파티에 참석했던 사람 중 누구도 이상한 낌새를 느끼지 못했다고 했습니다. 나도 그건 아니라고 생각해요.

앨런 캐닝   모두 잊고 있는 게 있습니다. 만약 정체를 알 수 없는 그 남자가 캐럴라인이 파티에 가 있을 때 그녀에게 전화했다면 통화 기록이 남았겠죠.
   (파일을 가리키며) 하지만 통화 기록이 전혀 없습니다. 그날 밤 그녀의 휴대전화에 남아 있는 모든 통화 기록은 당시 수사 과정에서 샅샅이 조사했고 재확인 과정까지 거쳤습니다. 밤 10시 52분에 모라에게 걸려왔던 전화까지도 말이죠.

라일라 퍼니스   문자는요?

앨런 캐닝   (고개를 저으며) 없었어요. 한 통도 없었습니다.

라일라 퍼니스   캐럴라인이 삭제했을까요?

앨런 캐닝   맞아요. 그랬을 수도 있습니다. 하지만 그랬대도 디지털 수사팀이 다시 복원할 수 있었을 거예요. 물론 그때 이후로 기술이 훨씬 더 발전하긴 했지만, 2003년 당시에도 삭제한 문자를 찾아낼 수는 있었습니다.

JJ 노턴   물론 당시에는 왓츠앱이나 스냅챗 같은 것도 없었습니다. 말하자면 말이죠.

미쉘 클라크   그럴 법한 시나리오가 하나 있습니다.

모두 미쉘을 본다.

JJ 노턴   말해봐요.

미쉘 클라크   그 남자가 파티에 **참석한** 겁니다.

라일라 퍼니스   무슨 말을 하려는 거예요? 둘이 파티에서 만나 집에서 다시 만나기로 약속을 했고 그 남자가 캐럴라인보다 먼저 갔다는 건가요? 그건 캐럴라인에게 너무 위험한 상황이잖아요? 루크가 집에 있는 걸 뻔히 알고 있는데도요?

JJ 노턴   (저택 배치도를 살펴보고 손을 가리키며) 여기 이쪽에 방이 있잖아요? 작업실 위에. 캐럴라인이 결혼 전 보모로 일할 때 살았던 방이죠. 만약 거기서 만나기로 약속했다면요?

라일라 퍼니스   하지만 당시에는 모라가 그 방을 쓰고 있었어요.

JJ 노턴   그렇죠. 하지만 그날 밤 모라는 극장에 있었습니다. 캐럴라인이 직접 데려다줬죠. 그러니 방이 비어 있었을 거고요. 최소한 그렇게 생각했을 수는 있죠.

미첼 클라크   (고개를 끄덕이며) 두 사람이 조심하지 않았던 거예요. 루크가 불이 켜지는 걸 봤을 수도 있어요. 그래서 루크가 무슨 일인지 확인하러 갔다가 사달이 난 거죠.

라일라 퍼니스   그런 경우라면 캐럴라인이 사건에 훨씬 더 깊이 개입되는 겁니다. 정말 그렇게 된 거라면 사건 발생부터 끝까지 캐럴라인도 거기 있었을 테니까요.

미첼 클라크   (심각하게) 그럼 자기는 서둘러 달아나고 겨우 10대였던 딸이 그 끔찍한 장면을 목격하게 했다는 이야기네요.

JJ 노턴   (탁자로 돌아가 서류를 집어들며) 캐럴라인이 참석한 파티에 정확히 어떤 사람들이 있었는지 압니까?

앨런 캐닝   경찰이 자료를 취합해 만든 명단이 있긴 한데 빠진 사람들도 있을 수 있다고 했습니다. 사람들 말에 따르면 일종의 "열린" 파티로, 자유롭게 오고 간 모양이에요.

빌 세라피니   그 명단을 가지고 있습니까? 가이?

가이 하워드   정확한 명단이 있는 건 아닙니다. 하지만 타렉이 조사팀원 한 명을 시켜 필리스 프랭크스에게 연락을 취하도록 했습니다. 그 파티는 "페네데스"라는 스페인 레스토랑에서 열린 필리스 남편의 생일파티였거든요. 도니 저택에서 800미터 정도 떨어진 곳이었어요. 미리 말씀드리자면 그 레스토랑은 이미 없어진 지 오래입니다.

빌 세라피니   그 여자를 압니까?

가이 하워드   필리스요? 아니요. 그렇진 않습니다. 그녀의 남편이 아버지가 업무상 연락하던 사람 중 하나였어요. 거물급 은행가인가 뭐 그랬던 것 같습니다. 잭과 필리스 부부는 부모님의 저녁만찬 자리에 참석하곤 했어요. 하지만 그 외에 따로 만나지는 않았던 것 같습니다.
  그리고 미리 밝혀두지만, 이 일에 대해 필리스와 이야기한 적은 없습니다. 그 당시에는 내가 고작 열 살이었으니 당연한 일이지만 이 프로그램을 준비하기 시작한 뒤에도 연락하지 않았습니다. 그러니 그녀가 어떤 말을 할지는 나도 전혀 모릅니다.

    (탁자 주위를 둘러보며) 누가 이 일을 맡으시겠어요?

미첼 클라크   저는 라일라 박사님을 추천합니다. 여자 대 여자가 좋죠.

라일라 퍼니스   그 말에 성차별적인 의도가 조금이라도 깔린 건 아니겠죠, 미치?

앨런 캐닝   내가 알기론 라일라 박사님은 취조 경험이 한 번도 없다고—

미첼 클라크   내 말이 바로 그거예요. 그 여자가 반대 심문을 받는다고 느끼지 **않는** 편이 좋으니까요.

라일라 퍼니스   (앨런에게) 난 늘 사람들을 인터뷰합니다. **심리학자**로서 그게 **내가 하는** 일이죠.

앨런 캐닝   이건 그런 것과는 좀 다른—

빌 세라피니   휴고, JJ, 두 사람 의견은 어떻습니까?

JJ 노턴   라일라 박사님과 휴고가 같이 가면 어떨까요, 균

형을 맞추는 의미에서요?

(휴고를 보며) 증인들을 자주 심문하시죠?

휴고 프레이저   (웃으며) 맞습니다. 하지만 미치의 의견에 일리가 있다고 생각합니다. 왕실 변호사라고 하면 남자들도 덫에 걸린 토끼처럼 긴장하는 경향이 있어서요.
(라일라를 힐끗 보며) 물론 이번 경우처럼 여자도 마찬가지고요.

빌 세라피니   (씩 웃으며) 법정에서나 보는 그 커다란 변호사 가발을 쓰고 가라고 한 사람은 아무도 없어요, 휴고.

미첼 클라크   나도 여태 이런저런 방법으로 사람들을 인터뷰하며 살아왔는데, 내가 같이 가도 될까요?

빌 세라피니   좋아요. 그럼 미치와 라일라가 맡기로 하죠.
퍼니스와 클라크, 마치 무슨 경찰 드라마 제목 같군요.

미첼은 웃고, 라일라는 무표정이다.

장면 전환   벨그라비아에 있는 프랭크스의 집 앞 도로. 크고 오래된 등나무가 아래쪽 2개 층을 가리고 있는 흰 벽토를 바른 4층 집이다. 햇빛이 비치고 새소리가 들린다. 미치와 라일라가 단단한 쇠로 만든 대문 앞에 멈춰 선다.

라일라 퍼니스   필리스 프랭크스는 "소박한 여자"와는 거리가 먼 거 같죠? 어느 면으로 보나 그렇잖아요.

미첼 클라크   2003년에는 이 집에 살고 있지 않았죠.

라일라 퍼니스   (차갑게 웃으며) 그러니까 이게 집을 좀 "줄인" 거군요. 어떤 사람들은 그럴 수도 있겠죠.

카메라 무빙   걸어가는 두 사람의 뒤를 따른다. 진한 회색 옷을 입은 아시아계 여자가 문을 열어준다. 그녀는 두 사람을 광장이 내려다보이는 앞쪽 거실로 안내한다. 연한 청록색 벽과 두꺼운 양단 커튼, 거대한 로코코 스타일의 거울과 프랑스 오뷔송 카펫이 보인다. 필리스 프랭크스가 자리에서 일어나 두 사람을 반긴다. 체구가 작고 연약해 보이지만 꾸밈없는 태도에 활달한 성격이다.

필리스 프랭크스   (두 사람과 악수하며) 퍼니스 박사님, 클라크 씨, 자리에 앉으세요.

라일라 퍼니스   만나주셔서 감사합니다, 프랭크스 부인.

필리스 프랭크스   아, 필이라고 불러주세요. 다들 그렇게 불러요. 그러니까 루크와 캐럴라인에 관해 묻고 싶은 게 있다고 하셨죠.

라일라 퍼니스   그날 밤에 관해 이미 여러 차례 질문을 받으셨을 겁니다.

필리스 프랭크스   (고개를 젓고 한숨을 쉬며) 아주 여러 번 그랬죠.

미첼 클라크   저희에게 그날 저녁 이야기를 해주실 수 있을까요? 괜찮으시다면요.

필리스 프랭크스   물론이에요. 그날은 남편 생일이었어요. 60세가 되는 생일이었는데 남편이 정식 만찬 자리 같은 건 원하지 않았어요. 잭은 그런 호들갑을 좋아하지 않았죠. 그냥 친구들과 함께 가벼운 술자리를 하고 싶어했어요. "그저 몸만 오세요" 같은 거요. 잭이 페네데스 레스토랑을 좋아했고 집에서 가깝기도 해서 거기로 정했죠.
　우리는 레스토랑 전체를 빌리고 카나페도 준비했어요. 그 식당 해산물 요리가 정말 일품이어서 문을 닫았을 때 아주 아쉬웠죠. 한 젊은이가 카바 포도주(스페인산 스파클링 포도주/옮긴이)가 최고라며 찬사를 보냈던 게 기억나네요. (웃으며) 사실 그건 **돔 페리뇽**(프랑스 고급 샴페인의 일종/옮긴이)이었는데 말이에요.

라일라 퍼니스   많은 사람이 오고 간 걸로 알고 있습니다만, 그래도 참석자 명단은 있었을 것 같은데요?

157

필리스 프랭크스   맞아요. 처음에는 그랬죠. 경찰은 가장 먼저 그 명단을 챙겼어요. 하지만 우리는 참석자들에게 친구나 동료를 데리고 와도 좋다고 말했어요. 격식 없는 편안한 파티였으니까요. 그리고 잭은 다방면으로 발이 넓어서 지인이 많았죠. 사업상 아는 사람들, 골프 클럽 사람들, 옛날 학교 친구들, 케임브리지에 있는 동료들도 있어서 아주 다양한 사람들이 참석했어요. 참석자들 대부분이 자기가 속한 무리 외에 다른 사람들은 잘 몰랐을 거예요.

미첼 클라크   캐럴라인 하워드는 분명히 참석했죠?

필리스 프랭크스   그땐 캐럴라인 라이더였죠. 물론 참석했어요. 파티 중에 그녀와 대화하기도 했고요. 캐럴라인은 매우 쾌활했어요. 앤드루랑 살 때와는 아주 달랐죠. 그래서 나이 어린 남편 덕분에 저렇게 된다면 나도 잘 찾아봐야겠다는 얘기를 누군가에게 했던 기억이 나네요. (웃음) 물론 농담이었지요.

미첼 클라크   캐럴라인이 뭐 특별한 말을 하지는 않았나요?

필리스 프랭크스   아니요. 그냥 파티에서 나누는 일상적인 수다였어요. 루크가 몸이 좋지 않아서 혼자 왔다고 말했던 건 기억나요. 하지만 난 우리 같은 노인네들만 잔뜩 모인 파티에 오고 싶지 않아서 빠졌을 거라고 혼자 생각했어요. 루크 탓이라고 할 수도 없는 게······(웃으며) 잭은 루크의 할아버지뻘이었으니까요.

미첼 클라크   그날 저녁 몇 시쯤 그런 대화를 나누셨는지 기억나세요?

필리스 프랭크스   경찰도 같은 질문을 했어요. 그때도 그렇게 대답했는데 아마 9시 30분경이었던 것 같아요. 그 이후론 특별히 떠오르는 게 없어요.

라일라 퍼니스   그럼 제법 이른 시간이네요. 혹시 캐럴라인이 나중에 아무도 모르게 잠시 빠져나갔다가 다시 돌아왔을 수도 있을까요?

필리스 프랭크스   얼마든지 가능하죠. 건물 뒤쪽에서 담배를 피는 사람들도 있었으니까요. 수시로 사람들이 드나들었죠.

라일라 퍼니스   캐럴라인은 확실히 그날 밤 파티가 끝날 때까지 있었나요?

필리스 프랭크스   맞아요. 그건 정확하게 기억해요. 경찰이 와서 그녀를 찾았거든요. 그때가 11시 30분쯤이었을 거예요.

미첼 클라크   그럼 9시 30분 이후에는 캐럴라인과 다시 대화하지 않으신 건가요? 혹시 캐럴라인의 기분이 달라졌었는지 아시나요?

필리스 프랭크스 모르죠. 하지만 나중에 누군가 내게 캐럴라인이 좀 창백해 보인다고 말했던 거 같아요. 경찰이 도착하기 전에요. 파티장에서 떠날 땐 매우 고통스러워 보였고요.

미첼 클라크 그 얘기를 한 사람이 누군지 기억하세요? 캐럴라인이 창백해 보인다고 말한 사람이요.

필리스 프랭크스 기억나지 않아요. 경찰에도 그렇게 말했어요.

라일라 퍼니스 캐럴라인이 밖에서 비를 맞고 온 것 같다고 말한 사람은 없었나요? 그날 파티가 끝날 때쯤엔 비가 내리고 있었잖아요?

필리스 프랭크스 맞아요. 엄청난 폭우가 쏟아졌죠. 하지만 그런 말은 듣지 못했어요. 캐럴라인이 경찰과 함께 나갈 때 신발에 진흙과 풀이 좀 묻어 있는 게 보이긴 했어요. 아주 높은 하이힐을 신고 있었거든요. 결혼할 때 신부가 신는 것 같은 크림색이어서 그게 눈에 띄었나 봐요.

라일라 퍼니스 그럼 캐럴라인이 밖에 나갔다가 돌아왔을 수도 있겠네요?

필리스 프랭크스 글쎄요, 아까 내가 말한 사람들이 담배를 피웠다던 뒤쪽에 잔디밭이 있었어요. 그러니 담배를 피우러 나갔다 왔다면 그때 묻었을 수도 있죠.

미첼 클라크   캐럴라인이 담배를 피우긴 했죠.

라일라 퍼니스   혹시 경찰이 가져간 명단에는 없었지만 파티에 참석해서 기억나는 사람은 없습니까?

필리스 프랭크스   없습니다. 있었다면 경찰에 말했을 거예요.

라일라 퍼니스   캐럴라인이 크림색 구두를 신고 있었다고 하셨죠. 어떤 옷을 입었는지도 기억하세요?

필리스 프랭크스   주름이 잡힌 군청색 드레스요. 미리 말하자면 분명 핏자국 같은 건 눈에 잘 띄지 않을 만큼 **어두운** 색깔이었어요. 어느 정도는 말이죠. 경찰도 특히 그 부분을 물어봤거든요.

미첼 클라크   혹시 빨간색 MGB를 본 적 있으세요?

필리스 프랭크스   (조금 놀란 표정으로) 그건 갑자기 왜 물어요?

미첼 클라크   그게 어떤 종류의 차인지 아시나요?

필리스 프랭크스 알다마다요. 잭을 처음 만났을 때 잭도 그 차를 몰았어요. 브리티시 레이싱 그린이었죠. 정말 근사한 차였어요—

라일라 퍼니스 혹시 그날 밤 식당 근처에 그 차가 세워져 있었는지 기억하실까요? 워낙 오래된 일이긴 하지만—

필리스 프랭크스 물론 기억하죠. 잭이 먼저 내게 그 얘길 했을 거예요. 당시에 이 근처에서 흔히 볼 수 없는 차였으니까요. 물론 지금은 더 보기 드물지만—

미첼 클라크 잭은 그 차의 주인이 누군지 알고 있었나요?

필리스 프랭크스 (고개를 저으며) 아뇨, 몰랐을 거예요. 아니면 알았어도 나한테 말을 하지 않았거나요. 말했으면 내가 기억했을 거예요. 잭이 아직 여기 있었다면 직접 물어볼 텐데 안타깝네요.

라일라 퍼니스 프랭크스 부인, 아니 필, 죄송해요. 부군이 돌아가신 줄 몰랐습니다.

필리스 프랭크스 (슬픈 미소를 지으며) 사과하지 않아도 돼요. 잭은 죽은 게 아니라 다 잊어버렸어요. 알츠하이머에 걸렸죠. 요즘은 내가 누군지도 모르는 것 같아요.
 자, 차 드세요.

장면 전환 스튜디오. 입고 있는 옷이 바뀐 것으로 보아 시간이 흘렀음을 알 수 있다. 이번에도 가이가 탁자 앞에 앉아 있다.

라일라 퍼니스   (주위를 둘러보며) 우리가 알아낸 건 저기까지예요. 미안합니다.

빌 세라피니   박사님 잘못이 아닙니다. 할 수 있는 만큼 하셨어요. 그렇지만 난관에 부딪힌 건 분명하네요.
(가이를 보며) 어머니에게 이 일에 관해 이미 이야기했겠죠?

가이 하워드   네. 이 프로젝트에 관한 아이디어가 처음 나왔을 때 말씀드렸습니다만 별 도움을 얻지는 못했습니다. 어머니 상태가 그다지 좋지 않아요. 자주 혼란스러워하시고 사소한 일에도 쉽게 상처받고 고통스러워하십니다. 어머니가 뭔가 기억해낸 것 같을 때도 믿을 만한 정보인지 알 수 없고요.
(주위를 돌아보며) 그렇지만 이 일이 언급될 때마다, 매번 같은 이야기를 되풀이하셨어요. 물론 어머니가 아프시기 전에요. 경찰에 진술한 것과 동일한 이야기죠. 그날 밤 내내 파티 장소를 떠나지 않았고 루크를 죽일 이유도, 그를 죽게 할 이유도 없고, 그런 짓을 할 만한 사람도 모른다는 것입니다.

앨런 캐닝   (서류를 넘기며) 경찰 파일에는 캐럴라인의 구두에 묻은 진흙 얘기는 없네요.

가이 하워드　필리스 이야기를 듣기 전까지는 나도 몰랐던 내용입니다. 담배를 피우러 밖에 나갔다 왔다는 게 가장 간단한 설명이 되겠네요.

앨런 캐닝　그러나 그게 유일한 이유는 아니죠.

가이 하워드　그래도 오컴의 면도날과 그 모든 게―

미첼 클라크　오컴의 뭐요?

휴고 프레이저　"가장 단순한 설명이 거의 항상 맞는다"는 말입니다.

앨런 캐닝　"**거의 항상**"과 "**항상**"은 엄연히 다릅니다. 과연 그런지 지켜볼까요?

빌 세라피니　(앨런에게) 경찰이 구두에 묻은 진흙을 놓쳤다고 생각해요? 모르고 지나치기에는 꽤 큰 건이잖아요. 더구나 그런 상황에서는요.

앨런 캐닝　캐럴라인에게 소식을 전하러 파티 장소에 갔을 때 누군가는 분명 그녀의 구두를 봤을 겁니다.
　우리가 확실하게 아는 사실은 경찰이 캐럴라인이 파티에 입고 갔던 코트와 드레스에 대해서 혈흔 검사를 **시행했다는** 점입니다. 그리고 내가 피터 라셀레스에게 직접 물어본바, 캐럴라인의 드레스나 코트에서는 아무것도 발견되지 않았다는 대답을 들었습니다.

　개인적으로 생각해봐도 피해자에게 그런 정도의 공격을 가했다면 가해자의 몸에 아무 흔적이 남지 않았을 리 없습니다.

JJ 노턴　　　더구나 루크의 후두부에 난 첫 번째 상처는 치명상이 아니었습니다. 죽은 사람은 피를 흘리지 않습니다. 대개 의식을 잃었을 때 피를 흘리죠. 얼굴에 난 상처 때문에 다량의 피를 흘렸을 겁니다.

미첼 클라크　　　좋아요. 그럼 이제 우리에게 뭐가 남죠? 캐럴라인의 수수께끼 연인은 실존 인물일까요, 아닐까요?

라일라 퍼니스　　　난 실존 인물이라고 생각해요. 어밀리가 자기 친엄마에 대해 그런 이야기를 꾸며낼 이유가 없습니다. 하지만 그 상대 남자가 누군지 밝혀내는 건 다른 문제예요.

JJ 노턴　　　아무래도 이 조사가 여러 방향으로 갈라지는 지점에 다다른 것 같군요.

카메라 무빙　자리에서 일어서서 화이트보드로 다가가 뭔가 쓰기 시작하는 JJ를 비춘다.

JJ 노턴　　　　**첫째,** 캐럴라인의 잠재적인 애인의 존재입니다. 빨간색 MGB와 운동 가방의 소유자일 수도 있는 정체불명의 인물이죠.

둘째, 루크의 배경입니다. 나는 지금도 루크에게 겉으로 보는 것과는 다른 면이 많을 거라고 생각합니다. 어쩌면 과거에 엮였던 어떤 사람, 혹은 어떤 사건이 그의 발목을 잡았을지도 모를 일이죠. 그렇게 생각하면 킹스크로스 역에서 걸려온 전화도 설명할 수 있습니다.

미첼 클라크　　만약 그의 과거와 관련된 일이라면 상당히 큰일이었던 게 분명합니다. 그 정도의 공격이라면 분노 범죄임이 틀림없어요.

라일라 퍼니스　　동감이에요.

JJ 노턴　　　　그리고 **세 번째**가 있죠. 루퍼트입니다. 그는 일관적으로 사건 당일에 다른 곳에 있었다고 주장했지만 좀더 자세히 살펴볼 필요가 있다고 생각합니다.

미첼 클라크　　하지만 살해 동기가 있을까요? 루퍼트와 루크는 친구였잖아요. 애초에 루크를 캐럴라인에게 소개한 장본인이기도 하고-

라일라 퍼니스　(무미건조하게) 그렇긴 하죠.

미첼 클라크　그게 동기가 될 수 있다고 생각하세요?

라일라 퍼니스　물론 그것만으로는 충분하지 않아요. 하지만 친구를 새어머니의 파티에 데려가는 것과 그 친구가 새어머니와 **결혼하는** 건 완전히 다른 이야기죠. 게다가 돈 문제를 고려하면—

휴고 프레이저　나도 같은 생각입니다. 내가 다뤘던 형사사건들 중 절반이 그런 문제였습니다. 돈 문제가 얼마나 **빠르게** 모든 걸 파괴하는지 **믿기 어려울** 겁니다. 소위 행복한 가정이라는 경우도 예외는 없죠. 더구나 내가 보기에 이 집은 그런 경우도 아니고요.
(힐끗 가이를 보며) 기분 나쁘게 듣지 마십시오.

가이 하워드　(두 손을 들어올리며) 그럼요. 괜찮습니다.

라일라 퍼니스　하지만 루퍼트의 경우 재정적인 면이 문제가 되었나요? 내 기억으론 앤드루의 유언장에 의해 캐럴라인에게 도니 저택의 소유권이 상속되었죠. 그녀가 재혼하더라도 그 권리는 유지되고—

미첼 클라크　(은근슬쩍) 두 번 재혼했죠.

라일라 퍼니스　　캐럴라인이 사망하면 루퍼트가 그 권리를 이어받게 되어 있습니다. 캐럴라인이 루크와 결혼해서 변동 사항이 생긴 건 아니잖아요? 루퍼트가 집을 가로채려 했다면 그것은 **그녀를** 살해할 동기가 될 수도 있지만, 루크는 아니죠.

가이 하워드　　(냉소적으로 웃으며) 루퍼트가 나보다 먼저 죽으면 내가 집을 물려받습니다. 그렇다면 나는 **루퍼트**를 죽일 만한 강력한 동기를 가진 셈이군요.

라일라 퍼니스　　(다소 당황한 듯) 글쎄, 이야기가 그렇게 되는군요. 하지만 아까도 말했듯이 루크가 죽어서 루퍼트가 얻는 게 뭐가 있죠?

휴고 프레이저　　하워드 집안의 경제 상황을 좀더 깊이 파고들 필요가 있다고 생각합니다. 앤드루의 유언장에 숨겨진 내용이 있을 수도 있어요. 예를 들면 신탁 자금에 관한 문구에 감춰진 의미가 있을 수도 있고요. 분명 앤드루가 자식들 앞으로 신탁 자금을 조성해두었을 테니까요. 우리가 그걸 살펴봐도 괜찮겠습니까, 가이?

가이 하워드　　물론입니다. 이미 말했다시피 내가 원하는 건 오로지 진실입니다. 담당 변호사와 연결해드리도록 하죠.

JJ 노턴　　그럼 모두 동의한 건가요? 루퍼트를 좀더 조사해보기로 하는 거죠?

탁자 주위에 앉은 출연자들이 동의한다.

JJ 노턴   그럼 할 일을 나눠볼까요? 앨런, 캐럴라인의 수수께끼 애인에 관해 알아봐주시겠습니까? 런던 경찰청에 아는 사람들이 있으니 도움이 되지 않을까요, 특히 그 차를 추적하려면요.

휴고 프레이저   나도 기꺼이 그 일을 돕겠습니다.

JJ 노턴   그럼 이제 루퍼트와 루크의 과거도 조사해야죠. 의심이 갈 만한 과거일 수도 있어요. 루퍼트 쪽은 내가 맡겠습니다. 빌, 라일라 박사님, 미치, 세 분은 어떻게 하시겠습니까?

빌 세라피니   루크에 관해 조사해보겠습니다. 늘 하던 일이니 어렵지 않을 겁니다.

미첼 클라크   사실 나도 루크를 좀더 파보고 싶습니다.

JJ 노턴   그럼 라일라 박사님은 저와 한 팀이 되신 거 같네요.

페이드아웃 후 엔딩 크레딧

어밀리와 모라 하워드가 주고받은 문자 메시지

2023년 4월 18일 오후 2시 35분

> 안녕, 엄.
> 인터뷰 한 번 더 했어.

그래서 어떻게 됐어?

> 네가 들으면 화낼 수도 있지만
> 그 여름에 있었던 그 일 얘기했어.

엄마랑 관련된 그 일?

> 응, 그거.

미쳤어?

왜 그랬어?

> 그런다고 이제 와서 뭐가
> 달라져? 이제 그런 얘기에
> 신경 쓰는 사람도 없고.

내가 신경 쓰여. 빌어먹을 **돈** 좀 벌어보겠다고 그 사건을 이용하는 가이의 발상이 역겹다고.

언니가 제일 잘 알잖아.

생각해 봐. 엄마가 이 일을 알게 될 리는 없으니 엄마는 괜찮아.

게다가 사람들이 정체불명의 그 얼간이를 찾는 데 집중하느라 우리는 건드리지 않을 테니까 좋잖아.

그건 그럴지도 모르지.

내 말이 맞아, 어밀리.

내가 알아서 할게. 늘 그래왔잖아. 그게 큰언니가 하는 일이지, 안 그래?

사랑해.

내가 더 사랑해.

너도 알잖아.

날짜 2023/04/21 금요일 16:35

발신 라일라 퍼니스

수신 미치 클라크

제목 오스트레일리아

안녕하세요, 미치.
 혹시 오스트레일리아 쪽에서 도움받고 싶은 게 있는지 궁금해서요. 오랜 친구 한 명이 오스트레일리아에서 기자 생활을 하고 있는데 도움이 될 만한 연락처를 얻을 수 있을 거 같아요. 당신이 원한다면요.

라일라

날짜 2023/04/22 토요일 17:07

발신 미치 클라크

수신 라일라 퍼니스

제목 회신 : 오스트레일리아

물론 좋습니다.

M

날짜 2023/04/22 토요일 17:15
발신 라일라 퍼니스
수신 배리 보넷
제목 부탁 좀 들어줄래?

안녕 배리,
 국내 선수권대회에서 또 2등으로 들어온 거 봤어. 👏
 일도 하고 챙길 것도 많을 텐데 여전히 훈련 시간을 내는 부지런함에 매번 감탄해. 하긴 시드니 날씨라면 사이클링에 최적일 테니까.
 그건 그렇고, 내가 쇼러너의 프로그램에 출연한다고 했던 거 기억하지? 그 프로그램에서 조사를 진행하다 보니까 오스트레일리아에서 알아봐야 할 부분이 나왔는데 같이 출연하는 사람이 네게 도움을 좀 받으면 좋을 것 같아서 부탁하려고. 내가 무슨 말 하는지 잘 알 거라고 믿어.

　　　　　　　　　　　　　　　　　　　라일라

날짜 2023/04/23 일요일 23:42
발신 배리 보넷
수신 라일라 퍼니스
제목 회신 : 부탁 좀 들어줄래?

잘 지내지, 라일라?

   나도 2등으로 들어와서 아주 만족스러워. 단상에 올라가서 상을 받는 건 언제나 기쁜 일이지. 이 나이에 그 정도 결과면 쓸 만한 거 아냐? 지금은 아들들도 사이클에 푹 빠졌어. 스티븐은 점점 체격이 좋아지고 있고, 여전히 뉴사우스웨일스 대학교 여학생의 절반은 스티븐을 흠모한다나.
   (이쯤에서 보나 마나 네가 고개를 절레절레 저으며 그 아버지에 그 아들이네 뭐 그런 소리를 중얼거리겠지☺)
   참, 스티븐이 안부 전해달래. 늦었지만 크리스마스 선물도 감사하다고.
   물론 당연히 도와줄 수 있지. 나한테 연락하라고 해. 얼마든지 도와줄게. 그리고 쓸데없는 데까지 들쑤시지 않도록 내가 잘 단속할 테니 염려 말고.
   또 연락할게.

바즈 🚴

제2화

공개
10월 6일

「타임스」, 2023년 10월 7일

방송 프로그램

W8 지구의 "진짜 주부들"
〈미국 리얼리티쇼〉

불안과 불륜, 돈이 뒤엉킨 강렬한 구성

로스 레슬리

인퍼머스 :
누가 루크 라이더를 죽였나?(쇼러너)

클로스 투 홈 :
크라임타임 (TV UK)

어젯밤에 공개된 「인퍼머스」 최신편 때문에 런던 경찰청 특정 수사팀은 매우 불편한 심경일 것이다. 내 기억으로는 사건 발생 당일 밤에 경찰이 현장에서 한 남자를 체포했었다는 이야기는 어제 처음 공개된 사실이다. 그는 기소되지 않았고, 지역 언론 기자였으며 흑인이었다. 물론 그의 차에서 소량의 약물이 발견된 것은 사실이지만, 그가 사건과 관련이 있다는 증거는 어디에서도 발견되지 않았고 6시간 동안 이어진 경찰의 적대적인 심문을 정당화할 수 있는 근거도 없었다. 우리 모두가 이제는 완전히 사라졌다고 믿고 싶어하지만 뉴스를 볼 때면 발견되는 낡고 고질적인 인종차별적 수사 관행이 여전히 건재함을 알 수 있는 대목이었다.

그 외에 어젯밤 공개분에서 맛본 재미(솔직히 좀 죄책감이 들기는 한다)가 또 있다. 바로 루크 라이더가 사망 당시에 살던 캠든 힐에 거주하는 부유한 사람들이 겪는 일상적인 고난과 배신의 이야기를 몰래 엿듣는 재미다. 흔히 돈으로 행복을 살 수 없다고 하지만, 또 한편으로 돈 많은 사람들은 뭔가 달라도 다르다고도 말한다. 어젯밤에 공개된 2화는 둘 다 맞는 말이라는 점을 증명했다. 그러나 그것이 라이더에게 일어난 일과 무슨 관련이 있는지는 아직 모른다. 계속 지켜봐야 할 일이다.

한편 드라마 부문에서는 옥스퍼드를 배경으로 하는 새 시리즈 「클로스 투 홈」을 통해서 영국에서 가장 살인사건 발생률이 높은 도시를 다시 만날 수 있었다. 그러나 그곳은 모스 경감 **(영국의 형사 드라마 주인공/옮긴이)**의 드라마 속 세계에서 보던 이상적이고 정교한 범죄 해결의 세계와는 거리가 멀다.……

인퍼머스 / 루크 라이더 가입하기

점점 흥미로워지네요, 다들 동의하시겠죠. ☺
 작성자 Slooth   5시간 전
댓글 15   공유 숨김 신고

언론에서 미치가 겪은 상황을 두고 인종차별이라며 떠들어대는데 물론 나도 그게 주요한 원인으로 작용했다고 생각은 합니다. 그래도 그렇지, 남의 집 진입로로 몰래 들어가서 창문을 엿보다니요. 도대체 누가 "그런 짓"을 합니까?
 작성자 BernietheBoltcutter   5시간 전
댓글 7   공유 숨김 신고

   삼류 기자가 그러죠. 괜한 짓을 했으니 그런 수모를 겪은 거예요.
    작성자 AngieFlynn77   4시간 전
   댓글 2   공유 숨김 신고

   정말 그게 다라고 생각해요? 난 뭔가 냄새가 나는 거 같은데. 아무리 기삿거리가 필요해도 보통 사람은 그렇게 행동할 거 같지 않거든요.
    작성자 Investig8er   4시간 전
   댓글 4   공유 숨김 신고

      근데 그 사람 말도 일리는 있어요. 라이더에게 약을 팔러 간 거면 왜 약을 그냥 차에 놔뒀겠어요?
       작성자 AngieFlynn77   4시간 전
      공유 숨김 신고

      누군가 거짓말을 하는 거죠. 그자는 시신 옆에 서 있었다는데 경찰은 덤불 뒤에 숨어 있었다고 하잖아요. 둘 다 맞을 리는 없고.
       작성자 Investig8er   3시간 전
      댓글 2   공유 숨김 신고

   그 사람 기사를 읽은 적 있는데 엄청나게 불만 많은 시비조였어요.
    작성자 FinnShaw1616   3시간 전
   공유 숨김 신고

그 캐닝이라는 사람이 뭔가 좀 아는 눈치예요. 이런 이야기가 나오기도 전에 처음부터 클라크가 연관되어 있다는 걸 알았잖아요. 아는 게 너무 많은 듯.
　↱ 작성자 TruCrimr　　4시간 전
　　댓글 2　　　　공유 숨김 신고

　　동감이에요. 다른 의도가 있는 게 분명해요. 그게 뭐냐가 관건이죠.
　　　↱ 작성자 RonJebus　　3시간 전
　　　　댓글 8　　　　공유 숨김 신고

　　그건 그렇고 빌이랑 둘이 차 타고 가는 장면 보고 박장대소. 희한한 커플 영화 찍는 줄.
　　　↱ 작성자 JasonGlover45　　3시간 전
　　　　　　　　　　공유 숨김 신고

부인은 어떻고요? 캐럴라인이었나? 부인이 바람피운 건 아무도 몰랐죠? 그 당시엔 몰랐잖아요.
　↱ 작성자 DillitheDog1962　　3시간 전
　　댓글 8　　　　공유 숨김 신고

　　날카로운 지적이네요. "치매"에 걸렸다던데 그거 "너무" 손쉬운 변명 아닌가 싶어요.
　　　↱ 작성자 RonJebus　　3시간 전
　　　　댓글 19　　　공유 숨김 신고

　　　에이, 설마. 아무리 그래도 누가 그런 거짓말을 하겠어요?
　　　　↱ 작성자 AngieFlynn77　　2시간 전
　　　　　댓글 11　　　　공유 숨김 신고

　　　　잃을 게 많으면 그럴 수도 있죠.
　　　　　↱ 작성자 TruCrimr　　2시간 전
　　　　　　댓글 39　　　　공유 숨김 신고

제3화

촬영

 **드라이 라이저 필름 Ltd.**
227 셔우드 가, 런던 W1Q 2UD

출연	콜시트	제작	닉 빈센트
앨런 캐닝		감독	가이 하워드
미첼 클라크	**인퍼머스**	편집	파비오 배리
휴고 프레이저	**누가 루크 라이더를 죽였나?**	조사원	타렉 오스만
라일라 퍼니스		제작 보조	제니 테이트
JJ 노턴	2023년 5월 2일 월요일	야외촬영 관리	가이 존슨
빌 세라피니			

출연자 대기 0845
카메라 준비 0830

제3화
스튜디오 2일 중 첫째 날

세트장 아침 식사 8 : 30 ~
점심 식사 12 : 45 ~
예상 촬영 종료 17 : 30

장소	참고
프로비셔 스튜디오	현장에 주차 공간 부족
131-137 킹스턴 가	가까운 전철역	워윅 애비뉴
마이다 베일 런던 W9 7EX	비상 전화 07000 616178

팀원 명단

직책	이름	휴대전화	전화	이름	휴대전화	전화번호

타이틀 시퀀스 범죄 현장과 뉴스 보도 장면, 가족 사진 및 짧은 영상들이 아트하우스식 흑백 몽타주로 이어진다.

주제곡 밥 딜런의 "It's Alright, Ma(I'm Only Bleeding)" — 1969년 영화 「이지 라이더」 삽입곡 중에서

제목

인퍼머스

페이드인

누가 루크 라이더를 죽였나?

페이드아웃

어두운 배경이 깔리고, 여성 해설자의 목소리와 함께 글이 나온다.

> 20년 전인 2003년 10월 3일, 루크 라이더는 부인의 집 정원에서 끔찍하게 구타당해 숨진 시신으로 발견되었습니다.
>
> 두 사람은 결혼한 지 1년밖에 안 되었지만, 캐럴라인이 루크 몰래 바람을 피웠을 가능성이 있습니다.
>
> 그 단순한 사실이 끔찍한 사건의 발단이 되었을까요, 아니면 루크의 과거에 있었던 어떤 일이 되살아나서 그의 발목을 잡은 것일까요?

> 어쩌면 대답은, 그때나 지금이나 가까운 곳에 있을지도 모릅니다…….

페이드아웃

장면 전환 스튜디오에 모여 있는 출연진. 메모판에는 더 많은 사진과 도표들이 붙어 있다.

빌 세라피니 자, 먼저 업데이트하자면, 우리가 마지막으로 만난 후 2주일이 흘렀고 그동안 많은 일이 있었습니다. 우선 한두 사람은 머리 모양이 바뀌었고요— (출연자 몇 명이 웃자 손으로 뒷머리를 문지르며) 네, 저도 그중 하납니다.

아무튼 이제 서로의 조사 결과를 듣기 위해 다시 한자리에 모였습니다. 다시 말씀드리면 우리는 세 방향으로 조사를 진행했죠.

(화이트보드를 가리키며) 첫째, 살인사건 발생 당시 캐럴라인 하워드 라이더가 바람을 피웠을지도 모르는 내연남.

둘째, 루크의 과거.

그리고 셋째는 캐럴라인의 의붓아들인 루퍼트 하워드에게 루크를 죽일 만한 동기나 가능성이 있는지 조사했습니다.

자, 누가 먼저 말씀하시겠습니까?

JJ 노턴 제가 먼저 하겠습니다, 빌.

(빌이 의자에 앉고 JJ가 화이트보드 앞에 선다) 루퍼트 하워드를 조

사해봤습니다. 루크를 살해할 만한 이유가 있었는지 말이죠. 자, 옛날식으로 해보겠습니다.

(마커를 들고 화이트보드에 글씨를 쓰기 시작한다. 출연자 몇몇이 서로 얼굴을 보며 웃는다. JJ는 목록 작성을 매우 좋아하는 듯하다)

도구, 이건 쉽죠. 그 정원에 들어간 사람이라면 누구나 쉽게 도로포장용 돌 조각이나 화단에 있는 돌덩이를 집어들 수 있습니다. 우리가 용의선상에 올린 사람들은 **모두** 도구를 가졌던 셈이죠.

(도구에 체크 표시를 한다. 화이트보드가 좀 흔들리자 보드를 움직여 다시 자리를 잡는다)

가능성, 루퍼트는 직접 문을 열고 들어갈 수 있었다는 점에서 용의자들 가운데 특별하다고 할 수 있습니다. 열쇠를 가지고 있었으니까요. 그런 점에서는 가능성이 크죠. 문제는 당시에 루퍼트가 실제로 그 동네에 있었는가 하는 점입니다.

(메모판으로 가서 영국과 웨일스의 지도를 가리킨다. 런던과 케임브리지의 위치가 표시되어 있다)

루퍼트는 그날 밤 자기 학교에서 저녁 식사 중이었다고 일관되게 주장해왔습니다. 그리고 지도에서 볼 수 있듯이 두 장소는 서로 약 100킬로미터 정도 떨어져 있습니다. 자동차를 타고 가도 최소한 2시간 정도 걸리는 거리이고, 런던을 가로질러 도니 저택까지 가는 시간을 고려하면 기차를 타도 별반 차이는 없습니다. 가는 데만 2시간이죠. 다시 돌아가려면 또 2시간이 걸리고요.

그러니 밤 9시 30분에서 10시 20분 사이에 살인사건이 벌어졌음을 생각하면 루퍼트는 **아무리 늦어도** 8시에는 케임브리지에서 출발해야만 하는데, 이때는 아마도 저녁 식사 도중이 되겠지요. 그리고 자정이 넘어서야 다시 케임브리지에 도착했을 겁니다.

(출연진을 돌아보며) 자, 그럼 루퍼트는 그날 밤 정말 케임브리지에 있었을까요? 만약 있었다면 밤새 있었을까요? 그에 대한 답을 얻으려면 당시에 그 저녁 식사 자리에 있었던 사람을 찾아 물어보는 방법밖에 없었습니다.

다행히 대학 측에서 기록을 잘 관리하는 덕분에 루퍼트와 동년배이자 친구인 맬컴 세번과 연락이 닿았습니다. 게다가 때마침 그는 현재 케임브리지 교수로 재직 중이었습니다.

장면 전환 JJ와 중년의 남성이 케임브리지 대학 홀에 앉아 있다. 패널을 댄 벽과 옛날 초상화들이 보이고 긴 탁자 위에는 은촛대들이 놓여 있다. 세번은 체구가 크고 무성한 백발에 얼굴에 홍조를 띠고 있다.

JJ 노턴   시간 내주셔서 감사합니다, 세번 교수님.

맬컴 세번   별 말씀을요.

JJ 노턴   2003년 10월 3일의 저녁 식사를 기억하십니까?

맬컴 세번   분명히 기억합니다. 특히 그날 직후 런던 경찰청에서도 그에 관한 질문을 받았기 때문이죠. 나뿐만 아니라 우리 학년 학생들 대부분이 경찰에게서 질문을 받았습니다.

JJ 노턴   그때 루퍼트가 거기에 있었는지 기억하십니까?

맬컴 세번   기억합니다. 우린 사실 꽤 가까이 앉아 있었습니다. 같은 친구 무리에 속해 있었거든요. 지금 우리 모습을 보면 상상하기 힘들겠지만 그때는 좀 말썽꾸러기들이었지요. (웃으며) 그날 주빈석에 있던 학장님에게 좀 조용히 하라는 주의를 받았던 게 기억나네요.

JJ 노턴   그럼 루퍼트가 교수님 모르게 나갔을 리는 없겠네요?

맬컴 세번   런던까지 갔다가 돌아올 정도로 긴 시간 동안 자리를 비운 적은 없습니다. (머뭇거리면서) 물론 잠시 사라진 적은 있었습니다만—

JJ 노턴 그래요? 그게 언제였습니까?

맬컴 세번 막 메인 요리가 나오기 시작했을 때니까 아마 8시 30분쯤이었을 겁니다. 한 30분 정도 후에 돌아왔어요.

JJ 노턴 돌아와서는 어디 갔다 왔다고 하던가요?

맬컴 세번 (살짝 당황한 기색을 보이며) 전화할 곳이 있었다고 했습니다. DP에 좀 급한 문제가 생겨서 해결하느라고요.

JJ 노턴 DP요?

맬컴 세번 도니 플레이스요. 루퍼트는 처음 만났을 때부터 줄곧 집을 그렇게 불렀어요.

JJ 노턴 이해가 잘 안 되는데요. 응급 상황이라는 건 갑작스레 생기는 상황인데, 루퍼트가 그걸 어떻게 알았을까요? 식사 도중에 누군가 전화나 문자로 루퍼트에게 일러줬을까요?

맬컴 세번 문자를 받았을지도 모르죠. 규정상 홀에서는 휴대전화를 소지할 수 없는데, 루퍼트는 한 번도 그런 규칙을 지켜야 한다고 생각하지 않았어요.

JJ 노턴　　　그래서 전화를 걸기 위해 중간에 자리를 비웠다는 거죠?

맬컴 세번　　그래서 문제가 됐습니다. 그 일로 루퍼트는 크게 꾸중을 들었어요. 학장의 허가 없이는 자리를 뜰 수 없었거든요.

JJ 노턴　　　루퍼트가 그 "응급 상황"이 뭐였는지 말하지는 않았나요?

맬컴 세번　　네, 말하지 않았습니다.

JJ 노턴　　　뭔가 좀 이상하지 않았어요?

맬컴 세번　　(주저하며) 좀 그렇죠. 당시에는 그런 생각을 하지 않았는데 지금 말씀을 듣고 보니 좀 이상하긴 했습니다.

장면 전환　스튜디오, 이전과 마찬가지로 출연진이 모여 있다. JJ는 여전히 메모판 옆에 서 있다.

휴고 프레이저　한 가지 분명한 건 그날 밤 루퍼트가 누구와 통화를 했든 도니 저택으로 전화한 게 아니라는 점입니다. 그런 수신 기록이 없거든요. 캐럴라인의 휴대전화 통화 기록에도 없고요.

JJ 노턴　　　　시간대도 흥미롭습니다. 루퍼트가 어딘가에 전화를 건 지 한 시간도 채 지나지 않아서 루크가 사망했습니다. 우연치고는 좀 이상하다고 생각하지 않습니까? 누가 알겠어요, 루퍼트가 모든 일을 꾸며놓고-

라일라 퍼니스　　(못 믿겠다는 투로) 설마 루퍼트가 루크를 죽였다고 생각하는 거예요? 이건 캠든 힐에서 벌어진 사건이에요. 마피아가 연루된 일이 아니에요.

JJ 노턴　　　　동의합니다만 뭔가 석연치 않은 것도 사실입니다.

빌 세라피니　　그것에 대해서도 루퍼트에게 물어봤나요?

JJ 노턴　　　　(무표정하게 그를 보며) 당연히 물어봤습니다.

장면 전환　루퍼트와의 인터뷰. 이번에는 루퍼트의 집이다. 1인용 가죽 의자, 마구잡이로 쌓여 있는 신문 더미와 벽난로가 보인다. 루퍼트는 체크무늬 셔츠와 모직 조끼를 입고, 니트 넥타이를 매고 있다. JJ 노턴이 화면 밖에서 루퍼트 하워드를 인터뷰한다.

JJ 노턴　　　　루크가 사망한 날 밤에 케임브리지에서 열린 만찬 자리에 참석했죠, 맞습니까?

루퍼트 하워드 그렇습니다. 옥스퍼드에서는 "겉치레"라고 할 만한 행사죠. (다소 잘난 체하며) 그날 저녁은 우리 기수의 동창회 식사 자리였습니다.

JJ 노턴 겉치레가 뭔지는 나도 압니다. 그 자리에 있던 동창생 한 명이 당신이 식사 중에 전화하러 나갔다 왔다고 했습니다.

루퍼트 하워드 잘 기억나지 않습니다.

JJ 노턴 또 당신이 DP에 "응급 상황"이 생겨서 "해결해야" 했다고 말했다던데요.

루퍼트 하워드 (얼굴을 찌푸리며) 그런 말 한 기억이 없습니다.

JJ 노턴 그런 일이 없었다고 하기에는 그가 한 말들이 좀 특이해서요. 당신이 늘 집을 "DP"라고 지칭했다고 하던데요.

루퍼트 하워드 (무시하는 투로) 캐럴라인은 집 관리에 조금도 신경을 쓰지 않았습니다. 늘 문제가 생기고 고쳐야 할 것 천지였어요. 세탁기나 배관 문제 같은 것들 말이죠. 게다가 정원은 완전히—

JJ 노턴 그럼 집에 문제가 생기면 캐럴라인이 **당신에게** 전화를 걸었습니까? 썩 가까운 사이가 아니었는데도요?

루퍼트 하워드   (눈을 가늘게 뜨며) 가끔요.

JJ 노턴   배관 시스템을 잘 아시나 봐요? 실내 장식도 좀 할 줄 알고요? 손수 고칠 줄도 아십니까?

루퍼트가 아무 대답 없이 싸늘한 시선으로 바라본다.

JJ 노턴   어쨌든 그때 당신이 캐럴라인과 통화한 게 아니라는 건 알고 있습니다. 당신과 캐럴라인의 휴대전화 통화 기록이 없었거든요. 집 전화도 마찬가지고요. 이미 확인했습니다.

루퍼트 하워드   (다소 짜증스러운 말투로) 그러니까 어디든 전화 자체를 건 기억이 없다니까요–

JJ 노턴   당신 친구는 분명히 기억하고 있었습니다.

루퍼트 하워드   그 "친구"라는 사람이 누굽니까?

JJ 노턴   맬컴 세번입니다.

루퍼트 하워드   (큰 소리로 웃으며) 하느님 맙소사, 그 성가신 세번이요? 초대받지 않은 곳에 늘 나타나는 눈치 없는 녀석이었어요. 연락 안 한 지 몇 년이 지났는지 모릅니다.

JJ 노턴   그날 밤에 관해 꽤 선명하게 기억하고 있었습니다. 전화를 건 기억이 없는 게 확실합니까?

루퍼트 하워드   말했잖습니까—

JJ 노턴   맬컴은 당신이 허락을 받지 않고 저녁 식사 도중에 자리를 떴다는 이유로 꾸중을 들었다고 기억하고 있었습니다. 그 정도 일이라면 당신도 기억할 것 같은데요.

루퍼트 하워드   아까도 말했지만—

JJ 노턴   그리고 생각해보면 뭔가 이상하지 않습니까. 나 같으면 그날 밤에 있었던 일은 모조리 선명하게 기억 속에 새겨졌을 거 같은데요.

루퍼트 하워드   지금 뭐 하는 겁니까?

JJ 노턴   진실을 "알아내고자" 하는 겁니다—

루퍼트 하워드   그때 경찰은 빌어먹을 전화 통화에 대해서는 묻지도 않았—

JJ 노턴   물어봤어야 했는지도 모르죠—

루퍼트 하워드   (마이크를 잡아 떼며 일어선다) 그만하겠습니다. 인터뷰는 끝났어요. 그만 나가주십시오.

화면이 정지한다.

장면 전환   아까와 마찬가지, 스튜디오.

JJ 노턴   죄 없는 사람의 태도라고 보기는 힘듭니다. 내가 보기엔 그렇습니다. 하지만 지금으로선 저게 루퍼트에 대해 알아낸 전부입니다.

라일라 퍼니스   어쩌면 DP가 도니 플레이스가 아닐 수도 있습니다. 그냥 둘러댄 걸 수도 있잖아요. 이를테면 위장술처럼요.

휴고 프레이저   당시 그는 겨우 23살이었습니다. 새파란 애송이 청년이 무엇 때문에 위장술이 필요할까요? 무슨 범죄 조직 우두머리도 아니고—

라일라 퍼니스   아뇨, 그런 건 아니어도 약물이나 뭐 그런 거에 손을 댔을 수도 있고—

휴고 프레이저   (웃으며) 무슨 말인지 알겠어요. 마약 밀매자$^{\text{Drug Pusher}}$를 줄여서 DP라고도 하니—

라일라 퍼니스　　남자들만 아는 말은 아닌데 굳이 설명해줘서 고맙군요, 휴고. 어쨌거나 그가 밀거래했을 가능성이 있다는 건 당신도 잘 알 거예요. 그래서 저렇게 민감한 반응을 보였을 수도 있습니다. 그때뿐만 아니라 특히 지금도요. 앞날이 창창한 보수당 하원의원으로서 절대 도움이 되는 이야기는 아니니까요.

빌 세라피니　　내가 생각해도 일리는 있습니다. 하지만 어느 쪽이든 루퍼트는 그날 밤 알리바이가 확실해 보여요. 그리고 솔직히 말하면 루퍼트에게 어떤 살해 동기가 있을까 싶습니다.

그렇긴 하지만 집안의 재정 상황과 관련해서 어떤 동기가 있을지도 모르죠. JJ, 그 부분에 관해서 뭐 알아낸 거 있나요?

JJ 노턴　　그건 라일라 박사님이 조사하셨습니다.

라일라 퍼니스　　(고개를 들며) 네. 먼저 이 조사의 목적은 루퍼트가 한때 친구였던 루크를 살해할 이유가 있는지 알아보기 위한 것임을 다시 한번 기억해주시기 바랍니다.

그날 밤 루퍼트가 분명히 케임브리지에 있었다는 사실이 확인되었으니, 두 사람이 언쟁을 벌이다 우발적으로 살해한 경우는 아님이 분명합니다. 누군가 루퍼트를 대신해 범행을 저질렀어야 하죠. 전문 청부살인업자가 아니라면 친구나 동료일 가능성이 있습니다. 다른 말로 하면 반드시 **사전에** 계획했어야 한다는 겁니다.

자, 그렇다면 루퍼트에게 루크 라이더의 청부살인을 **사주할** 만큼 강력한 살해 동기가 있었을까요?

결론부터 말하면, 난 그렇게 생각하지 않습니다.

앤드루 하워드의 유언장을 살펴봤는데요– (스크린에 "유언장"이라고 적힌 서류들의 자료가 뜬다) 캐럴라인이 톡톡히 덕을 봤습니다. 저택에 대한 소유권뿐만 아니라 그녀가 평생 쓸 수 있을 만큼의 현금도 있었고, 금융 투자분도 상당히 많았습니다.

그녀가 사망하면 남은 재산이 네 자녀에게 똑같이 배분될 겁니다. 루퍼트, 그리고 캐럴라인의 친자녀인 모라와 어밀리, 가이, 이렇게 넷이죠. 저택은 우리가 알고 있듯이 캐럴라인 사후에 앤드루 하워드의 장남인 루퍼트가 상속받게 되어 있고요.

빌 세라피니   그럼 캐럴라인의 자녀들은 어머니가 유산을 탕진하지 않기를 바라겠군요. 그랬다가는 아무것도 받지 못할 테니까요.

라일라 퍼니스   나도 그렇게 생각했습니다만 물론 변호사가 아니라서–

휴고 프레이저   변호사인 나도 동의합니다. 그럼 루크 살인사건 시점에 법적 상황이 어떠했는지를 살펴봐야겠군요?

라일라 퍼니스   아, 바로 거기서부터 흥미로워집니다. 확인한 바로는 캐럴라인이 돈을 물 쓰듯 쓰고 있었어요. 그것도 아주 눈 깜짝할 사이에 말이죠. 1999년 12월 앤드루가 사망한 후 2003년 10월 루크가 죽을 때까지 4년 사이에 자산 가치가 30퍼센트 정도 줄어든 것 같습니다.

물론 시장 변동에 의한 영향도 있지만, 캐럴라인이 빠르게 자산을 축내고 있었던 건 분명합니다.

앨런 캐닝 그럼 그 원인이 루크라고 생각하십니까?

라일라 퍼니스 직접적으로는 아닙니다. 유산은 모두 캐럴라인 이름으로 되어 있어서 루크는 손댈 수 없었습니다. 캐럴라인이 루크를 **위해** 돈을 쓰거나 루크와 **같이** 돈을 쓴 것으로 보입니다. 우선 루크에게 할리 데이비슨 오토바이를 사줬고 같이 사치스러운 여행도 여러 차례 즐겼어요.

앨런 캐닝 그럼 박사님은 루퍼트가 캐럴라인의 소비를 줄이기 위해 루크의 청부살인을 계획했을 수도 있다고 생각하시나요? 그런 가능성은 좀 낮아 보이는데요.

미첼 클라크 (고개를 끄덕이며) 만약 루퍼트가 큰 위험 부담을 감수하면서까지 일을 저지를 작정이었다면 **그녀를 없애는 편이** 훨씬 더 효과적이었을 겁니다.

그러면 단숨에 유산을 손에 넣을 수 있으니까요. **거기다** 집도 차지하고요.

라일라 퍼니스   그게 바로 내가 이 사람은 애초에 가능성이 없다고 생각하는 이유입니다. 케임브리지로 수상한 전화가 걸려왔고 루퍼트가 과도하게 방어적인 태도를 보이긴 했지만, 이 사건과는 무관한 일일 가능성이 크다는 거죠.

그리고 빌도 말했듯이 어떻게 생각해봐도 이해하기 어렵습니다. 루크를 죽인다고 루퍼트의 문제가 해결되지는 않으니까요. 오히려 더 악화시킬 수도 있죠. 캐럴라인이 또 결혼할 수도 있잖아요. 그것도 더 부적절한 상대와 말이에요.

빌 세리피니   그렇다면 이제 캐럴라인이 바람을 피웠을 수도, 아닐 수도 있는 정체불명의 내연남에 관해 이야기할 차례군요.

휴고, 앨런- 거기에 관해 어디서 조사했나요?

앨런 캐닝   몇몇 아는 사람들에게 연락해서 영국의 운전자 및 자동차 소유 데이터베이스에 접속할 수 있었습니다.

(파일에서 종이 한 장을 꺼내며) 2003년 10월 당시 운행 중인 것으로 등록된 MGB는 3만 대가 조금 넘었습니다. 그중에 빨간색 모델로 범위를 좁히면 숫자가 대폭 줄지만, 그래도 여전히 수천 대에 달합니다. 거기서 다시 지역적인 범위를 한정할 수도 **있겠지만**, 그 남자가 어디에 거주했는지 확실하게 알 방법이 없고-

미첼 클라크   아무래도 런던에 거주하지 않았을까요?

라일라 퍼니스   동감이에요.

앨런 캐닝   나도 그 말을 하려던 참인데, 괜찮으시면 계속하겠습니다. 캐럴라인이 정기적으로 만나는 사람이 있었다면 나름 가까운 곳에 살았으리라고 추정됩니다. 적어도 런던이나 런던 인근의 주일 가능성이 커요.

운전자 및 자동차 소유 데이터베이스에서 자동차 색상과 더불어 거주 지역 반경을 그쪽으로 지정하면 100대에 조금 못 미치는 차량이 검색됩니다. 정확히 말해서 86대죠.

라일라 퍼니스   그 정도면 괜찮네요. 생각보다 적은데요.

앨런 캐닝   거기에 또 나이와 성별 조건을 적용해 25세 이상의 남성 소유주를 찾으면 더 줄어서 42대가 나옵니다.

(메모판 앞으로 가서 그레이터 런던[런던과 인근 지역을 포괄하는 행정 구역/옮긴이] 지도를 붙인다. 지도 이곳저곳에 찍힌 빨간 점이 보인다) 이것이 42대의 빨간색 MGB가 있던 곳을 표시한 겁니다.

빌 세라피니   그래도 여전히 만만치 않은 일이겠는데요. 게다가 20년 전 자료니, 지금쯤 차량 소유주의 절반은 죽었을 수도 있겠어요.

라일라 퍼니스   (동의하며) 아니면 이사했을 수도 있고요.

앨런 캐닝　　(출연진을 돌아보며) 바로 그걸 확인하는 중입니다. 캐럴라인의 내연남이 실제 존재한다면 사회경제적 배경이 비슷할 거라는 가정하에 도니 저택에서 가까운 곳부터 시작했습니다. 물론 잘못된 가정일 수 있다는 것도 압니다–

라일라 퍼니스　　(작은 목소리로) 그렇다고 캐럴라인이 해크니에 사는 허접한 배관공을 만났을 리는 없고–

앨런 캐닝　　(목소리를 살짝 키우며) 현재 당시에 빨간색 MGB를 소유했고 도니 저택 인근의 런던 지역에 거주했던 사람 16명과 연락이 닿은 상태입니다. 그러나 아직 이렇다 할 대상은 찾지 못했습니다.

빌 세라피니　　사실 처음부터 좀 해일 메리Hail Mary 케이스 같기는 했습니다.

휴고 프레이저　　(빌을 보며) 미국인들이 그 말을 할 때마다 무슨 뜻인지 늘 궁금했습니다.

빌 세라피니　　(씩 웃으며) 풋볼 경기가 끝나기 직전에 던지는 장거리 패스를 그렇게 부릅니다. 그야말로 최후의 필사적인 시도죠.
　그건 그렇고 앨런이 여기저기 연락하며 부지런히 전화 요금을 올리는 동안 뭘 하셨습니까?

휴고 프레이저   네, 형사님, 전 우리가 찾을 수 있는 캐럴라인의 친구들에게 연락해봤습니다. 정체불명의 미스터 X가 누구인지 단서를 얻을 수 있을까 해서요.

빌 세라피니   그거 좋은 생각이군요.

장면 전환   매들린 다우닝. 지난번처럼 "캐럴라인 라이더의 친구"라는 자막이 뜬다. 인터뷰는 그녀의 거실에서 이루어진다.

매들린 하워드   사람 잘못 찾아오셨네요. 내가 보기에는 캐럴라인이 다른 남자를 만난다고 의심할 만한 점이 전혀 없었거든요. (웃음) 젊고 건장한 남편을 집에 두고 뭐가 모자라서 바람을 피우겠어요? 폴 뉴먼도 그랬다잖아요. "집에서 스테이크를 먹을 수 있는데 왜 밖에 나가서 햄버거를 먹죠?"라고요.

장면 전환   제니퍼 데니슨. "캐럴라인 라이더의 친구"라는 자막이 뜬다. 검은 머리를 틀어 올리고 무늬가 있는 실크 셔츠를 입었다. 창문 너머로는 정원이 보인다. 그녀는 청색과 흰색 타일이 깔린 부엌에 앉아 있다. 휴고 프레이저가 화면 밖에서 질문한다.

제니퍼 데니슨   캐럴라인은 나한테 아무 말도 안 했어요. 정말 무슨 일이 있었다면 분명 말했을 거예요.

휴고 프레이저 캐럴라인이 부인께 터놓고 이야기했을 거라는 말씀이죠? 두 분이 매우 친하신가 봐요?

제니퍼 데니슨 난 캐럴라인에게 다 이야기하거든요. 그걸 물으시는 거라면요. (살짝 얼굴을 붉히며) 꼭 아셔야겠다면, 나도 옛날에 그런 비슷한 일이 있었어요, 무슨 말인지 아시죠? 결국 남편과 헤어졌죠. 만약 캐럴라인도 같은 상황이었다면 내게 이야기했을 거예요.

휴고 프레이저 캐럴라인과 루크는 행복했습니까?

제니퍼 데니슨 내가 알기론 그랬어요. 캐럴라인은 한 번도 다른 이야기를 하지 않았거든요. 어쨌든 나한테는 아무 말도 안 했어요.

장면 전환 카멀 파이퍼. "캐럴라인 라이더의 친구"라는 자막이 뜬다. 탄탄한 체격, 긴 보브 스타일의 옅은 금발에 가죽 누빔 조끼를 입고 한 카페에 앉아 있다. 벽에는 파스텔 색상의 추상화가 걸려 있고, 탁자 위에는 생화가 꽂힌 꽃병과 커피가 담긴 파란색 찻잔 세트가 놓여 있다. 이번에도 휴고 프레이저가 화면 밖에서 질문한다.

카멀 파이퍼 솔직히 우린 가까운 사이는 아니었어요. 난 캐럴라인이 "점심을 같이 먹는 여자들" 중 하나였죠. 대략 6주일에 한 번씩 만나서 가벼운 수다를 떠는 정도였습니다. 소문에 대해서 떠들고 누가 휴가를 좋은 데 다녀왔네, 뭐 그런 이야기를 했죠. 이 동네 분위기가 어떤지 대충 아시잖아요. 큰 틀에서 보면 별로 악의는 없는 이야기들이죠.

휴고 프레이저   캐럴라인에게 내연남이 있다고 의심할 만한 통화나 문자를 목격하신 적은 없으십니까?

카멀 파이퍼   (웃으며) 뭘 보면 그런 걸 알 수 있는지는 모르겠지만 그런 적은 없습니다. 전화를 받으러 급히 자리를 뜬다거나 갑자기 갈 데가 생겼다고 말한 적은 한 번도 없었어요.
 솔직히 말하면 난 캐럴라인이 자기 생활을 효율적으로 구분해 놓고 잘 관리하며 산다고 생각했어요. 각자 있을 자리가 있고, 모두가 자기 자리에 있으면 되죠. 무슨 뜻인지 아시겠죠?

장면 전환   스튜디오, 이전과 마찬가지.

빌 세라피니   운동 가방으로는 뭔가 나온 게 없나요? 뭘 알아내기에는 너무 작은 단서이긴 하지만요.

휴고 프레이저   없었습니다. 그때나 지금이나 그 동네에는 헬스장이 많을뿐더러 퀸스에는 테니스 코트들도 있고 스쿼시 클럽도 3개나 있는 걸로 알고 있습니다.

JJ 노턴   그런 클럽에 등록된 회원들과 빨간색 MGB 소유주들을 연결해서 확인해볼 필요가 있을까요?

앨런 캐닝   모르긴 몰라도 2003년의 회원 기록이 남아 있는 스포츠 클럽은 아마 없을 겁니다. 물론 **물어볼 수는** 있겠죠. 하지만 그 정보가 있대도 우리에게 넘겨주지 않을 게 분명해요.

미첼 클라크   개인 정보 보호 때문에 그럴 겁니다. 내 고달픈 인생을 더 힘들게 하는 큰 골칫거리죠.

라일라 퍼니스   게다가 그 남자가 클럽에 가입하지 않았을 수도 있어요. 그냥 단순하게 조깅을 즐기는 사람이었을 수도 있고요. 요즘도 조깅하는 사람이 있나요? 아직도 유행인가요?

JJ 노턴   (웃으며) 요즘은 "러닝" 정도는 해줘야 그나마 인정받는 것 같아요.

앨런 캐닝   (웃음기 없이) 이제 요약해봅시다. 모라 하워드가 진술한 새로운 증거를 바탕으로 캐럴라인에게 어떤 불륜 관계가 **있었다고** 추정되지만, 지금으로서는 그 정체불명의 남자가 누구였는지 찾아낼 강력한 단서는 하나도 없습니다.

라일라 퍼니스   그래도 계속 찾아볼 거죠? 그 차 말이에요.

앨런 캐닝 (피곤하다는 듯이) 네, 계속해야죠.

휴고 프레이저 그럼 이제 빌과 미치가 남았네요. 루크에 관해 어떤 정보를 알아내셨는지 들어봐야죠.

미첼 클라크 (빌에게) 내가 먼저 시작해도 괜찮을까요?

빌 세라피니 얼마든지요.

미치가 자리에서 일어나 메모판에 붙어 있는 오스트레일리아 지도 쪽으로 향한다.

미첼 클라크 다시 캘굴리로 가보겠습니다. 루크는 그럴 계획이 없었지만요.
 그 지역 초등학교에 전화해서 옛날 기록이 얼마나 남아 있는지 알아봤지만, 솔직히 건질 게 별로 없었습니다. 안타깝게 사진도 남아 있지 않았고요. 그나마 옛날 학생들이 속해 있는 페이스북 그룹이 있었고, 학교 측에서 연락해준 덕분에 몇몇 학생들과 동시에 줌으로 화상통화를 했습니다.

장면 전환 영상 속에 책상 앞에 앉아서 6명과 줌으로 통화하는 미치의 모습이 보인다.

미첼 클라크   그럼 예전에 모두들 루크 라이더와 같은 반이었나요?

장면 전환   트레이시 라이언 클로즈업. "루크 라이더의 학교 친구"라는 자막이 뜬다. 예쁜 외모에 붉은 머리는 올려묶고 줄무늬 상의를 입었다. 그녀의 화면 뒷배경으로 울루루(오스트레일리아 노던 준주의 남부에 있는 거대한 바위산/옮긴이)가 보인다.

트레이시 라이언   네, 맞아요. 루크를 기억하죠. 좀 괴짜였어요. 늘 애들한테 괴롭힘을 당했어요. 뭐 진짜 심각하게 그랬다는 건 아니고요. 무슨 뜻인지 아실 거예요.

장면 전환   스콧 그랜트. 위와 똑같은 자막. 금발이고 정수리 쪽에 탈모가 있다. 모터헤드 티셔츠를 입고 한쪽 귀에만 귀걸이를 하고 있다.

스콧 그랜트   어어 그래, 쟤 말이 맞아요. 나도 그렇게 기억하거든요. 그 녀석이 살해당했다는 뉴스를 들었을 때 진짜 깜짝 놀랐다니까요. 런던에 산다는 것도 그렇지만, 솔직히 말해서 돈 많은 늙은 여우랑 결혼했을 줄은 꿈에도 몰랐지.
  (웃으며) 그 자식한테 그런 면이 있는 줄은 정말 꿈에도 몰랐어.

장면 전환   도나 길크리스트. 위와 똑같은 자막. 짧게 자른 검은 머리. 뒤에서 아이들의 소리가 들린다.

도나 길크리스트 그 사건은 진짜 뭔가 냄새가 나요. 결국 범인을 못 잡았죠?

카메라 무빙 뒤로 물러나며 전체를 비춘다.

미첼 클라크 지금이라도 잡으려고 하는 겁니다. 그런데 시간이 너무 많이 지나서 쉽지는 않아요.

스콧 그랜트 나라면 엄두도 못 내요.

트레이시 라이언 그런데 우리한테서 무슨 이야기가 듣고 싶은 거예요? 우리는 루크가 시드니로 떠난 뒤로는 한 번도 만난 적이 없어요.

미첼 클라크 루크가 왜 떠났다고 생각하십니까?

트레이시 라이언 정말 몰라서 묻는 건 아니죠? 부모님은 다 돌아가셨고, 유산을 받았으니 그걸로 뭘 하겠어요? 나라도 기회만 있으면 뒤도 안 돌아보고 당장 도망갔을 거예요.

장면 전환 스튜디오. 이전과 마찬가지.

미첼 클라크 보시다시피 저기서 건진 건 별로 없었습니다. 다음은 시드니죠. 안타깝게도 루크가 일했던 바는 없어진 지 오래였지만 시드니에 사는 라일라 박사님의 친구분이 도와주신 덕분에 그 당시 바를 운영하던 주인과 연락이 닿았습니다.

장면 전환 책상 앞에 앉아 있는 미치. 이번에는 스피커폰으로 대화를 나누고 있다.

미첼 클라크 (휴대전화를 향해) 여보세요, 돈 씨를 찾는데요?

돈 윈덤 네, 제가 돈 윈덤입니다.

미첼 클라크 과거에 "보드룸"이라는 바를 운영하셨죠, 맞습니까?

돈 윈덤 네, 그렇습니다. 은퇴할 때까지 운영했죠. 벌써 15년 전이군요.

미첼 클라크 가게 이름만 들어도 서퍼들에게 인기가 많았겠는데요?

돈 윈덤 (웃으며) 그래서 가게를 옮기지도 못했습니다. 특히 금요일 밤에는 가게가 미어터질 정도였죠.

미첼 클라크 루크 라이더가 거기서 일했습니까? 루크가 시드니로 옮긴 직후였으니 아마 1994년일 겁니다.

돈 윈덤 애송이 "이지"요. 맞아요, 2년간 우리 가게에서 일했습니다. 괜찮은 녀석이었죠. 처음엔 좀 수줍어했는데 금세 활달해졌고, 서핑에 푹 빠지면서 사람이 완전히 변했어요. 아주 정신을 못 차렸죠. 처음엔 서핑, 그리고 나선 영계들까지요.
　아이고, 미안합니다. 그런 말을 쓰면 안 될 텐데, 요즘은 더 조심해야잖아요. #미투다 뭐다 해서 쓸데없는 말들이-

미첼 클라크 루크가 여자들에게 인기가 많았나 보군요?

돈 윈덤 처음부터 그렇지는 않았죠. 아까도 말했지만 좀 낯을 가리고 체구도 작았어요. 솔직히 왜소한 편이었죠. 게다가 젊은이들이 좀 많았어야죠. 경쟁이 아주 치열했습니다. 그런데 일단 체격이 좋아지고 난 후에는 인기가 하늘을 찔렀어요. 그렇게 한 1년쯤 지나고 나서는 한 여자애에게 푹 빠져서 다른 여자는 쳐다보지도 않더라고요.

미첼 클라크 그 여자 이름을 아시나요?

돈 윈덤 아니요. 미안합니다. 워낙 오래 전 일이어서 이름은 기억 못 합니다. 아무튼 그 애도 루크한테 홀딱 반한 것 같았어요. 둘이 같이 있을 때 보면 알 수 있었죠. 그리고 얼마 안 돼서 돌연 루크가 떠났습니다.

미첼 클라크   루크가 떠났어요? 이유가 뭔지 아십니까?

돈 윈덤   솔직히 좀 이해할 수 없었어요. 언제는 그 여자애랑 같이 살 집을 찾는다고 야단법석을 떨더니 갑자기 그만두겠다고 사직서를 내고는 일주일 만에 사라져버렸거든요.

미첼 클라크   이유는 말하지 않았어요?

돈 윈덤   전혀요. 나한테는 아무 말도 안 했어요. 그런데 이유는 모르겠지만 엄청 스트레스를 받는 것 같았습니다. 다른 직원들은 여자애를 임신시키고 도망갈 구멍을 찾는 게 뻔하다고 수군댔죠.

미첼 클라크   그 말이 맞는다고 생각하시나요?

돈 윈덤   난들 알겠어요. 그 여자애는 루크랑 같이 떠나지 않았더라고요. 루크가 떠나고 1-2주일 후에 그 여자애를 봤는데 아주 낙심한 얼굴이었어요. 보기 딱했죠. 하지만 내게 이지가 어디로 갔는지 묻고 싶은 거라면 소용없습니다. 나도 아는 바가 전혀 없으니까요.

미첼 클라크   그게 언제였습니까?

돈 윈덤   그건 대답할 수 있죠. 아마 1995년 여름이었을 거예요. 11월 말쯤?

미첼 클라크   혹시 당시 루크가 찍힌 사진이 남아 있습니까?

돈 윈덤   (웃으며) 그럴 리가 없죠! 벌써 20년이나 지난 일이잖아요! 그래도 혹시 어디서 나올지도 모르니 한번 찾아보기는 하겠습니다.

장면 전환   스튜디오, 아까와 마찬가지. 미치가 그대로 메모판 옆에 서 있다.

미첼 클라크   다행히 운이 좋았습니다. 돈이 옛날 사진 2장을 찾았거든요. 하지만 보시다시피ㅡ (메모판을 가리키며) 사진을 봐도 특별한 점은 없습니다.

카메라 무빙   사진 클로즈업. 한 장은 사람들로 북적이는 바의 내부를 찍은 사진으로, 15명은 족히 될 듯한 사람들이 찍혀 있다. 대부분 젊은 남자들로 다들 맥주병을 들고 활짝 웃고 있으며, 이미 어느 정도 취기가 오른 표정들이다. 뒷줄에 있는 한 사람의 얼굴에 붉은 동그라미가 그려져 있지만, 앞줄에 있는 사람 때문에 얼굴이 반쯤 가려진 상태다. 또 한 장은 여러 명의 젊은이가 서프보드를 들고 바다로 뛰어가는 모습을 찍은 사진이다. 해가 막 솟아오르며 모래사장에 나지막이 햇살이 들고 있다. 이번에도 붉은색으로 루크를 표시했지만, 뒷모습만 보일 뿐이다.

휴고 프레이저   뭐, 시도는 좋았어요—

미쉘 클라크   사실, 여기서 끝은 아닙니다. 돈은 지금도 술집의 세금 영수증을 보관하고 있어서 루크가 정확히 언제 떠났는지 파악할 수 있었습니다. 1995년 11월 29일이었죠. 그래서 당시에 시드니에 어떤 일이 있었는지 인터넷에 검색해봤습니다. 혹시 그가 갑자기 다 정리하고 도망치듯 떠난 이유와 관계가 있을 수도 있으니까요.

JJ 노턴   여자 관계 때문이라는 걸 믿지 않았군요?

미쉘 클라크   나도 잘은 모르겠습니다. 여자 때문일 수도 있죠. 하지만 다른 가능성을 확인하는 것도 좋을 것 같았어요. 특히 돈의 말에 의하면 여자친구와 별 문제 없어 보였다고 했으니까요.

JJ 노턴   그래서요?

미쉘 클라크   뭔가 발견했습니다.

미첼이 메모판을 향해 돌아서서 두 장의 시드니 신문 기사에서 발췌한 내용을 메모판에 붙인다.

웨이벌리에서 발생한 자동차 사고⋯⋯1명 혼수상태

시오반 버넘 기자

토요일 이른 아침, 웨이벌리의 로즈우드 가에서 심각한 자동차 사고가 발생했다. 사고 현장 인근을 지나가던 한 운전자가 길 한복판에서 의식을 잃은 채 쓰러져 있던 젊은 남성을 발견하고 경찰에 신고했다.

자동차 사고 피해자는 곧바로 응급실로 이송되었으며,

피해자는 의식을 회복하지 못한 것으로 보인다. 경찰은 금요일 밤 11시 50분경에서 토요일 새벽 1시 30분 사이에 로즈우드 가에서 뭔가를 목격했거나 소리를 들었다면 즉시 경찰에 제보해달라고 요청했다. 크라임 스토퍼나 브론테 가에 있는 웨이벌리 경찰서로 연락하기 바란다.

시드니 뺑소니 사건, 음주 운전자 수배

미키 분 기자

필드 경사는 NSW 경찰이 사고를 뺑소니 사건으로 보고 조사 중이라고 말했

그녀는 "안타깝게도 음주 운전자가 큰 사고를 내고 도망치는 경우가 흔하다"며, 사고를 낸 사람이 자수하기"를 촉구했다.

▲「오스트레일리언」
1995년 11월 28일

◀「시드니 모닝헤럴드」
1995년 11월 27일

출연진이 서로 시선을 교환한다. 스튜디오 안의 분위기가 술렁인다. 미치가 시드니 중심부 지도를 메모판에 붙이고 마커펜을 들어 지도에 표시하기 시작한다.

미첼 클라크   보드룸 바는 **여기**, 돈이 보관 중인 파일에 기록된 당시 루크의 주소는 **여기**, 그리고 사고는 **이곳**에서 발생했습니다.

JJ 노턴   (고개를 끄덕이며) 그러니까 루크가 살던 집과 바의 중간에서 사고가 났군요.

미첼 클라크   그렇습니다. 사고가 발생하고 닷새가 지난 후 경찰이 수사에 박차를 가할 시점에 루크가 일을 그만두었습니다.

빌 세라피니   (길게 숨을 내쉬며) 이런.

미첼 클라크   그리고 사건이 발생한 이른 아침 그 시간대가 루크가 일을 끝내고 집으로 가는 시간과 정확히 일치합니다. 루크가 술을 마셨을 가능성도 매우 크고요.

JJ 노턴   그랬다면 신문 기사에서처럼 사고 현장에서 멈추지 않고 달아날 이유가 충분하죠.

미첼 클라크   바로 그겁니다.

JJ 노턴   시드니 경찰에도 연락해봤나요?

미첼 클라크   네. 사고를 낸 운전자는 찾지 못했다더군요. 뺑소니 차를 확인할 만한 단서가 전혀 없었다고 했습니다. 충돌 당시 차에서 떨어져나간 페인트 조각이나 뭐 그런 거 말이죠. 그런데 한 지역 주민이 그 시간대에 큰 엔진 소리를 들었다고 했답니다.

앨런 캐닝   경찰은 오토바이일 수도 있다는 생각은 못 했던 걸까요?

미첼 클라크   그런 것 같습니다. 설상가상으로 이제 와서 다시 조사하기에는 너무 늦었죠. 오토바이를 추적해서 손상을 입었는

지 알아볼 방법은 아예 없고요−

JJ 노턴   그것도 결정적인 단서라기에는 부족했을 수 있습니다. 오토바이에 비스듬히 부딪혔다면 오토바이에는 아무런 흔적도 남지 않을 테니까요.

미첼 클라크   그래서 현재 이쪽으로도 막다른 벽에 부딪힌 상황입니다. 그래도 루크 라이더가 갑자기 오스트레일리아를 떠난 이유가 뭔지 추측할 단서는 된다고 봅니다. 내 생각엔 가능성이 꽤 큰 것 같아요.

휴고 프레이저   그리고 누군가 그를 죽이고 싶어할 만한 이유도 될 수 있겠군요. 피해자의 가족 중 하나가 용의자가 될 수 있죠. 물론 루크가 어디로 도주했는지도 파악하고 있었을 겁니다.

앨런 캐닝   그렇긴 해도 쉽게 생각할 문제는 아닌 것 같습니다. 7년이라는 시간 동안 루크에 대한 원한을 키웠다는 거잖아요. 게다가 지구 반대편에 있는 사람에게요.

JJ 노턴   피해자에 대해 아는 게 있습니까?

미첼 클라크   (한숨을 쉬며) 별로 없습니다. 이상하게 경찰이 그 사건 자체를 쉬쉬하는 분위기였어요. 피해자 가족이 피해자의 이름을 밝히지 않도록 압박한 것 같은 느낌을 받았습니다. "개인 사정"이라더군요.

빌 세라피니   (짐작한 듯) 있지 말아야 할 장소에 있었던 사람인가 보군요.

JJ 노턴   내 생각도 같습니다. 유부남이 넘지 말아야 할 선을 넘었다거나—

휴고 프레이저   피해자는 어떻게 되었습니까? 살았어요?

미첼 클라크   지금으로서는 나도 아는 바가 없습니다. 혹시 뭔가 발견할 수 있을까 해서 사고 날짜 이후로 사망자 기록을 살펴보고 있습니다. 하지만 지금은 이게 루크 라이더와 관련이 있다고 장담할 수도 없긴 합니다.

라일라 퍼니스   맞아요. 다른 사람이 뺑소니 사고를 냈을 수도 있잖아요. 괜한 헛수고일 수도 있어요.

빌 세라피니   어쨌든 굉장한 발견이에요, 미치. 감탄했어요.

JJ 노턴   정말요. 당시에 런던 경찰청도 밝혀내지 못한 내용인 것 같은데, 정말 대단해요.

앨런 캐닝   루크 라이더와 관련이 있다면 그렇죠. 라일라 박사님 말처럼 우리 사건과 전혀 상관없는 사건일 수도 있습니다.

휴고 프레이저   (앨런을 무시하며) 빌, 당신은 얼마나 훌륭한 정보를 건져왔는지 들어볼까요?

빌 세라피니   (미소를 지으며 자리에서 일어난다. 미치가 자리에 앉는다) 최선을 다하겠습니다, 휴고. 한번 해보죠.
(출연진을 돌아보며) 자, 미치가 오스트레일리아에서 루크의 행적을 좇는 동안, 나는 루크가 오스트레일리아를 떠나서 어디로 향했는지 따라가보았습니다. 2003년 당시 영국 경찰은 그가 시드니를 떠난 후 발리로 향했고, 그다음에는 캄보디아로 갔다고 했습니다.

빌이 두 나라의 지도를 붙인다. 2장의 지도에는 각각 쿠타(인도네시아 롬복 섬의 남쪽 해변/옮긴이)와 캄폿(캄보디아 남부에 있는 도시/옮긴이)에 마커 표시가 되어 있다.

빌 세라피니   내가 보기에 루크는 두 도시에서 일용직을 전전하며 지낸 것 같습니다. 어디에서도 뜻밖의 "사건"은 발견되지 않았습니다. 그러나 방금 미치가 알려준 정보를 고려하면, 그가 두 도시에 머물 때 술집에서는 일하지 않았다는 사실에 어떤 의미가 있는 것 같군요. 두 도시 모두에서 오래 지내지 않았다는 점도 그렇고요. 그가 캄보디아를 떠나서 향한 곳은 레바논의 베이루트로- (다른 지도를 붙이며) 1997년 1월에 도착했습니다. 루크가 그곳에서 뭘 했는지, 왜 그곳에 갔는지는 모르지만, 레바논이 작열하는 태양 아래 휴가를 즐기는 휴양지가 아니라는 점은 분명하죠. 당시 레바논은 참혹한 내전을 겪은 후 겨우 복구를 하던 중이어서 정부의 힘이 미약하거나 그나마도 전혀 미치지 못하는 곳도 있었고, 헤즈볼라와 하마스와 같은 테러리스트 단체들이 장악한 지역들도 있었습니다. 루크도 곧 그런 사실을 깨닫게 됩니다.

빌이 「뉴욕 타임스」에서 잘라낸 기사를 붙인다.

베이루트 버스 폭격으로 13명 사망

사상자 중 서양인들도 있어……
백악관, "극악무도한" 테러 공격이라며 맹비난

켄 데이비 기자

베이루트 현지 시각으로 어제 오후 2시 직후 레바논의 수도인 베이루트 한복판에서 1킬로미터 이상 떨어진 지역의 창문이 깨질 정도의 강력한 폭발이 일어났다.

최근 베이루트에서 발생한 끔찍한 공격들의 하나인 이 사건이 자신들의 소행임을 부정했다. 현재 30명 이상이 부상을 입고 병원에서 치료를 받고 있으며, 현재까지 서양인 3명을 포함해 총 13명이 사망한 것으로 확인된다. 미국인 1명,

▲「뉴욕 타임스」
1997년 8월 5일

자료 화면 폭탄 공격의 잔해를 보여주는 CNN 뉴스 장면. 거리에 널브러진 시신들, 뒤엉킨 버스의 잔해, 파편과 깨진 창문들이 어지럽게 흩어진 거리가 보인다. 뒤이어 아수라장이 된 병원이 나온다. 임시로 만든 간

이침대에 누워 있는 사람들, 한쪽 다리를 잃은 사람, 머리와 얼굴에 붕대를 감은 사람들의 모습이 보인다.

라일라 퍼니스   (충격을 받은 표정으로) 저 사건 기억납니다. 정말 끔찍했어요. 그런데 이 일이 **라이더**와 연관이 있다는 말인가요?

빌 세라피니   (고개를 끄덕이며) 그 역시 저곳에서 다친 사람 중 한 명입니다. 찰과상과 한쪽 팔에 골절상을 입어 베이루트 병원에 3일간 입원했죠. 그후 곧 그 나라를 떠났습니다. 당연히 그랬겠죠. 이후에 그의 행적을 다시 찾은 건 아소스에서였습니다. 루크는 2년 후 그곳에서 루퍼트 하워드를 만났고, 인생의 마지막 장이 펼쳐지기 시작했습니다. 물론 당시에는 까맣게 몰랐겠지요.

휴고 프레이저   정말 끔찍한 일입니다만, 라이더가 베이루트 버스 폭탄 테러 현장에 있었던 사실이 누군가 루크를 끈질기게 추적해서 마침내 6년 뒤 런던에서 그를 살해한 것과 무슨 연관이 있는지 잘 모르겠습니다.
　반대로 미치가 찾아낸 단서는-

출연진이 고개를 끄덕이며 휴고의 말에 동의한다.

빌 세라피니   아직 끝난 게 아닙니다. 내가 알아낸 정보는 저게 전부가 아니에요.

빌이 돌아서서 메모판에 사진 한 장을 붙인다. 건장한 체격에 어두운 금발, 자신감 넘치는 미소를 짓고 있는 젊은 남자의 사진이다.

휴고 프레이저   저건 또 누굽니까?

빌 세라피니   루크 라이더입니다.

출연진이 서로를 쳐다보고, 다시 빌을 본다. 당황하고 어리둥절한 표정들이다.

휴고 프레이저   아닌데요.

빌 세라피니   루크가 맞습니다. 이 남자가 1995년 11월에 시드니를 떠났고, 1997년 8월 베이루트에서 일어난 버스 폭탄 테러에서 부상을 당했습니다.
    다만 부상을 당한 정도가 아니었습니다.
    그는 그 자리에서 사망했습니다.
    우리가 쫓고 있는 남자, 그리스에서 루퍼트 하워드를 만난 남자, 캐럴라인 하워드와 결혼했고 그녀의 정원에서 살해당한 남자, 그 남자는 루크 라이더가 아닙니다.
    가짜죠.

페이드아웃 후 엔딩 크레딧

닉 빈센트의 촬영 마무리 이메일, 2023년 5월 5일

날짜 2023/05/05 금요일 09:15

발신 닉 빈센트

중요도 상

수신 가이 하워드, 휴고 프레이저, 앨런 캐닝, 미치 클라크, 라일라 퍼니스, 빌 세라피니, JJ 노턴

참조 타렉 오스만

제목 정말 대박

그야말로 생각지도 못한 엄청난 반전이었다는 사실에 모두 동의하실 겁니다! 충격적인 사실을 매우 차분하게 폭로해주신 빌에게 찬사를 보냅니다. 그리고 바로 거기서 촬영을 멈추겠다고 고집했던 점 다시 한번 사과드립니다. 여러분 모두 궁금한 게 한둘이 아닐 겁니다. 나도 마찬가지예요. 하지만 수사의 탄력과 흥미를 계속 끌어올리기 위해 궁금한 점은 카메라 앞에서 질문해주시기를 부탁드립니다. 오래 기다리실 필요는 없습니다. 16일에 다음 촬영이 개시될 예정이며, 기타 세부 계획에 대해서는 타렉이 다시 연락드릴 겁니다.

감사드리며,

닉

날짜 2023/05/06 토요일 09:55

발신 앨런 캐닝

수신 가이 하워드

제목 빌

가이, 빌이 그런 정보를 폭로하기 전에 당신이 그 내용을 알고 있었는지 궁금합니다. 솔직히 빌이 그렇게 특별한 정보를 찾았다는 게 지금도 당혹스러워요. 이 사건을 조사한 지 얼마 되지도 않았잖아요. 겨우 한 달 되었단 말입니다.

 게다가 런던 경찰청은 그때도, 지금도 이 "가짜"의 존재를 전혀 몰랐던 게 분명합니다. 반면 당신과 닉은 처음부터 이 내용을 알고 있었습니까? 사실대로 말해주면 고맙겠어요.

베스트, 앨런

날짜 2023/05/06 토요일 10:03

발신 가이 하워드

수신 앨런 캐닝

제목 회신 : 빌

나도 뒤통수를 한 대 맞은 기분입니다.

어밀리와 모라 하워드가 주고받은 문자 메시지

2023년 5월 6일 오전 11시 49분

> 내가 남긴 음성 메시지 들었어? 루크에 관해서 말야.

> 빌어먹을 **가짜**였다니.

도대체 그게 말이나 돼?

> 내 말이 그 말이야.

가이는 뭐래? 알고 있었대?

> 아니, 걔도 몰랐던 거 같아.

> 솔직히 지금 몰골이 말이 아냐.

> 닉이 자기 몰래 저지른 일이래.

그럼 그렇지, 뭘 기대해.

난 지금도 그 빌어먹을 루크가 우리 모두를 속이고 아무렇지도 않게 넘어간 게 기가 막혀.

엄마는 어떻고?
엄마는 알고 계셨을까?

솔직히 말하면 엄마도 알았을 턱이 없어.

그럼 지금은?

나도 모르겠어, 엄.
나도 정말 모르겠어.

이 일로 많은 게 드러날 수도 있어.

아주 **많은** 것들이.

빌어먹을.

닉 빈센트가 가이 하워드에게 남긴 음성 메시지

2023년 5월 6일 밤 11시 5분

가이? 나예요. 열받은 거 잘 압니다. 내가 당신 입장이었어도 그랬을 거예요. 하지만 마음을 좀 가라앉히고 잘 생각해보면 프로그램을 위해서 꼭 필요한 선택이었음을 이해할 수 있을 겁니다. 당신의 표정을 잡은 마지막 정지 화면은 정말 100만 년 만에 보는 최고의 마지막 장면이었다니까요. 방송에서 볼 수 있는 완벽한 장면이었어요, 친구.

어쨌든 월요일에 만나서 얘기합시다. 이번 주말에는 내가 애들을 돌보고 있는데 우리 집이 아주 난장판이 됐어요.

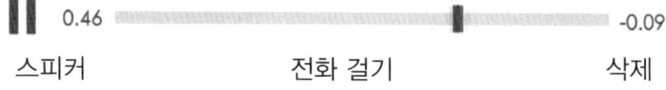

제3화

공개
10월 9일

「타임스」, 2023년 10월 10일

방송 프로그램

점점 손에 땀을 쥐게 하는 이야기

기존의 내용을 재탕한 것과는 차원이 다른
새 「인퍼머스」 시리즈

로스 레슬리

**인퍼머스 :
누가 루크 라이더를 죽였나?(쇼러너)**

**레드 화이트 온 블루 :
첼시 FC 스토리 (ITV)**

리얼크라임은 매우 인기 있는 장르이긴 하지만—구독자들은 알겠지만 나 역시 열혈 팬이다—분명 약점은 있다. 아무리 세부 사항을 살리고 통찰력 있게 공들여 잘 만든 쇼라고 해도 새롭거나 의미 있는 정보를 내놓지 못하면 이미 차갑게 식어버린 미해결 사건을 미지근하게 데운 정도의 쇼로 그치게 된다는 점이다. 물론 오랫동안 잠자고 있던 사건을 다시 들추는 것만으로도 새로운 목격자가 나타나거나 새로운 증거를 발견할 가능성이 있다고 주장하는 사람들도 있다. 실제로 팟캐스트 "시리얼"의 세계적인 성공 덕분에 영향을 받은 아드난 사이드 사건처럼 세간의 이목을 끄는 경우도 있다. 그러나 단순히 시청자들에게 볼거리를 제공하기 위해 누군가의 고통을 잔인할 정도로 세세하게 헤집고 들추는 경우

도 너무나 많다 보니 윤리적인 문제가 제기되는 것도 당연하다.

하지만 「인퍼머스」의 새로운 시리즈가 딱 이런 경우에 속한다고 말할 수는 없다. 어젯밤 공개된 회차의 대미를 장식한 새로운 증거는 그야말로 입이 떡 벌어질 만한 내용이라 당시에 런던 경찰청이 그 사실을 발견하지 못한 이유가 무엇인지 의구심까지 불러일으켰다. 그 폭로 내용의 정확한 의미가 무엇인지 시청자들이 곧 직접 알아내겠지만, 절대로 실망하지 않을 것이라고 확신한다.

「레드 화이트 온 블루 : 첼시 FC 스토리」는 어정쩡한 중간 위치였던 첼시 클럽이 로만 아브라모비치의 끊임없는 현금 투자에 힘입어 아찔한 성공을 거두게 되기까지의 과정을 담고 있다. 해설자 짐 화이트(그는 리버풀 FC의 골수팬인 "레드"라서 프로그램 제목도 그렇게 붙었다)는 유쾌한 진행자로서 평생 쌓아온 축구에 관한 해박한 지식을 유감없이 발휘했고, 날카로운 눈썰미로……

인퍼머스 / 루크 라이더 가입하기

기가 막혀서! 아닌 밤중에 웬 홍두깨?

작성자 Investig8er   2시간 전
댓글 29   공유 숨김 신고

저번에는 미치가 뭔가 결정적인 걸 숨기고 있다고 생각했는데. 이번엔 사건 한복판에 와장창 폭탄을 터뜨린 셈.

작성자 BernietheBoltcutter   2시간 전
댓글 7   공유 숨김 신고

> 비유가 정확하네요, Bernie님 😊
>
> 작성자 Brian885643   2시간 전
> 댓글 2   공유 숨김 신고
>
> 좀 심한 거 아니에요? 아무리 그래도 여러 사람이 죽었는데.
>
> 작성자 AngieFlynn77   2시간 전
> 공유 숨김 신고

세라피니라는 남자는 수사 역사상 가장 재수 좋은 수사관이거나 눈에 보이는 게 다가 아닌 경우인 거 같아요. 그렇게 중요한 정보가 그 남자 손바닥에 뚝 떨어졌을 리 만무해요.

작성자 TruCrimr   2시간 전
댓글 48   공유 숨김 신고

> 운이 좋았을 수도 있죠. 근데 엄청 거슬리네요. 보면 볼수록 점점 꼴보기 싫어지는 타입.
>
> 작성자 RonJebus   1시간 전
> 댓글 1   공유 숨김 신고
>
> > 그래도 멍청한 루퍼트보단 낫죠. 저밖에 모르는
> >
> > 작성자 Slooth   1시간 전
> > 댓글 11   공유 숨김 신고

게다가 거짓말을 밥 먹듯 하잖아요. 5분 내내 거짓말만 하는 건
지난번 보수당 유세 방송 이후로 또 처음 봤네요. #정치인들이란
　　　▶ 작성자 JimBobWalton1978　　1시간 전
　　　　　　　　　　　　　　　　공유 숨김 신고

시드니 뺑소니 사고랑 관련된 게 분명함. 런던 경찰청이 놓친 "또다른" 사건.
▶ 작성자 PaulWinship007　　2시간 전
　　　　　　　　　　　공유 숨김 신고

　　말해 뭐함. 수사가 어찌나 허술한지 우리 할아버지 양말보다 구멍 많을 듯.
　　▶ 작성자 TCFanatic88　　1시간 전
　　　댓글 1　　　　　　　공유 숨김 신고

　　　글쎄. 이 경우엔 실수라기보다는 음모론 냄새가 나요. "기존 세력"이
　　　란 정말. 런던 경찰청 고위 간부들은 제 살길 챙기기 바쁘겠죠.
　　　▶ 작성자 Slooth　　1시간 전
　　　　　　　　　　　공유 숨김 신고

그 프레이저라는 사람도 캠든 힐에 빠삭하던데. 테니스며 스쿼시 클럽이 어디
있고 등등 #그냥그렇다고
▶ 작성자 ProDTecktiv　　2시간 전
　댓글 4　　　　　　　공유 숨김 신고

　　그냥 라켓 광일 수도?
　　▶ 작성자 TachtRocker1964　　1시간 전
　　　댓글 1　　　　　　　　공유 숨김 신고

　　　불법에 관심이 많겠죠. 재수 없는 왕실 변호사니까.
　　　▶ 작성자 Slooth　　1시간 전
　　　　　　　　　　　공유 숨김 신고

내가 볼 땐 수사가 다시 원점으로 돌아갔음. 이번 일이 모든 걸 싹 바꿔놨으니.
▶ 작성자 ProDTecktiv　　2시간 전
　댓글 177　　　　　　공유 숨김 신고

제4화

촬영

 **드라이 라이저 필름 Ltd.**
227 셔우드 가, 런던 W1Q 2UD

출연	콜시트	제작	닉 빈센트
앨런 캐닝		감독	가이 하워드
미첼 클라크	**인퍼머스**	편집	파비오 배리
휴고 프레이저	**누가 루크 라이더를 죽였나?**	조사원	타렉 오스만
라일라 퍼니스		제작 보조	제니 테이트
JJ 노턴	2023년 5월 15일 화요일	야외촬영 관리	가이 존슨
빌 세라피니			
	제4화	세트장 아침 식사 8 : 30 ~	
출연자 대기 0845	스튜디오 2일 중 첫째 날	점심 식사 12 : 45 ~	
카메라 준비 0900		예상 촬영 종료 17 : 30	

장소	참고
프로비셔 스튜디오	현장에 주차 공간 부족
131-137 킹스턴 가	가까운 전철역 | 워윅 애비뉴
마이다 베일 런던 W9 7EX	비상 전화 07000 616178

타이틀 시퀀스 범죄 현장과 뉴스 보도 장면, 가족 사진 및 짧은 영상들이 아트하우스식 흑백 몽타주로 이어진다.

주제곡 밥 딜런의 "It's Alright, Ma(I'm Only Bleeding)" — 1969년 영화 「이지 라이더」 삽입곡 중에서

제목

인퍼머스

페이드인

누가 루크 라이더를 죽였나?

페이드아웃

어두운 배경이 깔리고, 여성 해설자의 목소리와 함께 글이 나온다.

> 2003년 10월 3일, 끔찍하게 구타당한 젊은 남성의 시신이 부인의 집 정원에서 발견되었습니다.
> 지난 20년 동안 모두가, 그의 가족과 경찰을 포함하는 모두가 그 남자의 이름이 루크 라이더라고 생각했습니다.
> 그러나 우리의 조사 덕분에 그것이 그 남자의 진짜 이름이 아니라는 사실이 분명히 밝혀졌습니다.
> "루크 라이더"는 거짓 인생을 살고 있었습니다.

페이드아웃

장면 전환　출연진이 탁자 주위에 앉아 있다. 지난번과 다른 옷차림으로 시간이 지났음을 알 수 있다.

휴고 프레이저　지난번 폭로로 제대로 크게 한 방 터뜨리셨다는데 모두 이의가 없을 것 같습니다, 빌.

미첼 클라크　그러게요, **그런 정보**에 관해서 한마디 말도 없이 입을 꾹 다물고 계셨죠.

빌 세라피니　(웃으며) 미안하게 됐습니다, 여러분.

앨런 캐닝　그럼 "루크 라이더"가 정말 누구였는지 말해줄 겁니까?

빌 세라피니　(메모판 쪽을 향해 돌아서서 얼굴 사진을 붙이며) 그날 그 버스에 타고 있던 승객 중에는 5명의 서양인이 있었고, 그중 3명이 사망했습니다. 그 5명은 진짜 루크 라이더, 영국인 조 맥그래스, 2명의 덴마크 여성 팜케 마이에르와 마리트 라이세마, 그리고 우리가 찾는 이 사람— (첫 번째 사진을 톡톡 치며) 미국인이며 이름은 에릭 드와이트 풀턴입니다. 앨라배마 주 노스 버밍햄 출신으로 1966년 3월 11일에 태어났죠.

출연진 사이에 잘 이해하지 못하는 분위기가 흐른다.

라일라 퍼니스   그렇지만 실제 루크보다 적어도 열 살은 더 나이가 많다는 뜻인데요—

빌 세라피니   정확히 말하면 열한 살이죠. 맞습니다.

JJ 노턴   잠깐만요. 그럼 캐럴라인 하워드와 결혼한 남자가 루크 라이더가 아니라 그보다 **열한 살 많은** 남자였다는 겁니까? (뒤로 기대앉으며) 그 정도 나이를 속일 수 있다니 대단하네요. 주변 사람들 아무도 의심하지 않았잖아요.

빌 세라피니   놀랍기는 나도 마찬가집니다, JJ. 가이도 우리만큼이나 큰 충격을 받았다고 해도 과언이 아닐 겁니다.

장면 전환   도니 저택에 있는 가이. 방 한가운데 놓인 의자에 앉아 있고 셔츠에 청바지 차림이다.

가이 하워드   솔직히 말씀드리면 난 지금도 믿어지지 않습니다. 정말 전혀 몰랐어요. 그 당시에 난 어린애였지만 때로는 아이들이 가짜가 진짜 행세를 하는 걸 단번에 알아보기도 하잖아요. 난 그 사람에게 그런 느낌을 받은 적이 없습니다. 단 한 번도요.

장면 전환 모라, 똑같은 의자에 앉아 있다. 목 주위가 둥글게 파인 검정 긴소매 티셔츠 차림. 손톱에도 검은 매니큐어를 칠했다. 화면 밖에서 가이가 질문한다.

가이 하워드   내가 루크가 진짜 루크가 아니었다고 말했죠? 알고 보니 오스트레일리아 사람도 아니었어요. 앨라배마 출신이래요.

모라 하워드   (뚫어지게 쳐다보며) 앨라배마? 정말로? 기가 막히네.

가이 하워드   한 번이라도 어딘가 의심스럽다고 생각한 적은 없었어요?

모라 하워드   내가? 당연하지. 내가 왜 의심하겠어? 엄마가 그 남자를 만났을 때 난 겨우 **열세 살**이었는데 알긴 뭘 알았겠냐고. **말투**가 미국인 같지는 않았는데.

가이 하워드   (픽 웃으며) 그러니 크리켓 실력이 형편없을 수밖에. 그래서였네.
그런데 진짜로 엄마가 무슨 말 하는 거 들은 기억 없어요? 그 사람 억양이라거나 뭐 그런 거에 대해서요. 아니면 나이보다 늙어 보인다거나 그런 얘기. 농담으로라도 그런 말 안 했어요?

모라 하워드   (얼굴을 찌푸리며) 지금 무슨 말을 하는 건지-

가이 하워드   이름만 가짜가 아니라, 완전히 다른 사람 신분으로 살았어요. 그것도 자기보다 훨씬 젊은 남자로.
　두 사람이 처음 만났을 때 그 사람이 엄마한테 말했던 것처럼 스물세 살이 아니라 사실은 서른네 살이었대요.

모라 하워드   (눈이 휘둥그레지며) 말도 안 되는 소리 하지 마. 서른넷? 까마득하게 젊은 남자랑 결혼한다고 엄마가 얼마나 욕을 많이 먹었는데 같은 또래였다는 거야?

가이 하워드   그렇죠.

모라 하워드   하지만 어떻게 그렇게 감쪽같이 속일 수 있지? 어떻게 아무도 눈치를 못 챘냐고. 우린 애들이었으니까 그렇다치고, 어른들은? 그 멍청이 같은 루퍼트는?

장면 전환   루퍼트 하워드. 이번에는 서재에 있다. 넥타이를 매지 않은 셔츠와 니트 카디건 차림이다. 제작자인 닉 빈센트가 화면 밖에서 그를 인터뷰한다.

루퍼트 하워드   그러니까 내가 아소스에서 그를 만났을 때 그가 서른두 살이었다는 겁니까? 그럴 리 없어요. 그 남자 이름이 뭔지는 모르지만, 그렇게 나이 많은 남자가 **아니었어요**. 절대로.
말도 안 됩니다.
절대. 그럴 리 없습니다. 분명 뭔가 착오가 있을 거예요.

닉 빈센트　　그런 거 같지는 않습니다.

루퍼트 하워드　　말이 안 되잖아요. 그는 한심한 철부지 **학생**처럼 굴었다고요. 술에 만취하고, 아무렇게나 다른 사람 집 마룻바닥에서 자고, 한마디로 웃음거리였어요. 서른이 넘은 남자가 뭣 때문에 그런 바보 같은 짓을 또 하고 **싶겠습니까?** 난 절대 안 그럴 겁니다.

닉 빈센트　　그는 다른 사람의 여권을 가지고 살았습니다. 선택의 여지가 없었겠죠.

루퍼트 하워드　　아무리 그래도 그는 정말 그 생활을 **즐겼어요**. 만약 당신 말이 사실이라면, 그 남자는 진짜인 척 행세했던 게 아니라 제대로 미쳤던 게 틀림없습니다.

장면 전환　　다이애나 모런. "정신과 자문의"라는 자막이 뜬다. 창백한 피부에 어깨까지 오는 검은 머리, 얼굴에 비해서 무거워 보이는 안경을 썼다. 진료실로 보이는 방에 놓인 낮은 소파에 앉아 있다. 카메라가 무채색으로 꾸며진 실내와 기능형 가구, 평범하고 거슬리지 않는 그림 액자를 훑고 돌아왔을 때 그녀 옆에 가이가 앉아 있다.

다이애나 모런   여기서 이야기하는 내용은 "피터팬 증후군"이라고 할 수 있을 것 같습니다. 우선 이 용어가 상담 치료 쪽에서 꽤 널리 쓰이고는 있지만 정신장애로 판정된 증상은 아니라는 점을 강조하고 싶습니다. 용어에서 짐작할 수 있듯이 이런 행동을 보이는 사람들에게는 기본적으로 어른이 되고 싶어하지 않는 심리가 있습니다.

남성들에게서 더 자주 발견되는 현상으로, 책임을 지려 하지 않거나 특별한 계획이나 목적에 얽매이길 거부하고, 약물이나 술을 도피 수단으로 사용하는 등 "청소년스러운" 행동을 보이는 것이 특징입니다. 그런 남성들은 경제관념이 없고 여러 차례 파산을 경험하기도 하며 일이 잘못되면 남의 탓으로 돌립니다.

누군가에게는 이런 성향이 매우 매력적으로 보이기도 합니다. 그들의 "어린아이 같은 모습"은 장난기 있고 정서적인 소통이 가능한 면모로 비칠 수도 있는데, 이런 면에 쉽게 끌리는 여성들이 있죠. 말하자면 신선한 청량감을 느끼는 거예요. 그러나 시간이 지날수록 매력적으로 보이던 이런 자질들에는 십중팔구 장래를 약속할 수 없는 특성이 동반된다는 사실이 분명해집니다. 아이들과 마찬가지로 이런 남성들은 아주 쉽게 싫증을 내는 성향을 보이거든요.

가이 하워드   그런 성향은 타고나는 건가요, 아니면 어린 시절 양육 방식이나 어떤 트라우마 때문에 생기는 건가요?

다이애나 모런   앞서 말했듯이 공식적으로 인정된 질환은 아닙니다. 하지만 일부 기록으로 남아 있는 사례들을 보면 매우 엄격한 어린 시절을 겪은 사람들의 경우가 두드러집니다. 가령 아버지가 군인이라면 감정 표현이 어려울 수 있는데, 그런 아버지 밑에서 자란 아이는 아무도 "자기를 돌봐주지 않는다"고 느낄 수 있습니다. 그럼 그 아이는 자라서 그런 종류의 관심과 애정을 갈구하게 되죠.

가이 하워드   그럼 선생님도 "루크 하워드"가 그런 증상을 앓고 있었다고 생각하십니까?

다이애나 모런   그렇다고 단정 지을 수는 없어요. 환자를 직접 보지 않고 진단을 내리는 건 매우 위험합니다. 하지만 그 남자의 특징을 들었을 때 그럴 수도 있겠다고 생각되는 부분이 있기는 합니다.
　그러나 감독님이 언급하신 다른 특징들은 전형적인 피터팬 증후군과는 좀 다른 것 같습니다. 예를 들면 그 남자가 어른으로서 완벽하고 적절하게 행동했다고 하셨잖아요, 최소한 감독님 어머니와 만난 이후로는요. 그래서 어머니의 친구분들은 그가 성숙하다고 말할 정도였고, 더불어 그는 아내와 장래를 약속하는 데에도 어려움이 없었죠. 물론 감독님께서 지적했듯이, 개인적인 욕심이 크게 작용했을 수도 있지만요.
　또 피터팬들이 연상이나 또래 여성에게 관심을 보이는 경우는 흔치 않습니다. 대개는 자기보다 훨씬 어린 여성을 공략하죠. 자기 자신과 다른 사람들에게 아직도 "젊다"는 사실을 증명하기 위해서요. 그래서 "루크"는 이런 특징에는 맞지 않습니다.

반대로 어떤 경우에는 "보살핌을 받고 싶은" 욕구가 매우 강하기도 한데, 이런 남자들은 연상의 여성에게 끌립니다. 특히 상당한 재산이나 지위를 가진 여성에게 끌리죠. 미국에서 꽤 유명했던 사례가 있어요. 네바다 주의 촉망받던 정치인이 남편을 돌봐주던 중환자 관리 간호사와 엮였는데 그녀보다 10살이 어렸죠.

가이 하워드   그 여자는 어떻게 됐습니까?

다이애나 모런   안타깝게도 죽었어요. 그 간호사가 살해했죠. 하지만 이 사건은 분명히 그 사례와는 다릅니다. 그런 측면에서 루크만이 아니라 감독님 어머니의 성격 유형을 알아보는 것도 도움이 될 수 있겠네요. 일부 심리학자들은 특정 개인들이 자기에게 의지하려는 파트너, 즉 자신들이 "엄마"처럼 돌봐줄 수 있는 파트너를 적극적으로 찾는다고 생각합니다. 대개 여성의 경우죠.

이건 "웬디 증후군"이라고 하는데, 이유는 짐작하실 겁니다. 주로 "피터팬" 성격 유형과 상호의존하는 관계로 이어지죠.

어머니에게도 이런 면이 있다고 생각하시나요?

가이 하워드   (고개를 저으며) 아뇨. 생각해볼 필요도 없어요. 어머니 인생에서 루크만 예외였어요. 루크와 만나기 전이나 사망한 후에 어머니가 만난 남자들은 다 연상이었습니다. 남자들이 **어머니를 돌봐주었죠.**

다이애나 모런　흥미롭군요.

가이 하워드　루크의 행동 양상에서 피터팬의 특징을 따르는 것 같은 면이 있다고 하셨죠. 그게 무슨 뜻인가요?

다이애나 모런　그가 쉽게 싫증을 낸다는 점, 야망이 없다는 점, 직업을 구하려 하지 않았다는 점이죠-

가이 하워드　그냥 게을러서 그랬을 수도 있잖아요. 사실 그가 일할 **필요**는 없었으니까-

다이애나 모런　맞아요. 그래서 간접적으로 전해 들은 말만으로 결론을 내리는 게 매우 위험하다는 겁니다.
　루크가 체력 관리를 열심히 했다고 했죠?

가이 하워드　(쓴웃음을 지으며) 네, 어머니를 설득해서 지하실에 운동시설까지 만들었죠.

다이애나 모런　그 점도 흥미로운 부분이에요. "피터팬"들은 대개 자기 외모와 체격에 집착하기 때문이죠. "여전히 젊다"는 걸 과시할 수 있는 또다른 방법이니까요. 심한 경우에는 심지어 청소년처럼 옷을 입고 행동하는 남성들도 있습니다.
　미국에서는 30대 남성들이 가짜 신분증을 만들어 위탁 가정에 들어간 사례도 있었고, 청소년 행세를 하며 고등학교 여러 곳에 입학한 사례도 있었죠. 어른으로서의 책임감을 피하기 위해서라면 무슨 짓이든 한다고 보면 됩니다.

가이 하워드   "루크"도 그런 경우 아닌가요? 자기보다 훨씬 어린 사람의 여권을 가지고 살았으니까요.

다이애나 모런   그렇죠. 하지만 그가 적극적으로 **선택한** 일이 아니었잖아요? 끔찍한 사고로 우연히 그 여권을 손에 넣었죠. 그러니까 운명적으로 그런 상황에 놓였을 때 훨씬 젊은 남자로 살아도 문제없다는 걸 깨달은 거예요.

　루크가 그 상황에서 유일하게 그 여권을 손에 넣을 수 있었기 때문에 **어쩔 수 없이** 훨씬 젊은 남자 행세를 할 수밖에 없었는지, 아니면 그 여권이 그가 원래부터 동경하던 삶을 **살 수 있게 해준** 도구였는지 확인하는 게 핵심이라고 생각합니다.

　그 질문에 대한 진정한 답을 찾을 수 있을지는 모르겠지만요.

장면 전환   스튜디오.

JJ 노턴   최소한 캐럴라인이 루크가 "애늙은이" 같다고 말했다는 친구들의 진술에 대한 설명이 되긴 하네요-

앨런 캐닝   잠깐만요……우리가 너무 성급하게 행동하는 것 같습니다. 런던 경찰청은 2003년에 어째서 이런 사실을 발견하지 못했죠?

빌 세라피니   (어깨를 으쓱하며) 그런 조사를 하지 않은 거죠. 사실 표면적으로 보면 그럴 이유가 없잖아요. 루크 라이더라는 남자가 정식 오스트레일리아 여권을 가지고 영국에 들어왔다는 사실을 확인했을 테니까요. 딱히 의심을 불러일으킬 만한 게 없죠.

앨런 캐닝   아, 그들이 찾아내지 못한 이유는 압니다. 내가 이해하기 어려운 건 **당신**은 어떻게 알아냈냐는 거예요.

빌 세라피니   그게 무슨 뜻이죠?

앨런 캐닝   당신이 방금 말했잖아요. "루크 라이더"가 진짜인지 아닌지 의심할 만한 이유가 없었다고요.
　하지만 당신은 의심했어요.
　난 그 이유를 알고 싶습니다.

빌 세라피니   이지Easy하죠. (피해자의 이름임을 깨닫고 씁쓸하게 웃으며) 내가 어떻게 알아냈는지 알고 싶댔죠?

빌이 여러 장의 사진이 붙은 메모판을 향해 돌아서서 오스트레일리아 해변에서 여러 명의 서퍼가 함께 찍힌 사진을 손으로 가리킨다.

빌 세라피니   이겁니다.

라일라 퍼니스   무슨 말인지 모르겠군요.

빌 세라피니   가까이 와서 들여다보세요.

라일라가 잠시 주저하다가 자리에서 일어나 메모판으로 다가간다. 빌이 몸을 돌려 나머지 출연진을 보며 말한다.

빌 세라피니   라일라 박사님이 곧 발견하시겠지만, 진짜 루크 라이더는 왼쪽 어깨 뒤쪽에 문신이 있었습니다. 정확히 어떤 모양인지 알기는 어렵지만 아마도 호쿠사이(**일본의 화가/옮긴이**)의 파도 그림인 것 같습니다. 서퍼들 사이에서 꽤 인기 있는 디자인이죠.

라일라가 출연진을 향해 돌아선다.

라일라 퍼니스   그 말이 맞아요. 뭘 찾는지 알고 보니 금방 눈에 띄네요.

JJ 노턴   설마, 캐럴라인과 결혼한 "루크 라이더"는 문신이 없었다는 건가요.

빌 세라피니   정답입니다. (첫 촬영 이후 줄곧 메모판에 붙어 있던 검시 보고서을 가리키며) 부검에서 밝혀진 것처럼 에릭 풀턴, 즉 "루크 라이더"에게는 문신이 없었습니다.

라일라 퍼니스   하지만 그가 루크 행세를 하려고 작정했다면 손쉽게 똑같은 문신을 할 수 있었을 텐데요–

JJ 노턴   (고개를 저으며, 이미 한발 앞서 있는 표정으로) 그는 그걸 몰랐기 때문에 문신을 하지 않은 거군요–

미첼 클라크   (고개를 끄덕이며) **두 사람은 서로 아는 사이가 아니었으니까요.** 진짜 루크 라이더에게 문신이 있다는 사실을 몰랐던 겁니다. 어깨든 어디든 문신이 있다는 사실 자체를 말이죠.

빌 세라피니   그렇습니다. 최악의 순간에 두 사람이 같은 버스를 타고 있었던 건 운명의 장난이었던 거죠. 두 사람은 만난 적이 없는 사이입니다.

휴고 프레이저   그럼 대체 무슨 일이 벌어졌다고 생각하십니까? 이 에릭 풀턴이라는 자가 진짜 루크 라이더의 여권을 훔친 겁니까?

빌 세라피니   그런 것 같습니다. 폭탄이 터졌을 때 진짜 루크가 바로 그 옆에 있었던 모양입니다. 시신은 신원을 확인하기도 어려울 정도로 훼손됐고요.

JJ 노턴   폭탄이 터진 직후 연기 자욱한 아비규환 속에서 풀턴이 죽은 남자와 여권을 바꿔치기했다?

빌 세라피니   그렇죠. (돌아서서 가짜 루크 사진 옆에 진짜 루크의 사진을 붙인다)

라일라 퍼니스   얼핏 보면 비슷해 보이기도 하지만 그의 여권을 사용할 만큼은 아니지 않나요?

빌 세라피니   생각해보십시오. 풀턴이 여권을 손에 넣었을 땐 여권도 멀쩡하지는 않았겠죠. 아마 너덜너덜했을 겁니다. 그 여권을 오스트레일리아 대사관에 보내서 새 여권을 발급받으면 간단히 해결되고—

휴고 프레이저   그때 자기 사진을 보냈겠군요. 짠, 새로운 신분으로 갈아타고 여권으로 공식적인 신분증까지 확보했네요. 이제 오스트레일리아식 억양만 그럴듯하게 흉내 내면 되겠군요. 그렇게 어려운 일도 아니었을 테고요.

빌 세라피니   맞아요. 게다가 그가 여권만 챙긴 게 아니라 진짜 루크의 가방까지 훔쳤을 수도 있습니다. 그 안에 뭐가 들었을 줄 누가 알겠습니까, 사진이나 편지 같은 것도 있을 수 있고, 그렇다면 완전히 새 인생을 꾸리는 데 충분했겠죠.

앨런 캐닝   풀턴의 가족들이 있었을 텐데요. **라이더의 가족** 말이에요.

빌 세라피니   풀턴은 폭탄 테러 때 목숨을 잃었다고 발표되었으니 그를 찾으려는 사람은 없었을 겁니다. 라이더 가족의 경우는, 한번 조사해볼 만할 것도 같습니다.

JJ 노턴   (고개를 끄덕이며) 그 말이 맞을 것 같아요. 보통 감쪽같이 사라질 생각이 아니고서야 전쟁터를 찾아가지는 않죠. 아니면 도망자 신세이거나요. 미치의 조사 내용을 생각하면 진짜 루크 라이더는 후자의 경우일 수도 있고요.

라일라 퍼니스   그렇지만 풀턴이 그 사실을 알았을 리는 없죠.

JJ 노턴   (어깨를 으쓱하며) 끼리끼리 알아보는 법이죠.

라일라 퍼니스   풀턴도 도망 다니는 신세였다고 생각해요?

JJ 노턴   가능성은 있죠.

미첼 클라크   (고개를 끄덕이며) 동감이에요. 폭탄이 터지고, 사방에 비명이 난무하고 시체가 널브러져 있는 아수라장에서 이 남자가 제일 먼저 한 일이 뭡니까? 죽은 사람의 짐을 뒤지고 여권을 훔쳤어요. 그건 어느 면으로 보나 "일반적인" 행동은 아니죠.
 하지만 난 심리학자가 아니니까요. 어떻게 생각하세요, 라일라 박사님?

라일라 퍼니스   글쎄요, 제2, 제3자의 말을 듣고 진단을 내리는 건 매우 위험하다는 다이애나 모런 박사님의 말에 나도 동의합니다. 하지만 그 전제하에 생각해보면 여권을 바꿔치기한 행위는 자신의 신분을 바꾸는 일이 급했다고 볼 수 있겠죠. 어쩌면 그런 긴박한 상황에서도 당시 풀턴에게는 그게 1순위일 만큼 매우 절박했을지 모릅니다.
 그래서 폭탄이 터지자마자 자기도 다쳤음에도 불구하고 그 상황을 재난이 아니라 황금 같은 기회로 봤을 수 있습니다.

JJ 노턴   그렇다면 그자가 무슨 이유로든 도주 중이었을 가능성이 **훨씬 더** 커지는군요.

미첼 클라크   (빌에게) 풀턴이라는 작자에 대해 뭘 알아내셨습니까? 앨라배마 출신이라는 것 말고 그가 진짜 이름을 버리고 싶어 안달한 이유가 뭔지 아시나요?

빌 세라피니   조사 중입니다. 하지만 지금으로서는 알아낸 게 별로 없습니다.

앨런 캐닝   외려 짧은 시간 안에 엄청난 정보를 발견하신 것 같은데요.

JJ 노턴   맞습니다. 정말 감탄했습니다.

모두 동의한다.

휴고 프레이저   이게 무슨 의미인지 다들 잘 아시겠죠?

모두 침묵한 채 휴고를 본다.

휴고 프레이저   풀턴이라는 이 남자, 폭탄 테러가 일어난 곳으로부터 약 5,000킬로미터 떨어진 곳에서 6년 후에 살해당했습니다. 그가, 아니 누군가가 그를 "루크 라이더"라고 **생각했기** 때문에요.
　추측건대 풀턴은 자신의 정체를 유지하는 게 위험했기 때문에 다른 사람 행세를 하며 살았지만 결국은 자신보다 더 위험한 가짜 신분으로 산 것 같군요.
　혹 떼려다 혹 붙인 셈이랄까요.

미첼 클라크   혹시 자기 자신의 과거 때문에 살해당한 건 아닐까요? 그가 "루크 라이더"가 아니라 사실은 에릭 풀턴이라는 사실을 누군가 알아낸 거라면요?

모두 곰곰이 생각에 잠겨 또다시 침묵이 흐른다.

JJ 노턴　　　(숨을 깊이 들이마시고) 그럼 이제 우리는 뭘 해야 하죠? 어느 방향으로 초점을 맞출까요?

휴고 프레이저　　　(웃으며) "나 같으면 여기서 시작 안 한다"는 옛날 아일랜드 농담이 떠오르네요.

라일라 퍼니스　　　(그를 향해서) 하지만 **어디론가**는 가야겠죠? 베이루트에 가기 전의 진짜 루크 라이더에 초점을 맞춰야 할까요, 아니면 베이루트 이후의 그 가짜에 집중해야 할까요?

JJ 노턴　　　선택의 문제가 아닌 것 같아요. 둘 다 파볼 필요가 있다고 생각합니다.

빌 세라피니　　　동감입니다.

라일라 퍼니스　　　그런데 새로 알아낸 정보를 바탕으로 전에 조사했던 내용을 재평가할 필요는 없을까요? 이미 용의선상에서 제외한 사람들을 포함해서 기존의 용의자들도 재고해야 하지 않나요?

앨런 캐닝　　　가장 유력한 사람은 캐럴라인입니다. 그녀가 가짜 신분에 관해 알았을까요?

어쩌면 그녀가 알아차렸을지도 몰라요. 그래서 이런 일이 벌어졌을 수도 있죠. 그게 살해 동기가 아니라면 또 뭐가 있겠어요.

JJ 노턴   그랬다면 이혼을 하지 죽이기까지 했을까요?

빌 세라피니   그런 사기를 당했는데도요? 훨씬 더 사소한 일로 사람을 죽이는 경우도 허다합니다.

휴고 프레이저   (고개를 저으며) 내 생각은 달라요. 돈을 추적해야 한다고 생각합니다.

라일라 퍼니스   어떤 의미에서요-?

휴고 프레이저   풀턴이 진짜 루크 라이더의 여권을 훔쳤을 때는 그에게 상속받을 유산이 있다는 사실은 몰랐을 겁니다.

출연자들이 곰곰이 생각하는 동안 침묵이 흐른다.

미첼 클라크   듣고 보니 그 말에 일리가 있군요. 풀턴 같은 사람에게는 복권에 당첨된 거나 다름없었을 거예요. 바람처럼 나타나서 할머니를 잘 구슬리기만 하면 짜잔, 큰돈이 굴러들어올 테니까요.

JJ 노턴   정말로 그자가 플로렌스 라이더를 속였으리라고 생각합니까?

휴고 프레이저   충분히 가능하다고 봅니다. 생각해보세요, 플로렌스는 한 번도 그를 **만난 적**이 없습니다. 내 기억이 맞는다면 사진도 못 봤을 거예요. 그리고 풀턴이 진짜 루크의 개인적인 소지품도 손에 넣었다면 노련한 사기꾼인 그가 할머니 하나 속이는 건 식은 죽 먹기일 겁니다.

그러나 여기서 중요한 건, 돈은 제로섬 게임이라는 점입니다. 특히 유산 상속의 경우에는 더욱 그렇죠. "루크"가 상속을 받으면 상속받지 못하는 사람이 생기기 마련이니까요.

JJ 노턴   (고개를 끄덕이며) 오래 전에 소식이 끊긴 손자가 등장하기 **전까지** 유산을 상속받기로 예정되어 있던 사람이 피해를 보겠군요.

앨런 캐닝   고양이 보호 단체일 수도 있죠.

빌 세라피니   그래도-

라일라 퍼니스   그럼 그걸 어떻게 알아내죠?

휴고 프레이저   유언장은 공공정보입니다. 플로렌스가 언제 어디에서 사망했는지 알아내면 유산이 누구에게 상속되었는지 쉽게 찾을 수 있습니다.

라일라 퍼니스   그렇지만 정확히 따지면 "루크"가 **죽은 후에** 유언장이 만들어졌거나, 내용이 수정되었을 수도 있어요. 그럼 원래 유언장 내용에 대해서는 알 수 없죠.

휴고 프레이저   물론 그렇습니다만 그 경우에는 플로렌스가 원래 상속자를 되살렸을 겁니다. 그게 일반적이죠.

빌 세라피니   그 부분을 좀 조사해주겠어요, 휴고? 할머니의 유언장을 추적할 수 있죠? 당신만큼 영국 법률 체계를 꿰뚫고 있는 사람이 없으니까요.

앨런 캐닝   2003년에 경찰이 그 부분을 확인하지 않았을 리 없습니다. 유언장이 살해 동기가 되기 위해서 루크가 가짜여야 할 필요는 없어요.

휴고 프레이저   맞습니다. 하지만 우리가 받은 서류에서 그런 내용을 못 봤습니다.

라일라 퍼니스   나도 못 봤어요.

빌 세라피니   런던 경찰청에 있는 옛날 동료들에게 좀 물어보면 어떨까요, 앨런? 혹시 뭐가 나올 수도 있잖아요?

앨런 캐닝   그러죠. 아직 확인해야 할 빨간색 MGB 목록이 많이 남아 있기는 합니다만.

빌 세라피니   좀 지루한 일이기는 하지만 그런 노력이 나중에 톡톡히 한몫하죠. 수고해줘서 고맙습니다.

라일라 퍼니스   자, 그럼 다른 용의자들은 어떻죠? "루크"가 가짜라는 사실로 무엇이 달라질까요?
 예를 들면 루퍼트의 경우, 만약 그가 캐럴라인의 남편이 가짜라는 사실을 알았다면 그게 살해 동기가 될 수 있을까요?

휴고 프레이저   방금 본 비디오 내용으로 보면 루퍼트는 이런 사실을 전혀 몰랐던 것 같습니다. 만약 알고 있었다면 내 생각보다 훨씬 더 연기를 잘하는 거겠죠.
 그리고 그런 사실을 **알게 되었대도** 캐럴라인에게 "루크"의 비밀을 폭로해서 쫓아내고 말지 복잡하고 위험천만한 살인을 감행하지는 않았을 겁니다.
 또 앞서 이야기했듯이 아무리 생각해도 루퍼트는 루크보다 **캐럴라인**을 제거하고 싶은 마음이 컸을 겁니다.

JJ 노턴   나도 같은 생각이에요.

라일라 퍼니스   그럼 정체불명의 내연남은요? 그가 정말 존재한다고 가정했을 때 말이에요.

미첼 클라크   루퍼트와 비슷하리라고 생각합니다. 그 정보를 이용해 캐럴라인을 루크에게서 돌아서게 했을 겁니다. 루크를 제거하기 위해 **죽일** 필요까지는 없으니까요.

JJ 노턴   그 말도 맞지만, 내가 보기에 그는 아직 용의선상에 있습니다.

빌 세라피니   동감입니다.

휴고 프레이저   휴대전화 얘기가 나왔을 때 든 생각인데, 당시의 기술 수준을 고려해도 우리가 지금까지 알아낸 정보를 바탕으로 온라인이나 소셜 미디어를 살펴볼 필요가 있지 않을까요?

앨런 캐닝   하지만 똑같은 문제가 있어요. 페이스북도 2003년에 시작됐으니 찾아봐야 아무 정보도 없을 겁니다.

라일라 퍼니스   트위터는요?

미첼 클라크   (고개를 저으며) 2006년이에요.

라일라 퍼니스   (한숨을 내쉬며) 다시 원점이네요.

JJ 노턴   그래도 좋은 의견입니다, 휴고. 지난 20년간 웹 기술만 발전한 건 아니니까요. 법의학도 다시 검토해보면 어떨까 싶습니다. 당시 현장에서 발견된 단서들 가운데 그땐 결과를 얻지 못했지만, 지금은 다른 결과를 얻을 수 있는 것도 있을 거예요. 옷이나 신발 같은 거요.

휴고 프레이저   당시 발견된 단서 중에서 2003년 이후에 다시 조사한 게 있습니까?

빌 세라피니   그쪽으로는 알아본 게 없습니다.

라일라 퍼니스   그렇다면 우리가 꼭 확인해봐야겠네요.

JJ 노턴   내가 알아보겠습니다. 늘 하던 일이기도 하고요.

미첼 클라크   난 계속 오스트레일리아 쪽을 캐볼게요. 뺑소니 사고의 피해자에 관해 정보를 얻을 수 있는지 알아볼 참입니다.

라일라 퍼니스   나도 그쪽을 도울까요?

빌 세라피니   라일라 박사님은 캐럴라인의 내연남에 관해 알아보면 어떨까요? 캐럴라인의 친구들이 박사님께는 좀더 편하게 이야기할 수 있을 것 같습니다.

라일라 퍼니스   (살짝 망설이며) 알겠습니다. 그러길 원한다면요.

빌 세라피니   그럼 나한테 남은 일은 풀턴 씨를 조사하는 것뿐이군요.

JJ 노턴   (웃으며) 그렇게 나쁘지만은 않잖아요, 빌. 덕분에 앨라배마를 구경하는 재미를 맛볼 수도 있고.

빌 세라피니   (역시 웃으며) 혹시 **버밍햄**Birmingham에 가본 적 있어요, JJ?

JJ 노턴   (윙크하며) 그 버밍햄은 안 가봤죠. 하지만 여기 영국이라면 내 바닥입니다. 버밍엄Birmingham에서 나고 자란 토박이니까요.

페이드아웃 후 다시 페이드인
스튜디오에 모인 출연진. 넥타이를 매지 않은 셔츠 차림의 빌은 햇볕에 그을린 얼굴이다. 밖에는 비가 내리고 있다.

JJ 노턴 다시 런던에 돌아오니 정말 기쁘죠, 빌.

빌 세라피니 아주 좋습니다, JJ, 정말 기뻐요.
(고개를 저으며) 다만 이제는 밤 비행기를 타고 다닐 만큼 젊지 않다는 걸 분명히 깨달았습니다. 보통 하루면 시차 적응이 완벽하게 끝났는데 이제는 무리예요. 진짜 힘드네요. 어쨌든 내 이야기는 이만하고—
(탁자를 둘러보며) 그동안 어떻게 지내셨습니까? 많이들 알아냈나요?

미첼 클라크 모두 각자 맡은 숙제를 하느라 여념이 없었죠. 선생님이 매우 기뻐할 겁니다.

빌 세라피니 (웃으며) 당신이라면 분명 금메달감일 겁니다, 미치. 그럼 누가 먼저 시작할까요?

라일라 퍼니스 나는 분명 금메달감은 아니니까 내가 먼저 시작할게요.

빌 세라피니 너무 과소평가하시네요, 라일라 박사님.

라일라 퍼니스 과연 그럴까요. 에릭 풀턴을 찾아낸 당신의 대단한 성과를 누가 따라잡을 수 있겠어요.

(깊이 숨을 들이마시고) 어쨌든 시작하겠습니다. 지난번에 모였을 때 캐럴라인의 "점심 식사 멤버"인 제니퍼 데니슨과 카멀 파이퍼의 이야기를 들었습니다. 두 사람 모두 캐럴라인이 불륜을 저지르고 있다고 생각하지 않았죠. 그러나 두 사람이 그런 개인적인 일까지 공유할 만큼 캐럴라인과 친밀한 관계였는지 명확하지 않았습니다. 다른 사람들은 모르겠지만 난 좀 의심스러웠어요.

그래서 가이의 도움을 받아 조금 더 심도 있는 조사를 해본 결과, 셜리 부커를 찾았습니다.

장면 전환 호텔 로비에서의 인터뷰. 푹신한 카펫이 깔려 있고 뒤로 호텔 바가 보인다. 오가는 사람들은 대부분 정장을 입은 남자들이다. 영상 속 1인용 의자에 앉아 있는 여자는 60대로 보이며 짧고 곱슬한 은발에 어두운색 재킷, 타이넥 블라우스 차림에 클로버잎 모양의 금 브로치를 달고 있다. 화면 밖에서 라일라 퍼니스가 질문한다.

라일라 퍼니스 자기소개 부탁드립니다. 캐럴라인과 어떤 관계인지 말씀해주시겠어요?

셜리 부커 내 이름은 셜리 부커이고 캐럴라인 패로가 처음 런던에 왔을 때 한집에 같이 살던 친구예요.

라일라 퍼니스 캐럴라인이 보모로 일하기 시작할 때였나요?

셜리 부커 맞아요. 난 법대에 다니고 있었고 집에 빈방이 하나 있었어요. 학생 때는 누구나 돈이 궁하잖아요. 나도 그랬죠.

라일라 퍼니스 전부터 알던 사이였나요, 아니면 임대 광고를 올리셨나요?

셜리 부커 내 사촌이 그녀와 같은 학교에 다녔어요. 런던 근처에서 방을 찾는 친구가 있다고 알려줘서 내가 만나자고 했어요. 그리고 곧 친해졌죠. (웃으며) 아마 우리 둘 다 브라이언 페리**(영국의 싱어송라이터/옮긴이)** 의 열렬한 팬이어서 금방 가까워진 것 같아요. 만난 지 일주일도 안 돼서 캐럴라인이 이사를 왔어요.

라일라 퍼니스 한집에 같이 사는 사람으로서는 어땠나요?

셜리 부커 아주 이상적이었어요. 깔끔하고 자기가 맡은 집안일은 확실히 끝냈고, 내 우유를 훔쳐 마시지도 않았죠. 그해에 나는 시험이 몰려 있어서 공부에 집중할 수 있는 조용하고 평화로운 공간이 필요했는데 그런 면에서 캐럴라인은 한 번도 방해가 되지 않았어요. 외출도 별로 안 했고, 집에서도 소리 없이 조용한 편이었어요. 외려 옆집에서 들리는 망할 피아노 소리가 골칫거리였죠. 캐럴라인은 집에 있는지 없는지 잘 모를 정도였어요.

라일라 퍼니스 지금까지 우리가 만났던 사람들에게 들었던 것과는 사뭇 다른 모습이네요. 그 비슷한 시기에 캐럴라인을 보모로 고용했던 사람은 그녀가 말이 많은 편이고 "한눈팔기에 재주가 있었다"라고까지 했거든요.

셜리 부커　　아마 좀 나중 일일 거예요. 우리 집에서 나가기 얼마 전부터 조금씩 활발해지고 사교적으로 변하는 것 같았어요.

라일라 퍼니스　　부인의 집에서 얼마나 오래 살았나요?

셜리 부커　　내 기억으로는 1년 조금 넘게 살았을 거예요.

라일라 퍼니스　　그후로도 계속 연락하고 지냈나요? 캐럴라인이 결혼한 뒤에도요?

셜리 부커　　세 번의 결혼식에 다 참석했는걸요. 매번 점점 화려해지더군요. 박사님 질문에 대답하자면, 맞아요. 계속 연락하고 지냈습니다. 1년에 서너 번 정도 만났죠. 캐럴라인의 다른 친구들은 결혼식장에서 만난 걸 제외하고 따로 만난 적은 없는데, 캐럴라인이 그걸 원했던 것 같아요. 나와의 관계는 캐럴라인의 인생에서 "별개로" 동떨어져 있는 관계였죠. 다른 사람들에게는 절대 하지 않을 이야기도 나한테는 털어놓곤 했으니까요.
　내가 변호사였다는 사실도 영향을 준 것 같아요. 내게 정확한 대답을 들을 수 있다는 걸 알았으니까요. 좋든 싫든 말이에요.

라일라 퍼니스 캐럴라인과 루크 라이더의 관계에 대해서는 어떻게 생각하셨어요?

설리 부커 관계만 놓고 보면 최고라고 생각했어요. 그는 재미있는 사람이었죠. 캐럴라인이 힘든 일을 잊을 수 있게 해주었고, 둘이서 많은 걸 함께했어요. 앤드루는 그런 것에 별로 관심이 없는 사람이었거든요. 반면에 루크는 감정적으로 캐럴라인을 행복하게 해줬어요. 자기 평생에 가장 끝내주는 섹스라고 솔직히 인정하기도 했죠.

라일라 퍼니스 그런데요? 뭔가 더 할 말이 있으신 것 같은데요.

설리 부커 그렇지만 **결혼**으로서는……그것과 정반대였어요. 완전히 망했다고 생각했죠. 그는 너무 어리고 변덕스러운 데가 있었어요. 캐럴라인이 루크와의 관계도 따로 떼어서 이어갔으면 더 좋지 않았을까 싶어요. 나와의 관계처럼 말이죠. 지금 문득 그런 생각이 드네요.
　어쨌든 즐길 수 있을 때 최대한 즐기고 정리했어야 했어요. 그랬다면 아무도 그녀를 탓하지 않았을 테니까요. 하지만 **그와 결혼까지 해서 공식적인 관계로 만들어버리는 바람에 너나 할 것 없이 모두가** 그녀를 손가락질했어요.
　하워드 집안 사람들은 돈 때문에 그랬죠. 특히 루퍼트가 가장 심했어요.

소위 그녀의 "친구"라는 사람들도 마찬가지였어요. 대부분 질투가 나서 그랬겠지요.

그녀의 아이들은—

라일라 퍼니스　아이들도 그를 안 좋아했나요?

셜리 부커　세 아이 모두 싫어했어요. 특히 어밀리가 심했죠.

라일라 퍼니스　그건 처음 듣는 이야기네요. 가이도 그런 말을 한 적은 없었어요.

셜리 부커　뭐, 별로 놀라운 일도 아니잖아요? 심리학자시니까 짐작하실 거예요. 살해당한 남자를 세 아이 모두가 몹시 싫어했다는 말을 가이가 솔직하게 털어놓고 싶겠어요?

라일라 퍼니스　하지만 그 당시에 가이는 어린아이였어요, 겨우 열 살—

셜리 부커　내 말이 바로 그거예요. 자기가 사랑하는 아빠가 죽자 엄마가 어디서 발음도 웃기고 자기와 놀아주지도 않는 이상한 남자를 데려와 아빠 자리에 앉힌 거죠. 열 살 아이에게 그보다 더 충격적인 경험이 어디 있겠어요. 하지만 박사님이 전문가시니까 훨씬 잘 아시겠죠.

라일라 퍼니스   나도 그 의견에 동의하기는 합니다. 그렇다면 결혼생활이 행복하지만은 않았을 것 같은데요.

셜리 부커   결혼식 날부터 그랬죠. 결혼식 당일 아침에 가이가 웨딩케이크를 밀어 떨어뜨린 사건도 유명하죠. 케이크가 완전히 박살이 나서 바닥이 크림과 스펀지 빵으로 난장판이 됐어요. 캐럴라인은 그래도 계속해서 우연한 사고였다고 주장했어요. 가이가 "너무 신이 나서" 그랬다면서요.

라일라 퍼니스   그 말에 동의하지 않으시는군요.

셜리 부커   가이가 분명히 "신난" 것처럼 보이지는 않았다고 해두죠. 오히려 화가 머리끝까지 난 표정이었어요. 물론 막판에 다른 웨딩케이크를 찾느라 난리도 아니었고요. (얼굴을 찌푸린다)
  다행히도 포트넘 백화점에서 도움을 받을 수 있었어요. 사실 가이가 원래부터 좀 까다로운 아이이긴 했어요. 그러다 루크가 나타나고부터 통제하기가 더 힘들어졌죠. 집에서만이 아니라 학교에서도 마찬가지여서 수업에 방해되는 행동을 하다가 또 금방 공상에 빠지곤 했어요. 요즘 같으면 ADHD 진단을 받았을 겁니다.
  게다가 루크가 죽은 후에는 **더** 심해졌어요. 엄마를 다시 독차지하게 되었으니 좀 나아지지 않을까 했지만 정반대였죠. 아마 캐럴라인이 다른 데 정신이 팔려서 가이에게 충분히 집중하지 못했던 것 같아요.

몽타주 2000년 중반에 찍은 가이와 어밀리, 모라 하워드의 영상. 어느새 성숙해진 자매는 화장을 하고 짧은 치마와 굽 높은 구두 차림이다. 반대로 가이는 여전히 어린 소년처럼 보인다. 한 영상에서 가이가 자기 방 창가에 어밀리와 함께 앉아 있는 모습이 나온다. 테디베어를 꼭 끌어안은 가이에게 어밀리가 책을 읽어주고 있다. 카메라가 가까이 잡자 가이의 뺨에 흐르는 눈물이 보인다. 창밖으로 정원과 테라스가 보인다. 비가 내리고 있다.

셜리 부커   딸들은 늘 사이가 좋았고 둘이 똘똘 뭉쳐서 루크를 무시했어요. 엄마한테 대놓고 표현하지 않았어도 간접적으로 강하게 불만을 표시했죠. 엄마가 시키는 건 아무것도 하지 않는 식으로요. 캐럴라인이 정말 힘들다고 하소연하더군요.
  더구나 그해 여름에 모라 사건도 터졌으니 그럴 만도 하죠.

라일라 퍼니스   모라요? 모라에게 문제가 있었다는 건 처음 듣는 얘기인데요.

셜리 부커   캐럴라인이 사람들에게 알려지는 걸 원치 않았을 거예요. 상황이 상황이다 보니.

라일라 퍼니스   어떤 상황이─?

셜리 부커   대충 알 만한 얘기죠. 당시 모라는 열다섯 살이었어요. 조숙하고 **반항심에 불타는** 열다섯 살이요. 어떻게 하면 엄마의 심기를 건드릴 수 있는지 정확히 알고 있었죠. 부적절한 사람들과 어울리는 것보다 더 확실한 방법이 어딨겠어요.

라일라 퍼니스   어떤 면에서 부적절하다는 말씀이죠?

셜리 부커   우선 모라보다 나이가 많은 사람들이죠. 모라 또래와 어울리기에는 나이가 너무 많은 사람들이요. 그리고 나이와는 별개로 캐럴라인이 10대 청소년인 자기 딸이 **절대** 어울리기를 원치 않는 종류의 사람들이었죠.

라일라 퍼니스   모라가 그런 사람들과 접촉했다는 사실만으로도 매우 놀랍습니다. 하워드 집안 자녀들은 좀 격리된 삶을 산 듯한 인상을 받았거든요. 온라인상으로 누구를 만났을 것 같지도 않고요. 물론 그땐 그런 게 없었지만요.

셜리 부커   학교에서 열린 자선행사에서 만난 모양이에요. 뜻하지 않은 결과를 초래한 안타까운 경우였다고 할 수 있겠죠. 캐럴라인이 상황을 파악했을 때는 이미 늦었고, 약물을 사용했다는 의심도 제기되었던 것 같아요. 심각한 건 아니었지만 알다시피 일단 약물이 개입되면 상황이 걷잡을 수 없이 악화될 수 있으니까요.

라일라 퍼니스   캐럴라인이 불안할 만했군요.

셜리 부커　　루크가 죽기 전 그 여름 내내 캐럴라인이 얼마나 애를 태웠는지 몰라요. 무슨 수를 써도 변화가 없었죠. 모라를 타이르기도 하고, 외출도 금지하고, 용돈도 끊고 이것저것 다 했지만 별 소용이 없었어요.

라일라 퍼니스　　그래도 밖에서 보기에는 아무 문제 없어 보였겠군요.

셜리 부커　　당연히 그랬죠. 그게 바로 캐럴라인 같은 사람들이 그런 상황에 대처하는 방식이에요. 사적인 공간에서 벌어지는 일은 그렇다 쳐도, 공공연하게 동네방네 다 알게 되는 건 별개의 문제인 거죠.
　　살인사건이 일어난 뒤에도 마찬가지였어요. 캐럴라인은 문을 걸어 잠그고 바깥세상과 단절했어요. 심지어 아이들에게 제때 상담 치료를 연결해주지도 못할 정도였어요. 누가 봐도 아이들이 고통받는 게 뻔히 보였는데도 말이에요. 요즘 같았으면 셋 다 무슨 PTSD 같은 진단을 받고도 남았을 겁니다.

라일라 퍼니스　　자녀들이 상담을 받았다는 사실도 몰랐습니다.

셜리 부커　　세 아이 모두 받았어요. 하지만 아까도 말했듯이 캐럴라인은 그런 문제가 바깥으로 알려지는 걸 극도로 꺼렸어요. 내 기억으로는 딸들이 다니는 학교에서 사고가 있었어요. 어떤 파손 사고였는데 정확한 내용은 나도 모릅니다. 캐럴라인이 그 일이 언론에 알려지지 않게 하려고 많은 인맥을 동원했죠. 두 딸 중에 누가 관련된 사고였는지는 기억나지 않지만, 그 사고 때문에 캐럴라인이 할 수 없이 상담 치료를 받게 했을 거예요. 더는 선택의 여지가 없다는 통보를 받은 거죠.

라일라 퍼니스   누구한테요? 경찰이요?

셜리 부커   학교요, 학교를 계속 다니기 위한 조건이었어요.

라일라 퍼니스   그렇군요.

잠시 침묵이 이어진다. 라일라는 부커의 이야기가 이어지기를 바라지만, 부커는 더 말하지 않는다.

라일라 퍼니스   그럼 살인사건이 일어나기 전 여름으로 다시 돌아가볼게요. 루크를 향한 아이들의 반감이 가족 관계에는 어떤 영향을 미쳤나요?

셜리 부커   글쎄요, 당연히 별 도움 안 됐죠. 루크가 모라의 행동에 관해 자기가 직접 얘기해보겠다고 했지만, 캐럴라인은 그래봐야 사이가 더 나빠지리라고 생각했어요. 모라는 루크를 볼 때마다 양손으로 **신나게** 손가락 욕을 날릴 만큼 그를 싫어했거든요.

라일라 퍼니스   나머지 두 아이는요? 그런 점에 관해서는 어땠나요?

셜리 부커   캐럴라인의 말에 의하면 루크는 세 아이가 마음을 여는 건 시간 문제라고 장담했대요. 그는 항상 그런 성격이었댔어요. 매사에 "어떻게든 되겠지" 하는 성격이요. 아주 태평스러웠죠. 물론 딸들은 루크의 그런 면을 이용했어요. 자기들 전용 운전기사처럼 부려먹기도 했죠. 하지만 그래서 집이 평화롭기만 하다면야 캐럴라인도 별 상관하지 않았던 것 같아요.

라일라 퍼니스   그 여름에 캐럴라인이 다른 남자를 만나기 시작했다는 추측이 있습니다.

셜리 부커   아, 맞아요. 분명히 남자가 있었어요. 확실해요, 그건.

라일라 퍼니스   (눈에 띄게 놀라며) 캐럴라인이 그런 얘기를 했습니까?

셜리 부커   만나는 사람이 **누군지**는 말 안 했죠. 하지만 만나는 사람이 있다고는 했어요. 분명히.

라일라 퍼니스   그 남자에 대해 뭐라고 하던가요?

셜리 부커   의도적인 만남은 아니라고요. 어쩌다 그렇게 됐다고 했어요. "순간적인 끌림"이라나, "금단의 열매" 같은 말을 했어요. 당시에도 너무 유치한 표현이라서 정확하게 기억해요. 루크에게 미안했지만 그들이 알아내지 않으면 아무도 상처받지 않는다고 말했어요.

라일라 퍼니스   두 가지 뜻으로 들리네요. 그녀에게는 잠깐의 일탈일 뿐이고, 상대 남자 역시 유부남이었던 것 같군요. "그들"이라고 칭한 걸 보면 모든 게 밝혀졌을 때 상처받을 사람이 루크만이 아니라는 의미인 듯합니다.

셜리 부커   심리학적인 분석인가요?

라일라 퍼니스   그렇게 말할 수도 있죠.

셜리 부커   사실 저도 박사님 말씀이 맞는 것 같아요. 캐럴라인은 루크하고 이혼할 의사가 전혀 없었거든요. 적어도 당시에는요.
　솔직히 말하면, 캐럴라인이 그 남자와 정리하려고 마음먹은 참에 루크가 살해당한 걸로 알고 있습니다.

라일라 퍼니스   혹시 그전에 이미 헤어졌을 수도 있을까요? 아니면 헤어지려고 했거나?

셜리 부커　　　그럴 수도 있죠. 그다음 주에 나랑 점심 약속이 있었어요. 물론 그럴 수 없게 되었지만요. 그래서 그 남자랑 헤어지자는 얘기를 했는지는 잘 모르겠네요. 캐럴라인이 좀 불안해하긴 했어요. 남자가 어떤 반응을 보일지 모르겠다면서요.

라일라 퍼니스　　　남자가 어떻게 나올지 두려워할 정도였나요?

셜리 부커　　　(잠시 생각하다가) 정말 **두려워한 것** 같지는 않았지만, 분명히 불안해했어요. 캐럴라인이 "똑같은 실수를 또 저질렀다"고 말한 걸 기억해요. 전혀 어울리지 않은 남자와 엮였다는 뜻이었죠.

라일라 퍼니스　　　루크를 말한 건가요?

셜리 부커　　　아니요. 그건 분명 아닐 거예요. 학교에 다닐 때 사귀었던 남자 얘기였던 것 같아요.

라일라 퍼니스　　　기억납니다. 캐럴라인의 부모가 인정하지 않았다던 남자죠? 그래서 캐럴라인을 삼촌이 있는 에지바스턴으로 보냈다던데요?

셜리 부커　　　맞아요. 그 일을 잊는 데 시간이 꽤 오래 걸렸던 모양이에요. 아마도 그래서 처음 우리 집에 들어왔을 때 말수가 없었던 것 같아요.

그리고 그 경험 때문에 모라에 대한 걱정이 더 컸던 거죠. 모라도 자기가 한 실수를 똑같이 저지를까 봐서요.

라일라 퍼니스   마지막으로 한 가지만 더 여쭤보겠습니다. 우리가 루크가 진짜 루크가 아니라는 증거를 발견했다고 말씀드리면 어떻게 생각하시겠어요?
그가 스물여섯 살의 오스트레일리아인이 아니라 사실은 서른일곱 살의 미국인이라면요.

셜리가 깜짝 놀란 표정을 짓다가 웃음을 터뜨린다.

라일라 퍼니스   왜 웃으시죠? 아주 중요한 문제입니다.

셜리 부커   당연히 중요한 문제죠. 언젠가 내가 캐럴라인에게 그거랑 비슷한 말을 한 적이 있어서 웃은 거예요.
당시에 나는 콘월에 집이 있었어요. 그때 내 아들이 한창 서핑에 빠져 지냈는데 **그 애가** 그러더라고요. 엄마가 하는 얘기를 들어보면 루크는 "서핑"의 "서" 자도 모르는 게 분명하다고요.
게다가 루크의 오스트레일리아 억양도 **엉터리**였어요. 그래서 캐럴라인에게 루크의 여권을 확인해보라고까지 했죠. 물론 **농담**이긴 했지만요. 그런데 시간이 이렇게 많이 흐르고 나서 그런 말을 들으니—

라일라 퍼니스   그게 언제였죠, 언제 캐럴라인과 그런 대화를 나누셨습니까?

셜리 부커   결혼식 치르고 몇 주일 후였을 거예요. 난 결혼식 날 루크를 처음 본 거라서-

라일라 퍼니스   그런 말을 했을 때 캐럴라인의 반응은 어땠어요? 물론 이미 결혼했지만-

셜리 부커   웃어넘기더군요. 신경 써줘서 고맙지만 여권은 신혼여행 갔을 때 이미 봤다고요. 그리고 그러든 말든 상관없다고 했어요. 루크가 어디서 왔는지 누구인지 신경 쓰지 않는다면서 그런 건 아무 문제 아니라고 했습니다.

라일라 퍼니스   그럼 캐럴라인이 루크가 정말로 **가짜였다는** 사실을 알았어도 딱히 화를 내지 않았을까요?

셜리 부커   (눈썹을 치켜뜨며) 캐럴라인이 그를 **죽일** 정도로 분노했을 수도 있는지 물어보는 거라면, 대답은 "그렇지 않다"예요. 절대 그럴 리 없습니다.
  퍼니스 박사님, 미안하지만 그 부분에 관해서는 다른 사람에게 물어보셔야 할 것 같습니다.

장면 전환 스튜디오.

라일라 퍼니스　보시다시피 내가 조사한 내용은 두 발자국 전진, 세 발자국 후퇴라고 할 수 있습니다.
　분명한 점은 정체불명의 내연남이 **있었다는** 거예요. 아직 우리는 이름도 모르지만요.
　반면 캐럴라인은 남편의 정체가 가짜였다는 걸 알았다고 해도 큰 영향을 받았을 것 같지 **않습니다**.

JJ 노턴　딸들에 관한 정보는 꽤 놀라운데요. 상담 치료며 학교에서의 사건도 그렇고요. 어떻게 생각하세요? 전문가의 관점으로 보았을 때?

라일라 퍼니스　글쎄요, 전에도 말했지만 제3자의 이야기만 듣고 분석하는 건 매우 조심스러운 일입니다. 특히 어떤 일이 있었는지 정확히 알지도 못할 때는 더욱 그렇죠. **무슨 일**이 일어난 건 사실이고 학교에서 상담 치료를 받으라고 강권할 정도로 심각했다지만, 정말 우연한 사고였을 수도 있어요. 단순한 장난이 크게 번진 것일 수도 있으니까요.
　누구나 그 나이에는 그런 상황을 겪잖아요. 성장 과정의 일부고—

빌 세라피니　(미소를 띠며) 나도 겪었습니다—

라일라 퍼니스　　그러니 다른 정보가 없는 상황에서 너무 부풀려 생각하기는 조심스럽습니다.

JJ 노턴　　모라에게 물어보면 어떨까요?

라일라 퍼니스　　그럴 수도 있지만 모라가 또 인터뷰를 승낙할 것 같지는 않은데요. 물론 물어볼 수는 있죠.

빌 세라피니　　그러는 동안 정체불명의 내연남을 추적해보죠. 앨런, 발견한 게 있나요? (미소를 지으며) 지난번에 MGB를 몇 대나 확인했다고 했죠?

앨런 캐닝　　(웃음기 없이) 런던 지역에 거주하는 MGB 소유주가 42명이었고, 16명과 연락이 닿았죠. 현재까지 추가로 15명을 더 확인했습니다.
　(일어서서 메모판에 목록을 붙이며) 또 여자 소유주들에게도 연락하고 있습니다. 그 남자가 다른 사람의 차를 운전했을 수도 있으니까요. 여동생이나 부인이나—

JJ 노턴　　참 잔인하군요. 부인 차를 타고 바람을 피우러 가다니—

앨런 캐닝　　어쩌면 자기 차가 너무 눈에 띄었나 보죠.

JJ 노턴   밝은 빨간색 MGB 정도면 그것도 눈에 띄지 않을 도리가 없는데요.

라일라 퍼니스   하지만 벤틀리였다면 더 문제였겠죠. 잘은 모르지만 람보르기니나—

미첼 클라크   그 동네에서는 아니죠! 그것 때문에 이사할 수도 없고—

앨런 캐닝   (두 사람을 무시하며) 아직 연락하지 않은 남자 소유주들이 많이 남아 있습니다.

빌 세라피니   특별히 의심 가는 사람은 없고요?

앨런 캐닝   아직까지는요.

빌 세라피니   알겠습니다. 당신은 어때요, 휴고, 라이더 부인의 유언장에 대해 알아낸 게 있습니까?

휴고가 자리에서 일어나 옆에 있는 탁자로 향한다. 탁자 위에 서류와 파일들이 가득 쌓여 있다. 메모판 앞을 지날 때 잠시 멈춰서 그것을 보고는, 출연진을 향해 돌아선다.

휴고 프레이저　　플로렌스 라이더는 2005년 5월에 사망 당시 앰블사이드에 있는 요양원에서 살았던 것을 확인했습니다. 유언장은 이듬해 초에 집행되었습니다.

　(서류를 나눠주며) 보시다시피 이런 서류들이 으레 그렇듯 내용은 간단명료합니다. 몇 군데 자선단체에 약간의 돈을 기부했어요. 자선단체 "마리 퀴리"와 "왕립 동물학대 방지협회" 같은 단체죠. 그리고 특정 보석을 실비아 캐럴이라는 여자에게 남겼습니다. 찾는 데 좀 어렵기는 했지만 알고 보니 그 요양원 직원이었어요. 그 여자에 대해서는 잠시 후에 좀더 이야기하겠습니다.

　대략 400만 파운드에 이르는 나머지 재산은 죽은 남편의 사촌에게 돌아갔습니다. 마거릿 윌슨이라는 여자입니다.

라일라 퍼니스　　그녀에 대해서는 아는 게 있습니까?

휴고 프레이저　　플로렌스가 죽었을 때 마거릿은 콘월에 살고 있었습니다. 세인트아이브스에서 약 15킬로미터 떨어진 폴트리스라는 작은 동네죠. 그녀도 18개월 후에 사망했는데 그때는 **세인트아이브스**에 살고 있었습니다. 바닷가가 내려다보이는 집에—

JJ 노턴　　400만 파운드의 힘이 대단하네요—

미첼 클라크　　그러게요.

휴고 프레이저 그녀의 남편은 1998년에 사망했고 그녀에게는 아들이 하나 있습니다. 이름은 이언, 1977년생입니다. 현재 그를 추적하고 있지만 윌슨이 워낙 흔한 성이라 쉽지 않습니다.

라일라 퍼니스 뻔한 얘기 같지만, 2003년 10월에 윌슨 모자에게는 루크 라이더가 사라지길 바랄 만한 400만 가지 이유가 있었겠군요.

휴고 프레이저 동의하지 않는 건 아니지만 간과할 수 없는 내용이 두 가지 있습니다.
 첫째, **원래**의 유언장입니다. 그러니까 루크에게 재산을 물려주기로 수정했던 유언장의 내용이 플로렌스 라이더가 사망할 당시에 효력이 있었던 유언장과 똑같은 내용인지 확실하게 알 수 없습니다.
 그걸 알려줄 수 있는 유일한 사람은 플로렌스의 변호사이지만, 고객 기밀 유지 원칙에 따라서 아무 말도 하지 않을 겁니다.

라일라 퍼니스 아직 살아 있기는 해요?

휴고 프레이저 네. 오래 전에 은퇴했지만 살아 있습니다.
 둘째는, 원래 유언장의 내용과 **똑같다고** 가정할 때, 마거릿 윌슨과 그 아들이 플로렌스 사망 시 상속받을 유산이 얼마인지 **알고 있었는가** 하는 점입니다. 말하자면 오랫동안 연락이 끊겼던 "손자"가 등장했을 때 펜 놀림 한 번으로 얼마나 많은 것을 잃게 되는지 알았는가가 관건입니다.

라일라 퍼니스   증명하기 어려운 내용이네요.

휴고 프레이저   변호사의 협조 없이는 어렵습니다. 하지만 변호사의 개입 없이 확인할 수 있는 내용도 있습니다.
   그중 하나는 플로렌스가 살아 있는 동안 윌슨 집안과 자주 연락하고 지냈는지 여부입니다. 그랬다면 그들이 유언장 내용을 알고 있을 가능성이 커질 테니까요.
   여기서 실비아 캐럴이 등장합니다.

장면 전환   인터뷰 영상. 실비아 캐럴이 요양원 휴게실에 앉아 있다. 넓은 휴게실에는 벽을 따라 플라스틱 덮개를 씌운 의자들이 줄지어 놓여 있고, 한쪽 구석에 놓인 TV에서 요리 방송이 나오고 있다. 실비아는 체격이 큰 중년 여자로, 염색한 적갈색 머리를 하나로 묶고 청록색 작업복을 입었다. 코걸이를 했고 양쪽 귀에 여러 개의 피어싱이 있다. 휴고 프레이저가 화면 밖에서 그녀를 인터뷰한다.

실비아 캐럴   플로는 지금까지 내가 돌본 거주자 중 아주 친절한 편에 속했어요. 늘 친근했고 소란을 피운 적도 없었어요. 그런 사람들과는 전혀 달랐죠.

휴고 프레이저　얼마나 오래 알고 지냈습니까?

실비아 캐럴　아마 7년쯤 됐을 거예요. 맞아요. 내가 레이크사이드에서 일하기 시작했을 때부터 2006년에 그녀가 사망할 때까지 돌봤으니까요.

몽타주 요양원에서 여러 활동에 참여 중인 플로렌스 라이더의 사진들. 빙고, 의자 체조, 크리스마스 파티에 참석해 종이 모자를 쓰고 크리스마스 크래커를 들고 있는 모습. 지금보다 젊고 날씬한 실비아와 함께 찍은 사진도 여러 장 이어진다. 두 사람 모두 웃고 있으며 실비아가 팔로 플로렌스를 감싸안고 있다.

휴고 프레이저　유언장을 통해서 당신 앞으로 좋은 선물을 남겼더군요. 그 장신구요, 브로치와 팔찌였나요?

실비아 캐럴　맞아요, 내 말이 그 말이에요. 플로는 정말 좋은 사람이었어요. 내게 그걸 주고 싶어했어요.

휴고 프레이저　꽤 값이 나가는 물건이던데요. 다이아몬드와 에메랄드―

실비아 캐럴　(살짝 얼굴을 붉히며) 방금 말했듯이 플로가 내게 주고 싶다고 했어요. 딸도 없고 손녀도 없다면서 내가 그런 존재라

고 했죠. 정당한 절차를 따랐어요. 변호사가 유언장에 있는 대로 했죠. 설마 지금 나를-

휴고 프레이저　아니에요, 아닙니다. 의심하는 건 아니에요. 정말 **손녀처럼** 생각했겠죠.

실비아 캐럴　(여전히 경계하는 표정으로) 정말 그랬어요. 내가 플로를 잘 챙겼으니까요. 다른 사람은 없었어요. 그건 확실하죠.

휴고 프레이저　그럼 그녀에게 면회 오는 사람은 아무도 없었습니까? 가족 중에 아무도 안 왔어요?

실비아 캐럴　내가 처음 레이크사이드에서 일하기 시작했을 때 플로는 가족이 없다고 했어요. 그래서 그 루크가 나타났을 때 정말 깜짝 놀랐죠.

휴고 프레이저　루크요?

실비아 캐럴　있잖아요, 그 손자. 살해당한 사람이요. 분명 기억하실 거예요. 신문에 다 났으니까.

휴고 프레이저　직접 만난 적 있습니까?

실비아 캐럴   (웃으며) 그럼요, 만났죠. 그가 처음 여기 왔을 때 나도 그 자리에 있었어요. 직접 오기 전에 먼저 편지로 만나러 와도 되는지 물었는데 요양원 매니저가 처음에는 엄청 경계했어요. 아시다시피 느닷없이 나타나서 오래 전에 헤어진 친척이라고 주장하는 사람들은 대개 가짜거든요. 하지만 루크는 진짜였어요. 변호사가 확인했거든요.

휴고 프레이저   라이더 부인의 변호사가요?

실비아 캐럴   네 헵워스 씨요. 헵워스 씨는 루크의 DNA를 검사해보라고 플로에게 권했는데 그녀가 거절했어요. 여권이면 충분하다고요. DNA 검사를 받으라고 하면 루크가 자기를 믿지 않는다고 생각할 거고 모욕감을 느낄 거라면서요.

휴고 프레이저   흥미롭군요. 라이더 부인에게 큰 충격이었을 거 같은데요. 오랫동안 소식이 끊어졌다가 갑자기 그렇게 나타났으니까요.

실비아 캐럴   그러게 말이에요. 내 기억으로는 루크도 매니저에게 그 비슷한 말을 했어요. 이렇게 불쑥 찾아오는 게 과연 잘하는 건지 많이 고민했다면서 할머니를 괴롭히고 싶은 마음은 눈곱만큼도 없다고요. 루크는 그런 사람이었어요. 늘 다른 사람을 걱정했죠.

휴고 프레이저   그가 마음에 들었습니까?

실비아 캐럴   (다시 웃으며) 그는 다른 사람을 잘 다룰 줄 알았어요.
 (다급하게) 아, 나쁜 뜻은 아니고요. 정말 그런 뜻은 아니에요. 그냥 아주 좋은 사람이었다는 뜻으로 한 말이에요. 요양원 할머니들이 다 좋아했죠. 그는 할머니들이 듣고 싶어하는 말을 기가 막히게 알아챘거든요. 아낌없이 칭찬해주고, 살짝 놀리기도 하고요. 할머니들이 루크라면 꼼짝을 못 했어요. 게다가 미남이기도 했고요. 요양원에 즐거운 변화를 가져왔죠. 다들 루크가 오기만 기다렸으니까요.

휴고 프레이저   라이더 부인도 루크를 좋아했습니까?

실비아 캐럴   좋아하다마다요. 끔찍이 아꼈죠. 늘 루크의 억양을 놀렸어요. 한 번은 자기가 낳은 브라이언이 이렇게 잘생긴 아들을 뒀다는 걸 믿지 못하겠다고 루크에게 말하는 것도 들었어요.

휴고 프레이저   라이더 부인이 루크와 자주 만난 것 같군요.

실비아 캐럴   그럼요. 한 달에 두 번씩 왔어요. 그 번쩍번쩍한 오토바이를 타고 왔죠.

휴고 프레이저 정말입니까? 아니, 오토바이를 타고 와도 런던에서 앰블사이드까지는 꽤 먼 거리인데요.

실비아 캐럴 그러게 말예요. 그런데 루크는 별로 개의치 않는 것 같았어요. 할머니를 만나러 오는 일이 정말 즐거운 듯했죠. 만나기만 하면 웃음꽃이 피었어요.

휴고 프레이저 부인을 데려온 적도 있습니까?

실비아 캐럴 아니요. 부인은 한 번도 본 적 없어요. 부인 얘기는 별로 안 했어요. 뭐, 내가 늘 엿들은 건 아니지만요. 부모님 얘기도 안 했고요.

휴고 프레이저 그런 게 이상하지는 않았습니까?

실비아 캐럴 (어깨를 으쓱하며) 별로요. 그의 부모님이 오스트레일리아로 떠나기 전에 가족 간에 불화가 있었다고 들었어요. 플로가 그 얘긴 한 적이 없어서 정확한 이유는 잘 모르지만요. 루크가 등장하고 나서는 예전 일은 꺼내고 싶어하지 않았어요. 지나간 일은 지나간 일이라고요.

 그리고 사실 루크와 관련 있는 것도 아니잖아요, 그 불화라는 게? 그는 태어나기도 전이었으니까요. 플로는 루크가 용기를 내서 자기를 찾아와줬다는 사실만으로도 무척 기뻐했어요. 너무 늦기 전에 찾아와서 다행이라고요. 아시겠지만 플로는 이미 80대였으니 살날이 얼마 남지 않았다는 걸 알고 있었죠.

휴고 프레이저   그럼 그런 상황에서 루크가 나타나기 전에 라이더 부인이 직접 자기 아들과 연락해보려고 한 적은 없었습니까? 화해를 하려고 시도한 적은 없어요?

실비아 캐럴   모르겠어요. 만약 그랬다면 일이 잘 안 풀린 거겠죠. 하지만 아마 플로는 그들을 찾고 싶었대도 어디서부터 시작해야 좋을지 몰랐을 거예요. 아주 멀리 떨어져 있었으니까요.

휴고 프레이저   사실 브라이언은 1993년에 사망했습니다.

실비아 캐럴   그랬군요.

휴고 프레이저   루크가 살해당했을 때 플로는 어떤 반응을 보였습니까?

실비아 캐럴   엄청난 충격을 받았죠. 슬픔을 가누지 못했어요. 장례식에 참석하고 싶어했는데 너무 멀어서 가지 못했어요. 그 대신 아주 아름다운 달리아 화환을 보냈죠. 플로 부탁으로 내가 주문했어요.

휴고 프레이저　경찰이 그녀를 만나러 왔었습니까?

실비아 캐럴　아 맞아요. 몇 번 왔어요. 키가 큰 남자요, 이름이 피터 뭐라더라−

휴고 프레이저　피터 라셀레스요.

실비아 캐럴　맞아요. 친절한 사람이었어요. 와서 열심히 노력하기는 했는데 플로가 워낙 크게 상심했던 터라 몇 마디 묻지도 못했죠. 사실 플로가 경찰한테 무슨 할 이야기가 있겠어요? 아까도 말했지만 플로는 루크가 런던에서 어떻게 살았는지는 아는 게 없었어요.

휴고 프레이저　아마도 라이더 부인의 유언장에 관해 물었을 겁니다. 루크가 사망했으니 누가 상속을 받는지에 관해서요.

실비아 캐럴　아, 그랬을 수도 있겠네요.

휴고 프레이저　마거릿 윌슨이나 그 아들은 만난 적 없습니까?

실비아 캐럴　(얼굴이 굳어지며) 만난 적은 없지만 들어서 잘 알고 있어요.

휴고 프레이저   어떤 이야기요?

실비아 캐럴   플로의 장례식이 끝나고 요양원에 나타났대요. 그 빌어먹을 변호사를 대동하고요. 정말 기막힌 노릇이죠. 플로의 소지품을 일일이 확인하겠다잖아요. "물품 목록"을 만들어야 한다나. 그러고는 내가 "힘없는 노인"에게 "부당한 압박"을 가해서 보석을 받아냈다고 모함했어요. 그것들도 다 자기들 몫이라고 생각했겠죠. 탐욕스러운 인간들 같으니라고. 나를 두고 그런 모함을 하는 바람에 하마터면 나는 요양원에서 **잘릴 뻔**했어요-

휴고 프레이저   정말 화가 많이 났겠군요. 그런데 방금 말한 대로라면 라이더 부인 생전에는 그 두 사람을 본 적이 없습니까? 한 번도 찾아오지 않았어요?

실비아 캐럴   그 사람들은 요양원에 코빼기도 비친 적이 없어요. 그리고 요양원에 찾아와서 모조리 뒤지고 돌아다닐 때도 나는 쉬는 날이었어요. 그렇지 않았더라면 한바탕 소동이 일어났을 거예요-

휴고 프레이저   라이더 부인이 유언장에 대해서 언급한 적이 있습니까? 루크가 나타나기 전에 누구에게 유산을 상속하기로 했었는지요.

실비아 캐럴　　아뇨. 하지만 분명한 점은 그 빌어먹을 윌슨 식구들 애긴 꺼낸 적도 없다는 거예요. 한 번도요.

장면 전환　스튜디오.

JJ 노턴　　휴고를 위해 박수를 쳐야겠습니다. 아주 훌륭한 인터뷰였어요.

미첼 클라크　　(웃으며) 맞아요– 누가 봐도 전문가라고 생각하겠어요.

라일라 퍼니스　　"루크"가 플로렌스를 속이는 데 성공했는지에 관한 의심을 확실히 풀어주셨네요. 플로렌스는 아들과 사이가 틀어진 걸 깊이 후회하고 있었던 게 분명해요. 하지만 너무 긴 시간이 흘러서 뭘 어떻게 해야 할지 몰랐겠죠.
　그 와중에 자기 손자라는 젊은 남자가 등장했으니 단번에 그를 받아들였을 겁니다. 심리학적으로 말하면 "점화효과" 때문이라고 설명할 수 있죠. DNA 검사를 거부한 것도 이해가 됩니다.

빌 세라피니　　저도 같은 생각입니다, 라일라 박사님. 그리고 이언 윌슨에게 관심이 가네요. 확실한 살해 동기가 있는 데다가 그 정도 액수의 돈을 놓치고서 순순히 받아들일 사람은 분명히 아닌 것 같습니다.

출연진 모두 동의하는 분위기다.

휴고 프레이저   그래서 말인데 당시에 윌슨 가족이 어느 정도까지 조사를 받았는지 피터 라셀레스에게 물어봤습니다.

장면 전환   책상 앞에 앉아 있는 휴고. 그의 앞에 놓인 휴대전화의 스피커폰으로 통화하고 있다.

휴고 프레이저   (전화기에 대고) 피터? 휴고 프레이저라고 합니다. 앨런 캐닝, 빌 세라피니와 함께 쇼러너의 쇼에 출연 중입니다.

피터 라셀레스   압니다. 당신도 같이 출연한다고 하더군요. 물론 당신이 누군지도 알고 있습니다.

휴고 프레이저   우리는 지금 플로렌스 라이더의 유언장 문제를 조사 중입니다. 거기서 도움이 될 만한 정보를 얻을 수 있을지도 살펴보고 있습니다.

피터 라셀레스   아, 윌슨 가족 말이군요.

휴고 프레이저   맞습니다, 윌슨 가족.

피터 라셀레스   글쎄요. 이미 잘 알고 계시다시피 이 사건은 공식적으로 아직 조사가 진행 중이라서 내가 공개적으로 이야기하기에는 한계가 있습니다.

휴고 프레이저   잘 알고 있습니다.

피터 라셀레스   하지만 가설에 근거해서 말하자면, 피해자의 죽음으로 상당한 경제적 이점을 취할 수 있는 사람이 있는 사건이 발생하면 우리는 늘 샅샅이 조사합니다. 먼저 그들이 그런 경제적 이점을 알고 있었는지, 알고 있었다면 그들에게 범죄를 저지를 만한 기회와 도구가 있었는지 철저히 수사를 진행하겠죠.

휴고 프레이저   지금까지 알아낸 바로 추측하자면, 첫 번째 질문에 대한 답은 "그렇다"입니다.

피터 라셀레스   그렇게 생각할 수 있겠죠, 난 말을 아낄 수밖에 없고요.

휴고 프레이저   2003년 10월 3일 밤에 윌슨 가족이 어디에 있었는지 분명한 알리바이를 확인하셨습니까?

피터 라셀레스   윌슨 부인이나 그 아들은 기소되지 않았다고 해둡시다. 물론 다들 알다시피 이 사건과 관련해서는 아직 아무도 기소되지 않았죠.

휴고 프레이저   이언 윌슨이 현재 어디에 사는지 아십니까?

피터 라셀레스   해외로 이주한 것으로 알고 있습니다. 살인사건이 일어나고 얼마 지나지 않아서요. 하지만 어디로 갔는지는 나도 모릅니다.
　(침묵 후) 미안합니다, 내가 별 도움이 안 됐죠?

장면 전환   스튜디오.

휴고 프레이저   지금까지 알아낸 정보입니다. 라셀레스에 따르면 당시에 윌슨 모자는 둘 다 용의선상에서 제외되었다고 합니다. 솔직히 말하면 여성이 그런 공격을 하기에는 무리가 있다고 생각합니다. 특히나 당시 마거릿의 나이를 고려하면 더욱 그렇고요.

앨런 캐닝   난 여성이 그 정도의 폭력을 행사한 사건들을 많이 보기는 했습니다만, 대개 극심한 정신적 혹은 감정적 스트레스에 시달리는 경우였습니다.

JJ 노턴   가정폭력 피해자들 말씀이십니까?

앨런 캐닝   주로 그렇죠. 하지만 그런 사건들이 갑자기 발생한 경우는 **없었습니다**. 오랫동안 시달리며 버티다가 마지막에 저지른 경우들이었어요.

라일라 퍼니스　　동의해요. 여성이 한 번도 만난 적 없고 개인적인 원한도 없는 사람을 단순히 돈 때문에 그렇게 잔인하게 공격하는 경우라면 대개 정신질환을 앓고 있는 경우입니다.
　물론 불가능한 것은 아니지만, 매우 드물죠.

JJ 노턴　　그래도 여전히 이언이 남습니다. 그 당시 몇 살이었죠, 스물여덟인가요? 그렇다면 가능하고도 남을-

라일라 퍼니스　　그리고 이언이라면 "루크"가 문을 열어줬을 수도 있어요. 비록 한 번도 만난 적은 없는 사이이긴 하지만요. "루크"는 플로렌스로부터 윌슨 가족 이야기를 들어서 알고 있었을 테니 위협을 느끼지는 않았을 겁니다. 이언이 플로렌스가 아프다고 둘러댔을 수 있고요. 그렇게 집에 들어와서-

앨런 캐닝　　(고개를 끄덕이며) 이언을 꼭 찾아볼 필요가 있을 것 같습니다. 그의 알리바이도 확인해야 하고요.

빌 세라피니　　동의합니다.
　(휴고를 향해) 내가 비공식적으로 피터 라셀레스와 얘기를 해보면 어떨까요? 경찰 대 경찰로요. 어쩌면 실마리를 줄 수도 있으니까요.

휴고 프레이저　　(다소 비꼬듯이) 마음대로 하시죠.

빌 세라피니   자, 그럼 다음으로는 진짜 루크 라이더가 오스트레일리아를 떠나기 전에 연루되었을지도 모를 뺑소니 사건의 조사 결과를 들어보죠. 뭐 알아낸 것 좀 있나요, 미치?

미첼 클라크   (고개를 들며) 네, 어쩌면 중요한 단서가 될 수도 있을 것 같습니다.
　지난번에 말했듯이 신문 기사에서는 희생자가 사고 직후 혼수상태에 빠졌기 때문에 신원을 확인할 길이 없다고 했어요. 사실 **죽었는지도** 확실하지 않았죠.
　그래서 사건 발생일 이후 두 달 동안의 시드니 지역 사망 기록을 조회하기 시작했습니다. 뭔가 특이한 점이 있을까 해서요. 사망 기록을 보니 교통사고로 사망한 사람은 5명이더군요. 하지만 언제 어디에서 발생한 사고였는지에 관한 자세한 정보는 찾을 수 없었습니다.
　그다음에는 그 사망자 명단과 뉴 사우스웨일스 법원 소속 검시관들이 작성한 명단을 대조했습니다. 그러나 여전히 아무것도 발견하지 못했어요. 그날 그 지역에서 일어난 사고와 관련된 정보는 없었습니다. 그래서 피해자가 그 교통사고 때문에 사망하지 않았거나, 아니면 **사망했다고** 하더라도 다른 곳에서, 혹은 한참 시간이 흐른 뒤에 사망한 게 아닐까 하는 생각이 들었습니다.

JJ 노턴   휴, 끈기가 대단하시네요. 난 듣기만 해도 벌써 머리가 지끈거립니다.

미첼 클라크   내가 봐도 그때는 아무 소득도 보람도 없이 시간 낭비만 한 것 같았습니다. 그래서 경찰도 나를 불쌍하게 여겼던 모양이에요. 뭐 그렇다고 실질적인 정보를 주진 않았지만, 피해자가 학생이었고 그쪽으로 조사해보면 뭔가 나올 수 있다는 꽤 중요한 단서를 줬습니다.
  솔직히 말하자면 경찰에게 그 말을 들었을 때는 '젠장, 시드니에 학생이 얼마나 많은데 무슨 소리야?'라는 생각부터 들었습니다. 그런데 곰곰이 다시 생각해보니 그 정도로 큰 사고였다면 학생 신문에 어떤 기사가 났을 수도 있겠다 싶었어요. 기자 친구 녀석 하나가 시간 낭비라고 했지만 나는 워낙 끈질기게 물고 늘어지는 놈이라서―

빌 세라피니   그런 성격이 이번에 톡톡히 한몫했군요.

미첼 클라크   (웃으며) 제대로 한 건 올렸죠. 당시에는 인터넷에 아무것도 없었기 때문에 찾는 데 시간이 징그럽게 오래 걸리기는 했습니다만, 뉴 사우스웨일스 공과 대학교 웹사이트에서 뭔가 발견했죠. 동창회 소식란에 1980년대에 발행한 오래된 학생 신문이 PDF로 업로드되어 있던 겁니다.
  거기서 이걸 발견했습니다.

미첼 클라크가 자판을 건드리자 스크린에 사진이 뜬다.

로셀라 앵무새의 고향!

"스펙"
뉴 사우스웨일스 공과 대학교 신문

1996년 여름호

1996년 졸업생 여러분

"교직원을 대표하여 올여름에 졸업하는 모든 학생에게 진심으로 축하의 말을 전합니다. 여러분의 지칠 줄 모르는 노력과 도전이 결실을 이루었습니다. 밝은 미래가 여러분 앞에 펼쳐질 것입니다."

― 해미시 데이비드슨 총장

한 줄 읽기

선수들은 바쁜 한 해를 보냈다. 슈트 쉴드 대회(오스트레일리아의 시드니 지역에서 열리는 아마추어 럭비 리그/옮긴이)에 참가해 열심히 뛴 것이다. 비록 기록적인 점수는 달성하지 못했고 결국 우승팀에게 8강에서 패배했지만……
― 3면에서 계속

본교 4학년생, 올림픽 수영 대표팀 발탁

12월 초에 브리즈번에서 열린 선발전에서 탁월한 기량을 선보인 제이미 브로더릭이 2000년 올림픽 수영 대표팀에 발탁되었다고 전했다. ― 5면에서 계속

모 칸에게 바치는 헌사

지난 11월, 모하메드 칸이 친구들을 만나고 돌아오던 길에 뺑소니를 당해 목숨을 잃었다는 소식을 모두 들었을 것입니다. 모하메드를 아는 모두가 그의 특이한 영국식 억양, 시시한 농담만이 아니라 그의 존재 자체를 잊지 못할 것입니다. 그는 정말 좋은 친구였고 실력 있는 스핀볼 투수였으며 훌륭한 기술자가 될 인재였습니다. 열아홉이라는 너무 이른 나이에 간 친구. 보고 싶을 거야. 편히 쉬게, 친구.

NZ 크리켓 투어 1997

다시 한번 알립니다. 웰링턴과 크라이스트처치로 향하는 크리켓 투어에 참가하기를 희망하는 사람들은 이름을

휴고 프레이저   (작은 소리로 중얼거리며) 저럴 수가. 헌사에 저 가벼운 서체가 웬 말인가요.

미첼 클라크   (스크린으로 다가가 "헌사"를 가리키며) 보시다시피 사건 발생 시기도 비슷하고 내용도 비슷합니다. 기억하실지 모르겠지만 맨 처음 시드니 경찰과 이야기했을 때 피해자의 가족들이 피해자의 이름이 알려지는 걸 강력하게 막았다고 했습니다. 그래서 피해자가 **가지 말아야 할 곳**, 혹은 **만나지 말아야 할 사람**을 만난 것이 아닌가 하는 의문을 품었었죠.

빌 세라피니   그랬죠.

미첼 클라크   모하메드 칸이 사고 전날 밤 친구들을 만났다는 사실로 미루어 술을 마셨을 가능성이 큽니다. 열렬한 무슬림 집안이라면 그런 사실을 당연히 비밀로 하고 싶었겠죠.

빌 세라피니   그 가족에 대해 알아낸 게 있습니까?

미첼 클라크   (고개를 저으며) 아뇨, 이 기사를 바탕으로 추측하는 게 전부입니다. 이 기사의 핵심 정보는 그들이 영국 출신이라는 점이지만, 칸이라는 성은 무슬림 사회에서 워낙 흔해서 그들이 어느 도시 출신인지 아는 게 별 도움은 안 될 겁니다.

앨런 캐닝   더구나 이 사람이 우리가 찾는 그 교통사고 피해자가 맞는다는 보장도 없어요. 그쪽 경찰 측에서도 그것까지 확인해주지는 않았을 것 같은데요, 어떻습니까?

미첼 클라크   네, 그런 말은 없었습니다. 그러니 말씀하신 대로 100퍼센트 확신할 수는 없고, 정보에 입각한 추측일 뿐입니다.

라일라 퍼니스   우리가 앞서 이야기했듯이 루크는 이 사건과 아무 관련이 없을 수도 있고, 다만 우연의 일치일 수도 있으니까요.

미첼 클라크   그렇습니다. 우리가 아는 건 사고 발생지가 루크가 일하던 곳에서 가깝고, 루크가 사고 발생 후 일주일도 안 돼서 오스트레일리아를 떠났다는 사실뿐이죠.

앨런 캐닝   경찰은 우연의 일치를 믿지 않습니다. 하지만 내 사건이었다면 그래도 조사해봤을 겁니다.

빌 세라피니   나도 그렇습니다.

미첼 클라크   글쎄요, 얼마나 더 찾을 수 있을지는 모르겠지만, 일단 타렉이 조사하고 있습니다. 그의 팀이 뭘 알아낼지 기다려보죠.

JJ 노턴   (탁자 주위를 둘러보며) 그럼 이제 내 차롄가요?
　(목청을 가다듬고 서류철을 펼치며) 지난번에 우리 모두 동의했듯이 법의학적 증거들을 다시 확인해봤습니다. 특히 옷가지들을 중심으로 재조사를 하면 어떤 단서가 나올 수 있을지 말이죠. 그런데 말입니다, 실제로 조사를 한 적이 없었답니다.

라일라 퍼니스   옷가지를 한 번도 조사하지 않았다는 말인가요? **정말요**?

JJ 노턴   누군가 어처구니없는 실수를 한 것처럼 들리겠지만, 그때가 2003년이었다는 점을 명심해야 합니다. 당시 DNA 검사는 매우 초보적이었고 비용도 훨씬 비쌌을 뿐만 아니라 시간이 몇 주나 걸렸어요. 더구나 시신은 한동안 쏟아지는 빗속에 방치되어 있었기 때문에, 모든 상황을 고려해서 SIO가 뭔가 찾아낼 가능성이 별로 없는 일에 예산을 낭비하지 않기로 결정한 거죠.

빌 세라피니   SIO가 뭐죠?

JJ 노턴   아, 미안합니다. 상급 수사관을 말합니다.
　하지만 긍정적으로 생각하면 우리가 그 옷가지를 **조사할** 수 있다는 뜻이기도 합니다. 무엇이 나올지는 아무도 모르죠.

라일라 퍼니스   그럼 어떻게 해야 하죠?

앨런 캐닝   사건 파일을 담당하는 수사관에게 연락하겠습니다. 아마 미제 사건 담당 부서 소속이겠죠.

라일라 퍼니스   이제 더 이상 미제 사건으로 꽁꽁 얼어붙어 있을 것 같지 않네요. 최소한 조사가 활발하게 이루어지고 있으니까요.

빌 세라피니   그래서 우리가 여기 모인 거 아니겠습니까, 라일라 박사님?
　(주위를 둘러보며) 조사하려면 가장 가까운 친척에게 허가를 받거나 뭐 그런 게 필요한가요? 영국식 절차는 익숙하지 않아서요.

앨런 캐닝   경찰이 추가 검사를 요청할 수 있습니다. 가족의 동의가 필요하지는 않아요. 런던 경찰청이 기꺼이 협조해주길 바라야죠.

JJ 노턴   내가 발견한 다른 내용을 보면 아마 협조할 겁니다. 사건 파일에서 알 수 있듯이 원래 조사에서 라이더가 입고 있던 재킷 지퍼에서 머리카락 세 올이 발견되었지만 모두 모근이 없었기 때문에 2003년 당시에는 조사하지 않았습니다.
　아는 분도 계시겠지만, 이제는 그런 머리카락 견본에서도 DNA를 추출할 수 있게 되었죠. 성가시고 비용이 많이 드는 작업이지만 가능은 합니다.

라일라 퍼니스　　머리카락이 무슨 색깔이라고 나와 있었죠?

JJ 노턴　　염색하지 않은 중갈색이요. 루크는 금발이었으니 제외, 캐럴라인도 마찬가지예요. 탈색한 머리라서요. 당시에는 그 정도밖에 알 수 없었습니다.

빌 세라피니　　짐작건대 그게 캐럴라인이 범인이 아니라는 런던 경찰청의 가설을 뒷받침했겠군요. 그렇지만 JJ, 당신 말을 근거로 경찰에 압력을 가해서 바로 조사에 착수해야 할 것 같습니다.

앨런 캐닝　　그건 내가 맡겠습니다. 그러나 경찰이 뭔가 알아낸다고 해도 우리와 모든 정보를 공유하지는 않으리라는 사실을 기억해야 합니다. 수사 방향이라도 알려주면 다행이지요.

라일라 퍼니스　　그래도 "방향" 정도면 아무것도 없는 지금보다 훨씬 낫겠죠.

빌 세라피니　　고맙습니다, 앨런. 그럼 이제 내 차례가 된 것 같군요.

빌이 자리에서 일어나 메모판에 사진 몇 장을 붙인다. 철망 울타리 뒤로 보이는 버려진 공장 터, 아무도 쓰지 않는 단층집, 넓은 도로, 전봇대 사진들이다.

빌 세라피니   여러분, 이곳이 바로 미국 앨라배마 주 노스 버밍햄입니다. 인구 1,273명에 주민 대부분이 아프리카계 미국인입니다. 한때는 번성하던 산업지구였지만 지금은 사양길을 걷고 있죠. 약물과 길거리 범죄, 성매매가 만연하고, 가구 수입도 나라 평균에 한참 못 미치는 곳입니다.

그러다 보니 관광객이 찾아올 리 만무하죠. 그래도 우리에게 유리한 점이 한 가지 있습니다. 비록 큰 도시의 외곽이긴 하지만 그저 작은 동네나 마찬가지라 누구 집에 숟가락이 몇 개인지 알 정도로 서로 가깝고 소문이 금방 퍼진다는 점입니다.

JJ 노턴   조사가 훨씬 수월하겠군요.

빌 세라피니   그렇죠. 그래도 신중한 접근이 필요한 일이기는 합니다. 다들 기억하겠지만 노스 버밍햄 주민들은 모두 "에릭 풀턴"이 20여 년 전에 베이루트에서 발생한 버스 폭탄 테러 때 사망했다고 알고 있으니까요.

그 와중에 내가 그들 앞에 느닷없이 나타나서 에릭이 그때 죽지 **않았을** 뿐만 아니라 다른 사망자의 신원을 가로채 도용했다는 사실을 알리려는 참입니다.

미첼 클라크   무슨 뜻인지 알겠네요.

JJ 노턴   그래서 어떻게 했습니까?

빌 세라피니   (웃으며) 아주, 아주 조심스럽게 접근했습니다.

장면 전환 반소매 셔츠와 선글라스 차림의 빌이 높은 철망 울타리 옆에 서 있다. 그 뒤로 학교 같은 건물이 보이고, 콘크리트 바닥의 농구 코트와 깃대에 매달려 힘없이 늘어진 성조기도 보인다. 햇빛이 매우 강하게 내리쬔다. 빌의 옆에는 체크무늬 셔츠를 입고 야구 모자를 쓴 70대 정도의 남자가 서 있다. "프랭크 태핀, 전 어린이 야구 리그 코치"라는 자막이 뜬다.

프랭크 태핀   어휴, 에릭 풀턴이라는 이름을 들은 지가 20년이 넘었네요.

빌 세라피니   예전에 그에게 야구를 가르치셨죠?

프랭크 태핀   그랬죠. 에릭은 착한 녀석이었어요. 말수도 적고 한 번도 날 골탕 먹인 적이 없어요. 일분일초도 거기 있기 싫은 게 뻔히 보였는데도 말썽을 일으키지 않았죠. 사실 소질이 별로 없었어요. 걔 아버지가 억지로 시켜서 한 거지.

빌 세라피니   그 가족을 잘 아시나요?

프랭크 태핀   솔직히 잘은 모릅니다. 3형제가 있었는데 에릭이 막내였어요. 애 엄마는 슈퍼마켓에서 일했고 아빠는 직업이 2개였어요. 에릭은 늘 형들에게서 물려받은 크고 헐렁한 옷을 입고 다녔죠. 형들은 둘 다 키가 훨씬 컸거든.

빌 세라피니   형들의 이름을 기억하십니까?

프랭크 태핀   난 잘 모르겠네요. 그 두 녀석은 가르쳐본 적이 없어요. 에릭만 나한테 배웠죠.

빌 세라피니   그 가족은 지금도 이 동네에 살고 있습니까?

프랭크 태핀   아닙니다, 형사님, 여기 안 산 지 꽤 오래됐죠. 풀턴 부부는 둘 다 죽었고 두 형은 어떻게 사는지 잘 모릅니다. 여기에 살지 않는다는 것만 알죠.

빌 세라피니   에릭이 베이루트에 있었다는 소식을 들었을 때 주민들이 놀라지 않았습니까?

프랭크 태핀   말이라고요, 놀라 자빠질 지경이었어요. 에릭은 절대 모험가 타입이 아니었거든요. 그 애한테 여권이 있었다는 사실도 믿기지 않는데요. 이 동네 사람들은 대부분 여권이 없어요.

빌 세라피니   에릭이 레바논으로 떠나기 전까지 여기 살았습니까, 아니면 그전에 이미 이곳을 떠났나요?

프랭크 태핀   그 일이 있기 몇 년 전에 여길 떠났죠. 여기가 너무 좁았을 거예요. 마을도 그렇지만 뭐 여러 가지로.

빌 세라피니   무슨 말씀이시죠?

프랭크 태핀   동네도 좁지만 여기 사는 사람들도 속이 좁아요. 에릭은 그게 싫었을 거예요. 아마 뉴욕으로 갔을 겁니다. 사실인지는 잘 모르겠지만 사람들이 그렇게들 말했죠.

장면 전환   어느 바의 내부. 나무 패널을 두른 벽과 맥주 포스터, 장식용 거울이 보이고 카운터에는 노인 2명이 앉아 있다. 빌의 앞에 앉아 있는 여자는 백발에 까무잡잡한 피부는 주름이 깊이 팼고 두 손은 앙상하지만 눈빛만은 형형하다. "낸시 커즐라우스키, 전 노스 버밍햄 고등학교 교사"라는 자막이 뜬다.

빌 세라피니   자, 낸시, 우리가 추적하고 있는 이야기와 어떤 관련이 있는지 말씀해주시겠어요?

낸시 커즐라우스키   에릭의 11학년 담임이었어요. 1982년이죠.

빌 세라피니   하지만 단순한 선생님 이상의 관심을 가지셨죠?

낸시 커즐라우스키   내가 에릭을 많이 아꼈죠, 그 이야기를 하는 거라면요. 딱하게도 엄마 같은 보살핌이 필요한 아이였거든요. 오해는 하지 마세요. 에릭의 엄마는 좋은 사람이었지만 약간 모자란 데가 있었어요. 좀 **멍했다고** 할까요. 그리고 에릭의 아빠 짐은 좀 깐깐했어요. 점잖고 열심히 일하는 사람인 건 분명하지만 약한 모습을 싫어했고 특히 자기 아들들이 약한 꼴은 절대 못 봤죠. 다른 아들 둘은 괜찮았는데 에릭은 좀 달랐거든요.

빌 세라피니   어떻게 달랐죠?

낸시 커즐라우스키   그때는 1980년대였고 여기가 남부라는 걸 기억하셔야 해요. 물론 **지금도** 뭐 크게 달라지진 않았지만. 여기서는 사고방식이 잘 변하지 않아요. 절대 안 변하는 경우도 있죠. 지금은 이렇게 말할 수 있지만, 에릭은 다른 아이들과 달랐어요. 그래서 에릭 자신도 두려워했죠. 그 나이 때는 빨간 머리라서, 키가 너무 커서 혹은 아버지가 없어서와 같은 별것 아닌 이유로도 남들과 다르게 튀는 걸 아주 질색하거든요. 더구나 에릭의 경우는 훨씬 더 큰 문제였으니까요.

빌 세라피니   그 말씀은-?

낸시 커즐라우스키   에릭은 어려서부터 자기가 여자애들에게 관심이 없다는 걸 알았어요. 하지만 어디 가서 그런 이야기를 할 수 없다는 것도 잘 알고 있었죠. **특히** 아버지에게는 절대 비밀이었어요.

빌 세라피니　　에릭이 선생님에게 털어놨습니까?

낸시 커즐라우스키　에릭이 대놓고 그런 말을 한 건 아닙니다만, 난 짐작할 수 있었어요. 그리고 마지막 해에 에릭이 매우 고통스러워하는 걸 보고 그 이유를 쉽게 눈치챘죠. 그렇지만 그 애 스스로 먼저 와서 말할 때까지 기다려야 했어요. 그런데 어느 날 학교 뒤에서 울고 있는 에릭을 발견했죠. 다른 남자애들이 호모 새끼라고 부른다는데 어떻게 해줘야 좋을지 모르겠더군요. 때론 애들이 참 잔인해요.

빌 세라피니　　그래서 에릭에게 뭐라고 하셨습니까?

낸시 커즐라우스키　전에도 말했듯이 노스 버밍햄에 사는 게 최선이 아닐 수도 있다고 말했어요. 자기 자신을 바꿀 수는 없고 바꾸려고 해서도 안 된다고요. 다른 사람들은 나와 생각이 다를지 모르겠지만 난 그랬어요. 자기 자신을 부끄럽게 생각하지 말라고 조언했어요. 하느님께서 그렇게 만드신 거고 그분은 조건 없이 널 사랑하신다고 말해줬죠. 에릭은 나와 같은 생각을 하는 사람들이 있는 곳으로 가야 했어요.
　에릭은 결국 그해 말에 학교를 그만뒀고 얼마 지나지 않아서 동네를 떠났어요. 내가 한 짓을 알면 그 애 엄마가 날 용서하지 않겠죠. 하지만 난 후회하지 않아요, 빌. 조금도 후회하지 않습니다.

빌 세라피니 프랭크 태핀 씨에게 물었을 때 에릭이 베이루트에 있었다는 소식을 듣고 깜짝 놀랐다고 하시더군요. 선생님은 어떠셨습니까?

낸시 커즐라우스키 솔직히 말해서 처음 그 소식을 들었을 때 난 믿기지 않았어요. 에릭이 뉴욕에서 한두 번 엽서를 보냈는데 아주 행복한 것 같았거든요. 드디어 자기 자신을 있는 그대로 받아들인 것 같았어요. 그런데 에릭이 무엇 때문에 거길 떠났을지 도저히 이해할 수 없었죠. 특히나 레바논 같은 나라에 가다니요.

빌 세라피니 에릭이 보낸 엽서를 지금도 가지고 계십니까?

낸시 커즐라우스키 아뇨, 오래 전에 없어졌어요. 하지만 전에 말했던 그 사진들은 있어요.

몽타주 학교에서의 에릭 풀턴을 찍은 사진들. 수업 시간에 줄 서 있는 모습, 상을 받는 모습, 야구를 하는 모습. 확연하게 또래보다 작은 체구에 부드러운 금발, 소심한 미소를 짓고 있다.

낸시 커즐라우스키 저 상은 반에서 손글씨를 제일 잘 쓴 학생에게 주는 상이었어요. 에릭에게 딱 어울리는 상이었죠. 정말 착하고 예의 바른 아이였습니다.

장면 전환 스튜디오. 빌이 메모판 앞에 서 있다. 방금 본 사진들이 나머지 사진들과 함께 메모판에 붙어 있다.

빌 세라피니   (출연진을 둘러보며) 지금이 딱 여러분 생각도 내 생각과 같은지 묻고 싶은 순간인 것 같습니다.

라일라 퍼니스   그게, 내 생각은 방금 들은 에릭 풀턴은 루크 행세를 한 에릭 풀턴과는 전혀 다른 사람 같다는 겁니다.

빌 세라피니   나도 그렇게 생각합니다.

휴고 프레이저   (냉담하게) 동성애자라는 게 명백하군요.

라일라 퍼니스   그게 다가 아니잖아요? 좀 닮은 구석이 있는 건 맞아요. 머리색이나 눈동자 색 같은 거요. 하지만 이 에릭은 또래보다도 작은 반면에 "루크"는 키가 컸어요. "루크"는 운동을 좋아했고 이 에릭은 그렇지 않았어요. "루크"는 외향적이었지만 에릭은 수줍음이 많았고요.
  내가 볼 때 이런 사실을 종합하면 결론은—

JJ 노턴   버스 폭탄 테러 때 사망한 에릭 풀턴은 노스 버밍햄 출신의 에릭 풀턴이 아니라, 완전히 다른 사람이라는 거죠.

미첼 클라크	우리가 엉뚱한 에릭 풀턴을 찍은 건가요? 뭐 그렇게 독특한 이름은 아니니—

빌 세라피니	(고개를 저으며) 아니요— 내가 확인하고 또 확인했습니다. 이 남자가 맞아요. 아니, **이 여권**이 맞습니다.

모두 그의 말뜻을 곰곰이 생각하는 동안 침묵이 흐른다.

JJ 노턴	말도 안 돼, 설마—?

빌 세라피니	(고개를 끄덕이며) 캐럴라인 하워드와 결혼한 그 남자가 "루크 라이더"가 아니었듯이 "에릭 풀턴"도 아니었다는 뜻이냐고요?
바로 그 얘길 하는 겁니다.
우리는 지금 연쇄 사기꾼을 상대하고 있습니다.

앨런 캐닝	잠깐, 잠깐만요. 하나씩 차근차근 짚어봅시다. 앨라배마 출신의 진짜 에릭 풀턴, 그러니까 저 인터뷰에서 저 사람들이 말하는 에릭 풀턴이 뉴욕으로 이주한 게 언제라고요?

빌 세라피니	1982년입니다. 열일곱 살이었죠.

앨런 캐닝	그러니까 뉴욕에서 동성애자로서 당당하게 새로운 삶을 살고 있었는데 몇 년 후 어느 시점엔가 미래의 "루크 라이더"가 그의 여권을 훔쳤다는 겁니까?

빌 세라피니   아니, 내 생각은 좀 다릅니다. 에릭이 모험가 타입은 아니었다던 프랭크의 말을 기억하십니까? 난 도난당한 여권이 에릭의 여권이 아니었다고 생각합니다. 솔직히 말해서 에릭은 여권이 있지도 않았을 것 같아요. 미국인 전체의 96퍼센트가 여권이 없듯이 말이죠.

앨런 캐닝   그럼 당신은 우리가 찾는 남자가 에릭의 이름과 인적 사항을 이용해서 그 이름으로 여권을 발급받기라도 했다는 겁니까? 진짜 에릭도 모르게?

빌 세라피니   그렇습니다.

앨런 캐닝   (뒤로 기대앉으며 팔짱을 낀다) 그건 좀 위험하지 않나요? 진짜 에릭이 갑자기 스페인 토레몰리노스로 여행을 떠나겠다고 마음먹기라도 하면요?

빌 세라피니   그럴 가능성은 매우 희박하다고 봅니다. 죽은 사람은 여행을 가지 않으니까요.

앨런 캐닝   그가 이미 죽었다고 생각합니까? 정말로요?

빌 세라피니   확신합니다.

앨런 캐닝   증거라도 있습니까?

빌 세라피니   아니요, 실질적인 증거는 없습니다만—

휴고 프레이저   그런데 어떻게 그렇게 확신하십니까?

빌 세라피니   직감이죠. 30년간의 경험도 한몫하고요. 그리고 그것만이 유일하게 설명 가능한 가설이기 때문입니다.

라일라 퍼니스   그럼 무슨 일이 있었다고 생각하시는 거죠?

빌 세라피니   내 생각에 진짜 에릭 풀턴은 뉴욕에서 죽은 것 같습니다. 죽었거나 살해당했겠죠. 아시다시피 뉴욕은 1990년대 중반까지 에이즈가 퍼져서 위기를 겪고 있었습니다. 에릭은 그 병의 감염 가능성이 큰 집단에 속했고요.
　게다가 당시 뉴욕은 급속하게 마약이 확산되어서 하루가 멀다 하고 총격 사건이 일어났습니다. 마약 밀매상이 아니어도 총에 맞아 죽기 십상이었죠. 운이 나쁘면 엉뚱한 시간에 엉뚱한 장소에서 일을 당하는 겁니다.

JJ 노턴   증오범죄였을 수도 있겠군요. 에릭이 공공연하게 동성애자임을 드러내고 다녔다면 말이죠.

빌 세라피니   안타깝지만 그랬을 가능성도 있죠.

라일라 퍼니스   그러니까 우리가 찾는 연쇄 사기꾼이 어떤 방법으로든 진짜 에릭 풀턴이 사망한 사실을 알아냈고, 그의 이름으로 여권을 발급받을 만큼 에릭의 인적 사항을 알고 있었다?

빌 세라피니   네, 그게 내 추측입니다. 게다가 우리가 찾는 도둑놈은 운도 좋았어요. 노스 버밍햄 사람들은 에릭이 어디에 있는지도 몰랐으니까요. 전에도 얘기가 나왔듯이 검색해볼 페이스북도 없었고, 다른 어떤 방법으로도 그를 찾아내기는 아주 어려웠을 겁니다. 그래서 그들은 에릭이 완전히 자취를 감췄다고 생각하고 있었어요.

휴고 프레이저   그리고 에릭의 소식을 다시 들은 게 1997년, 베이루트에서 발생한 버스 테러로 인한 사망자 명단에서 그의 이름을 본 거군요.

사람들은 그때 죽은 사람이 에릭 풀턴이 아니라 캘굴리 출신의 서퍼 루크 라이더라는 사실은 꿈에도 몰랐고, 우리가 찾는 정체불명의 남자는 **루크**의 신분증을 가지고 사라졌군요. 도대체 이 남자는 무슨 끔찍한 짓을 저질렀길래 계속 이름을 바꾸는 걸까요?

빌 세라피니　　바로 그걸 알아내야 합니다, 휴고.

라일라 퍼니스　뭐 생각하는 거라도 있나요, 빌?

빌 세라피니　　네, 사실 생각하고 있는 게 있긴 합니다만.

앨런 캐닝　　(작은 소리로) 또 시작이군.

빌 세라피니　　(앨런의 말을 무시하며) 아무래도 우리가 찾는 사람은 사기꾼인 것 같습니다. 늘 법보다 한발 앞서 있는 아주 영리한 사기꾼이요.

라일라 퍼니스　어떤 종류의 사기꾼을 말씀하시는 겁니까?

빌 세라피니　　악질 중에서도 악질이죠. 내 생각엔 그렇습니다. **아주 가깝게** 사적으로 접근하는 그런 놈 말입니다.
　아마 너무 부끄럽거나 창피해서 경찰에 신고하길 꺼리는 사람들을 대상으로 사기를 칠 겁니다. 피해를 보고도 자기 탓이라고 생각하는 사람들 말이죠.

JJ 노턴　　아무리 그렇대도 친구나 가족들은 사기꾼을 잡고 싶을 텐데요. 잡혀서 감옥에 갇혀 죗값을 치르길 바랄 거예요.

빌 세라피니 바로 그겁니다. 그래서 계속 자취를 감추는 거라고 생각해요. 자기의 죽음을 위장하는 것보다 더 완벽하게 사라지는 방법이 또 어디 있겠습니까?

앨런 캐닝 그럴듯하긴 합니다만, 내 생각엔 영화에서나 나올 법한 얘기인 것 같습니다. 물론 기이한 일이 실제로 일어나기도 하지만요.

라일라 퍼니스 (빌을 향해) 사기 피해자들이 대부분 여자라고 생각하실 것 같은데요?

빌 세라피니 네, 그렇습니다. 그리고 주로 연상일 거라고 생각합니다. 나이 차이가 꽤 많이 날 수도 있고요. 할머니들이 다 그를 좋아했다던 실비아 캐럴의 진술을 기억하시죠? 요양원에 있는 할머니들이 좋아할 말만 골라서 해서 환심을 샀다고 말이에요.
  오해는 마십시오. 피해자들이 다 **그 정도로** 나이가 많다는 뜻은 아닙니다. 다만 상대방의 경계심을 풀고 신뢰를 얻는 재주가 있는 건 분명한 것 같습니다.

미첼 클라크 거기에 듣기 좋은 칭찬 세례와 자기만의 "매력"으로 확실하게 자기 편으로 만들었겠군요.

빌 세라피니 (씁쓸한 미소를 지으며) 네, 그런 것 같습니다.

휴고 프레이저 이론상으로는 누군가 그를 쫓아 런던까지 찾아올 만큼 깊은 앙심을 품었다는 게 가능할 것 같습니다만—

앨런 캐닝 (휴고를 보며) 그렇지만 보통 사람이 과연 그렇게까지 할 수 있을까요? 내 말은 실제로 가능하냐 이겁니다. 뉴욕에서 캠든 힐까지, 중간에 그리스와 발리를 거치고 이에 더해 뜬금없이 베이루트까지 갈 줄 누가 알았겠어요?

미첼 클라크 (어깨를 으쓱하며) 기자라면 그 정도 가치가 있는 사람이면 쫓아갈 수도 있어요. 빌도 며칠 사이에 그랬고요.

앨런 캐닝 빌은 전문적인 조사원들을 동원할 수 있었습니다. 법 집행 기관의 도움은 말할 것도 없고요—

빌 세라피니 (인정한다는 미소를 지으며) 네, 사실 큰 도움을 받았습니다.

라일라 퍼니스 그럼 이 사기꾼이 1990년대 중반에 뉴욕에서 활약했다고 생각하십니까? 당시에 현역 뉴욕 경찰이셨죠?

빌 세라피니 그렇습니다.

라일라 퍼니스 그럼 그 당시 이와 관련될 만한 사건들이 있었는지 기억나는 건 없나요?

빌 세라피니   (미소를 지으며) 워낙 오래 전 일이라서요, 라일라 박사님. 게다가 워낙 큰 도시니까요. 하지만 뉴욕에 있는 후배들이 뭔가 알아내는 게 있을지 기다려보죠.

JJ 노턴   그럼 이번엔 손에 땀을 쥐게 하는 극적인 반전은 없는 겁니까, 빌? 그새 감이 좀 떨어지셨나 봅니다.

빌 세라피니   (웃음을 터뜨리며) 아, 다음번에는 더 분발하겠습니다, JJ.

페이드아웃 후 엔딩 크레딧

어밀리와 모라 하워드가 주고받은 문자 메시지

2023년 5월 18일 오전 8시 49분

> 미안 엄. 가이한테 전화가 와서. 무슨 일이 생겼나 봐.

이렇게 될 줄 **알았다니까**.

무슨 일인데.

> 상담 치료 얘기가 나올 건가 봐.

누구 맘대로?

그건 **사적인** 내용이잖아.

> 미안하다고 전해달래. 너한테 전화했는데 네가 자기 전화를 안 받는다고.

> 미안해, 엄.

지가 뭔데 개인적인 문제를 망할 방송에서 떠들어대겠다는 거야.

다른 문제가 또 있어.

곧 밝혀질 것 같아.

화재 사건 말야. 학교에서 있었던.

도대체 그게 언제 적 얘긴데

그건 빌어먹을 **사고**였잖아.

나도 알지. 미안해 엄.

그 소리 좀 그만해.
이게 왜 언니가 미안할 일이야.

난 가이한테 열받은 거지
언니 때문에 화난 거 아냐.

그래 무슨 말인지 알아.

사람들한테 **가이** 문제를 떠벌려볼까?
그럼 자기도 기분이 안 좋겠지?

그건 건드리지 말자.

날짜 2023/05/20 토요일 10:54
발신 앨런 캐닝
수신 Gordon.Evans@Met.Police.UK
제목 잘 지내나

고든,

내가 스포츠 & 사교 모임에 참석할지에 답장을 보냈는지 잘 기억이 안 나는데 꼭 참석하겠네. 촬영 일정이 있어서 골프 모임에 갈 수 있을지는 아직 잘 모르겠고 말야.

말이 나와서 말인데, 프로그램이 꽤 흥미롭게 전개되고 있어. 자네도 예견했듯이 제작사가 처음에 말한 것과 달리 아무 꼼수도 없이 진행하는 것 같지가 않아. 그래서 말인데, 내 기억이 맞는다면 뉴욕 경찰서에 지인이 있다고 했었지? 만약 그렇다면 긴히 의논할 게 좀 있으니 연락해주면 고맙겠어.

캐스가 안부 전해달라네.

좋은 일만 있기를,
앨런

날짜 2023/05/20 토요일 15:30

발신 휴고 프레이저

수신 serena.f.hamilton@hhllp.com

제목 아버지 생신

점심 식사를 어디서 하면 좋을지 생각해봤어? 난 오지만디 아스가 어떨까 싶은데. 홀랜드 파크 역 옆에 있는 식당 알지? 아버지가 좋아하시잖아.

   그리고 그 일 이해해줘서 고마워. 전에도 말했지만 별것 아냐. 그냥 일이 복잡해지는 걸 원치 않아서 그래.

                                          H

데이비드 슐먼이 빌 세라피니에게 남긴 음성 메시지

2023년 5월 20일 오후 3시 41분

빌, 데이비드입니다. 메모 잘 받았습니다. 알려줘서 감사합니다. 앞으로 어떻게 전개될지 우리도 매우 흥미롭게 지켜보고 있습니다. 어쨌든 뉴욕에 오시면 만나서 얘기하죠.

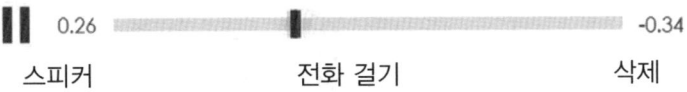

스피커   전화 걸기   삭제

날짜 2023/05/21 일요일 16:50
발신 미첼 클라크
수신 라일라 퍼니스
제목 그냥 궁금해서요

안녕하세요, 라일라 박사님,

  주말인데 귀찮게 해서 죄송합니다만, 한 가지 박사님께 확인하고 싶은 게 있어서요. 시드니에서 사망한 모하메드 칸 이야기입니다. 박사님이 2002년에 학회에 제출하신 논문을 우연히 발견했는데, 결혼 전에 박사님 성이 칸이었네요, 맞나요?

  물론 흔한 성이니까 이것도 우연의 일치겠죠?

  기분이 상하지는 않으셨기를 바랍니다.

M

날짜 2023/05/21 일요일 16:58
발신 라일라 퍼니스
수신 미첼 클라크
제목 회신 : 그냥 궁금해서요

하, 잘 찾았네요! 맞아요. 우연의 일치일 뿐이에요. 칸이라는 성은 스미스처럼 흔하거든요.

그건 그렇고, 당신은 모든 상황에 아주 잘 처신하고 있는 것 같네요. 사건으로부터 직접 피해를 입은 가족을 제외하면 우리 중에서 이 사건과 관련이 있는 유일한 사람인데, 시간이 한참 지난 후에 다시 들추는 일이 쉽지는 않을 거예요. 우리의 노력이 당신이나 하워드 가족에게 좋은 결말을 가져다주기를 기대해보자고요.

다음 주에 만나요.

L

라일라 퍼니스가 자신의 어머니에게 남긴 음성 메시지

2023년 5월 21일 오후 5시 23분

안녕, 엄마. 잘 지내고 계시죠? 이번 주에 카라치에 가신다는 걸 깜빡했네요. 돌아오시면 전화주시겠어요?

사랑해요, 그럼 이만.

스피커   전화 걸기   삭제

제4화

공개
10월 12일

「타임스」, 2023년 10월 13일

방송 프로그램

집은 상처가 있는 곳

가족 간의 이야기야말로 「인퍼머스」에서 얻는 알짜배기 통찰

로스 레슬리

인퍼머스 :
누가 루크 라이더를 죽였나?(쇼러너)

킵 잇 인 더 패밀리(넷플릭스)

"행복한 가정은 모두 비슷한 이유로 행복하지만 불행한 가정은 저마다의 이유로 불행하다"라고 말한 톨스토이는 틀렸다. 「인퍼머스」라는 이번 시리즈가 증명한 점이 있다면 불행한 가족들은 하나같이 비슷비슷하게 와해된다는 사실이다. 아무리 돈이 많고 혜택받은 집안처럼 보인다고 할지라도 마찬가지다.

새아버지 피살사건 이후 오랫동안 어두운 그림자가 드리워진 캐럴라인 하워드 라이더의 자녀들 사진을 보면 돈이란 그저 겉으로 드러나는 문제를 가리는 수단일 뿐임을 느낄 수 있다. 웅장한 캠든 힐 저택의 고립된 벽 뒤에서 아이들은 경미하지만 범죄의 수준에 가까울 정도로 말썽을 부렸고, 전문 상담 치료까지 받았다. 이런 폭로 내용은 일부 시청하기 거북한 부분도 있었지만, 동시에 눈을 뗄 수 없게 만들기도 했다. 앞으로 쭉 이어질 심리적인 드라마는 사건의 중심에 있는 죽은 남자에 관한 새로운 정보들을 기반으로 펼쳐질 것이다. 어젯밤에 밝혀진 것처럼 그 남자의 진짜 정체는 여전히 오리무중이다.

가정불화라는 주제를 계속 이어가자면, 2022년에 출판된 존 마스의 소설을 개작한 넷플릭스의 최신작「킵 잇 인 더 패밀리」를 빼놓을 수 없다. 신혼부부인 핀과 미아는 다 허물어져가는 집을 매입하는 현명하지 못한 결정을 내리게 되고……

인퍼머스 / 루크 라이더 `가입하기`

자, 맨 먼저 당연한 질문 : 이 에릭 풀턴이라는 남자에 대해 뭐 알아낸 사람 있나요?

⤴ 작성자 Slooth　　9시간 전
　댓글 26　　　공유 숨김 신고

> 그 이름이 나온 이후로 계속 파는 중인데 지금까진 별것 없음요.
>
> ⤴ 작성자 Investig8er　　9시간 전
> 　댓글 12　　　공유 숨김 신고

@Trucrimr 님, 저번에 세라피니를 의심했잖아요. 그 사람이 말한 문신 얘기 어떻게 생각해요? 그걸 보고 신분 바꿔치기를 의심했다던 말이요.

⤴ 작성자 PaulWinship007　　8시간 전
　　　　　　　　　　　공유 숨김 신고

> 그냥 들으면 그럴듯하지만, 애초에 신원을 바꿔치기했을 거라는 의심이 없었다면 그 남자의 문신을 찾기 "시작"하지도 않았을 거라고 봐요. 그러니 그가 애초에 왜 그 생각을 하게 되었는지가 진짜 관건이죠.
>
> ⤴ 작성자 TruCrimr　　8시간 전
> 　댓글 98　　　공유 숨김 신고

그럼 캐럴라인은 그걸 알았을까요, 몰랐을까요? 사기꾼이었다는 거?

⤴ 작성자 PaulWinship007　　8시간 전
　　　　　　　　　　　공유 숨김 신고

> 내 생각에는 몰랐을 듯해요.
>
> ⤴ 작성자 AngieFlynn77　　7시간 전
> 　댓글 5　　　공유 숨김 신고

당연히 알고 있었겠죠. 몰랐을 리 없어요.

⤴ 작성자 Investig8er　　7시간 전
　댓글 2　　　공유 숨김 신고

> 동감- 저번 화 기억나요? 그 남자가 거짓말할 때 다 알아차린다고 주장했던 거? 뻔하죠. 그 여잔 다 알고 있었어요.
> ↪ 작성자 ErictheReddy0909　　6시간 전
> 　 댓글 1　　　　　　　　공유 숨김 신고

>> 그 반대로도 해석할 수 있다고 봄. 그러니까 그 남자가 거짓말할 때마다 자기가 다 안다고 생각한 거지. 완전히 혼자만의 착각.
>> ↪ 작성자 112BoDiddly　　6시간 전
>> 　 댓글 2　　　　　　　　공유 숨김 신고

그나저나 캐닝 넘 불쌍하지 않아요? 덩치도 큰 빌이 중요한 건 쏙쏙 다 뽑아내는 동안 불쌍한 앨은 중고차나 추적하고 있으니…안쓰러움😂🤦 #팀캐닝
↪ 작성자 Edison5.0　　5시간 전
　 댓글 6　　　　　　　　공유 숨김 신고

법의학적 증거를 다시 조사하기로 한 건 탁월한 선택. 런던 경찰청이 그걸 조사하지 않았다는 게 어이가 없음. 근데 다시 생각해보니 그럴 만도 하네. 런던 경찰청은 원래 그러니까.💀
↪ 작성자 ForensicsGeek　　5시간 전
　 댓글 26　　　　　　　　공유 숨김 신고

딴소린데 휴고 보스가 돈을 추적해야 한다고 했을 때 내 생각과 같아서 으쓱했어요. 라이더 부인 유산을 캐야죠. 아직 조사 결과가 안 나왔는데, 두고 보세요.
↪ 작성자 TruCrimr　　4시간 전
　 댓글 78　　　　　　　　공유 숨김 신고

> 동감. 난 그 이언 윌슨이라는 남자를 찾아야 한다고 생각해요.
> ↪ 작성자 Investig8er　　4시간 전
> 　 댓글 12　　　　　　　　공유 숨김 신고

요양원에 있던 실비아라는 여자도 욕심 많고 여우 같던데. #그냥그렇다고.
↪ 작성자 RonJebus　　4시간 전
　 댓글 12　　　　　　　　공유 숨김 신고

https://www.groopz.com/truecrimeaddiction

새로운 정보가 나왔을 때 출연자들이 보인 반응이 흥미로웠어요. 어떤 내용에 대해 몇몇 사람은 생각보다 훨씬 감정적인 반응을 보여서 좀 의외라고 생각했는데, 나만 그랬나요?

📨 작성자 KatMcAlisterOlB   3시간 전
   댓글 3   공유 숨김 신고

　아뇨, 나도 그렇게 느꼈어요.
　📨 작성자 MaryMary51523x   3시간 전
　　 댓글 9   공유 숨김 신고

루크인지 에릭인지 그 남자 사진 좀 봤으면 좋겠어요. 「페이킹 잇」(다른 사람인 척 행동해서 얼마나 그 역할을 잘 수행했는지 평가하는 영국 리얼리티 프로그램/옮긴이)에 나오는 그 남자하고 붙여보면 재미있을 것 같지 않아요?

📨 작성자 LemonandCrime   3시간 전
   댓글 6   공유 숨김 신고

　클리프 랜슬리요? 흥미진진하겠네요. 세기의 대결이라고나 할까…
　📨 작성자 Starsky6145   2시간 전
　　 댓글 3   공유 숨김 신고

☞☞☞주목하세요, 여러분. 엄청난 제보가 들어왔습니다.📢어젯밤에 공개된 영상 다 보고 메일을 한 통 받았는데, 직접 여기 나오고 싶지는 않다면서 진짜 진짜 엄청난 정보를 줬어요. 자기가 에밀리 하워드를 "만난" 적이 있다는 거예요. 2012년 재활 치료 센터에서요. 그땐 에밀리가 아니라 에마라고 했다는데 똑같은 사람이 틀림없답니다.

📨 작성자 Slooth   2시간 전
   댓글 314   공유 숨김 신고

　헐, 진짜? 약물중독 치료 센터 말인가요?
　📨 작성자 Investig8er   2시간 전
　　 댓글 2   공유 숨김 신고

325

그렇죠. 오피오이드 해독 치료였대요.

작성자 Slooth　　2시간 전
댓글 15　　공유 숨김 신고

세상에. 어린애가 불쌍하기도 하지.

작성자 AngieFlynn77　　2시간 전
댓글 5　　공유 숨김 신고

근데 사건 발생 10년 후의 일이잖아요. 그게 무슨 관계가 있을지 모르겠네요.

작성자 PaulWinship007　　2시간 전
댓글 12　　공유 숨김 신고

얼마나 일찍 약물에 손대기 시작했는지가 관건이지 않음? 그러고 보니 나는 학교에서 있었다는 사고에도 흥미가 생김. 중요한 의미가 있을지도.

작성자 ForensicsGeek　　2시간 전
댓글 32　　공유 숨김 신고

그건 아닐걸요. 그런 고급 사립학교에서는 선생님 물잔만 쏟아도 "파손 사고"로 분류될 듯 ☹

작성자 112BoDiddly　　1시간 전
댓글 2　　공유 숨김 신고

자기 엄마 웨딩케이크를 묵사발로 만드는 것보단 낫네요. 🎂 🤣

작성자 Semsaida88　　1시간 전
공유 숨김 신고

어쨌든 "약물"이 우리 생각보다 훨씬 중요할 수도 있어요. 그러니까 누군가 사건 발생 즈음에 모라 친구 중에도 그런 애가 있었다고 그랬겠죠. 이게 사건의 핵심 아닐까요? 어밀리 말고 모라의 그 위험한 친구가 관련되어서 약물 거래하다가 잘못되었을 수도? 실제로 그런 거래가 어떻게 이루어지는지 잘 모르지만 가능성은 있지 않을까요?

↪ 작성자 ErictheReddy0909   1시간 전
　댓글 11　　　　　　　　공유 숨김 신고

그래도 "우리"라면 몰라도 경찰은 모라한테 그런 친구들이 있다는 걸 알았을 텐데 그때 분명 확인하지 않았을까요?

↪ 작성자 PocusHous1978   1시간 전
　댓글 7　　　　　　　　공유 숨김 신고

이번에 나온 심리학 얘기 흥미롭던데요. 피터팬 증후군인가 뭔가 하는.

↪ 작성자 AngieFlynn77   1시간 전
　댓글 32　　　　　　　　공유 숨김 신고

맞아요. 그때 언급된 네바다 여자 찾아봤어요. 케시 오거스틴이라는 여잔데, 끔찍하게 죽었더군요. 남편이 신경을 마비시키는 숙시닐콜린이라는 걸 주사해서 10분 만에 죽었는데, 죽어가면서도 정신이 멀쩡했대요. 나쁜 놈.

↪ 작성자 JimBobWalton1978   1시간 전
　댓글 9　　　　　　　　공유 숨김 신고

나도 숙시닐콜린이 뭔지 찾아봤음. 처음 들어봐서. 병원에서만 쓰는 약물이라 구하기도 어려운데 그놈이 간호사였으니 잘 알았을 거임.

↪ 작성자 ForensicsGeek   45분 전
　댓글 5　　　　　　　　공유 숨김 신고

맞아요. 잘 모르면 그냥 심장마비처럼 보일 수 있대요. 게다가 대사 작용이 아주 빨라서 부검으로 발견할 확률도 희박하고요. 다른 간호사 둘이 이상한 낌새를 채고 오거스틴이 아직 살아 있을 때 견본을 채취했으니 망정이지 그게 아니었으면 남편이 범인인 줄 절대 몰랐을걸요.

↪ 작성자 PerfectMurder616   30분 전
　댓글 15　　　　　　　　공유 숨김 신고

제5화

촬영

드라이 라이저 필름 Ltd.
227 셔우드 가, 런던 W1Q 2UD

출연	콜시트	제작 닉 빈센트
앨런 캐닝 미첼 클라크 휴고 프레이저 라일라 퍼니스 JJ 노턴 빌 세라피니 **출연자 대기 0830** **카메라 준비 0900**	**인퍼머스** **누가 루크 라이더를 죽였나?** 2023년 6월 5일 월요일 제5화 스튜디오 4일 중 첫째 날	감독 가이 하워드 편집 파비오 배리 조사원 타렉 오스만 제작 보조 제니 테이트 야외촬영 관리 가이 존슨 스튜디오 아침 식사 7 : 45 세트장 점심시간 13 : 00 ~ 예상 촬영 종료 18 : 30

장소	참고
프로비셔 스튜디오 131-137 킹스턴 가 마이다 베일 런던 W9 7EX	현장에 주차 공간 부족 가까운 전철역	워윅 애비뉴 비상 전화 07000 616178

팀원 명단

| 직책 | 이름 | 휴대전화 | 집화 | 이름 | 휴대전화 | 전화번호 |

타이틀 시퀀스 범죄 현장과 뉴스 보도 장면, 가족 사진 및 짧은 영상들이 아트하우스식 흑백 몽타주로 이어진다.

주제곡 밥 딜런의 "It's Alright, Ma(I'm Only Bleeding)" — 1969년 영화 「이지 라이더」 삽입곡 중에서

제목

인퍼머스

페이드인

누가 루크 라이더를 죽였나?

페이드아웃

어두운 배경이 깔리고, 여성 해설자의 목소리와 함께 글이 나온다.

> 2003년 10월 3일, 런던의 W8 지구의 부촌에 있는 집 정원에서 루크 라이더의 시신이 발견되었습니다.
> 그는 스물여섯 살이었고 오스트레일리아 서부 캘굴리 출신이었습니다.
> 적어도 그는 그렇게 말했습니다.
> 그러나 이제 우리는 자신을 "루크"라고 했던 그 남자가 최소한 한 개 이상의 신원을 도용했으며, 어쩌면 연쇄 사기꾼일지도

> 모른다는 사실을 알게 되었습니다.
> 　진짜 루크 라이더의 과거에 있었던 어떤 사건이 그의 이름을 훔친 남자의 발목을 잡은 걸까요?
> 　아니면 가짜 "루크 라이더"에게 피해를 본 누군가가 끔찍한 복수를 하기 위해 그를 추적해서 마침내 쓰러뜨린 걸까요?

페이드아웃
장면 전환　가이. 스튜디오에 제작자 닉과 앉아 있다.

닉 빈센트　이 프로그램을 시작할 때 당신은 적극적으로 개입하지 않겠다고 말했습니다. 감독이기는 하지만 출연자들이 자유롭게 사건을 조사하고 방향을 찾아가길 바란다고 했죠.
　지금 카메라 앞에 다시 나서기로 마음먹은 이유가 무엇인가요?

가이 하워드　이 프로그램이 시작된 이후 많은 것이 드러났고, 내가 마지막으로 카메라 앞에 선 이후로도 새로운 정보가 나왔습니다. 이제 이 모든 내용에 관해 우리 가족의 입장은 무엇인지 시청자들께 말씀드려야 할 때인 것 같습니다.
　특히 우리가 알던 루크가 출연진이 지금까지 찾아낸 내용과 어느 정도나 일치하는지, 혹은 그것 때문에 변한 게 있는지요.

닉 빈센트　그래서 어떻게 생각하십니까?

가이 하워드   이전 회차에서 들으신 대로 "루크"가 자기가 말한 나이보다 열한 살이나 더 많은 에릭 풀턴이라는 남자였다는 사실을 나도 도저히 믿기 힘들었습니다.

그런데 출연진의 말이 사실이라면 "에릭 풀턴" 역시 몇 개나 되는지 알 수 없는 훔친 신원 중 하나에 불과하겠죠. 진짜 정체가 무엇이고, 몇 살인지 알아낼 길이 없을지도 모르겠습니다.

하지만 이렇게 오랜 시간이 지나고 나서 그동안 완전한 타인과 함께 살았다는 사실을 알게 되어 당혹스럽기 짝이 없습니다. 그에 관해 아는 게 아무것도 없고, 심지어 진짜 이름이 뭔지도 모르는 그런 사람이었다니요.

닉 빈센트   그 남자가 여러 명의 여자에게 사기를 쳤을 가능성도 제기되고 있는 것 같습니다.

물론 지금으로선 그 추측을 뒷받침할 확실한 증거는 없습니다만, 꽤 신빙성 있는 가설이긴 합니다. 거기에 대해 어떻게 생각해요? 당신 어머니도 다음 피해자가 될 뻔했을까요?

가이 하워드   난 그 부분도 사실 납득하기 어렵습니다. 어머니는 아프기 전까지 매우 강단 있는 성격이셨고 사기 피해자가 될 만한 분이 아니었어요.

그리고 "루크"도 그런 사기꾼처럼 **행동하지** 않았어요. 내 기억으로는 그렇습니다. 물론 어머니가 값비싼 할리 오토바이를 비롯해 이것저것 사주긴 했지만, 그에게 큰 액수의 돈을 건네준 적은 없습니다. 그리고 어머니의 친구들이 말했듯이 어머니는 "루크"가 유산 상속자라서 본인 재산이 꽤 된다는 걸 알고 있었어요. 그러니 그가 어머니의 돈이 **필요하지는** 않았죠.

닉 빈센트　　어떤 종류의 사기꾼들에게는 그런 사전 준비가 전형적인 작업 방식입니다. 몇 년 전에 떠들썩했던 애나 델비 사건 **(러시아 출신의 애나 쇼블로바가 애나 델비라는 가명으로 독일의 부유한 상속녀 행세를 하며 뉴욕 상류층을 상대로 사기 행각을 벌인 사건/옮긴이)**을 생각해보세요. 틴더 같은 데이팅 앱에서 소위 부자라고 속이고 여자들을 등치는 남자들도 매우 많습니다.

　이런 사기꾼들은 대개 자기가 원래는 돈이 많지만, 일시적인 문제로 당장 자금을 쓸 수 없는 상황이라고 둘러대죠. 그러니 "지금 현금 유통 문제를 조금 도와주면 다 해결된다"라는 식의 흔한 수법이 나오는 겁니다.

가이 하워드　　압니다. 그러나 아까도 말했듯이 루크가 제 어머니에게 그런 식으로 돈을 요구한 적은 없는 걸로 알고 있습니다. 두 사람이 결혼생활을 하는 동안 그가 크게 돈을 쓸 일은 없었어요. 어머니는 루크에게 **물건**은 사줬지만 현금을 주지는 않았어요.

닉 빈센트　　또 하나 묻고 싶은 건 셜리 부커가 한 말에 관해서입니다. 특히 삼 남매가 루크를 어떻게 생각했는지에 관한 얘기에서 그녀는 세 사람이 루크를 "몹시 싫어했다"라고 했죠.

가이 하워드   어밀리 누나 얘기였지요-

닉 빈센트   그래요. 맞습니다. 그녀는 어밀리가 루크를 가장 싫어했다고 했어요. 하지만 당신도 루크를 아주 싫어했다던데요. 심지어 결혼식 날 웨딩케이크도 박살 냈다고-

가이 하워드   (큰 소리로 웃으며) 난 정말 그런 기억이 **없어요**-

닉 빈센트   어쨌든 이건 꼭 물어보고 싶은데요, 왜 미리 이런 얘기를 하지 않았습니까?

가이 하워드   솔직히 말하면 말했던 거 같은데요. 그를 좋아하지 않았다고 했죠. 하지만 **몹시 싫어하는** 정도는 아니었어요-

닉 빈센트   셜리 말로는 캐럴라인이 당신을 "통제하기 힘들다"고 했다던데요. 아마 요즘 같으면 ADHD 진단을 받고도 남았을 거라고요.

가이 하워드   (또 웃으며) 어머니는 언제나 좀 과장이 심한 편이었어요. 웨딩케이크 얘기만 해도 그렇고요.

닉 빈센트   셜리는 삼 남매가 다 상담 치료를 받았다고도 했습니다. 사실인가요?

가이 하워드　　(표정을 굳히며) 그건 지금 여기서 할 얘기는 아닙니다.

닉 빈센트　　좋아요, 알겠습니다. 그럼 루크와 누나들의 관계는 어땠습니까? 아직 어밀리와 직접 대화를 해보지 못해서 그러는데 정말 셜리 부커의 말처럼 그렇게 루크를 싫어했나요?

가이 하워드　　(잠시 침묵한 후) 우리 셋 중에서 가장 그랬던 것 같습니다. 그 말은 맞는 것 같네요.

닉 빈센트　　혹시 이유를 아십니까?

가이 하워드　　(어깨를 으쓱하며) 나도 모릅니다. 내 기억으로는 처음 봤을 때부터 싫어했고 점점 더 심해졌습니다. 하지만 알다시피 난 고작 열 살이었어요. 내가 놓친 미묘한 것들이 있었을지도 모르죠.

닉 빈센트　　모라는 어땠어요?

가이 하워드　　그냥 주로 피해 다녔던 것 같아요. 그런 나이였으니까요. 어른이라면 무조건 다 싫고 귀찮을 시기잖아요. 직접 물어보지 그래요?

닉 빈센트   사실 그래서 직접 물어봤습니다. 또 우리와 인터뷰하는 걸 내켜하지는 않았지만, 그래도 결국에는 승낙했습니다.

장면 전환   모라. 도니 저택의 옛 마구간 건물에 있는 자기 방에 앉아 있다. 모라 뒤로 보이는 창문 너머로 정원과 본채가 보인다. 머리는 틀어 올리고 남색 조끼와 남색 긴소매를 입고 목에 모직 스카프를 둘렀다. 양팔로 몸을 감싸고 살짝 몸을 돌려 앉은 자세다. 제작자 닉이 화면 밖에서 모라를 인터뷰한다.

닉 빈센트   지난번 인터뷰 이후로 셜리 부커를 만났습니다―

모라 하워드   (흘깃 그를 쳐다보며) 그 할망구가 뭘 안다고요.

닉 빈센트   삼 남매가 다 루크를 싫어했다던데요. 특히 어밀리가 심했고요. 그렇게 기억하고 계십니까?

모라 하워드   (경멸하는 표정으로) 한 번도 우리 집에 온 적 없는 여자가 어떻게 그렇게 다 아는 척하는지 모르겠군요.

닉 빈센트   당신 어머니께 들었다고 했습니다.

모라 하워드   당연히 그랬겠죠. 지금 엄마는 어떤 말에도 반박할 상태가 아니니까. 안 그래요?

닉 빈센트   셜리의 말이 틀렸다는 건가요? 어밀리가 루크를 미워하지 않았습니까?

모라 하워드   (어깨를 으쓱하며) 어밀리가 루크를 **좋아했다**는 말은 아닙니다. 하지만 우린 둘 다 어렸고 특별한 감정이 있거나 한 건 아니었어요. 우린 정말 아빠를 사랑했어요. 아빠가 돌아가셨을 때 충격이 너무 컸기 때문에 솔직히 엄마가 다른 누구랑 결혼했대도 다 미워했을 거예요. 게다가 금방 재혼하셨으니까요.

닉 빈센트   출연진은 지금 "루크"가 사기꾼이었다는 가능성에 무게를 싣고 있습니다. 그가 여러 여자에게 사기를 쳤을 수도 있습니다.

모라 하워드   그렇군요.

닉 빈센트   별로 놀라지 않으시네요. 뜻밖인데요.

모라 하워드   (어깨를 으쓱하며) 난 루크를 좋아하지 않았어요. 하지만 그가 우리한테 그런 대접을 받을 이유도 없었겠죠. 언제나 엄마한테는 정말 잘했으니까–
　(잠시 숨을 고르더니 갑자기 감정이 북받치는 듯) 그래요, 그때는 그가 없었으면 좋겠다고 생각한 적도 있어요. 하지만 지금 돌이켜보면 그가 죽지 않았다면 훨씬 좋았을 거라고 생각해요. 그날 이후

로 엄마가 행복해하는 모습을 본 적이 없으니까요. (시선을 피하는 그녀의 눈에 눈물이 고여 있다)

닉 빈센트   상담 치료를 받았다던데—

모라 하워드   (자리에서 일어나 마이크를 떼며) 당신들에게 절대 그 이야기는 하지 않을 겁니다.

모라가 마이크를 바닥에 던지고 자리를 뜬다.

장면 전환 스튜디오. 탁자 주위에 앉아 있는 출연진.

라일라 퍼니스   볼 때마다 느끼지만 하워드 집안의 가족 관계는 정말 흥미로워요.
　(살짝 당황한 표정으로) 미안합니다. 말이 좀 심했네요. 여기서 할 얘기도 아닌데.

빌 세라피니   난 그게 **중요한** 부분이라고 생각합니다.

휴고 프레이저   당연한 말이지만 상담 치료에 관해 가족들을 계속 몰아세워도 얻을 게 없을 것 같습니다.

라일라 퍼니스   예상했던 일이죠.

(원망하는 눈빛으로 카메라 뒤에 있는 닉을 바라보며) 빈센트 씨가 **조금만** 더 부드럽게 접근했다면 좀 나았을지도 모릅니다.

JJ 노턴　　　**저한테** 가장 흥미로운 부분은 "루크"라는 사람의 심리입니다. 진짜 이름이 뭔지 모르겠지만요.
　캐럴라인과의 관계는 이전의 관계들과 좀 달랐을 수도 있다는 생각이 드는데 나만 그런가요?

앨런 캐닝　　　어떤 의미에서요-?

JJ 노턴　　　그냥 "정말 잘해준" 정도가 아니라 실제로 캐럴라인과 결혼까지 했잖아요.
　그런 사기꾼은 보통 여자들을 등치고 훌쩍 떠나기 마련이죠. 안 그래요? 사기 치려고 법적인 절차까지 밟고 그러지는 않아요. 일이 더 복잡해질 가능성이 크니까요. **게다가** 달갑지 않은 관심을 끌 확률도 높고 말이에요.

미첼 클라크　　　그가 다른 여자들과도 결혼했는지 안 했는지는 **모르잖아요.**

빌 세라피니　　　JJ 말에 일리가 있습니다. 결혼하면 문서가 증거로 남죠. 그러면 추적하기가 훨씬 더 쉬울 테고요.

앨런 캐닝　　당시에 그가 어떤 이름을 쓰고 있었는지 알고 있어야 가능하죠.

빌 세라피니　　그건 그래요.

휴고 프레이저　　내 경험상 사기를 치는 대상과 실제로 결혼까지 하는 사기꾼들은 정확히 **법적인 문제** 때문에 결혼합니다. 즉 유산 상속을 받기 위해 이름을 올리는 거죠. 생명보험을 포함해서요. 부인 몰래 가입하는 예도 많고요. 바로 작년에도 그런 사건을 다룬 적이 있습니다.

JJ 노턴　　지금 말씀하신 건 좀 다른 경우 아닌가요? 유산 상속을 노리는 사기꾼은 살인을 염두에 둔 사기꾼입니다. 그 헬렌 뭔가 하는 소설가를 살해한 남자처럼요-

미첼 클라크　　헬렌 베일리였죠. 그 작자야말로 정말 **지독한 놈**이었죠-

라일라 퍼니스　　제 의견을 말하자면, 심리학적으로 봤을 때 그런 종류의 사기꾼은 성격 유형도 매우 다를 겁니다.
　그리고 미치가 방금 말한 것처럼 우리는 "루크"가 다른 여자들과도 결혼한 적이 있는지 **모르잖아요**. 솔직히 그가 그 여자들을 살해했는지 어떻게 알겠어요?

내 말은 그럴 수도 있다는 거예요. 그가 캐럴라인을 죽일 계획을 세우고 있었는지도 모를 일입니다.

휴고 프레이저   (탁자 주위를 둘러보며) 결혼하고 나서 캐럴라인이, 아니 루크가 생명보험에 가입했는지 알고 있나요?

닉 빈센트   가이한테 이미 물어봤는데 없다고 했습니다.

휴고 프레이저   그렇다면 그가 캐럴라인을 죽일 생각을 했을 가능성은 적다고 봅니다. 두 사람이 결혼한 지 1년이 넘었는데, 정말 그녀를 죽일 생각이었다면 그런 금전적인 부분을 준비하고도 남았을 시간이에요.

미첼 클라크   어쩌면 마음이 바뀌었는지도 모르죠. 과거에는 여자들을 등치고 살았지만, 이번에는 진짜였는지도요. 정말 그녀를 사랑해서 결혼했을 수도 있어요.

라일라 퍼니스   (그를 보고 웃으며) 낭만적인 구석이 있네요.

빌 세라피니   (고개를 저으며) 미치, 시도는 좋았지만 난 아니라고 봅니다.

휴고 프레이저   다른 가능성이 하나 더 있습니다. 시간을 오래

끌면 돈이 더 많이 생긴다는 걸 알아차렸을 수도 있습니다. 그냥 가만히 앉아서 플로렌스 라이더가 죽기만 기다리고 있으면 돈이 생길 테니까요.

미첼 클라크   뭔가 그럴듯하게 들리네요. 어쩌면 그래서 이번에는 달랐던 건지도 모르죠.

라일라 퍼니스   그렇지만 이 남자에 대한 **실질적인** 정보가 없는 상태에서는 헛수고만 하는 거예요.

앨런 캐닝   그렇죠. 빌. 지난번 이후로 새로 발견한 게 있습니까? 뉴욕 최고의 실력자들이 쓸 만한 정보를 좀 찾아냈나요?

빌 세라피니   안 그래도 그 이야기를 하려던 참입니다.

빌이 자리에서 일어나 메모판으로 다가간다.

빌 세라피니   운이 좋았습니다. 맨해튼 경찰서에 근무하는 형사 중 하나가 신입 시절에 내 부하였던 친구라서 부탁을 좀 했습니다. (뒤로 돌아 사진을 붙이며) 진짜 에릭 풀턴은 1990년대 중후반에 뉴욕에서 사망했으리라는 게 현재 우리의 추측이었죠. 그래서 그 시기에 사망한 신원 미상의 시신들과 풀턴의 사진을 대조해보도록 했습니다. 그리고 예상이 적중했습니다.

빌이 사진을 가리킨다. 눈은 감겨 있고 얼굴 한쪽이 심하게 멍들어 있는 시신의 부검 사진이다.

빌 세라피니   진짜 에릭 풀턴은 어떤 종류든 폭력을 당했을 가능성이 있다고 말했던 거 기억하십니까? 이 남자는 1994년 12월에 브루클린에서 노상강도를 당해 목숨을 잃었습니다. 목격자는 한 명도 없었고, 적어도 공개적으로 진술하려는 사람이 단 한 명도 없었어요. 그렇지만 증오범죄였을 가능성을 시사하는 부분들이 많습니다. 잘 알려진 게이바에서 얼마 떨어지지 않은 장소에서 이른 새벽에 공격당했거든요.

두어 시간이 지난 뒤 피해자가 발견되었을 때에는 신분증이나 지갑이 없었고, 경찰이 언론을 통해 여러 차례 호소했지만 찾아오는 사람도 없었습니다. 지금까지도 공식적으로 신원 미상으로 남아 있다더군요.

JJ 노턴   저 사람이 진짜 에릭 풀턴일 수도 있다고 생각하는 겁니까? 그리고 우리가 쫓는 정체불명의 남자가 시신에서 신분증을 훔쳤고요?

빌 세라피니   충분히 가능하다고 봅니다. 경찰이 나타나기 전에 그를 발견하고 주머니를 뒤지기 충분한 시간이니까요. 더구나 이 남자는 절대 기회를 놓치지 않는 사람입니다. 베이루트에서 어떻게 했는지 생각해보십시오.

JJ 노턴   신원 미상 시신의 DNA를 풀턴 가족의 DNA와 대조해보라고 뉴욕 경찰국에 부탁했습니까?

빌 세라피니   물론입니다. 아직 결과는 듣지 못했습니다.

라일라 퍼니스   (사진에서 눈을 떼지 않고) 뉴욕에서 몇 년을 살았는데도 그가 사라졌다는 걸 알아차린 사람이 없었다는 거예요?

빌 세라피니   그런 모양입니다.

라일라 퍼니스   아주 서글픈 얘기군요.

빌 세라피니   아마 각자의 이유가 있겠지요. 우리는 알 수 없지만요.

휴고 프레이저   그러니까 우리가 찾는 정체불명의 남자가 1994년 12월부터 "에릭 풀턴"으로 새 삶을 살기 시작했다고 생각하시는 거죠?

빌 세라피니   생각이 아니라 **확신**입니다. 그 신원 미상의 시신이 발견된 지 6개월도 지나지 않아 그전까지 동성애자였던 에릭 풀턴이 여자와 성관계를 가지기 시작했기 때문입니다.
  이 여자입니다.

빌이 다른 사진을 메모판에 붙인다. 광택이 나는 잡지에서 오려낸 사진으로, 번쩍거리는 황금색의 긴 드레스를 입은 중년의 여성이 샴페인 잔을 들고 미소 짓고 있다.

빌 세라피니　　1994년 5월 멧 갈라에 참석한 로즈 슐먼입니다. 당시 나이는 쉰여섯 살이었습니다.
　그리고 1년 후 다시 멧 갈라에 참석했을 때는 동행이 있었죠.

빌이 사진을 한 장 더 붙인다. 또다른 긴 드레스를 입은 슐먼의 사진. 이번에는 야회복 차림의 키가 큰 젊은 남자를 대동했다. 남자는 카메라로부터 얼굴을 돌리고 있다.

라일라 퍼니스　　키와 체격만으로 보면 분명 앨라배마 주 노스 버밍햄 출신의 에릭 풀턴이 아닌 건 확실하네요.

JJ 노턴　　하지만 얼굴이 제대로 보이지 않는데요? 일부러 피한다고 생각하십니까?

빌 세라피니　　잘 보셨습니다, JJ. 네, 그렇게 생각합니다. 비슷한 시기에 찍힌 로즈의 사진을 거의 다 찾아봤는데 "에릭"이 없는 사진이 드물 정도였습니다. 그리고 사진에 **찍힐 때**는 어떻게든 얼굴을 보이지 않으려고 애쓴 게 눈에 보였어요.
　우리가 이전에 여러 번 이야기했던 것처럼 당시에는 소셜 미디어가 없었으니 조심만 하면 대중에게 얼굴을 숨길 수 있었습니다.
(눈썹을 치켜뜨며) 얼굴을 드러낼 때는 언제나 그럴 만한 충분한 이유가 있다고 여겼어요.

앨런 캐닝 내가 봐도 "루크"와 키나 체격이 비슷해 보이지만 머리색은 훨씬 어둡네요. 길이도 짧고요.

라일라 퍼니스 하지만 그런 건 바꾸기 쉬운 것들이죠. 안경을 쓰거나 벗는 것처럼 말이죠.

앨런 캐닝 그건 그래요.

휴고 프레이저 그래서 로즈는 어떻게 되었습니까? 어쨌거나 무슨 일이 일어났으니까 우리에게 이런 이야기를 하시는 것 같아 보이는데요.

빌 세라피니 (표정이 어두워지며) 5개월 동안 그는 로즈에게서 대략 80만 달러의 돈을 빼돌렸습니다. 대대로 가보로 내려온 보석들도 훔쳤고요. 로즈는 그 보석들을 다시 보지 못했습니다.

JJ 노턴 (냉소적으로) 대단한 남자네요.
두 사람이 어떻게 만났는지도 아십니까? 그가 어떻게 움직이는지 단서를 얻을 수 있을 것 같은데요.

빌 세라피니   로즈가 참석했던 어떤 갤러리 개관식에 교묘하게 잠입했던 모양입니다. 자신을 예술가라고 소개했고―

미첼 클라크   틀린 말은 아니네요. **사기 치는 게** 거의 예술의 경지니까요.

빌 세라피니   사전에 철저하게 조사하고 준비했던 모양입니다. 슐먼 집안은 전부터 예술계를 적극 후원하는 걸로 잘 알려져 있었고 젊은 화가들을 지원하는 자선단체 여러 곳을 후원하고 있었어요.

휴고 프레이저   그런데 방금 "로즈는 그 보석들을 **다시 보지 못했다**"고 하셨는데요. 과거형으로요.

빌 세라피니   (숨을 들이마시고) 로즈는 1996년에 유방암 판정을 받았고 9개월 만에 사망했습니다. 그녀의 가족들은 돈을 잃은 스트레스 때문에 그렇게 되었다고 굳게 믿고 있습니다. 로즈가 크게 굴욕감을 느꼈거든요. 풀턴이 진심으로 자기를 좋아한다고 생각했기 때문이기도 했고요.

미첼 클라크   혹시 슐먼 집안 사람 중에 2003년 10월 3일에 런던에 있었던 사람은 없겠죠?

빌 세라피니   (씁쓸하게 웃으며) 없습니다, 안타깝게도. 이미 확인해봤습니다.

라일라 퍼니스   (한숨을 쉬며) 또 막다른 골목이군요.

휴고 프레이저   뉴욕 경찰국에 있는 동료들은 혹시 그가 에릭 풀턴이 되기 전에 어떤 이름을 썼는지 압니까?

빌 세라피니   아뇨. 그러나 현재 조사 중이라고 말씀드릴 수 있겠습니다.
  조사라는 말이 나와서 말인데 앨런, 머리카락 조사에 대해 런던 경찰청과 얘기해봤나요?

앨런 캐닝   미제 사건 담당 부서와 협의해서 머리카락 감정과 옷가지들에 대한 DNA 분석을 시행하기로 했습니다.
  하지만 너무 기대하지는 마십시오. 현재 조사가 진행 중인 사건들이 우선이라 우리한테는 한참 뒤에나 순서가 올 겁니다.

빌 세라피니   (주위를 둘러보며) 지난번에 논의한 것 중에 뭔가 남았죠?

빌이 일어나서 화이트보드 쪽으로 간다. 그가 직접 쓴 목록이 보인다.

카메라 무빙 빌이 쓴 목록을 클로즈업한다.

이언 윌슨
오스트레일리아 사건/뺑소니
캐럴라인의 정체불명 내연남

빌 세라피니   자, 그럼 첫 번째 이름부터 갑시다. 이언 윌슨. 타렉이 이 사람과 관련된 영상을 찾아냈다고 합니다. 1990년대 영상이라 직접적인 연관은 없지만, 어떤 사람인지 짐작하는 데 도움이 될 듯합니다.

빌이 카메라 쪽을 향해 고개를 끄덕이자 벽에 설치된 스크린이 켜지고 BBC 사우스 뉴스의 한 장면이 나온다. 건장한 체격에 치아 교정장치를 낀 금발의 젊은 남자가 보인다. 초록색과 남색 줄무늬 럭비 셔츠를 입은 남자는 커다란 회색 마이크를 든 기자의 질문에 대답하고 있다. 남자의 옆에 중년의 어른 2명이 서 있고 그 뒤로 다른 어른들의 모습도 보인다. 화면의 색이 바래 누렇고 고르지 않은 부분도 있다.

기자   (카메라를 향해) 저는 지금 길퍼드의 윌리엄 펜로즈 경 고등학교에서 16세 이하 럭비팀 영국 대표로 선발된 이언 윌슨을 만났습니다.
  (이언을 향해) 대단한 하루였어요, 이언. 정말 기쁠 것 같은데요.

이언 윌슨	(씩 웃으며) 네, 기분 끝내줍니다.

기자	초등학교 때부터 럭비를 했다고 들었는데요?

이언 윌슨	(머리를 쓸어넘기며) 네, 어릴 때부터 마당에서 아버지랑 자주 럭비를 했는데 그때부터 시작된 것 같습니다.

기자	여기 계신 두 분이 부모님이시죠? 부모님께서 정말 자랑스러우시겠습니다.

이언의 아버지	아주, 아주 자랑스럽습니다. 이언이 정말 기가 막히게 잘했어요.

이언의 아버지가 사람 좋은 표정으로 웃는다. 아들과 닮았고 얼굴이 불그레하다. 훨씬 체격이 작은 그의 아내는 핸드백을 꼭 쥐고 긴장한 듯 웃고 있다. 이언이 다시 한번 머리를 쓸어넘긴다. 어쩐지 보리스 존슨(영국의 제77대 총리/옮긴이)과 닮아 보인다.

기자	오늘 이 자리에 특별한 새 유니폼도 가지고 왔을 것 같은데요?

이언이 씩 웃으며 가슴에 붉은 장미무늬가 박힌 흰 영국 대표팀 셔츠를 들어 보인다. 아직 한 번도 입지 않은 새 옷이다.

기자 첫 경기가 이번 달 말에 있다고요?

이언 윌슨 (또 씩 웃으며) 네, 21일에 스코틀랜드와 경기가 있습니다.
 (카메라 쪽으로 몸을 기울이고 주먹을 들어올리며 외친다) 나가자, 쳐부수자. 야호!

기자 (깜짝 놀란 얼굴로 황급히 카메라를 보며) 우리 모두 팀의 승리를 기원합니다. 스튜디오 나와주세요.

화면이 멈춘다.

라일라 퍼니스 짧은 영상치고 상당히 많은 면이 드러나는군요.

휴고 프레이저 딱 봐도 거칠고 교양 없는 한심한 인간 같네요.

앨런이 그를 흘깃 쳐다보고 뭔가 말하려는 듯하다가 입을 다문다.

미첼 클라크 그건 좀 심한데요. 저땐 어린애였잖아요―

휴고 프레이저 열여섯 살입니다. 사람은 그 이후로는 별로 안 변하지요. 안 그렇습니까, 라일라 박사님?

라일라 퍼니스   글쎄요. 그 나이가 지나고 나면 성격이 크게 달라지지 않는다는 말은 맞습니다. 뭔가 큰일을 겪는다면 모를까—

휴고 프레이저   내 말이 그 말입니다.

JJ 노턴   어느 쪽이든 방금 본 장면을 바탕으로 생각하면 성인이 된 이언은 루크에게 심각한 부상을 입히고도 남았을 것 같네요. 세상에, **럭비 선수**라니요.

라일라 퍼니스   나도 그렇게 생각해요. 저 영상으로 미루어 보면 그가 요양원에서 왜 그리 호감을 사지 못했는지도 알 것 같아요—

휴고 프레이저   (고개를 끄덕이며) 게다가 실비아 캐럴을 협박하려고 했죠.

앨런 캐닝   (다소 짜증스럽게) 그런 건 전혀 중요하지 않습니다. 윌슨한테는 **알리바이**가 있었다고 피터 라셀레스가 분명히 말했어요. 그 사람은 **관련이 없습니다**. 이미 끝난 얘긴데 왜 아직도 여기 매달려 시간을 낭비하는지 도무지 이해할 수가 없습니다.

미첼 클라크   그에게 알리바이가 있었다고 **듣긴** 했지만 그게 뭔지는 자세히 모르잖아요? 어쩌면 라셀레스가 그렇게 꼼꼼히 확인하지 않았을 수도—

라일라 퍼니스   피터가 거기에 대해 뭐라고 하던가요, 빌? 그에게 물어볼 예정이었죠, 그렇죠?

빌 세라피니   맞습니다. 물어봤습니다.

미첼 클라크   뭐라고 했습니까?

빌 세라피니   직접 보시죠.

장면 전환   인터뷰 영상. 빌이 피터 라셀레스와 술집에 앉아 있다. 라셀레스 앞에는 유리병처럼 생긴 잔에 비터 맥주가 담겨 있고, 빌 앞에는 얼음을 넣은 버번이 있다.

빌 세라피니   난 미지근한 맥주를 좋아하는 영국 문화는 진짜 이해가 안 돼요.

피터 라셀레스   (웃으며) 무뚝뚝한 성격과 안 좋은 치아, 이것까지 해서 영국인 3종 세트죠. (빌이 웃는다)
　그러니까, 이언 윌슨의 알리바이에 관해 묻고 싶다고 했죠. 아직 종결되지 않은 사건이라 내가 해줄 수 있는 말은 별로 없습니다―

빌 세라피니   알고 있습니다.

피터 라셀레스   하지만 이건 **알려드릴 수** 있습니다. 전에도 말했듯이 2003년에 분명히 마거릿과 이언 윌슨을 조사했습니다. 두 사람 다 분명히 루크 라이더가 죽기를 바랄 만한 확실한 동기가 있었으니까요. 물론 진짜 루크 라이더 말입니다.

(깊이 한숨을 쉬며) 한 사람씩 만났습니다. 먼저 중증의 관절염으로 고생하는 중년 여자가 매우 건장한 스물여섯 살의 남자를 죽일 가능성은 희박하다고 말하면 내 말을 이해하실 겁니다. 물론 이론적으로 말해서요.

빌 세라피니   그가 **실제로** 몇 살이었는지 아직 모르지만, 물론 무슨 얘긴지 알겠습니다.

그렇긴 해도, 아, 역시 이것도 전적으로 가정입니다만, 건강 상태가 좋지 않았다 해도 다른 사람을 내세워 대신 범죄를 저지를 수는 있겠죠. 특히 자기와 가까운 사이이고 그 덕에 경제적인 혜택을 보는 사람이라면 말입니다. 자기 자식처럼 말이죠.

피터 라셀레스   물론 그렇습니다. 유능한 경찰이라면 당연히 그 부분도 조사할 겁니다. 그런 자식이 있다면 당연히 조사했을 거고 그 혹은 그녀의 알리바이를 확인하겠죠.

빌 세라피니   그리고요?

피터 라셀레스   아시다시피 빌, 어떤 알리바이는 다른 알리바이와 달리 입증이 어려울 때가 있습니다. 게다가 조사 당시 그 대상이 다른 나라에 있는 경우에는 더욱 그렇고요.

빌 세라피니   그런 경우에는 정확한 출국 날짜를 확인하고 싶겠지요. 그러니까 그 사람이 사건 발생일 전에 출국했는지, **후에** 출국했는지 말입니다.

피터 라셀레스   물론입니다. 우리가 가정하고 있는 이 경우에는 사건 발생일로부터 3일 후에 출국했더군요.

빌 세라피니   그런 시점이 의심스럽지는 않으셨나요? 그들이 사법권에서 도망친 거라는 생각이 들지 않으셨습니까?

피터 라셀레스   당연히 그 부분이 중요한 고려 대상이겠지요. 허나 그 사람이 오래 전부터 계획해온 여행이라고 주장해도 그걸 확인하기는 어렵습니다. 20년 전이었으니 여행서류도 지금처럼 전산화되어 있지 않았고요.

빌 세라피니   그래도 그 사람의 사건 당일 밤 알리바이가 필요하잖습니까.

피터 라셀레스   그렇습니다. 같은 얘깁니다만, 당시에는 기술적인 증거랄 게 별로 없었습니다. 심지어 도심에도 방범 카메라가 많지 않았고 휴대전화나 GPS 추적 장치도 드물었습니다. 그러니 거의 모든 알리바이는 전산 자료가 아니라 사람에게 의존할 수밖에 없었어요.

빌 세라피니   (고개를 끄덕이며) 그리고 기계와 달리 사람은 거짓말을 할 수 있죠. 심지어 진실이라고 **생각할** 때조차 기억은 틀릴 수 있으니까요. 그래서 증인의 증언은 신뢰할 수 없기로 유명하죠.

피터 라셀레스   그렇습니다. 하지만 용의자가 사건 당일 밤에 같이 있었던 사람이 있다면서 알리바이를 입증해줄 사람을 내세우면 훨씬 더 확실한 증거가 되겠죠?
  물론 증인이 우연히든, 고의로든 간에 그 날짜를 착각하지 않았다는 가정하에 그렇지만요.

빌 세라피니   그 특정한 날에만 이루어진 일회성 만남입니까, 아니면 지속적으로 이어진 관계를 말하는 겁니까?

피터 라셀레스   우리의 가설에서는 그 용의자가 술집에서 만난 여자라고 가정합시다. 그리고 그날 밤 같이 있었고요.

빌 세라피니   (고개를 끄덕이며) 알겠습니다. 정확한 날짜를 입증하는 게 왜 어려운지 이해가 갑니다. 그들이 신용카드를 썼거나 호텔을 갔다면 모르지만—

피터 라셀레스   그러지 않았다고 가정하는 편이 좋을 겁니다.

빌 세라피니   이 가상의 여자가 몇 살인지 물어도 됩니까?

피터 라셀레스   40대라고 해두죠.

빌 세라피니   그렇군요. 좋습니다. 우리 가상의 경우를 잠시 제쳐두고 진짜 이야기를 좀 해보죠. 윌슨은 20대였죠? 인물도 좋았고요. 그리고 그가 특정 나이대의 여자와 뜨거운 관계였다면 그 여자를 꼬드겨서 가짜 알리바이를 만들기는 식은 죽 먹기였을 것 같은데요.

재연 빌이 계속 말하는 동안 소리 없는 영상이 나온다. "이언"이 연상의 여자와 침대에서 대화를 나누고 있다. 여자가 미소를 지으며 고개를 끄덕인다.

빌 세라피니   두 사람이 아직 침대에 있을 때 그가 여자에게 부탁하는 거죠. 가벼운 부탁이라고 아무렇지 않게 말을 꺼내는 겁니다. 진짜 별것 아니라고 운을 띄우면서 혹시 누가 물어보면 뜨거운 밤을 보낸 날이 그날이 아니라 하루 전이었다고 말해달라고 부탁하는 거죠. 여자는 기억에 남을 만한 화끈한 시간을 보냈으니 '안 될 이유 없지?'라고 생각할 수 있을 겁니다.

   그리고 여자가 어쩌다 살인사건 조사에 휘말렸다는 걸 깨달았을 때 남자는 이미 사라진 지 오래니 여자는 벌이라도 받을까 봐 겁에 질려서 진실을 말하지 못하는 겁니다.

피터 라셀레스   (맥주를 향해 손을 뻗으며) 아주 타고난 이야기꾼이네요, 빌. 소설을 써볼 생각은 없어요? 이언 랜킨(**영국 베스트셀러 추리소설 작가/옮긴이**)과 막상막하가 될 수도 있겠어요.

빌 세라피니   (웃으며) 감사합니다. 그런데 이 얘기가 그럴듯하게 들립니까?

피터 라셀레스   지나치게 그럴듯합니다. 가상으로 말하자면 그 증인에게 딱 제시했을 법한 시나리오입니다.

빌 세라피니   그런데 여자가 꿈쩍도 안 했군요. 이후로도 입을 꾹 다물었나 보네요. 입을 열었다면 우리가 이 얘기를 하고 있지는 않을 테니까요.

피터 라셀레스   그렇게 생각할 수도 있죠. 난 아무 말도 할 수 없지만요.

빌 세라피니   둘이 뜨거운 밤을 보낸 곳이 런던에서 멀리 떨어진 곳이라 용의자가 동시에 두 곳을 왔다 갔다 하는 건 불가능했겠죠?

피터 라셀레스   아마 꽤 멀었겠죠.

빌 세라피니   그에게 DNA나 지문을 제공하라고 요청할 만한 근거도 없었을 것 같은 느낌이 드는데요?

피터 라셀레스   그렇게 생각할 수도 있겠네요.
  (잠시 침묵하다가) 여기 와 있는 동안 어디 관광할 계획은 있습니까, 빌?

빌 세라피니   글쎄요─

피터 라셀레스   가볼 만한 명소들이 꽤 있습니다. 런던에서 그리 멀지도 않아요. 꽤 멀 수도 있고요, 내 말이 무슨 뜻인지 안다면요. 이를테면 솔즈베리 같은 곳 말입니다.

빌 세라피니   (잠시 얼굴을 찌푸리다 뭔가 기억난 듯한 표정으로) 아, 그 두 러시아 놈들이 망명자를 제거하려고 했던 곳이군요. 이름이 세르게이 뭐였는데?

피터 라셀레스   스크리팔입니다. 그냥 "성당을 구경하러" 왔다고 주장했지요. 내 손자들 말마따나 퍽이나 그랬겠죠.

빌 세라피니   그런데 내가 왜 거길─

피터 라셀레스   거기에 가면 추천할 만한 아담하고 아늑한 B&B 숙소가 있어요. 여주인을 만나본 적도 있지요. 벌써 20년 가까이 된 일이긴 합니다만.

빌 세라피니   (천천히) 그렇군요.
알겠습니다. 듣고 보니 분명히 가볼 만한 곳인 것 같네요.

피터 라셀레스   후회하지 않을 겁니다.
(웃으며) 그리고 성당도 진짜 구경할 만합니다.

장면 전환   스튜디오.

휴고 프레이저   물론 단서를 알아차렸겠죠, 빌? 분명히 정보를 주고 있었는데.

빌 세라피니   물론입니다, 휴고. 정보를 줬죠.
(씩 웃으며) 그리고 그 성당도 정말 멋지더군요.

장면 전환   드넓은 잔디밭 뒤로 솔즈베리 대성당이 보이는 카페 탁자에 앉아 있는 빌의 모습. 햇살이 내리쬐고 있지만, 날씨가 추운지 가죽 코트 차림에 언제나처럼 선글라스를 끼고 있다. 맞은편에는 카메라를 등지고 한 여자가 앉아 있다. 날씬한 체격에 부분 염색한 단발머리, 초콜릿색의 인조 모피 코트를 입고 있다. "크리스틴"이라는 자막이 나온다.

빌 세라피니   먼저 신원을 밝히지 않는다는 조건으로 인터뷰에 응하셨음을 밝히며, 편의상 "크리스틴"이라고 부르겠습니다. 오늘 이렇게 인터뷰를 요청한 이유는 이언 윌슨이 2003년 10월 3일 밤에 어디에 있었는지 알리바이를 제공해주신 분이기 때문입니다.

"크리스틴"   네, 맞아요.

빌 세라피니   그날 저녁에 대해 말씀해주시겠습니까?

"크리스틴"   (웃는다. 허스키한 목소리에서 애연가임을 알 수 있다) 글쎄요. 어디까지 얼마나 자세하게 말씀드려야 할지 잘 모르겠네요–

빌 세라피니   (냉소적인 미소를 지으며) 전체관람가 수준으로 부탁합니다.

"크리스틴"   그러죠. 그러니까 그 당시에 난 바에서 일하고 있었어요. 지금은 없어진 지 오래됐지만 그땐 꽤 잘나가는 곳이었죠. 나는 매니저였어서 늘 자리를 지킬 필요는 없었지만, 그래도 저녁 내내 수시로 드나들며 챙겼어요.

빌 세라피니   거기서 이언을 만나셨나요?

"크리스틴" 맞아요. 솔직히 눈에 띄었어요. 혼자 오는 남자 손님은 별로 없거든요. 대개 여자친구나 친구들과 어울려서 오지 남자 혼자서는 잘 안 오니까요. 시간이 지나고 여자 손님 둘이서 그의 관심을 끌어보려고 했는데 그는 별 반응이 없더군요. (웃음)

그래서 그가 게이일 수도 있다고 생각했어요. 근데 그렇다면 얼마 멀지 않은 곳에 게이바가 있는데 왜 우리 가게에 와서 그러고 있는지 알 수가 없었죠.

빌 세라피니 그래서 어떻게 되었습니까?

"크리스틴" 자정쯤에 나는 담배를 피우러 밖에 나갔어요. 더럽게 추웠지만 실내에선 금연이었기 때문에 어쩔 수 없었죠. 몇 분 후에 그가 나오더군요.

빌 세라피니 그 남자도 담배를 피웠습니까?

"크리스틴" 아뇨. 내가 한 대 권했는데 안 피운다고 했어요. 그냥 바깥바람을 쐬러 나왔다고요.

빌 세라피니 이름이 뭐라고 하던가요?

"크리스틴" 이언이요.

빌 세라피니   그게 다입니까?

"크리스틴"   네, 그냥 이언이요. 난 그 사람 성이 뭔지는 몰랐어요.

빌 세라피니   그래서요?

"크리스틴"   몇 마디 대화를 나눴죠. 내가 슬쩍 생일인데 일하는 날이라 짜증 난다고 했더니 샴페인을 사주겠다고 제안했어요. 규정상 근무 시간에는 술을 마시지 못하지만 에라, 뭐 한 잔쯤 어떠랴 싶었어요.

빌 세라피니   그래서 안으로 들어갔나요?

"크리스틴"   네. 그가 샴페인을 샀고-

빌 세라피니   물론 현금으로 계산했겠죠?

"크리스틴"   맞아요. 그리고 같이 바에 앉았는데 갑자기 여자들 한 무리가 우르르 들이닥쳤어요. 하나같이 요란한 머리에 티아라를 쓰고 속옷이 보일 만큼 짧은 치마를 입고 있었죠. 그래서 난 아쉽지만 잠깐이라도 대화했으니 그래도 좋았다고 생각했어요.
  그런데 잠깐으로 끝나지 않았어요. 그는 그 여자들한테 별 흥미를 보이지 않더라고요. 우리는 테이블로 자리를 옮겼고 어찌어찌 하다가 우리 집에 가서 같이 밤을 보냈죠.

빌 세라피니   분명히 그가 밤새 같이 있었습니까?

"크리스틴"   (또 웃으며) **당연하죠.** 우리 둘 다 잠을 거의 못 잤는걸요.

빌 세라피니   그날이 생일이었다니 경찰이 찾아왔을 때 날짜는 분명히 기억하고 있었겠군요?

"크리스틴"   **당신의 마흔 살 생일은 어땠는지 기억해요?**

빌 세라피니   물론 기억합니다―

"크리스틴"   그러니까요. 장담하건대 내 마흔 살 생일이 당신 생일보다 훨씬 기억에 남을걸요. 기분 나빠하지는 마시고요.

빌 세라피니   (씩 웃으며 고개를 젓고) 괜찮습니다.

"크리스틴"   아무튼 그래서 그날 밤 일은 아주 생생하게 기억하고 있었어요. 더구나 경찰의 전화를 받은 게 겨우 2주일 후였으니까요.

빌 세라피니 혹시 바에서 그를 기억하는 다른 직원들도 있었습니까?

"크리스틴" 당연히 기억하긴 했지만 그게 금요일이었는지 토요일이었는지 헷갈려하더라고요. 그냥 그 주말이었다고만 기억하고 있었죠.

빌 세라피니 그렇군요. 그럼 경찰에 얘기하셨을 때 그 사람의 신원은 어떻게 확인했습니까?

"크리스틴" 피터가 사진을 보여줬어요. 여권 사진 같던데.

빌 세라피니 상급 수사관 피터 라셀레스 맞습니까?

"크리스틴" 네, 맞아요.

빌 세라피니 그 사진 속 남자가 그날 밤에 같이 있던 남자와 동일 인물이라는 걸 100퍼센트 확신하셨고요?

"크리스틴" 당연하죠.

장면 전환 스튜디오. 빌이 아직 화이트보드 앞에 서 있다.

JJ 노턴 그러니까 "크리스틴"이라는 여자의 말을 믿는다면 이언 윌슨은 살인자일 수가 없겠군요.

빌 세라피니 그렇습니다.

라일라 퍼니스 그래서 어땠어요? 그 여자 말을 믿으세요?

빌 세라피니 그 여자 말이 사실인 것 같습니다. 대화하는 내내 내 시선을 한 번도 피하지 않았고 눈을 빠르게 깜빡이지도 않았어요. 거짓말을 할 때 나타난다는 일반적인 보디랭귀지를 보이지 않았습니다.
  그러니 요약하자면 여기서 이언 윌슨에 대한 조사도 멈추는 게 좋을 것 같습니다. 최소한 추가적인 증거가 나올 때까지는요.

앨런 캐닝 (숨죽여 낮은 소리로) 천만다행이군.

빌 세라피니 그럼 다음은, 오스트레일리아 쪽이군요. 미치? 시드니에서 뭣 좀 알아낸 게 있습니까?

미첼 클라크 새로운 정보는 없었습니다. 그래서 캐럴라인과 "루크"가 결혼한 시점을 중심으로 당시 영국 대중 매체에 실린 기사들을 조사했습니다. 뺑소니 피해자 유족이 얼마나 쉽게 그의 소재를 파악할 수 있는지 확인하고 싶었죠. 이런 걸 발견했습니다.

몽타주 언론 보도 기사들.

**캐럴라인 하워드와
루크 라이더**
집에서 소박한 결혼식을 올릴 계획

다가오는 결혼식 소식
L. 라이더 씨와 C. J. 하워드 씨
고인이 된 서부 오스트레일리아 캘굴리 출신 브라이언과 모린 라이더의 아들 루크와 앤드루 하워드의 미망인

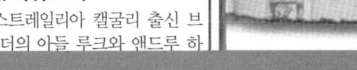

**사랑하는 연인 캐럴라인과의 결혼,
한껏 들뜬 라이더**

미셸 클라크 살인사건 발생 6주일 전에 두 사람이 홀랜드 파크에서 열린 자선행사에 참석했다는 기사도 찾을 수 있었습니다. 그런데 결혼식이나 그 기사나 사진은 거의 보지 못했고, 겨우 찾은 사진에도 캐럴라인만 있고 루크는 없었어요.

라일라 퍼니스 이 남자, 사진 찍히는 걸 또 일부러 피하고 있었다는 건가요?

미셸 클라크 그럴 수도 있죠. 하지만 일단 이름만 알면 라이더에 관한 언론 보도들에서 충분히 그를 찾을 수 있었습니다. 그가 오스트레일리아 출신이라는 내용도 있었고요.

빌 세라피니 그래요. 알겠습니다. 고맙습니다. 그럼 다음은

더 이상 비밀스럽지 않은 캐럴라인의 내연남 차례군요. 앨런?

앨런 캐닝   드디어 조사에 진전이 있었습니다. 우리가 찾고 있는 빨간색 MGB의 주인을 찾을 수 있을 것 같습니다. 전화 통화만 했지만 가능성이 있어 보입니다.

빌 세라피니   대단하군요! 그 남자가 누굽니까?

앨런 캐닝   남자가 아니라 여잡니다. 당시에 W8 지구에 살았고 남동생에게 종종 차를 빌려줬다고 합니다.

휴고 프레이저   그 여자 이름이 뭐죠?

앨런 캐닝   (그를 보지 않고) 지금은 말하지 않겠습니다. 좀더 알아본 뒤에 말씀드리죠.

휴고 프레이저   (얼굴을 찌푸리며) 어쩐지 좀 믿기 어려운데요.

미첼 클라크   (웃으며) 진정해요, 누가 보면 당신이 뭔가 감추고 있는 것 같다고 생각–

휴고 프레이저   (재빨리) 글쎄요, 누가 할 소리인지–

미첼 클라크   그게 무슨 뜻입니까?

빌 세라피니   (끼어들며) 자자, 미치, 당신이 잠시 이 사건에 연루되었었잖아요? 분명 그때를 말하는 걸 겁니다. 그렇죠, 휴고?

두 사람 다 말이 없다. 어색한 침묵이 감돈다. 그러다 갑자기 카메라 뒤쪽에서 누군가 움직이는 소리가 들린다.
 닉 빈센트가 화면에 등장한다. 까무잡잡한 피부에 넥타이를 매지 않은 셔츠 차림이다. 잠시 후 누군가 뒤따라 나온다. 처음 등장하는 남자는 마른 체격에 조금 긴 검은 머리이고, 안경을 썼으며, 전면에 UCLA 로고가 박힌 회색 티셔츠를 입고 있다. 조금 어색한 표정으로 노트북과 서류 뭉치를 손에 들고 있다.

닉 빈센트   자, 여러분. 그동안 타렉이 조사해온 최신 정보를 모두에게 알려드릴 때인 것 같습니다. 이 시리즈가 진행되는 동안 이름이 몇 번 언급되긴 했지만 지금까지는 늘 카메라 뒤쪽에 있었죠. 그러나 오늘은 그가 알아낸 흥미진진한 정보를 가지고 직접 카메라 앞에 섰습니다.

타렉 오스만   (안경을 치켜올리며) 너무 부담 주지 마세요, 닉.

닉 빈센트   겸손해할 거 없어요. 자, 직접 설명하시죠.

닉이 타렉의 팔을 가볍게 두드리고 탁자를 빙 돌아가서 창가에 기대앉는다.

카메라 무빙 의자를 끌어당겨 자리에 앉는 타렉을 클로즈업한다.

타렉 오스만 (노트북과 서류를 만지며) "루크 라이더"의 과거에 대해 뭔가 더 알아낼 게 없는지 저와 제 팀이 광범위하게 조사를 하다가 알아낸 정보가 있습니다. 그가 아소스에 있었을 때의 일입니다.

장면 전환 그리스를 찾아간 타렉의 영상. 항구의 모습이 펼쳐진다. 낚싯배들, 부둣가에 늘어선 작은 음식점들, 밝은색으로 칠한 집들 너머로 푸른 언덕이 보인다.
　거리를 걷고 있는 타렉, 꽃이 핀 덩굴식물로 덮인 벽, 햇볕에 눈을 깜빡이는 고양이, 바 앞에 놓인 탁자와 의자들이 보인다. 타렉이 멈춰서서 카메라를 향한다. 선글라스를 끼고 있지 않아 눈을 살짝 찡그린다.

타렉 오스만 기억하실지 모르겠지만 루퍼트 하워드는 이곳에서 루크를 만난 그 여름에 두 사람이 함께 찍은 사진을 한 장도 가지고 있지 않았습니다. 인터넷에서 검색해도 별다른 정보를 찾지 못했고요. 그래서 직접 이곳에 와서 사람들을 만나 얘기해보는 것도 괜찮은 방법이라고 생각했습니다.

장면 전환　어느 바의 내부. 타렉이 40대 남성과 앉아 있다. 청록색으로 칠한 벽과 회반죽을 바른 바닥, 흰 목제 가구들이 보인다.

타렉 오스만　10년 전 아버지로부터 이 바를 물려받아 운영하고 계시는 조지 니콜레이즈 씨입니다. 루크 라이더가 여기서 일했던 여름에는 아소스에 살지 않으셨다고 알고 있는데 맞습니까?

조지 니콜레이즈　(약간의 미국 억양이 섞인 영어를 완벽하게 구사하며) 그렇습니다. 그때 나는 대학생이었고 여름에는 여행을 다녔으니까요.

타렉 오스만　내부를 보니 1998년 이후에 바를 새롭게 꾸민 것 같은데요?

조지 니콜레이즈　맞습니다. 내가 운영하기 시작하면서 완전히 리모델링을 했습니다. 아버지가 운영할 때는 훨씬 옛날식이었죠.

타렉 오스만　지금 같아서는 그 당시 바의 모습을 거의 짐작하지 못할 것 같은데요, 그렇죠?

조지 니콜레이즈　(웃으며) 그럴 수도 있어요. 아버지는 병적으로 물건을 못 버리는 사람이었습니다. 아주 징글징글했죠. 완전히 부서져서 못쓰게 되기 전까지는 버리지 않고 다 끌어안고 있었어요.

그러다 보니 결국 바에 있는 집기들이 하나도 짝이 맞지 않았고 나보다 더 오래된 포스터가 걸려 있을 정도였죠. 그런데 그게 도움이 될 때가 다 있네요. 당신에게 말이에요.

타렉 오스만 네, 그 얘길 좀 해주시죠.

조지 니콜레이즈 이게 우리가 내부를 바꾸기 시작하기 전의 이곳 모습입니다.

카메라 무빙 니콜레이즈가 건네준 사진 클로즈업. 사진 속 벽에는 코르크판이 붙어 있고, 무수한 맥주잔 받침과 택시 광고지, 포스트잇 메모와 사진들이 코르크판에 빈틈없이 꽂혀 있다. 대부분 오래되어서 귀퉁이가 말려 올라가 있다.

조지 니콜레이즈 보시다시피 다 몇 년씩은 된 것들이에요.

타렉 오스만 하지만 이 물건들을 버리지 않았죠? 바를 새롭게 단장할 때 말이에요.

조지 니콜레이즈 네. 상자에 모두 담아서 아버지께 드렸습니다. 그냥 버렸으면 노발대발하셨을 거예요.

타렉 오스만 덕분에 감사하게도 이런 걸 건질 수 있었네요—

장면 전환 3장의 사진이 차례로 등장한다. 첫 번째 사진은 "루크"와 루퍼트 하워드. 서로의 어깨에 팔을 걸고 어깨동무를 하고 있으며 꽤 취한 모습이다. 누군가 사진 아래쪽에 볼펜으로 "아소스 친구들"이라고 휘갈겨 써두었다.

두 번째는 바의 사진. 늦은 저녁이고 조명이 어둡다. 유리잔을 들고 또래 친구들과 한쪽 탁자에 앉아 있는 루퍼트의 얼굴이 살짝 붉다. 그 뒤쪽으로 멀어서 잘 보이지는 않지만 "루크"가 한 여성과 앉아 있다. 40대로 보이는 여자는 짧고 검은 머리이고, 얼굴의 일부만 보인다.

세 번째 사진 속에서 여자와 "루크"는 햇살을 받으며 거리에 서 있다. 여자는 선글라스와 모자를 썼고, 그는 팔로 여자를 감싸 가까이 끌어당기고 있다. 여자는 한 손으로 그의 머리를 만지며 그를 보며 웃고 있다. 사진은 바의 내부에서 찍은 것으로 보이며, 두 사람 다 사진이 찍히는 줄 모르는 듯하다. 사진 속에 다른 사람은 보이지 않는다.

카메라 무빙 카메라가 뒤로 물러나며 탁자에 있는 사진을 들여다보는 두 남자를 잡는다.

타렉 오스만   이 여자가 누구인지 아십니까?

조지 니콜레이즈   모릅니다. 말했듯이 그해 여름에 난 여기 없었거든요. 아버지께 여쭤봤는데 얼굴은 기억하시지만 이름은 모르셨어요. 영국 여자였고 시내 어딘가에 아파트를 얻어 살았을 거라고만 하셨어요. 내가 알아낸 건 그게 전부입니다.

장면 전환 출연진이 의자에서 자세를 고쳐 앉는다. 새로운 정보가 너무 많아서 금방 이해하기 어려운 표정이다.

타렉 오스만 아소스에 머물면서 그곳에서 오래 거주한 몇몇 주민에게도 물어봤습니다만, 한 할머니는 이름이 아이린이었던 것 같다고 했고 다른 사람은 캐리였다고 했어요. 그러니 알 수 없는 노릇이죠.

라일라 퍼니스 하지만 정말 여자가 아파트를 빌려서 지냈다면 분명 어떤 서류가 있었을 텐데요-

타렉 오스만 그럴 수도 있지요. 하지만 워낙 오래 전 일이라 그런 서류가 남아 있다면 기적일 겁니다. 게다가 그리스에서 저런 종류의 거래는 대체로 비공식적으로 이루어집니다.

휴고 프레이저 "세금을 피하려는" 목적이겠죠.

빌 세라피니 어쨌든 "루크"의 사기에 걸려든 또다른 피해자일 가능성이 큽니다. 어떻게든 루크를 찾아내고자 했을 용의자일 수도 있고요.

라일라 퍼니스 (타렉에게) 루퍼트는 어때요? 이 여자를 기억하던가요?

타렉 오스만   (한숨을 쉬며 고개를 젓는다) 박사님도 그렇게 생각하시죠? 그 사진을 보고 기억나는 게 있을 법도 한데 안타깝게도 없었습니다. 루퍼트는 그 여자를 본 것도 같지만 여자와 루크가 특별한 관계라는 느낌은 전혀 못 받았다고 말했습니다.

라일라 퍼니스   방금 말했듯이 워낙 오래 전 일이긴 하죠. 당시에 40대였다면 지금은 예순이 넘었겠군요.

앨런 캐닝   게다가 여자를 추적하기란 거의 불가능할 겁니다. 또 엉뚱한 시간 낭비가 될 게 뻔해요. 더구나 두 사람이 **특별한 관계**였을 거라는 것도 추측일 뿐이고요. 내가 볼 땐 **절대** 그래 보이지도 않습니다. 달랑 사진 한 장만 가지고 단서라고 하기에는 무리입니다.

빌 세라피니   글쎄요, 내 생각은 좀 다릅니다. 내 말은, 그러니까 앨런, 당신은 어떤지 잘 모르겠지만- (메모판에 붙어 있는 세 번째 사진을 가리키며) 나라면 바에서 처음 만난 여자와 저런 행동을 하지는 않거든요.

앨런 캐닝   (다소 짜증스럽게) 당신은 안 그럴지 몰라도 그러는 남자들도 있습니다. 특히 "루크" 같은 이기적인 새끼는 분명히 그렇게 행동한 것 같고요.

라일라 퍼니스   (낮게 중얼거리며) 와, 갑자기 너무 과격하시네-

닉 빈센트   자, 여러분. 지금은 여기에 너무 매달리지 말기로 합시다. 아직 충분히 검토하지 않은 다른 단서들도 많으니까요.

빌 세라피니   그럽시다. 당신이 책임자니까요.

닉 빈센트   사실 여러분과 공유할 정보가 하나 더 있습니다.

출연자들이 서로 시선을 교환한다. 뭐가 또 있지?

미첼 클라크   (다소 어색하게 농담을 섞어) 그래서 또 뭘 숨기고 있었는데요?

닉 빈센트   정확히 말하면 "숨기고" 있었던 건 아닙니다, 미치. 파비오가 발견한 겁니다.

JJ 노턴   (얼굴을 찌푸리며) 영상 편집자 파비오 말입니까?

닉 빈센트   맞습니다.

타렉이 노트북을 연다. 벽에 걸린 스크린에 뭔가 나타난다.

타렉 오스만　　얼마 전에 가이가 영상 편집에 필요하면 쓰라고 옛날에 가족끼리 찍은 홈비디오를 줬습니다. 그걸 모두 디지털화 하긴 했는데 솔직히 처음엔 도움이 될 거라고 기대하지 않았죠. 물론 배경 영상으로 깔기에는 적절하지만, 제작팀의 권한이지 조사팀이 관여할 일은 아니었어요. 그래서 내가 아니라 파비오가 발견한 거죠.

타렉이 자판을 두드리는 동안 닉이 앞으로 다가와서 스크린 오른쪽에 선다.

　영상이 나오기 시작한다. 캐럴라인과 앤드루의 결혼식 사진 영상이다. 색이 바랜 화면은 고르지 않고 소리도 없다. 두 사람이 첼시 올드 타운홀 계단에서 찍은 사진, 리셉션에 함께 앉아 있는 사진, 건배하고 케이크를 자르는 사진들이 이어진다. 두 사람 다 남의 시선을 의식하는 느낌이고 어쩐지 연출된 분위기 같다.

　다음은 신혼여행 영상이다. 흰 모래사장과 야자수들. 카메라가 조금씩 흔들리며 바닷가와 바다에 있는 커플들의 모습, 수건 위에 앉아 선크림을 바르는 캐럴라인의 모습을 찍는다. 그녀는 커다란 선글라스를 끼고 다소 옛날식 원피스 수영복을 입고 있다.

가이 하워드　　(화면 밖에서 웃는 목소리로) 항상 엄마만 비키니를 입지 않았어요. 엄마는 비키니를 싫어하셨죠. 한번은 누나들이 생신선물로 사드렸는데도 입기 싫다고 거부하셨어요.

타렉 오스만   (안경을 밀어올리며) 사실, 그 이유가 뭔지 이제 곧 알게 될 것 같습니다.

이제 스크린에는 호텔 방에 있는 캐럴라인의 모습이 나온다. 사뭇 다른 분위기로, 더 친밀하고 장난스럽다. 그녀는 속옷 차림으로 카메라에 등을 보이고 침대에 앉아 머리를 말리고 있다. 한 손으로 거울을 들고 있어서 그녀를 찍고 있는 앤드루의 모습을 볼 수 있다. 잠시 후 캐럴라인이 뒤돌아보고 웃으며 손을 뻗어 가볍게 카메라를 밀친다. 렌즈가 아래로 떨어지며 뒤집혔다가 화면이 꺼진다. 타렉이 일시 정지 버튼을 누르고 탁자 주위를 둘러본다.

미첼 클라크   뭐가 있다는 겁니까, 난 모르겠는데요.

타렉이 화면을 앞으로 돌려 다시 틀었다가 마지막 장면 직전에 화면을 멈추고 캐럴라인의 모습을 확대한다.

라일라 퍼니스   (깜짝 놀라며) 세상에— 저게 내가 생각하는 그건가요?

JJ 노턴   (천천히 고개를 끄덕이며) 아마 맞는 것 같습니다.

미첼 클라크   뭔지 좀 알려주시죠? 난 전혀 모르겠거든요.

JJ 노턴   (일어나서 스크린 쪽으로 다가가며) 그럴 만도 합니다. 뭘 찾는지 알기 전까지는 잘 눈에 띄지 않으니까요. 여기 팬티라인 바로 위에 있는 이 흔적이 보입니까? 저건 수술 자국입니다.

미첼 클라크   그래서요, 캐럴라인이 뭐 맹장 수술이라도 했다는 겁니까?

앨런 캐닝   (고개를 저으며) 아니, 그게 아니에요. 부검할 때 본 적 있습니다. 저건 제왕절개 흔적이에요.

미첼 클라크   (무슨 말인지 깨달으며) 이런― **아기를 낳았다는** 거군요. 그것도 앤드루 하워드와 **결혼하기 전**에요.

타렉 오스만   네, 그게 분명합니다. 물론 캐럴라인의 의료 기록을 확인할 수 없었고 확인할 수도 없겠지만―

갑자기 소란스러워진다. 카메라가 휙 뒤로 돌며 초점이 잡히지 않은 상태에서 가이의 모습을 흐릿하게 잡는다. 그는 큰 충격을 받은 표정이다. 갑자기 뒤로 돌아 화면에서 사라진다. 멀어지는 발걸음 소리와 문이 세차게 닫히는 소리가 들린다.

닉 빈센트   미안합니다, 여러분. 아무래도 가이에게는 마른 하늘에 날벼락 같은 소식이었을 겁니다.

라일라 퍼니스   (깜짝 놀란 얼굴로 닉을 보며) 세상에, 가이도 **몰랐어요**?

휴고 프레이저   (숨죽여 냉소적으로) 뻔하네.

라일라 퍼니스   (닉에게) 가이에게 먼저 **언질을 줘야** 한다는 생각은 안 했어요? 당신이 뭘 발견했는지, 그게 무슨 의미인지 알려주지 않았어요? 그가 이 **프로그램의 감독**이라는 사실은 제쳐두고라도 저런 일을 눈앞에서 갑자기 확 터뜨리다니요, 그것도 **카메라** 앞에서—

휴고 프레이저   그러니까 말입니다.
   (닉에게) **당신이** 저런 식으로 기습공격을 받는다면 기분이 어떻겠어요? 여태까지 몰랐던 형이나 누나가 있다는 거잖아요.

빌 세라피니   어쨌든 이번 폭로는 좀 무신경한 처사였다는 데 모두 동의할 것 같습니다. 그렇긴 하지만 이건 정말 엄청난 정보인데요, 안 그래요?

닉 빈센트   (웃지만 별로 즐겁지 않은 표정으로) 맞습니다, 빌. 그 말이 맞아요.

페이드아웃 후 엔딩 크레딧

날짜 2023/06/09 금요일 09:14

중요도 상

발신 앨런 캐닝

수신 닉 빈센트

참조 가이 하워드, 휴고 프레이저, 미첼 클라크, 라일라 퍼니스, 빌 세라피니, JJ 노턴

제목 당신의 접근 방식

닉,

지난 회차의 진행 방식에 대한 불만, 아니 솔직히 말하면 짜증스러운 점을 알리기 위해 메일을 보냅니다.

시청자를 위해 긴장감을 고조시키는 장면이 들어갈 필요가 있다는 건 물론 우리 모두 이해하고, 당신이 여기에 대해 처음부터 분명히 알렸다는 점도 인정합니다. 그래도 그런 식으로 쉬쉬하면서 아무도 모르게 할 필요는 없습니다. 이런 식의 접근은 우리를 바보 취급하는 것이나 마찬가지고 실제로도 그렇게 보일 겁니다. 카메라 앞에서 그렇게 기습공격을 받아도 괜찮다고 생각하는 사람은 아무도 없을 겁니다. 특히나 "전문 감정인" 자격으로 출연한 상태에서는 두말할 필요도 없죠. 우리는 어느 정도 존중받을 자격이 있는 사람들입니다.

출연진을 대표해서 우리 모두의 기분을 내가 전하는 바이며, 다시는 이런 일이 일어나지 않도록 약속해주시기를 바랍니다.

앨런

날짜 2023/06/10 토요일 11:17
중요도 상
발신 라일라 퍼니스
수신 빌 세라피니
제목 앨런의 이메일

안녕하세요, 빌,
　앨런의 이메일에 대해 어떻게 생각하세요? 앨런이 다소 장황하게 표현하기는 했지만(이 부분은 좀 의외였어요) 할 말은 한 것 같다고 생각해요. 닉이 좀 과하게 밀어붙인다는 데에는 동의하는데, 방송 출연은 처음이라서 끼어들기가 망설여지네요.
　당신 생각은 어때요?

L

날짜 2023/06/11 일요일 12:45

발신 빌 세라피니

수신 라일라 퍼니스

제목 회신 : 앨런의 이메일

라일라,

내가 보기엔 앨런이 평소처럼 허세를 떠는 것 같습니다.

난 관여하지 않겠습니다.

B

날짜 2023/06/11 일요일 16:39

중요도 상

발신 앨런 캐닝

수신 닉 빈센트

참조 가이 하워드, 휴고 프레이저, 미첼 클라크, 라일라 퍼니스, 빌 세라피니, JJ 노턴

제목 회신 : 당신의 접근 방식

내 이메일을 받으셨습니까?

어밀리와 모라 하워드가 주고받은 문자 메시지

2023년 6월 7일 오후 5시 49분

> 완전 난장판이 됐어.

> 무슨 일인데.

> 다 빌어먹을 셜리 부커 때문이야.

> 그 할망구가 왜. 그 여자가 무슨 상관이 있다는 거야?

> 우리가 루크를 싫어했다고 떠들어댔어. 젠장, 이젠 진짜 이름이 뭔지도 모르겠지만.

> 미치겠군.

> 난 바보같이 눈물까지 핑 돌았잖아.

> 언니 괜찮아?

> 처음으로 진지하게 그 남자에 대해 생각해본 것 같아. 엄마를 어떻게 대했는지도 기억나고.

네가 그때 그 남자를 어떻게 생각했는지 알지만, 엄마를 행복하게 해준 건 맞잖아. 엄.

나도 알아.

그리고 요즘 엄마를 보면

미안해 언니

내가 할 수 있는 일이 있으면 좋겠어.

아냐, 넌 빠져 있는 게 좋아.

가이가 지 커리어에서 성공 좀 해보겠다고 우리한테 무슨 짓을 하고 있는지 알기나 하면 좋겠어.

행여나 그럴까.

빌 세라피니가 타렉 오스만에게 남긴 음성 메시지

2023년 6월 8일 오전 9시 45분

안녕하십니까, 타렉. 빌입니다.

이 메시지를 들으면 나한테 전화 좀 해주겠어요? 당신 도움이 필요한 일이 좀 있습니다.

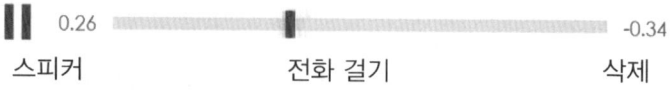

닉 빈센트가 타렉 오스만에게 남긴 음성 메시지

2023년 6월 9일 오후 8시 3분

안녕하세요, 타렉. 닉입니다. 새 정보를 봤는데 역대급이네요. 이번에도 아주 훌륭해요.

이 얘기는 반드시 혼자만 알고 있어야 합니다. 극비에 붙여야 하는 내용이니 새어나가면 안 됩니다. 촬영팀만 알아야 합니다. 아시겠죠? 다른 사람은 절대 안 돼요.

월요일에 봅시다.

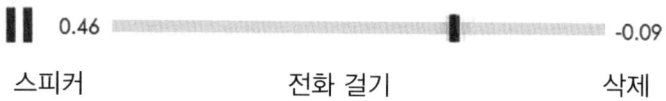

제5화

공개
10월 15일

「타임스」, 2023년 10월 16일

방송 프로그램

진실의 대가는 무엇인가?

「인퍼머스」가 새로운 종류의 리얼리티 방송으로
자리 잡기 위해 치러야 하는 고통스러운 대가

로스 레슬리

인퍼머스 :
누가 루크 라이더를 죽였나?(쇼러너)

앰블사이드에서 앨라배마로, 이번에는 아소스로, 「인퍼머스」의 전문가들이 좀체 행적을 파악하기 어려운 "루크 라이더"를 찾기 위해서 종횡무진으로 활동하고 있다. 여러 개의 신분으로 거침없이 둔갑하는 이 남자의 능력은 차기 「닥터 후」(영국의 SF 드라마 시리즈로, 주인공인 "닥터"가 시공간을 넘나들며 모험을 떠나는 이야기/옮긴이)를 맡아도 손색이 없을 것 같다.

지난 회차에 관한 글에서 나는 이 사건의 심리학적인 측면과 복잡한 가족 관계를 탐구하는 일이 얼마나 흥미로운지 언급했다. 어제 공개분은 거기에 더해서 「인퍼머스」의 제작자 닉 빈센트가 캐럴라인 하워드 라이더가 10대 때 아기를 출산했다는 사실을 "사전 논의 없이" 촬영 현장에서 폭로함으로써 복잡함과 거짓 없는 연민의 감정을 한층 배가시켰다. 또한 이러한 사실은 캐럴라인의 아들이자 프로그램 감독인 가이에게도 엄청난 충격이었음이 고스란히 드러났다. 물론 방송에서 눈을 뗄 수 없게 하려는 장치임이 분명하지만, 관람과 관음 사이의 모호한 경계를 완전히 넘어버린 것이 아닌가 하는 생각을 하지 않을 수 없다.

리얼크라임 장르에서 제기되는 윤리 문제를 생각해보는 것이 처음은 아니다. 몇 주일 전, 나는 「인퍼머스」를 최고의 리얼크라임 쇼라며 찬사를 보냈으나, 어젯밤에 공개된 가이 하워드의 상처받고 황망한 표정은 이런 종류의 프로그램 때문에 누군가는 감내해야 하는 고통을 다시 상기시켰다. T. S. 엘리엇의 유명한 말처럼 이런 끔찍한 범죄에 휘말린 그 누구에게도 그만큼 고통스러운 "현실"을 감당하라고 강요할 수는 없는 노릇이다.

인퍼머스 / 루크 라이더 `가입하기`

와, 그 닉 빈센트라는 사람은 폭죽을 어떻게 터뜨려야 할지 제대로 알고 있더군요!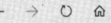

➤ 작성자 Slooth   5시간 전
  댓글 6   공유 숨김 신고

> 비열한 인간. 가이 얼굴 봤어요? 기습공격 당해서 불쌍해요……. 그 **제작팀놈들** 다음 "회의" 때 파리처럼 벽에 붙어서 엿듣고 싶다는…
>
> ➤ 작성자 MsMarple99   4시간 전
>   댓글 2   공유 숨김 신고

어제 편은 선을 넘었어요. 신문에서 말하는 게 꼭 가이만은 아니죠. 캐럴라인의 사생활도 침해했잖아요. 알츠하이머 환자일지는 몰라도 **죽은 사람**은 아닌데요. 다른 사람들과 똑같은 대우를 받아야 해요.

➤ 작성자 AngieFlynn77   5시간 전
  댓글 28   공유 숨김 신고

> 동감이에요, Angie님. 진짜 너무했어요.
>
> ➤ 작성자 MsMarple99   5시간 전
>   댓글 2   공유 숨김 신고

> 그렇지만 수사 측면에서 보면 굉장한 발견 아닙니까? 오해는 마세요. 물론 나도 보면서 불편하기는 했지만 따지고 보면 이 방송의 목적이 그거잖아요. 새로운 정보를 최대한 많이 찾아내는 거. 그러다 보면 문제가 생길 수밖에 없죠.
>
> ➤ 작성자 Investig8er   4시간 전
>   댓글 2   공유 숨김 신고

>> 아무리 그래도 기본적으로 인간적인 대우는 해줘야죠.
>>
>> ➤ 작성자 AngieFlynn77   4시간 전
>>   공유 숨김 신고

와일드 빌이랑 그 "크리스틴"이라는 여자 나오는 장면 진짜 웃겼음.
#전체관람가 #침대에서땀빼기 😂

↪ 작성자 RonJebus   3시간 전
   댓글 5   공유 숨김 신고

   셜록 세라피니가 **또** 한 건 올렸죠. 로즈 슐먼 사건 말이에요. 아니 그렇게 수시로 운이 좋은 사람이 또 어디 있습니까? 그 남자하고 포커 게임은 절대 금물… 😉 😁

   ↪ 작성자 PaulWinship007   3시간 전
      공유 숨김 신고

누구 빨간색 MGB 빙고 하는 사람 없어요? 나올 때마다 환호성 지르는 중

↪ 작성자 Brian885643   3시간 전
   댓글 7   공유 숨김 신고

   그거 땜에 내 머리가 복잡함- 어딜 가나 그것만 눈에 들어오니 🙄

   ↪ 작성자 123JackofAllTrades   2시간 전
      댓글 2   공유 숨김 신고

휴고랑 미치 사이에 대체 뭐 있음? 우리가 모르는 일이 벌어지고 있나?

↪ 작성자 TCFanatic88   2시간 전
   댓글 12   공유 숨김 신고

   나도 그게 궁금. 혹시 두 사람이 실제로 **아는** 사이 아닐까요? 직업도 전혀 다르고 비슷한 점은 없지만 래드브로크 그로브가 캠든 힐에서 엄청 가깝다고 했잖아요. 휴고가 **그쪽** 동네를 훤히 아는 것도 그렇고(테니스 코트며 스쿼시 클럽 얘기만 봐도)

   ↪ 작성자 NoddyHolder1977   2시간 전
      댓글 27   공유 숨김 신고

      동감! 앞으로 예의주시해야 해요.

      ↪ 작성자 TruCrimr   2시간 전
         댓글 31   공유 숨김 신고

제6화

촬영

드라이 라이저 필름 Ltd.
227 셔우드 가, 런던 W1Q 2UD

출연	콜시트	제작	닉 빈센트
앨런 캐닝		감독	가이 하워드
미첼 클라크	**인퍼머스**	편집	파비오 배리
휴고 프레이저	**누가 루크 라이더를 죽였나?**	조사원	타렉 오스만
라일라 퍼니스		제작 보조	제니 테이트
JJ 노턴	2023년 7월 11일 화요일	야외촬영 관리	가이 존슨
빌 세라피니			
	제6화	스튜디오 아침 식사 7 : 45	
출연자 대기 0815	스튜디오 4일 중 첫째 날	세트장 점심시간 12 : 30 ~	
카메라 준비 0830		예상 촬영 종료 18 : 30	

장소
프로비셔 스튜디오
131-137 킹스턴 가
마이다 베일 런던 W9 7EX

참고
현장에 주차 공간 부족
가까운 전철역 | 워윅 애비뉴
비상 전화 07000 616178

타이틀 시퀀스 범죄 현장과 뉴스 보도 장면, 가족 사진 및 짧은 영상들이 아트하우스식 흑백 몽타주로 이어진다.

주제곡 밥 딜런의 "It's Alright, Ma(I'm Only Bleeding)" — 1969년 영화 「이지 라이더」 삽입곡 중에서

제목

인퍼머스

페이드인

누가 루크 라이더를 죽였나?

페이드아웃

어두운 배경이 깔리고, 여성 해설자의 목소리와 함께 글이 나온다.

> 2003년 10월 3일, 영국 사교계 명사의 남편이 영국 수도의 부촌에서 구타당한 변사체로 발견되었습니다.
> 그로부터 20년이 흘렀지만, 살인자는 아직도 붙잡히지 않았습니다.
> 그러나 「인퍼머스」 팀의 활약 덕분에 지금까지 오리무중이었던 사건에 새로운 서광이 비치기 시작했습니다.
> 2003년, 런던 경찰은 피해자가 누구인지 그의 진짜 정체를 알

> 지 못했습니다. 그는 자기가 말했던 대로 오스트레일리아 출신도, 스물여섯 살도 아니었고, "루크 라이더"도 그의 본명이 아니었지요.
>
> 그것이 그가 살해된 이유일까요?

페이드아웃

장면 전환 스튜디오. 전과 다르게 더 불편하고 더 불확실한 기운이 감도는 분위기. 출연진이 탁자 주위에 앉아 있고 타렉도 보인다. 닉은 창가에 서 있다. 스튜디오에 햇빛이 들고 모두 여름 옷차림이다.

미첼 클라크   닉, 또 한 건 하셨습니다. 우리를 물가로 데려가서 풍덩 빠뜨리셨으니.

닉 빈센트   (웃으며) 그게, 긴장을 늦출 수 없는 한 방에 누구나 열광하니까요.

앨런 캐닝   (비꼬면서) 우리는 마른하늘에서 날벼락 때리는 게 빌의 주특기인 줄 알았습니다. (빌은 씩 웃고 별말 하지 않는다)

라일라 퍼니스   (타렉에게) 캐럴라인의 아이에 대해서 더 알아낸 게 있어요? 언제 아기가 태어났는지 알고 있습니까?

타렉 오스만   우리가 만나본 캐럴라인의 친구들은 전혀 모르는 것 같았습니다. 누구도 그 얘기를 꺼내지 않았어요.

그리고 아기가 태어난 시기에 관해서 말인데요, 캐럴라인이 앤드루 하워드와 결혼하기 전에 아무도 모르게 사라졌던 때는 딱 한 번뿐이었습니다.

앨런 캐닝   (천천히 고개를 끄덕이며) 학교를 떠난 해의 여름이었죠. 버밍엄에 있는 삼촌 집에 머물렀을 때요.

타렉 오스만   에지바스턴이요, 맞습니다—

미첼 클라크   그러니까 그녀가 삼촌 집으로 "보내진" **이유가** 그거였군요. 단순히 부적절한 남자와 떼어놓기 위해서가 아니라 그 남자보다 더 부적절한 아기를 없애려고—

빌 세라피니   정말 그래 보이는군요.

라일라 퍼니스   그해 여름에 캐럴라인이 겨우 열여섯 살이었으니 임신했을 땐 미성년자였음이 틀림없어요.

빌 세라피니   그러니까 가족들은 더더욱 그 일을 숨기고 싶었겠죠.

앨런 캐닝   출산에 관한 기록을 찾을 수 있었습니까?

타렉 오스만   아니요. 버밍엄 병원에서 출산했을 거라고 추측은 되지만 출산일을 알아낼 방법이 없고, 만약 아기를 입양 보냈다면 우리는 출생 증명서를 찾아볼 수 없습니다. 입양된 아이 본인만 그 서류를 볼 수 있죠. 게다가 그것도 입양이 마무리된 후에는 새로운 걸로 바뀌었을 거고요.

미첼 클라크   캐럴라인이 아기를 입양 보냈는지는 **모르는**-

JJ 노턴   어쨌든 자기가 키우지 않은 건 분명하잖아요-

타렉 오스만   (안경을 밀어올리며) 네, 그건 분명합니다. 하지만 아시다시피 입양 기록은 기밀이라서 아이를 추적하기란 사실상 불가능합니다. 버밍엄 지역 관할 기관에서 담당했을 테니 아마도 그 지역 중부의 어떤 가정에 입양되었을 가능성이 있긴 하지만요.

미첼 클라크   그럼 우리가 아는 한 캐럴라인은 누구에게도 그 이야기를 하지 않은 건가요?

닉 빈센트   글쎄요, 앤드루 하워드는 분명 알았을 겁니다. 그 자국을 분명히 봤을 테니까요. 하지만 우리가 보기엔 딱 앤드루뿐이었던 것 같습니다.

라일라 퍼니스   그러고 보니까 오늘 가이가 안 보이네요. 가이는 괜찮나요?

닉 빈센트   (어깨를 으쓱하며) 그럴 겁니다.

라일라 퍼니스   (그 대답이 탐탁지 않은 목소리로) 얼마나 혼란스럽겠어요. 지금껏 자기가 알고 있다고 생각했던 모든 것을 의심하게 되었으니-

JJ 노턴   나도 그 마음 압니다. 나이가 들수록 상처는 더 커지죠.

휴고 프레이저   우리 모두 같은 마음일 겁니다. 그런데 이 일이 수사에 영향을 줄 새로운 방향을 제시할지는 좀 의문입니다.

미첼 클라크   맞습니다. 버려진 아이가 엄청난 분노를 느낀다 해도 그 적개심은 캐럴라인을 향한 거잖아요. 더구나 20년이라는 세월이 지나고 나서 처음 본 친엄마의 남편에게 분노할 일은 더더욱 없을 거고요.

빌 세라피니   하지만 그날 밤 **누군가**가 그 집에 왔었다는 사실은 분명합니다. 오래 전에 버려진 캐럴라인의 아이일 가능성도 없지는 않지요.

미첼 클라크 (계산하며) 1979년에 태어났다면 지금 마흔네 살이겠네요.

라일라 퍼니스 더 중요한 건, 그 아이가 열여덟 살이 된 1997년에 입양 기록을 볼 수 있었을 텐데 그때는 캐럴라인과 연락하려고 시도한 기록이 전혀 없다는 겁니다. 왜 2003년까지 기다린 거죠?

JJ 노턴 모든 입양아가 친부모를 찾고자 하지는 않습니다. 절대 찾지 않는 아이들도 있고요. 그리고 열여덟 살은 기록을 볼 수 있는 가장 빠른 나이죠. 시간이 한참 흐른 후에 확인하는 사람들도 많습니다. 그냥 그렇다는 말입니다.

미첼 클라크 하지만 아이가 캐럴라인을 찾았다고 해도 정말 쉽지 않은 만남이었을 겁니다. 아이가 불우한 환경에서 자랐다면 말이죠. 버밍엄의 도심 빈민 지역에서 자랐다면 그럴 가능성도 있잖아요?
한참 시간이 흐르고 나서 겨우 친엄마를 찾았는데 친엄마의 다른 자식들은 도니 저택 같은 으리으리한 집에서 편히 사는 반면 자기는 매정하게 버려지고 외면당했다면—

JJ 노턴 그렇죠.

라일라 퍼니스 그건 좀 지나친 것 같은데요. 캐럴라인은 아기를 키우고 싶어했지만 부모님이 반대했을 수도 있죠. 알다시피 아주 어린 나이였잖아요. 자기도 애였는데—

미첼 클라크   내 말은 버려진 아이는 그렇게 생각하지 않았을 수도 있다는 겁니다. 만약 그 아이가 그날 밤 캐럴라인을 만나려고 불쑥 그 집에 나타났다면요? 그때는 스마트폰도 없었으니 그냥 주소만 가지고 있었겠죠. 아마 주소만으로는 얼마나 엄청난 집인지 전혀 몰랐을 겁니다. 그래서 화가 치솟아 문을 열라고 요구하고, "루크"가 아이를 진정시키려다가 다툼이 일어났다면, 그리고 그 아이가 **아들**이었다면—

휴고 프레이저   듣고 보니 그렇게 허무맹랑한 가설은 아니네요.

라일라 퍼니스   경찰은 그 아이의 존재를 몰랐을 테니 당연히 추적할 수도 없었고요.

휴고 프레이저   (타렉에게) 그건 확실한 거죠?

타렉 오스만   사건 파일 어디에도 경찰이 알고 있었다는 증거는 없었습니다.

라일라 퍼니스   하지만 입양 기록이 기밀이라면 추측 이상으로 우리가 할 수 있는 게 없잖아요.

닉 빈센트   우리가 할 수 있는 일은 없습니다. 맞아요. 하지만 우리가 알아낸 모든 내용을 런던 경찰청에 넘겼죠. 이제 그들에게 달렸습니다.

미첼 클라크   그럼 이제 우리는 어떻게 하죠? 뭐가 남았습니까? (손가락으로 꼽으며) 루퍼트도 아니고, 캐럴라인도 아니고, 입양된 아이는 찾을 수 없고, 이언 윌슨한테는 알리바이가 있고. 이제 뭐 남은 게 없는 것 같은데요.

JJ가 뭔가 말하려는 순간 앨런이 끼어든다.

앨런 캐닝   아뇨, 내 생각은 좀 다릅니다.

라일라 퍼니스   (웃으며) 설마 그 골칫거리 빨간색 MGB 주인을 찾은 건 아니겠죠–

앨런 캐닝   마침 그 얘기를 꺼내다니 재미있군요. 사실 그동안 추적하던 여성 차주가 돌연 태도를 바꿨습니다. 더 이상 얘기하지 않겠다고 딱 끊었어요.

JJ 노턴   혹시 누군가 그 여자의 입을 막은 건 아닐까요? 아무 말도 하지 말라고?

휴고 프레이저 맙소사, 이건 그 망할 「소프라노스」(미국의 마피아 범죄 드라마 시리즈/옮긴이) 같은 드라마가 아니에요-

라일라 퍼니스 우연의 일치일 수도 있을까요?

미첼 클라크 (말뜻을 이해한다는 듯 라일라를 향해 고개를 끄덕이며) 그렇지만 앨런은 우연을 믿지 않죠, 그렇죠?

앨런 캐닝 (미동도 없이) 네, 믿지 않습니다.

라일라 퍼니스 (닉에게) 여기에 대해 뭔가 알고 있어요?

닉 빈센트 (라일라의 질문에 대답하지 않고) 뭘 알아냈습니까, 앨런?

앨런 캐닝 (뒤로 기대앉으며) 빌이 앨라배마에 가서 진짜 에릭 풀턴이 어렸을 때 그를 알던 사람들을 인터뷰하는 모습을 처음 봤을 때 이런 생각이 들었습니다.

장면 전환 이전에 나왔던 낸시 커즐라우스키를 인터뷰하는 빌의 영상이 편집되어 나온다.

낸시 커즐라우스키 난 짐작할 수 있었어요. 고통스러워하는 걸 보고 그 이유를 쉽게 눈치챘죠. 그런데 어느 날 학교 뒤에서 울고 있는 에릭을 발견했죠. 다른 남자애들이 호모 새끼라고 부른다는데 어떻게 해줘야 좋을지 모르겠더군요. 때론 애들이 참 잔인해요.

빌 세라피니   그래서 에릭에게 뭐라고 하셨습니까?

낸시 커즐라우스키 전에도 말했듯이 노스 버밍햄에 사는 게 최선이 아닐 수도 있다고 말했어요. 자기 자신을 바꿀 수는 없고 바꾸려고 해서도 안 된다고요. 에릭은 나와 같은 생각을 하는 사람들이 있는 곳으로 가야 했어요.
   에릭은 결국 그해 말에 학교를 그만뒀고 얼마 지나지 않아서 동네를 떠났어요. 내가 한 짓을 알면 그 애 엄마가 날 용서하지 않겠죠. 하지만 난 후회하지 않아요, 빌. 조금도 후회하지 않습니다.

빌 세라피니   프랭크 태핀 씨에게 물었을 때 에릭이 베이루트에 있었다는 소식을 듣고 깜짝 놀랐다고 하시더군요. 선생님은 어땠습니까?

낸시 커즐라우스키 솔직히 말해서 처음 그 소식을 들었을 때 난 믿지 않았어요. 에릭이 뉴욕에서 한두 번 엽서를 보냈는데 아주 행복한 것 같았거든요. 드디어 자기 자신을 있는 그대로 받아들인 것 같았어요. 그런데 에릭이 무엇 때문에 거길 떠났을지 도저히 이해할 수 없었죠. 특히나 레바논 같은 나라에 가다니요.

빌 세라피니   에릭이 보낸 엽서를 지금도 가지고 계십니까?

낸시 커즐라우스키   아뇨, 오래 전에 없어졌어요. 하지만 전에 말했던 그 사진들은 있어요.

장면 전환   스튜디오. 출연자들은 혼란스러운 표정이다.

라일라 퍼니스   무슨 이야기를 하려는지 잘 모르겠는데요, 앨런―

앨런 캐닝   여러 번 돌려보면 분명히 알게 될 겁니다.

미첼 클라크   그 말을 믿을 수밖에 없겠는데요. 진짜 난 **전혀** 감을 못 잡겠거든요―

앨런 캐닝   그때는 나 역시 그냥 감이었기 때문에 타렉에게 연락해 촬영팀과 통화할 수 있게 부탁했습니다.

라일라 퍼니스   (얼굴을 찌푸리며) 앨라배마에 같이 갔던 촬영팀이요? 그 사람들이 무슨―

앨런 캐닝   그래서 타렉을 통해 촬영팀의 한 여직원과 연락할 수 있었습니다. 그녀는 자신의 이름을 밝히지 않는 조건으로 내 의문점을 확인해줬습니다. 빌과 낸시 커즐라우스키는 분명 이날 처음 만난 게 아니었습니다.

침묵이 흐른다. 빌이 자세를 고쳐 앉았지만 아무 말도 하지 않는다.

JJ 노턴　　무엇 때문에 이 이야기를 하시는지 아직 잘 모르겠습니다. 그런데 그보다 먼저 그 여직원은 어떻게 그런 걸 확신하는 겁니까?

앨런 캐닝　　우선은 보디랭귀지가 그렇고, 또 그들이 촬영을 위해 도착했을 때—

휴고 프레이저　　그건 결정적인 증거라고 하긴 어려운데요.

앨런 캐닝　　그뿐 아니라 영상 속에 나오는 낸시의 말도 그렇습니다. "전에도 말했듯이", "전에 말했던 그 사진들"이라는 표현이나, 빌이라고 부른다는 사실이—

휴고 프레이저　　같은 말을 반복하는 것 같지만, 그걸로 확실히 입증하기는 부족한 것 같습니다.

앨런 캐닝　　(힐끗 그를 보며) 그래요? 좋습니다. 그럼 이걸 한 번 보시죠.

앨런이 노트북을 열고 메인 스크린에 연결한다. "형사실, 수사 카드"라는 제목이 붙은 서류가 뜬다.

미첼 클라크   저게 뭐죠?

앨런 캐닝   이건 뉴욕 경찰국의 수사 카드입니다. 실제로 여기에 적힌 사람에 대해 정보를 파악해달라고 순찰 경관에게 요청하는 겁니다. 그 사람이 어떤 범죄의 증인일 가능성이 있거나 체포할 이유가 있거나, 아니면 어떤 의미로든 관심 인물이기 때문이죠.
  지금 보시는 건– (손짓하며) 에릭 드와이트 풀턴에 대한 수사 카드입니다.

형사과 수사카드						
작성일	1997. 9. 8	관리번호	774/813			
성	풀턴	이름	에릭 드와이트			
최근 주소 (아파트 호수, 거리명, 주, 우편번호)	6호, 웨스트그린힐 가 8495, 브루클린, NY11229					
성별 / 인종	남성 / 백인	생년월일 / 1966. 3. 11	사회보장번호 / ▨▨▨▨▨▨	신장 / 몸무게	185cm / 77kg	머리색 / 금발	눈동자색 / 푸른색
가명 및 별명	알려진 바 없으나 있을 수 있음			민원번호	66565/090/G	
수사 사유 ☑ 범죄자 체포 가능 사유 있음 ☐ 용의자 체포 사유 불충분		유의 사항 도주 위험 있음				
범죄 혐의	절도 및 사기		가정폭력 여부 / N			

JJ 노턴   (스크린을 살펴보며) 그렇군요. 그럼 로즈 슐먼의 돈을 빼돌린 후에 작성된 게 분명하겠네요–

앨런 캐닝   사실 그녀가 죽은 후의 일입니다. 그때서야 공식적으로 고소가 진행되었기 때문이죠.

JJ 노턴   그래도 난 아직 이게 무슨 의미인지 잘 모르겠습니다. 이미 알고 있던 정보잖아요.

앨런 캐닝   맞아요. 우리도 알고 있었습니다. (자판을 건드리며) 그렇지만 **이건** 몰랐던 사실이죠.

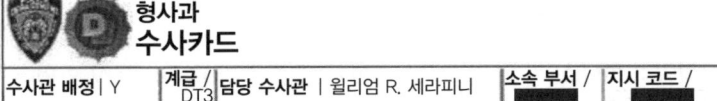

JJ 노턴   (충격을 받은 표정으로 빌에게) 이 사건을 **당신이 맡았어요?** 왜 아무 말도 안 했습니까?

빌 세라피니   (자세를 고쳐 앉으며) 대놓고 부정한 기억은 없습니다.

라일라 퍼니스   그건 아니죠, 빌. 저기 뭐라고 나와 있죠? 당신이 바로 저 사건의 "담당 수사관"이었다는 말은 아예 꺼내지도 않았잖아요.

빌 세라피니   내가 그 이야기를 까먹었다면—

앨런 캐닝 (조용히) 단순히 "까먹은" 정도가 아니죠.

앨런이 다시 자판을 건드린다. 이전에 방영된 회차의 일부가 나온다.

라일라 퍼니스 그럼 이 사기꾼이 1990년대 중반에 뉴욕에서 활약했다고 생각하십니까? 당시에 현역 뉴욕 경찰이셨죠?

빌 세라피니 그렇습니다.

라일라 퍼니스 그럼 그 당시 이와 관련될 만한 사건들이 있었는지 기억나는 건 없나요?

빌 세라피니 워낙 오래 전 일이라서요, 라일라 박사님. 게다가 워낙 큰 도시니까요. 하지만 뉴욕에 있는 후배들이 뭔가 알아내는 게 있을지 기다려보죠.

장면 전환 카메라가 와이드 샷으로 출연진 전체를 비춘다. 누구도 시선을 마주치지 않는다.

휴고 프레이저 지금 생각해보니 마지막 대답은 전형적인 변호사들의 대답이군요. 엄격히 말하면 거짓말은 아니지만 그렇다고 진실도 아니죠. **전혀**요.

라일라 퍼니스   (빌을 쳐다보며) 그러니까 처음부터 에릭 풀턴에 대해 알고 있었군요.

빌 세라피니   그렇게 간단한 이야기가 아닙니다—

미첼 클라크   도대체 왜 말을 안 한 겁니까? 좋아요, 설사 처음에는 에릭과 루크 라이더가 같은 사람이라는 걸 몰랐다고 쳐도 그 사실이 명백해진 순간에—

앨런 캐닝   처음부터 그 사실을 명백히 알고 있었던 겁니다. 빌은 우리보다 세 발자국이나 앞서 있었으니까요.

라일라 퍼니스   (여전히 창가에 서 있는 닉을 향해) 당신도 알고 있었어요?

JJ 노턴   (빌에게) 당신은 처음부터 풀턴의 행적을 좇고 있었군요, 그렇죠? 내 말이 맞죠?
  로즈 슐먼 사건에 대해 알고 있었고, "에릭 풀턴" 행세를 하는 자가 이미 최소한 한 사람의 신원을 훔쳤다는 것도 알고 있었고, 진짜 에릭 풀턴은 십중팔구 죽었을 거라는 점도 다 알고 있었어요—

빌 세라피니   잠깐만요, 그건—

JJ 노턴   (스크린을 가리키며) 저 서류에 적혀 있는 날짜가 1997년 9월입니다. 당신은 이 사건에 **25년째** 매달려 있어요.

앨런 캐닝   당신의 동료와도 통화했습니다. 당신의 부하였다던 경찰 말입니다. 그 사람 말로는 당신이 풀턴 사건에 **집착했다고** 하더군요. 심지어 상관이 중단하라고 했는데도 당신은 포기하지 않았다고요. 야근에 주말 근무도 마다하지 않고—

빌 세라피니   (무시하듯이) 과장하는 겁니다—

앨런 캐닝   또 당신이 은퇴한 후로 쭉 슐먼 사건을 조사하고 있었다고 했습니다. 앨라배마에 가고, 심지어 정말 **베이루트**까지 갔다고—

카메라 무빙   출연진을 비춘다. 모두 놀라서 입을 벌리고 있다.

JJ 노턴   (빌과 앨런을 번갈아 쳐다보며) 기가 막히는군요. 그게 진짜입니까?

앨런 캐닝   진짜입니다.
  그래서 폭격으로 죽은 사람이 루크 라이더라는 사실도 알아낸 거고, "에릭 풀턴"의 행방이 묘연해졌다는 것도 알게 된 겁니다.
  (빌을 향해서) 내 말이 틀렸다고 하시겠습니까?

빌 세라피니   아니요. 하지만 아까도 말했듯이 그렇게 간단한 문제가 아닙니다―

JJ 노턴   (천천히, 모든 이야기를 꿰어맞추듯) 그러니까 지금 여기서 무슨 일이 일어나고 있는지 이제 알겠어요. **우리**가 알아낸 조사 내용을 이용해서 **당신**의 사건을 해결하려는 거였어요.
  당신은 결국에는 우리도 라이더가 진짜 라이더가 아니었다는 사실을 알아낼 거라고 예상했고, 만약 우리끼리 알아내지 못하고 헤매면 제대로 된 방향으로 가도록 슬쩍 밀어줄 준비를 하고 기다렸군요―

앨런 캐닝   (그를 가리키며) 바로 그겁니다, JJ. 정확히 파악했어요.

앨런이 다시 자판을 건드린다. 또다른 이전 회차의 영상이 뜬다. 이번에는 빌이 메모판에 "에릭 풀턴"의 사진을 붙이는 장면의 편집본이다.

빌 세라피니   맞습니다. 이 남자가 1995년 11월에 시드니를 떠났고, 1997년 8월 베이루트에서 일어난 버스 폭탄 테러에서 부상을 당했습니다.
  다만 부상을 당한 정도가 아니었습니다.
  그는 그 자리에서 사망했습니다.
  우리가 쫓고 있는 남자, 그리스에서 루퍼트 하워드를 만난 남자,

캐럴라인 하워드와 결혼했고 그녀의 정원에서 살해당한 남자, 그 남자는 루크 라이더가 아닙니다.

가짜죠.

장면 전환 출연진.

휴고 프레이저   (무미건조하게) 루크만이 아니었군요. 당신도 정확히 당신이 말했던 사람은 아니었네요, 빌.

빌 세라피니   에이, 그건 아니죠-

미첼 클라크   이제 빵빵 터뜨리던 당신의 그 놀라운 정보가 어디서 왔는지 알겠어요. 미리 잘 준비된 폭탄 창고를 가지고 있다면 터뜨리는 건 식은 죽 먹기죠.

라일라 퍼니스   (눈을 가늘게 뜨고 다시 닉을 보며) 내 질문에 아직 대답하지 않았습니다. **당신**도 알았어요? 빌이 이 사건에 대해 반 이상 앞서고 있어서 이 시리즈에 참여시킨 게 아닌가요?
　뉴욕 경찰국 전체에서 이 사건을 제일 잘 아는 은퇴한 전직 경찰관을 어쩌다 우연히 알게 됐다는 건 터무니없는 소리 같은데요-

닉 빈센트   (두 손을 올리며) 라일라 박사님, 난-

휴고 프레이저   (비아냥거리며) 당연히 그런 사람을 참여시키면 굉장한 프로그램이 나오겠죠. 안 그래요, 닉? 이미 알고 있는 정보로 새로운 발견이니 대단한 폭로니 하면서 당신 입맛에 맞게 연출할 수 있을 테니—

미첼 클라크   (고개를 끄덕이며) 완벽한 이야기가 나오겠죠.

닉 빈센트   빌, 이봐요, 뭐라고 말 좀 해봐요.

침묵이 이어진다. 모두 빌을 보고 있다.

휴고 프레이저   다들 기다리고 있습니다.

빌 세라피니   (깊이 숨을 들이마시고) 이 시리즈가 제작된다는 소문을 들었습니다. 영국의 어떤 제작사가 루크 라이더 사건에 관한 프로그램을 준비하고 있다는 소식이었어요. 물론 나도 흥미가 생겼죠. 그건 사과할 일이 아니라고 생각합니다.

JJ 노턴   그러니까 심지어 그때도 당신은 에릭 풀턴과 루크 라이더가 동일 인물임을 알고 있었다고 인정하는 셈이군요.

빌 세라피니   그렇습니다.

출연진이 제각기 화를 내며 웅성거린다. 빌이 두 손을 들어올린다.

빌 세라피니   좋아요, 사과하겠습니다. 하지만 이 시리즈에 출연하고자 한 것은 사과하지 않겠습니다. 내게는 이게 슐먼 집안이 의뢰한 사건을 완전히 종결할 단 한 번의 최고의 기회가 되리라고 생각했습니다.

라일라 퍼니스   그렇지만 에릭에 관해 안 지 몇 년 됐다고 했잖아요, 그 정도면 충분한 "종결" 아닌가요? 슐먼 집안은 왜 지금까지 당신을 고용하고 있는 거죠? 도대체 뭘 찾기를 바라는 거예요?

빌 세라피니   간단합니다. 슐먼 집안의 돈이죠. 정체를 알 수 없는 이 남자의 신원을 정확히 파악하면, 사라진 돈을 찾을 수도 있으니까요.
　어딘가에 그의 본명으로 만들어진 은행 계좌가 있을지도 모릅니다. 로즈 슐먼의 카르티에 다이아몬드는 말할 것도 없고요―

휴고 프레이저   물론 당신도 얼마나 많이 찾느냐에 따라 수당을 받겠죠. 그럴 수만 있다면―

빌 세라피니   (그를 무시하며) 그래서 슐먼 집안이 지금도 내게 사건을 맡기는 겁니다. 그래서 나도 이 프로그램 이야기를 들었을 때 닉에게 연락한 거고요.

휴고 프레이저   그럼 방금 우리에게 한 이야기를 닉에게도 했습니까?

빌 세라피니   일부는요. 가짜 "에릭 풀턴"이 베이루트에서 루크 라이더의 신분을 훔쳤다는 사실을 확인했다고 말했습니다. 그 사실을 알아냈을 때 솔직히 뿌듯했어요.

내가 처음 이 사건을 맡았던 게 1997년 현역 경찰 시절이었습니다. 풀턴은 이미 자취를 감춘 지 오래였고 그가 어디로 사라졌는지 아무도 몰랐어요. 그리고 오랫동안 그 상태로 남아 있었죠.

그러나 내가 은퇴한 뒤 슐먼 집안에서 이 사건을 다시 한번 조사해달라고 부탁했고, 그때 레바논 사건과의 연관성을 알게 되었습니다. 그 폭탄 공격에 관한 CNN의 옛날 영상 속에서 문득 낯익은 얼굴을 발견했지요…….

자료 화면   베이루트 사건에 관한 실제 뉴스 영상. 아수라장이 된 길거리, 부상자들이 실려 간 병원. 한쪽 눈에 붕대를 감고 침대에 누워 있는 남자의 모습에서 화면이 정지된다. "에릭 풀턴"이다.

미첼 클라크   제길– 지금까지 줄곧 우리 코앞에 있었잖아요.

빌 세라피니   그렇습니다. 그래서 그가 병원에 실려 갔을 때 어떤 이름을 썼는지 확인하려고 직접 베이루트로 날아간 겁니다.

JJ 노턴   설마, 그게 루크 라이더였군요.

빌 세라피니   맞습니다. 그래서 그 이름을 가진 남자를 찾기 시작했죠. 그리고 찾았습니다. 처음에는 아소스에서, 그후에는 마침내 런던에서 찾았어요. 그다음은 여러분도 다 아는 내용입니다.

앨런 캐닝   하지만 그게 다가 아닐 텐데요? 어림도 없죠.
 우리에게만 이야기하지 않은 게 아니라 런던 경찰청 팀에도 아무 말도 하지 않았어요.
 당신이 "루크"에 대해 알고 있는 정보는 아무에게도 알리지 않고 혼자서만 챙겼죠. 심지어 그가 사기꾼이라는 사실이 살인사건 수사에 중요한 새 증거가 될 수 있는데—

빌 세라피니   (말을 끊으며) 그 이야기를 알리려던 차에 이 시리즈에 관한 소문을 들은 겁니다. 그래서 몇 주일 정도 늦게 말해도 별 차이가 없으리라고 생각했어요. 어차피 20년이나 지난 일이니까요.

JJ 노턴   런던 경찰청에 넘기기 전에 당신이 직접 해결하고 싶었군요. **당신**이 이 사건을 해결한 영웅이 되고 싶었던 거예요—

빌 세라피니   (고개를 저으며) 그런 건 아닙니다. 사실—

휴고 프레이저   빌어먹을, 당신은 경찰, 아니 **경찰이었던** 사람입니다. 런던 경찰청에 그런 사실을 알려야 할 **의무**가 있는 사람이잖아요.

빌 세라피니   (어깨를 으쓱하며) 틀린 말은 아닙니다. 내 잘못이에요. 하지만 지금은 런던 경찰청도 다 알게 되었잖아요?

라일라 퍼니스   우리에게 숨기는 게 또 있습니까? 아직 터뜨리지 않은 폭탄이 또 있어요?

빌 세라피니   정말 없습니다.

라일라 퍼니스   분명해요?

빌 세라피니   스카우트의 명예를 걸죠.

그가 미소 짓지만 아무도 웃지 않는다.

앨런 캐닝   (차분한 목소리로) 2003년 10월 3일 밤에 어디에 있었습니까?

빌 세라피니   (그를 쳐다보며) 진담입니까?

앨런 캐닝　　물론 진담입니다.

빌이 홧김에 뭐라고 하려다가 가까스로 마음을 가다듬는다.

휴고 프레이저　　솔직히 터무니없는 질문은 아닌 것 같습니다.

앨런 캐닝　　당연한 질문이지요.
　(빌을 향해) 다른 누구보다도 당신이 라이더의 위치를 알아냈을 가능성이 크니까요. 돈과 보석을 내놓으라고 다그치고, 그는 거절하고, 그러다 싸움이 나서―

빌 세라피니　　(고개를 저으며) 그런 일 없었습니다. 2003년에는 "에릭 풀턴"과 "루크 라이더"가 동일 인물이라는 사실도 몰랐으니까요. 그건 한참 후에 알게 된 겁니다. 퇴직한 후에요.

앨런 캐닝　　그러니까 당신 얘기는―

빌 세라피니　　그걸로도 충분하지 않다면, 난 그해 10월 내내 미국에 있었습니다.

앨런 캐닝　　그거 참 편리하군요. 물론 증명할 수 있겠죠?

빌 세라피니　　(그를 빤히 쳐다보며) 꼭 그래야 한다면요.

앨런 캐닝 그거 흥미롭군요. 사실 닉이 보낸 촬영 개시 이메일의 수신자 목록에서 당신 이름을 봤을 때부터 뭔가 걸리는 게 있었습니다.

"세라피니", 꽤 독특한 성이잖아요? 분명 전에 어디선가 들어본 것 같았죠. 그리고 기억이 났습니다. 예전에 내가 참석했던 런던 경찰청과 뉴욕 경찰국의 합동 학회 참석자 명단에서 본 이름이었어요.

(A4 용지를 들어올리며) "21세기 도심 치안", 10월 1일부터 4일, 윈저, 에던 파크 호텔—

(잠시 멈췄다가) 2003년.

빌 세라피니 참석은 못 했습니다.

앨런 캐닝 오, 그래요?

빌 세라피니 (감정을 누르려 애쓰는 기색이 역력한 말투로) **그렇습니다.** 출발 직전에 업무상 큰일이 터져서 갈 수가 없었습니다. 원하신다면 직접 확인해보시죠.

앨런 캐닝 그럴 생각입니다.

두 사람이 적개심을 숨기지 않고 서로를 노려본다. 어색한 침묵이 이어지고, 라일라가 헛기침하고 탁자 주위를 둘러본다.

라일라 퍼니스   그래서 이제 우리에게 남은 일은 뭐죠? 빌에게 분개하는 일 외에요.

JJ 노턴   (고개를 들며) 사실, 내가 할 말이 좀 있습니다.

JJ가 일어서서 메모판으로 다가가 붙어 있는 사진 가운데 한 장을 가리킨다.

JJ 노턴   이 사진 기억하십니까? "루크"가 지갑 속에 가지고 있던 사진인데 우리 모두 오스트레일리아에서 찍었을 거라고 생각했죠.

카메라 무빙   여자와 금발 소년이 단층집 앞에 서서 찍은 사진을 가까이 잡는다. 집 뒤로 콘크리트 배수탑이 보인다.

JJ 노턴   한동안 이 사진에 대해 생각했습니다. 이론상으론 맨 처음에 우리가 추측했던 사진이 맞을 수도 있습니다. 그러니까, 버스에서 폭탄이 터질 때 진짜 루크 라이더가 배낭 속에 가지고 있었던 그 자신의 모습이라는 거죠.

휴고 프레이저   그걸 "에릭"이 발견했고 자기가 훔친 신원을 뒷받침할 때 유용하겠다고 생각해서 간직하고 있던 거 아니겠어요? 플로렌스 라이더에게 보여주거나 할 때 말이죠.

JJ 노턴   정확히 그렇게 생각했죠. 그런 이유를 생각하면 왜 간직했는지 이해할 것 같았어요. 자기를 증명하는 데 아주 유용하게 쓰일 테니까요. 그런데 간직하는 건 간직하는 거고, 그걸 **지갑** 안에 넣고 있는 건 별개라고 생각합니다.

기억하시겠지만 저건 그가 지갑 속에 가지고 있던 유일한 사진이었어요. 내가 생각할 땐 훨씬 더 개인적인 의미가 담겨 있을 것 같습니다.

라일라 퍼니스   그렇네요. 훨씬 더 친밀하고 개인적인 "정체성" 같은 느낌이에요.

미셸 클라크   미안하지만 난 이해하기 어려운데요. 그럼 이 사진이 "에릭 풀턴"의 사진이고, 우리가 생각했던 것처럼 캘굴리에서 찍은 게 아니라 앨라배마에서 찍은 사진이라는 건가요?

휴고 프레이저   (고개를 저으며) 그건 아니에요. JJ의 논리가 맞을 수도 있어요. 우리는 이 남자가 루크 라이더가 아니듯이 진짜 에릭 풀턴도 아니라는 걸 알고 있습니다. 진짜 에릭의 사진이라면 그에게 개인적인 의미는 전혀 없겠죠. 그러니 그걸 소중하게 지니고 다닐 이유도 없을 거고요.

JJ 노턴   (고개를 끄덕이며) 바로 그겁니다. 난 이 사진이 그가 **이름을 훔친 사람들**이 아니라 진짜 **그 남자**의 사진이라고 생각합니다. 그가 유일하게 간직하기로 작정한 진짜 자기 과거의 전리품인 셈이죠. 무슨 이유인진 모르겠지만요. 그렇다면-

휴고 프레이저   그럼 이 사진을 찍은 **장소**가 어디인지 알아낼 수 있다면 그가 **누구**인지 밝힐 수도 있겠군요.

JJ 노턴   (그를 가리키며) 일거양득이 될 수 있죠.

빌 세라피니   (얼굴을 찌푸리며 낮은 소리로 중얼거린다) 빌어먹을 내가 왜 그 생각을 못 했지?

앨런 캐닝   그 논리에는 동의합니다만 실제로 그렇게 **하기란** 생각보다 훨씬 어려울 겁니다. (사진을 가리키며) 보세요. 저런 곳은 어디에나 있어요.

휴고 프레이저   (JJ에게) 혹시 저 배수탑만으로 지역을 확인하는 게 가능할까요?

JJ 노턴   (웃으며) "가능할까요" 정도가 아닙니다.

그가 자리로 돌아가 자판을 건드린다. 배수탑 사진이 확대된다. 디지털 방식을 통해서 배수탑 사진의 화질이 향상되었고, 그 결과 왼쪽에 적혀 있는 글자의 일부를 볼 수 있다. 어떤 단어의 끝부분이다.

미첼 클라크   (앞으로 몸을 내밀며) 저게 뭐죠? GH?

JJ 노턴   UGH입니다.

라일라 퍼니스   그러니까 저 동네 이름이 UGH로 끝난다는 건가요? 그러니까 무슨 무슨-borough처럼?

JJ 노턴   네, 지금은 그렇게 추정하고 있습니다.

앨런 캐닝   찾는 게 쉽지 않을 겁니다. 그런 이름을 가진 동네가 족히 수백 군데는 넘을 텐데요.

JJ 노턴   (차분하게) 영국을 생각한다면 물론 그 말이 맞습니다. 하지만 영국에서 배수탑이 있는 동네는 몇 안 되기 때문에 확률은 희박합니다. 반면 미국에서는 배수탑이 흔하죠. 옛날 영화 몇 편만 봐도 알 수 있어요. 그런데 저것과 비슷한 이름을 가진 미국 도시는 대개 "B-O-R-O-U-G-H"가 아니라 "B-O-R-O"로 끝납니다.

빌 세라피니   그건 내가 보증할 수 있어요.

아무도 들은 척하지 않는다.

JJ 노턴   그런데 저런 식으로 끝나는 이름이 흔한 나라가 한 군데 또 있습니다. 물론 역사적인 이유 때문이죠.
　캐나다입니다.

라일라 퍼니스   캐나다요?

JJ 노턴   네. 도시 이름이 UGH로 끝나고 배수탑이 있는 도시를 교차 확인한 다음, 그 배수탑들을 일일이 확인하면 이곳이 나옵니다.

JJ가 자판을 건드리자 구글 이미지들이 몽타주로 이어진다. 출연진은 두 번째 줄에 있는 사진 한 장을 금방 알아본다.

라일라 퍼니스   (손으로 가리키며) 저기가 어디죠?

JJ 노턴   저곳은 뉴브런즈윅 주의 플램버러입니다, 라일라 박사님.

라일라 퍼니스   캐나다 지리는 잘 몰라서—

JJ 노턴   (웃으며) 걱정 마십시오. 나도 마찬가집니다.

JJ가 자판을 건드려 플램버러의 위치가 표시된 캐나다 지도를 띄운다.

뒤이어 1970년대와 1980년대 플램버러 이미지들의 몽타주가 이어진다. 원래 사진이 찍힌 장소와 같은 곳임을 분명히 알 수 있다.

미첼 클라크 말 한 마리 있을까 말까 한 전형적인 시골 동네처럼 보이네요—

휴고 프레이저 (작은 소리로) 무스가 더 어울리겠네.

JJ 노턴 (웃으며) 틀린 말은 아니죠. 심지어 지금도 거주민의 수가 겨우 1,000명을 넘어서는 정도입니다.

라일라 퍼니스 그럼 우리가 찾는 남자를 어렵지 않게 추적할 수 있겠네요?

JJ 노턴 글쎄요, 이론상으로는 그렇습니다만, 너무 기뻐

하지는 마십시오. 그의 나이를 모르기 때문에 그쪽으로 범위를 좁힐 수 없고, 인터넷에 현지 고등학교 정보도 별로 없습니다.

라일라 퍼니스   하지만 구글 맵 같은 걸 이용하면 저 집을 찾을 수 있지 않을까요?

JJ 노턴   그렇게도 시도해봤는데 아무것도 발견하지 못했습니다. 그 장소로는 거리 뷰도 없었어요. 하지만 우리가 직접 가서 찾아볼 수는 있겠지요.
그래서 타렉과 내가 내일 이 시간쯤에 뉴브런즈윅으로 가는 비행기표를 예매했습니다.

라일라 퍼니스   마침내 약간의 진전이 생겼군요.

미첼 클라크   정말 그런 것 같네요. 수고하셨습니다, JJ. 훌륭해요.

JJ 노턴   (씩 웃으며) 내 안에 적당히 숨겨져 있던 똘끼 덕분입니다. 그리고 지난주에 빈달루(**보통 고기와 함께 조리하는 인도의 매운 카레/옮긴이**)로 과식을 한 탓에 토요일에 밤새 잠들지 못하고 "배수탑"만 폭풍 검색한 덕분이죠.

빌 세라피니   내 담당 사건 중에서도 이런 식으로 반전을 맞이

한 경우가 허다합니다. 별것 아닌 듯 보였던 세부 사항 덕분에 막혀 있던 것이 풀리고 문제 해결의 실마리를 찾은 경우가 많았어요. 아무튼 나도 미치와 같은 생각이에요. 정말 훌륭합니다, JJ.

출연진이 서로 눈빛을 교환할 뿐 아무도 빌에게 대꾸하지 않는다.

페이드아웃
장면 전환 도니 저택. 시간이 흘렀음을 알 수 있다. 출연진이 다시 거실에 모여 있고 메모판과 사진들, 스크린이 설치되어 있다. 방 안이 전체적으로 어둡고 밖에는 세차게 비가 내린다.

빌 세라피니 (명랑한 척 다소 과장되게) 역시 영국의 여름 날씨는 기대를 저버리지 않는군요.

미첼 클라크 살다 보면 결국 익숙해집니다.

휴고 프레이저 (초조하게) 그래서 어떻게 됐어요, JJ? 당신도 마운티(캐나다 경찰을 부르는 말로 "범인을 잘 잡는다"라는 슬로건으로 유명했다/옮긴이)처럼 "범인을 잡았어요"?

JJ 노턴 (씩 웃으며) 센스 있으시네요, 휴고. 맞습니다. 다행히 타렉과 내가 얼어붙은 북쪽 동네까지 가서 빈손으로 돌아오지는 않았습니다.

장면 전환 JJ와 타렉이 뉴브런즈윅 주 플램버러의 번화가에 서 있다. 길 한쪽에는 침구류 상점이 있고, 맞은편에 서브웨이 샌드위치 가게와 부동산이 보인다. 길가에 주차된 차들, 거리에 오가는 사람들과 카페의 야외 탁자에 앉아 있는 사람들이 보인다. 전에 봤던 옛날 사진과 비교해 훨씬 번성한 모습이다. 화면 앞쪽에서는 타렉이 휴대전화를 보고 있고, JJ는 자동차 후드 위에 지도를 펼쳐 들여다보고 있다.

JJ 노턴 배수탑은 이쪽에서 북동쪽에 있었으니까, 내가 볼 때 그 집은 아마 – (고개를 들고 손으로 가리키며) 저쪽에 있을 것 같아요.

타렉 오스만 (휴대전화를 보며) 네, 그런 것 같습니다.

장면 전환 JJ와 타렉이 원래 사진 속 집이 분명해 보이는 집 밖에 서 있다. 화면이 현재의 집 모습이 사진 속 옛날 집 위에 겹쳐지도록 재현했다가 다시 현재로 돌아온다.
　집은 예전보다 넓게 확장되었고 앞마당은 주차 공간을 위해 콘크리트 포장을 했다. 큰 SUV 한 대가 후진해서 진입로로 들어간다. 배수탑은 옛날보다 훨씬 많이 자란 나무 때문에 잘 보이지 않는다. JJ가 카메라를 보고 말한다.

JJ 노턴 보시다시피, 저 집이 우리가 찾는 그 집이 맞는 것 같습니다. 그리고 타렉 덕분에 지금 저 집에 누가 사는지 확인했습니다. 하지만 저 사람들이 우리가 찾는 남자와 연관이 있는지 없는지는 알 수 없죠.

그래서 조심스럽게 접근할 필요가 있습니다. 일단 카메라 없이 내가 먼저 가서 살펴보겠습니다.

카메라 무빙 집으로 향하는 JJ의 뒷모습을 따라간다. JJ가 초인종을 울리고 문 앞에서 기다린다. 문이 열리고 엉덩이께에 아기를 걸치듯 안은 여자가 나온다. 여자와 아기의 얼굴은 모자이크 처리되었다. JJ가 자기소개를 하고 그녀에게 사진을 보여준다. 그녀가 고개를 끄덕이며 손가락으로 사진을 가리키고 둘은 잠시 대화한다. 잠시 후 JJ가 그녀에게 인사를 하고 돌아서서 서둘러 타렉과 촬영팀이 있는 곳으로 온다.

JJ 노턴 (사진을 흔들며) 운이 좋네요. 저분이 사진 속 여자를 알아봤어요. 현재 여기 남아 있는 가족은 한 명도 없지만, 그들을 잘 아는 은퇴한 목사가 아직 이 동네에 산답니다.

장면 전환 인터뷰. 깔끔하지만 살짝 허름하고 오래된 집 안. 목제 안락의자에 체크무늬 셔츠와 바지를 입은 왜소한 노인이 앉아 있다. 돋보기 안경에 연결된 가죽끈을 목에 걸고 있다. 뒤로 보이는 벽에는 천사들과 어린아이들에게 둘러싸여 환하게 웃는 예수를 그린 파스텔 그림이 걸려 있다. 노인은 족히 80대는 되어 보이지만 정정하다. 젊은 시절에는 상당한 카리스마가 있었을 듯하다. "폴 코마이어, 플램버러의 세인트로런스 교회 퇴직 목사"라는 자막이 뜬다.

JJ 노턴   코마이어 목사님, 1960년대에 그리널 가에 있는 집에 살던 가족을 잘 아신다고 들었습니다. 목사님 교회에 다니던 신자들이었다고 하던데요?

코마이어 목사   그렇습니다. 매케너 가족이죠. 로런스와 그의 아내 마리는 아주 좋은 사람들이었습니다. 종교적인 교리를 잘 따르는 사람들이었어요.

JJ 노턴   부부에게 자녀가 있었습니까?

코마이어 목사   둘이었어요. 레베카와 조나. 레베카가 첫째고 한참 후에 조나가 태어났습니다. 매케너 부부는 거의 포기하고 있었던 것 같아요. 마리는 둘째가 태어난 것이 기적이라고 했거든요.

JJ 노턴   그럼 좀 응석받이로 자랐겠네요?

코마이어 목사   첫째든 둘째든 해달라는 대로 해줄 돈이 없었을 겁니다. 래리가 수입이 변변찮아서 아이들이 힘들었을 거예요. 친구나 동급생들이 가진 물건을 가져본 적이 없었을 테니까요.

JJ 노턴   저도 그게 어떤 건지 잘 압니다. 그래도 다른 면에서 "응석받이"로 키울 수도 있죠. 집안 분위기는 화목했습니까?

코마이어 목사   꼭 그렇다고 할 수는 없어요. 솔직히 말하면 로런스는 꽤 엄격한 아버지였어요. 하지만 마리는 조나를 좀 애지중지하며 키운 것 같아요. 조나가 재채기를 하거나 무릎이 살짝 까지기만 해도 호들갑을 떨곤 했으니까요. 너무 오래 기다려서 얻은 아이라서 행여 어떻게 되지나 않을까 늘 노심초사했던 것 같습니다.

JJ 노턴   (몸을 앞으로 내밀며) 우리에게 보여줄 사진이 있으시다고 들었는데요?

코마이어가 옆에 놓인 탁자로 손을 뻗어 오래된 사진첩을 끌어다 무릎에 올려놓고, 안경을 쓰고 사진첩을 편다. 종이가 바스락거릴 정도로 오래된 사진첩이다.

코마이어 목사   집사람이 주일 아침에 성경학교를 운영했습니다. 레베카와 조나도 다녔지요. 조나가 좀 컸을 때 레베카는 졸업하고 여러 활동을 담당했어요. 레베카는 늘 아이들을 좋아했거든요.

코마이어 목사가 JJ에게 손짓을 하자 JJ가 의자를 끌어당겨 가까이 앉는다. 카메라가 코마이어 목사의 어깨 너머를 클로즈업해서 여러 장의 사진을 비춘다. 예닐곱 명의 아이들이 얌전히 앉아 은발 여자가 읽어주는 성경 이야기를 듣는 사진, 운동회날 찍은 사진, 검은 머리 소녀가 마리아 역할을 하고 키가 작은 금발 소년이 북슬북슬한 빨강 수염을 붙이고 요셉 역할을 맡은, 예수 탄생 연극의 한 장면을 찍은 사진도 보인다.

카메라가 단체 사진에서 멈춘다. 아이들이 일렬로 죽 서 있고 나이 지긋한 여자가 한쪽에, 키가 크고 붉은 머리에 안경을 쓴 젊은 여자가 반대쪽에 서 있다. 누군가 사진 아래쪽에 아이들의 이름을 단정한 글씨로 적어놓았다. 붉은 머리 여자가 "레베카", 예수 탄생 연극에서 마리아를 맡은 소녀가 "줄리-앤", 요셉 역할은 "조나". 조나는 앞면에 고래 그림이 그려진 티셔츠를 입고 레베카 옆에 서 있다. 레베카는 한 손으로 그의 어깨를 감싸고 있다.

코마이어 목사   (손짓하며) 이게 레베카의 글씨예요.

JJ 노턴   티셔츠에 있는 고래 그림은 일부러 그린 것 같은데요?

코마이어 목사   (웃으며) 조나가 가장 좋아하는 성경 이야기였어요. 이름이 그러니 당연하죠(**조나의 이름은 고래에게 삼켜졌다가 구원을 받는 성경 속 인물 요나와 같다/옮긴이**).

JJ 노턴   레베카가 동생을 상당히 보호하는 느낌인데요.

코마이어 목사   네, 늘 그랬어요. 조나가 아홉 살쯤이었을 때 한번은 같은 반 학생이 다른 남학생의 물건을 훔치고는 조나가 그랬다고 뒤집어씌운 일이 있었습니다.
그때 잘못을 저지른 학생의 부모를 찾아가서 거짓말한 사실을 털어놓으라고 끝까지 물고 늘어진 게 레베카였습니다. 로런스도 마리도 아니었죠. 그 애 성격이 그랬어요. 상황이 바로잡히지 않으면 절대 포기하지 않았고 결국 잘못한 학생은 처벌을 받았습니다.

JJ 노턴   그녀는 지금 어디에 있습니까?

코마이어 목사   여길 떠났어요. 간호사가 되겠다고 했죠. 마지막으로 소식을 들었을 땐 외국에서 어려운 사람들을 돕는 자선단체에서 일한다고 들었습니다. "국경 없는 의사회"였던 것 같아요.
 (한숨을 쉬며 고개를 젓는다) 레베카는 조나의 죽음에 엄청난 충격을 받았어요. 식구들 다 그랬죠. 마리는 다시 예전 모습으로 돌아오지 못했어요.

JJ 노턴   (깜짝 놀라며) 조나가 **죽었다고요?**

코마이어 목사   열일곱 살 때 죽었어요. 여름방학 동안 노바스코샤 주 핼리팩스 위쪽에 있는 동네에서 아르바이트 자리를 구했어요. 어떤 선생님이 추천해준 자리였죠. 지인이 부유한 요트 정박지에서 일했다더군요. 왜 그런 곳 있잖아요, 호화스러운 술집들이 즐비하고 여름 동안 뉴요커들이 몰려와서 지내는 동네 말입니다.
 조나는 당연히 보트에 대해서 아는 게 없었어요. 이 동네에는 바다가 없으니까요. 하지만 잘생기기도 했고 열심히 하겠다고 해서 즉시 채용되었습니다.

JJ 노턴   그래서 어떻게 됐습니까?

코마이어 목사   (한숨을 쉬며) 매력이 **지나쳤던** 모양이지요. 내 말이 무슨 뜻인지 알 겁니다. 나중에 들리는 말로는 조나가 한 요트 주인의 부인과 불미스럽게 엮였다고 하더군요. 여자가 돈을 빌려 줬다던가, 조나가 교묘하게 돈을 얻어냈다던가, 아무튼 남편이 그 사실을 알게 되어서는-

JJ 노턴   어째 예감이 좋지 않은데요-

코마이어 목사   (고개를 저으며) 맞아요. 그 남편과 조나 사이에 과격한 다툼이 벌어졌고 결국 남편이 병원에 실려 갔습니다.
 몇 시간 뒤에 경찰이 조나를 찾으러 왔는데 자취를 감췄답니다. 처음에는 경찰들도 조나가 당황해서 도망을 쳤고 사태가 진정되면 돌아올 거라고 예상했다는데 뜻밖에 조나의 소지품들을 발견한 겁니다. 지갑과 여권까지 모두요.
 일주일 후에는 몇몇 옷가지가 해변으로 떠밀려왔는데 조나의 옷으로 밝혀졌습니다. 하지만 그들이 찾은 건 그게 전부였죠. 그래서 가족들은 몇 배나 더 힘들어했어요. 안장할 시신을 찾지 못했으니까요. 마리가 교회 경내에 기념비를 만들었는데 지금도 거기에 있습니다. 조나의 이름과 날짜, 그리고 고래 조각이 새겨져 있어요. 동네 석공에게 부탁해서 만들었죠. (고개를 저으며) 정말 슬픈 일이에요. (침묵)

JJ 노턴   인정 없는 소리로 들리지 않았으면 합니다만, 혹시 조나가 익사를 위장했을 가능성은 없습니까? 경찰이 그런 가능성도 조사해봤을까요? 난감한 상황에 부닥쳤으니 그럴 수도—

코마이어 목사   경찰도 그 가능성을 조사했던 걸로 아는데, 아무것도 발견하지 못했어요. 어디에서도 조나의 흔적을 찾을 수가 없었거든요. 하지만 레베카는 수년 동안 그 가능성에 매달렸어요. 언젠가는 꼭 조나를 찾을 거라고 항상 말하고 다녔죠.

(어깨를 으쓱하며) 나도 바보는 아닙니다, 노턴 씨. 멀쩡히 살다가 갑자기 자취를 감추고 다른 곳에서 새 삶을 시작하는 사람들도 **있죠**. 하지만 들키지 않고 성공하려면 엄청난 계획이 필요할 겁니다. 그때 조나는 겨우 열일곱 살이었어요. 그리고 솔직히 나이가 많았대도 그런 일을 꾸밀 만큼 영리해 보이지는 않았습니다.

게다가 그렇게 갑자기 가족들을 등지고 홀연히 사라져서 소식 한 줄 전하지 않을 리 없습니다. 특히 엄마와 누나에게 얼마나 큰 고통을 안겨줄지 알았을 테니까요.

JJ 노턴   아까 부모님이 모두 돌아가셨다고 하셨죠. 혹시 이곳 주민 중에서 아직 레베카와 연락이 닿는 사람이 있을까요?

코마이어 목사   (고개를 저으며) 내가 알기론 없습니다. 레베카 또래 중에 여기 남아 있는 사람은 거의 없어요. 젊은 사람들은 기회가 생겼다 하면 이곳을 떠나버렸으니까요.

JJ 노턴   (손을 내밀어 목사와 악수하며) 감사합니다, 목사님. 정말 큰 도움이 되었습니다.

장면 전환 스튜디오. 출연진이 탁자 주위에 앉아 있다.

빌 세라피니   정말 대단합니다, JJ. 내가 20년이 넘도록 찾아내지 못한 걸 일주일도 채 안 돼서 알아내셨어요.

휴고 프레이저   그럼 조나 매케너가 우리가 찾고 있는 남자라고 다들 확신하는 겁니까?

JJ 노턴   정확히 하려면 가족의 DNA가 필요하니 모든 건 레베카를 찾을 수 있느냐에 달려 있습니다. 그런 다음에 런던 경찰청이 보관 중인 "루크"의 파일 정보와 비교할 수 있겠죠.

미첼 클라크   "국경 없는 의사회"도 찾아봤어요?

JJ 노턴   찾아봤습니다만 아직 아무것도 발견하지 못했습니다. 타렉이 적십자와 국제 의료 구호단체인 "세계의 의사들", 그리고 "크리스천 에이드"와 같은 종교단체들과도 접촉하고 있습니다만 지금까지는 아무 소득이 없습니다.
　(탁자 주위를 둘러보며) 하지만 우리에겐 "루크"가 지갑에 간직하고 있던 그 집의 사진이 있습니다. 내 생각으로는 그가 사진을 간

직한 건 차치하고라도, 애초에 그 사진을 **손에 넣을 수 있었던** 이유가 바로 그 자신이 조나 매케너였기 때문이라고-

앨런 캐닝   (무시하는 투로) 그건 법정에서 인정받지 못할 겁니다-

JJ 노턴   (그의 말을 무시하며) 그리고 **이것도** 있습니다.

그가 타렉에게 고갯짓을 하자 타렉이 자판을 건드린다. 2장의 사진이 나란히 스크린에 뜬다. 왼쪽 사진은 성경학교에서 다른 아이들과 찍은 조나의 클로즈업 사진, 오른쪽 사진은 도니 저택에서 찍은 "루크"의 결혼식 사진 중 하나다. 2장의 사진이 나란히 놓여 있다. 타렉이 자판을 한 번 더 치자, 왼쪽 사진 속 소년의 얼굴이 변하기 시작한다.

JJ 노턴   보시다시피 타렉이 미래얼굴을 예측할 수 있는 끝내주는 소프트웨어를 찾았습니다.

조나의 얼굴이 어린이에서 청소년으로, 청년으로 점점 변하다가 이윽고 "25세" 얼굴에서 멈춘다. "루크"와 놀랄 만큼 닮았다.

JJ 노턴   혹시 궁금하실까 봐 말하자면 이 과정에 일체 손을 대거나 조작한 일은 없습니다. 그저 조나의 사진에 프로그램을 실행시켜 얻은 결과물입니다.

미첼 클라크   놀라운데요.

라일라 퍼니스   그러게요. 이걸 보니 당신이 정말 "범인을 잡은" 거 같은데요, JJ.

휴고 프레이저   그럼 이제 다음 차례는 뭐죠?

JJ 노턴   일단 캐나다 경찰에 도움을 요청했습니다. 그쪽에서 뉴욕 경찰국과 연락해서 1991년 노바스코샤에서 사라진 조나 매케너와 1995년 로즈 술먼의 돈을 훔친 "에릭 풀턴"이 관련이 있을지 조사하기로 했습니다.

빌 세라피니   (얼굴을 찌푸리며) 뉴욕 경찰국과 관련되는 일인데 나한테 말도 안 했어요?

JJ 노턴   닉이 말하지 말래서요. 미안합니다.

미첼 클라크   (숨죽여 라일라를 향해서 중얼거린다) 말만 저렇지 하나도 안 미안한 눈친데요. (라일라가 웃음을 참으려다 실패한다)

휴고 프레이저   (다소 신경질적으로) 그런 말할 처지가 아니지 않나요, 빌?

빌이 무슨 말인가 하려고 입을 열다가 그만둔다.

휴고 프레이저   (탁자 주위를 둘러보며) 그럼 또 누구 다른 사람 없으면 이제 끝난 건가요?

빌 세라피니   (그를 향해) 아, 아직 끝나려면 멀었습니다.

다른 출연자들이 다소 경계하는 눈빛을 교환한다. 표정으로 보아 빌은 뭔가 쓸 만한 정보를 숨기고 있는 듯하다.

휴고 프레이저   좋습니다, 빌. 말해보십시오. 뭘 알아냈습니까?

빌이 웃으며 카메라 뒤에 있는 닉을 향해 고갯짓한다. 스크린 속 화면이 빌의 사진으로 바뀐다. 이번에도 트레이드마크인 선글라스와 반소매 셔츠 차림으로 햇볕 아래 야외 탁자 앞에 맥주 한 잔을 놓고 앉아 있다.

미첼 클라크   (머리를 흔들며) 도대체 왜 나한테는 저렇게 좋은 기회가 안 오는 거죠?

라일라 퍼니스   (숨죽여 신경질적으로 중얼거린다) 어째 수상하게 피부가 까맣게 탔다 싶더니—

휴고 프레이저   잠깐만요, 저 바 어디서 본 적 있어요. 저기 타렉이 찾아갔던 그 장소 아닌—

빌 세라피니   (웃으며) 아소스요. 맞습니다.

라일라 퍼니스   아소스에 갔다고요? 하지만 난—

빌 세라피니   그쪽에서는 막다른 골목에 부딪혔다고 생각했다고요? 혹시 "루크"가 다른 연상의 여자에게 사기를 쳤다 해도 그 여자를 찾을 길은 없다고 생각했다고요?
 맞습니다. 우리 모두 그렇게 생각했었죠, 라일라 박사님. 하지만 앨런을 본받아서 내가 직접 가서 좀더 살펴보기로 했습니다.

앨런이 그를 흘깃 노려보면서도 말은 하지 않는다. 스크린에 나이 든 그리스 할머니들과 대화를 나누는 빌의 모습을 담은 영상이 뜬다. 대부분 고개를 젓거나 모르겠다는 표정이지만, 그중 한 사람이 고개를 끄덕이고 신이 나서 그리스어로 이야기하기 시작한다.

라일라 퍼니스   설마 누군가 그 여자를 기억한다는 거예요?

빌 세라피니   아, 그렇게 간단하진 않습니다.

휴고 프레이저   이해가 안 됩니다.

라일라 퍼니스　　나도요.

빌 세라피니　　미안합니다, 여러분. 앞으로 다시 돌아가보겠습니다. 좀 전에 말했다시피 난 아소스 조사에서 뭔가 놓치고 있는 건 아닌지 궁금해지기 시작했어요. 어쩌면 다른 각도에서 접근할 필요가 있을 것 같다는 생각이 들었죠.

라일라 퍼니스　　어떤 면에서요-?

빌 세라피니　　만약 우리의 추측대로 "루크"가 **정말** 거기서 다른 여자에게 사기를 쳤다면, 그리고 그 정도가 매우 심각해서 누군가 그를 찾아내서 죽이고 싶은 마음을 품을 정도였다면, 그 "누군가"는 어디에서부터 그를 찾기 시작했을까요?

라일라 퍼니스　　아, 무슨 말인지 알 것 같아요. 물론 아소스에서 시작하겠죠. 그런 다음엔 "루크"가 오스트레일리아 출신이라고 했으니 아마도 시드니로 갔겠죠.
　　분명 런던은 아니었을 거예요.

미쳴 클라크　　(고개를 끄덕이며) 그럴듯하네요. 나도 동의해요. 아마도 우선 맨 먼저 아소스로 가겠죠.

휴고 프레이저　　(얼굴을 찌푸리며) 하지만 그 여자의 이름도 알지 못하는데 어떻게 도움이 된다는 건지—

빌 세라피니　　잠시만 참고 들어주십시오. 일단 조지 니콜레이즈 씨를 만나서 "루크"가 섬을 떠난 후에 그를 찾아온 사람이 없었는지 물어봤습니다.

라일라 퍼니스　　타렉이 그때 그걸 물어보지 않았다니 의외네요.

빌 세라피니　　물어봤습니다. 하지만 조지나 그의 아버지는 기억하지 못했죠. 그래서 이번에 조지에게 연락했을 때는 다른 각도로 접근했습니다. 그 당시 바에서 일하던 사람 중 기억나는 사람이 있는지 묻자 이 사람을 소개했습니다—

스크린에 사진이 나타난다. 40대에 거뭇한 수염 자국에 머리가 희끗희끗하며 전형적인 지중해 사람의 얼굴이다.

빌 세라피니　　이 사람은 바실리스 무렐라토스입니다. 지금은 아테네에 살고 있지만 "루크"가 떠난 후 몇 개월 동안 조지의 바에서 일했고, 그해 여름에 루크를 찾아온 남자가 있었다고 기억했습니다. 그 할머니가 내게 말해준 것과 같은 내용이었죠.

장면 전환　　빌과 바실리스 무렐라토스가 줌으로 인터뷰한다. 빌은 레스토랑의 야외 탁자에 앉아 있고, 아직 아소스에 있는 것이 분명하다.

빌 세라피니   그 남자에 대해서 기억나는 것이 있으십니까, 바실리스?

바실리스 무렐라토스 그가 찾아왔을 때 난 바에 없었기 때문에 그는 다른 직원들과 얘기했어요. 하지만 직원들이 내게 그 이야기를 전해줬습니다. 영국 남자였어요. 그가 루크 라이더를 찾고 있다며 그에 관한 정보를 아는지 물었다더군요. 중요한 일이라면서 루크가 어디 있는지 알면 꼭 연락해달라고 신신당부했답니다.

빌 세라피니   왜 찾는지 이유는 말하지 않았고요?

바실리스 무렐라토스 (어깨를 으쓱하며) 그건 모르겠습니다. 미안합니다.

빌 세라피니   꼭 연락을 달라고 부탁했다면 전화번호를 남겼겠군요, 그렇죠?

바실리스 무렐라토스 맞아요, 번호를 적은 종이가 있었습니다. 누군가 그걸 메모판에 붙여놓았어요. 그 뒤로 그 종이가 어떻게 되었는지는 잘 모르겠습니다.

장면 전환 스튜디오. 빌이 출연자들을 본다.

빌 세라피니   하지만 우리는 알고 있습니다. 그 종이는 조지가 아버지의 잡동사니를 모아둔 상자로 들어갔죠. 다른 모든 물건과 함께요.

라일라 퍼니스   (감탄하며) 정말로 그걸 **찾아냈어요**?

빌 세라피니   글쎄요, 100퍼센트 장담할 수는 없습니다. 그 안에 이름과 번호가 적힌 종잇조각이 어지간히 많았어야 말이죠. 게다가 그 종이들이 얼마나 오래 거기에 있었는지 알 도리가 없으니까요.

하지만 내가 볼 땐 이 4장이 가장 가능성 있었습니다. 모두 영국 전화번호였고, 니콜레이즈 씨 아버지가 사진 속 여자에 대해 유일하게 기억하는 것도 영국인이었다는 거였죠.

빌이 노트북을 건드리자 스크린에 4장의 구겨진 종잇조각이 나타난다.

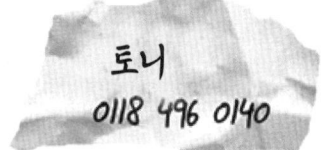

휴고 프레이저　　물론 저기 나온 번호에 다 전화해봤겠죠?

빌 세라피니　　물론입니다.

라일라 퍼니스　　"루크"가 가장 신빙성 있어 보이네요. 남자가 자기 이름보다는 자기가 찾고 있는 사람의 이름을 적었다고 가정하면요.

빌 세라피니　　나 역시 그렇게 생각했습니다. 그러나 불행하게도 루크의 번호는 사용하지 않는 번호였습니다. 토니도 마찬가지였고요. 스티브는 통화가 연결되지 않았고, 믹은 그해 여름에 아소스에서 보트 대여 사업을 시작하려던 사람이었습니다. 신빙성 있게 들렸어요.

미첼 클라크　　그럼 1998년에 저 3개의 전화번호를 사용한 사람들을 추적할 건가요?

빌 세라피니　　이미 진행 중입니다.

앨런 캐닝　　(고개를 저으며) 전화 회사들이 그런 정보는 절대 알려주지 않을 겁니다. 그리고 루크의 전화번호는 휴대전화 번호임이 틀림없어요. 만약 선불폰이었다면요? 아무런 기록도 남지 않았을 겁니다.

빌 세라피니　　내 경험상 보통 사람들은 선불폰을 사용하지 않습니다, 앨런. 흔적을 남기고 싶어하지 않는 사람들만 선불폰을 쓰죠.

라일라 퍼니스　　하지만 누군가 정말 복수하기 위해서 루크 라이더를 찾으려 했다면 신분을 감추기 위해 조심하지 않았을까요? 그렇다면 당연히 대포폰을 사용할 것 같은데요.

빌 세라피니　　동의합니다.

미첼 클라크　　좋아요, 그렇다면 뭘 할 수 있죠? 이번에도 벽에 부딪힌 것 같은데요.

빌 세라피니　　아직은 아닙니다, 미치. 내 직업적인 촉에 의하면 루크를 찾기 위해 아소스까지 찾아갈 정도의 사람이라면 다른 방법을 사용했을 가능성도 큽니다.

라일라 퍼니스　　어떤-?

빌 세라피니　　예를 들자면, 개인 광고를 내는 거죠.

미첼 클라크　　(무표정하게) 그렇게 오래 전에요? 그걸 어떻게-

빌 세라피니 사실 생각만큼 불가능한 일만은 아닙니다. 우리에게는 전화번호가 있잖아요. 그 번호를 이용해서 디지털 검색을 할 수 있죠. 타렉과 그의 팀이 그 작업을 진행하고 있었습니다.

(다시 노트북을 건드린다) 그리고 그들이 이것을 찾아냈습니다.

IEDS

사람을 찾습니다
루크 라이더라는 남자를 아십니까?

시드니 지역 출신이고 현재는 런던에 거주 중일 가능성이 있습니다. 금발, 키 180센티미터 정도에 중간 체격. 마지막으로 목격된 곳은 1998년 늦여름 그리스 아소스에 있는 델피 바입니다. 아시는 분은 우편 사서함 번호 7675로 기밀 정보로 보내주십시오.

사례금 있음

임 대

깔끔한 주택에 샤워실이 딸려 있는 방 2개 세놓습니다. 반려동물을 키우는 것은 금지이며, 비흡연자만 가능합니다. 임대료는…

라일라 퍼니스 좋아요. 그럼 누군가 루크를 찾고 있었던 게 분명해졌군요. 수고하셨습니다. 큰 수확이네요.

그래도 이것만 봐서는― (스크린을 가리키며) **누가** 그를 찾고 있었는지 알려줄 만한 정보가 없는데요, 아닌가요? 20년도 더 된 오래된 우편 사서함 번호뿐이잖아요?

빌 세라피니   성급한 판단은 금물입니다, 라일라 박사님. 나만큼 오래 이 바닥에 있다 보면 일을 처리하는 특정한 방식들이 눈에 들어오게 되죠. 이 광고의 경우에도 특정한 형식으로 **말하고 있**습니다. 예를 들면 특정 표현을 쓴다거나, 단어를 배열하는 특별한 방식이 있죠.

모두 다시 광고를 찬찬히 살펴보는 동안 짧은 침묵이 흐른다.

휴고 프레이저   (깊이 숨을 들이마시고) 그러니까 여기 쓰인 말투가 경찰들이 흔히 쓰는 말투라는 뜻인 것 같은데요. 법 집행 기관과 정기적으로 일하는 사람이라면 그 정도는 알아볼 수 있습니다.
  그 말을 하려는 겁니까? 이 광고가 경찰 쪽에 관련된 사람이 올린 광고라고 생각하세요?

빌 세라피니   물론 공식적인 직책을 가진 사람은 아닐 겁니다. 하지만 그 분야에서 **훈련을 받은** 인물일 가능성이 매우 크다고 생각합니다.

앨런 캐닝   (낙담한 듯 고개를 흔들며) 당신은 이번에도 실질적인 **증거**도 아닌 걸로 가망 없는 추측만 늘어놓고 있군요—

빌 세라피니   좀더 내 이야기를 들어주면 고맙겠습니다. 아까도 말했듯이 이렇게 간과하기 쉬울 정도로 사소한 것들이 해결의 실마리를 주는 경우가 많습니다.

라일라 퍼니스   좋아요, 하지만—

빌 세라피니   (라일라의 말을 자르며) 앨런이 앨라배마에서 찍은 내 인터뷰 영상을 세세하게 분석했던 것 기억하죠? 그래서 나도 앨런의 방식을 한번 따라보기로 했습니다.

빌이 카메라맨을 향해 고갯짓하자 스크린에 5화에 나왔던 영상의 편집본이 뜬다.

타렉 오스만   아소스에 머물면서 그곳에서 오래 거주한 몇몇 주민에게도 물어봤습니다만, 한 할머니는 이름이 아이린이었던 것 같다고 했고 다른 사람은 캐리였다고 했어요. 그러니 알 수 없는 노릇이죠.

라일라 퍼니스   루퍼트는 어때요? 이 여자를 기억하던가요?

타렉 오스만   박사님도 그렇게 생각하시죠? 그 사진을 보고 기억나는 게 있을 법도 한데 안타깝게도 없었습니다.

라일라 퍼니스   방금 말했듯이 워낙 오래 전 일이긴 하죠. 당시에 40대였다면 지금은 예순이 넘었겠군요.

앨런 캐닝   게다가 여자를 추적하기란 거의 불가능할 겁니다. 또 엉뚱한 시간 낭비가 될 게 뻔해요. 더구나 두 사람이 특별한 관계였을 거라는 것도 추측일 뿐이고요. 내가 볼 땐 **절대** 그래 보이지도 않습니다. 달랑 사진 한 장만 가지고 단서라고 하기에는 무리입니다.

빌 세라피니   글쎄요, 내 생각은 좀 다릅니다. 내 말은, 그러니까 앨런, 당신은 어떤지 잘 모르겠지만— 나라면 바에서 처음 만난 여자와 저런 행동을 하지는 않거든요.

앨런 캐닝   당신은 안 그럴지 몰라도 그러는 남자들도 있습니다. 특히 "루크" 같은 이기적인 새끼는 분명히 그렇게 행동한 것 같고요.

라일라 퍼니스   와, 갑자기 너무 과격하시네—

앨런의 모습에서 화면이 정지한다. 몹시 화가 난 표정이다.

장면 전환   스튜디오.

빌 세라피니   (출연진을 향해 돌아서서) 나도 라일라 박사님과 같은 생각입니다. 갑자기 **분위기**가 과격해졌지요. 순식간에 일어난 일이라 문득 궁금해졌습니다. 앨런이 뭣 때문에 갑자기 흥분했을까? 사실 이 사건과 아무 관련이 없잖아요, 안 그래요?

 (아무 말 없이 앨런을 쳐다보다가) 갑자기 꿀 먹은 벙어리가 됐나요, 앨런? 뭐, 나 혼자 쭉 알아서 해보죠.

그가 자판을 건드리자 스크린에 여러 장의 사진이 몽타주로 이어진다. 어린 소년들이 줄지어 앉아 있는 학교 사진, 부모와 소녀와 소년, 더 어린 소년의 가족 사진, 훨씬 시간이 흐른 후의 가족 모임 사진, 페이스북에서 가지고 온 것이 분명한 사진들이다.

앨런 캐닝   저 사진들을 도대체 어디서 가져온 겁니까?

빌 세라피니   (미소를 지으며 어깨를 으쓱한다) 인터넷에 들어가면 다 있습니다. 어디에 들어가서 어떻게 찾아야 하는지 알기만 하면 찾을 수 있죠. 우리의 타렉은 그 분야 전문가이고요.

그가 다시 출연진을 향한다. 몇몇은 불편한 기색이 역력하다.

빌 세라피니   자, 다시 계속하죠, 이 자리에 함께한 우리의 동료 앨런은 1967년에 크로이던에서 태어났습니다. 형 그레이엄은 1962년에, 누나 아일린은 1958년에 태어났죠. 계산하는 수고를 덜

어드리자면 아일린은 현재 65세입니다. 1998년에는 40세였겠죠.

라일라 퍼니스 설마 루크가 아소스에서 만났다는 여자가 아일린이라고 생각하는 건 아니죠?

빌 세라피니 아이린과 아일린은 비슷해서 혼동하기 쉽지 않겠습니까? 그리고 또다른 사람은 캐리였다고 기억했고요. (의미심장한 눈빛으로 출연진을 본다)

미첼 클라크 아, 그러니까 **캐닝**을 캐리로 혼동했다고 생각하는 거군요.

빌 세라피니 그렇죠―

앨런 캐닝 (빌에게 손가락질하며) 어떻게 감히, 빌어먹을, 어떻게 **감히** 남의 가정사를 함부로 들쑤시고 다니는 겁니까―

빌 세라피니 내가 틀렸다는 건가요? 이 여자가 당신의 누나가 **아니라는 거예요**?

라일라 퍼니스 (끼어들며) 잠깐만요, 다들 너무 흥분하지 말고 잠깐 진정하시죠. 빌, 타렉과 같이 인터넷을 뒤지는 동안에 혹시 1990년대 말에 찍은 아일린의 사진이라도 발견했나요? 만약 그렇다면 1998년에 "루크"와 찍은 사진 속 여자와 동일 인물인지 확인하는 데 도움이 될 수도 있을 텐데요.

빌 세라피니   같은 생각입니다, 라일라 박사님. 그렇습니다, 찾았습니다.

스크린에 사진이 뜬다. 어느 사무실 풍경이다. 책상과 컴퓨터가 있고, 명찰을 목에 건 사람들, 서류철을 들고 있는 사람들도 보인다. 아일린 캐닝의 모습에 빨간 동그라미가 그려져 있다. 아소스에서 루크가 정체불명의 여자와 함께 찍은 사진이 나란히 뜬다.

JJ 노턴   글쎄요, 머리 모양이 비슷하긴 한데, 저 나이대의 여자들은 많이들 하는 스타일이잖아요.

라일라 퍼니스   (얼굴을 찌푸리며) 약간 닮은 데가 있어 보이지만 난 잘 모르겠네요.

휴고 프레이저   동감이에요. 아소스 사진 속 여자의 모습은 잘 보이지 않아서 분명하게 확인하긴 어렵습니다.

미첼 클라크   그래도 라일라 박사님 말대로 **닮은 데**가 있긴 해요. 그리고 헷갈리기 쉬운 이름 얘기도 그럴듯합니다.
 (앨런이 노려보자 양손을 들어올리며) 아니 뭐, 그렇다는 얘깁니다.

라일라 퍼니스   이게 다예요, 빌? 이것만 가지고 앨런과 어떻게 연관 지을 수 있었는지 이해가 잘 안 됩니다. 다른 게 또 있습니까?

빌 세라피니   물론 있습니다. 1997년 11월, 아일린 캐닝은 남편과 이혼했습니다. 남편은 탄탄한 건설회사 사장이었죠. 이혼 후에는 다시 결혼 전 성을 사용했습니다. 6개월 후 그녀와 같은 나이 대의 여자가 아소스에서 "루크"와 사진을 찍었습니다.
　그 사진 속 여자가 아일린이라고 **증명할** 수는 없고, 그녀가 거기서 휴가를 즐겼는지도 증명할 수는 없습니다만, 논리적으로 말이 되긴 합니다. 그녀는 막 이혼했고, 40대에 접어들었으니 자유를 즐기고 싶지 않았겠습니까? 마지막으로 사랑을 찾고 싶었을 수도 있겠죠?

휴고 프레이저   (무미건조하게) 과거 이력을 보면 "루크"는 **사랑**을 염두에 뒀을 리 만무하겠죠.

빌 세라피니   (고개를 끄덕이며) 맞습니다. 그리고 아일린 캐닝은 1999년에 파산 선고를 받았습니다. 남편과 이혼할 때 넉넉한 위자료를 받았을 텐데 그 돈을 2년 만에 다 날렸다는 겁니다. 어떤 일이 있었는지 몰라도 흔치 않은 경우죠.

라일라 퍼니스   만약 그녀가 "루크" 같은 사람에게 사기를 당했다면—

빌 세라피니   (고개를 끄덕이며) 그리고 우리가 생각해도 그녀를 사랑하는 사람이라면 그 사기 행각을 벌인 사람을 찾아서 돈을 되찾아주고 싶은 마음이 들지 않겠습니까.

　예를 들면 남동생 같은 사람 말입니다. 특히 런던 경찰청의 모든 정보에 접속할 수 있는 동생이라면 더욱 그렇겠죠.

라일라 퍼니스   (앨런에게) 이게 모두 사실이에요? 1999년에 루크를 찾아 아소스에 간 게 당신이었어요?

휴고 프레이저   (냉담하게) 그보다 더 중요한 질문으로, 4년 후에 그를 추적해서 도니 저택에 찾아갔습니까?

앨런이 자리에서 일어나 창가로 다가가 밖을 본다.

빌 세라피니   다들 기다리고 있습니다.

앨런 캐닝   (출연진을 향해 돌아서서) 그 남자의 행적을 쫓을 이유가 있었냐고 묻는 겁니까? 그 남자를 증오할 이유가 있었냐고요?

　그렇습니다.

　있었습니다.

페이드아웃 후 엔딩 크레딧

날짜 2023/07/17 월요일 11:09

발신 타렉 오스만

중요도 상

수신 닉 빈센트

제목 (무제)

사진들을 현상소에 보냈습니다. 그쪽에서는 가능성이 희박하다고 하지만, 그래도 소식 듣는 대로 연락드리겠습니다.

T

제6화

공개
10월 18일

「타임스」, 2023년 10월 19일

방송 프로그램

초고속 전개, 그리고 파괴

인정사정 보지 않는 「인퍼머스」,
피기처럼 중심을 잡을 자는 과연 누구인가?

로스 레슬리

**인퍼머스 :
누가 루크 라이더를 죽였나?(쇼러너)**

당신은 누구입니까? (BBC1)

오케이, 이렇게 될 줄 알았던 사람 손 들어보시라. 난 전혀 예상하지 못했으니까. 「인퍼머스」가 어떤 프로그램인지 대충 감을 잡았다는 생각이 들자마자 또 한번 정신이 번쩍 드는 반전이 터졌다. 어제 공개분의 내용을 잘 맞추던 퍼즐을 뒤집어놓는 한 방(마치 가이 하워드가 자기 엄마의 불운한 웨딩 케이크를 뒤엎었던 것처럼)이라고 표현하고 싶은 마음이 굴뚝 같지만, 사실 그보다는 훨씬 더 근본적인 데가 있었다. 엔딩 크레딧이 올라갈 때는 내가 제대로 본 게 맞는지조차 의심스러웠다. 우리는 진짜 "루크 라이더"가 누구였는지 밝히는 데 가까워지고 있는지는 몰라도 지금 이 시리즈 전체의 기본 전제가 점차 현실이 되기 시작했다. 제작자 닉 빈센트는 지금까지는 뜻밖의 정보를 터뜨리는 일을 뒤에서 조종하는 역할에 충실하면서도, 적어도 지금까지는 최소한 자기가 만든 규칙을 벗어나지 않았다. 그러나 이번 회차에서 탁자를 둘러싸고 앉아 있는 출연진은 자기가 어떤 일에 말려들었는지 몰랐을뿐더러, 자기가 출연자로 선택된 진짜 이유가 무엇인지도 모른다는 사실이 너무나 명백해졌다. 우리는 한 팀으로 모인 전문가들이 서로를 비난하기 시작하는 모습을 보면서 남의 불행에 쾌감을 느끼는 끔찍한 재미에 빠져 멍하니 입을 벌린 채 넋을 놓았다. 소설 『파리 대왕』이 스테로이드 주사를 맞았다고 생각해보시라. 나는 지금 내용을 너무 드러내지 않기 위해 대명사를 최소화하고 있지만, 울트라 HD 화면에서 열차 사고 장면을 느리게 보는 걸 좋아하는 사람이라면 이 프로를 적극 추천한다. 골딩의 소설 『파리 대왕』에서 랠프가 피기와 다른 소년들에게 던지는 악명 높은 질문이 있다. "어느 쪽을 택하겠는가, 법과 구조, 아니면 사냥과 파괴?" 이번 회차로 판단하건대 닉 빈센트는 후자를 택한 게 분명하다.

「이게 무엇이라고 생각하십니까?」의 후속작인 「당신은 누구입니까?」는 배우 그레타 스카치가 등장해서 굉장한 비밀을……

인퍼머스 / 루크 라이더 가입하기

진짜 황당하네요. 할 말이 없어요. 빌이? 도대체 이게 무슨 일이죠???
작성자 Slooth   5시간 전
댓글 6   공유 숨김 신고

전 별로 안 놀랐어요. 그 사람 언제나 **너무** 많은 걸 알고 있었잖아요. 솔직히 앞뒤가 맞은 적이 없었다는.
작성자 RonJebus   5시간 전
댓글 22   공유 숨김 신고

빌은 그렇다치고 앨런은 또 뭡니까? 기가 막히게 빌을 까발리더니 자기도 사건과 관련이 있었잖아요. 제대로 뒤통수 맞았네요.
작성자 Investig8er   5시간 전
댓글 18   공유 숨김 신고

입 다물고 암말 안 하는 사람들을 조심해야 한다니까요? 설마 그 사람이 그럴 줄 꿈에도 몰랐잖아요. 두 번 다요.
작성자 MsMarple99   4시간 전
댓글 21   공유 숨김 신고

앨런 1 빌 1. 자 연장전 들어갑니다. 😉
작성자 AngieFlynn77   4시간 전
댓글 5   공유 숨김 신고

앨런에 관한 얘기는 진짜 수상해요- 앨런이 뭐라 하든 아소스에 있던 그 여자가 분명 **누나**일 거예요. 심지어 정말 원한을 품고 있는 사람처럼 달려들던데.
작성자 Investig8er   5시간 전
댓글 18   공유 숨김 신고

동감- 아주 시드니만 한 원한을 품고 있더만요 😆
작성자 PaulWinship007   5시간 전
댓글 13   공유 숨김 신고

그러게요. 까고 보니 빌은 으스대는 멍*이긴 해도 좋은 놈이었고요.

↪ 작성자 Left4Dead5   5시간 전
댓글 19   공유 숨김 신고

↪ 작성자 AngieFlynn77   4시간 전
댓글 5   공유 숨김 신고

이런 내분이 시청률 높이는 데 효과적인 건 분명하지만, 여태껏 이런 정보들을 감추고 있었다면 도대체 얼마나 많은 **다른** 정보를 쥐고 있는지가 진짜 문제임. 단순히 "시청률"을 위해서인지, 아니면 더 수상한 목적이 있는지. 아직도 숨기는 게 더 있을까요? 만약 그렇다면, 더 중요한 건 왜 숨기고 있을까요?

↪ 작성자 TruCrimr   3시간 전
댓글 85   공유 숨김 신고

역시 날카로운 지적. 리얼크라임 쇼가 어느 정도 엇비슷한 것 같아요. 시청자들의 관심을 계속 붙들고 있어야 하니 절대 한번에 다 보여주지 않죠.

↪ 작성자 MaryMary51523x   2시간 전
댓글 1   공유 숨김 신고

맞는 말이에요. 빌과 앨런의 티격태격 때문에 얘기가 옆으로 새기 쉬운 게 사실이죠. 그건 그렇고 JJ가 알아낸 대박 정보에 존경의 박수를. 와, 진짜 조나라는 남자를 **찾아냈잖아요**. 그것도 20년이나 지난 후에!

↪ 작성자 Slooth   2시간 전
댓글 23   공유 숨김 신고

그 조나라는 놈은 대체 몇 번이나 죽음을 위장한 거죠? 지금 세 번짼가? 우리가 아는 것만 세 번째죠? 빌어먹을 루칸 경(1974년 아이들의 보모를 살해하고 아내에게 상해를 입힌 뒤 잠적한 인물로, 아직도 행방이 묘연하다/옮긴이)이 따로 없네.

↪ 작성자 JimBobWalton1978   2시간 전
댓글 17   공유 숨김 신고

https://www.groopz.com/truecrimeaddiction

바닷가에 자기 옷을 놓고 사라진 건 존 스톤하우스(영국의 정치인 겸 사업가로, 1974년 미국 마이애미 해안에 옷과 수건 등을 남겨두고 자취를 감추었다/옮긴이)죠. 😂 어쨌든 무슨 말인진 알아요.

↪ 작성자 MsMarple99   2시간 전
  댓글 1   공유 숨김 신고

자자 여러분, 특종입니다, 특종. 내 처제가 퇴직한 런던 경찰청 형사입니다. 이 프로그램을 보지는 않는데, 혹시나 해서 2003년에 열렸다는 그 학회에 참석했었는지 물어봤어요. 그랬더니 기가 막히게도 참석을 했다는 거예요. 게다가 빌을 기억하고 있었어요. 딱 알더라고요, 사진을 보내자마자. 테러리즘인가 뭔가에 관한 세션에 토론자로 참석했대요. 자기 이름을 가지고 엉뚱한 소리를 해대면서 "천사들의 편" 운운했다나. 😤 아무튼 핵심은 빌이 그 학회에 **참석**했다는 겁니다.

↪ 작성자 Brian885643   1시간 전
  댓글 113   공유 숨김 신고

  세상에나. 처제분은 그 사실을 경찰에 알렸대요?

  ↪ 작성자 LemonandCrime   1시간 전
    댓글 4   공유 숨김 신고

    네. 근데 오늘 아침 일이라 어떻게 됐는지는 아직 저도 모르겠네요. 소식 듣는 대로 올리겠습니다.

    ↪ 작성자 Brian885643   50분 전
      댓글 11   공유 숨김 신고

  님 처제가 빌을 본 세션이 정확히 며칠 몇 시였는지 혹시 기억한대요? 뻔한 말이지만 알리바이가 될 수도 있잖아요.

  ↪ 작성자 Edison5.0   34분 전
    댓글 17   공유 숨김 신고

아주 늦은 저녁이었다면 그럴 수 있겠죠. 그리고 바로 그날이어야 하고. 그냥 그렇다고요.

> 작성자 PaulWinship007   30분 전
> 댓글 10   공유 숨김 신고

중요한 건 빌이 그 학회에 **아예** 참석하지 못했다고 주장했다는 점이죠. 빌이 어느 세션에 참가했느냐가 아니라 그가 영국에 있었고, 거짓말이 들통났다는 게 중요해요. 다들 알다시피 그런 거짓말을 할 때는 대개 진짜 중요한 이유가 있죠.

> 작성자 TruCrimr   25분 전
> 댓글 133   공유 숨김 신고

모두에게 알립니다. 쇼러너가 최종화 공개를 연기한 사실 알고 있는 사람? 다음 주에 공개 예정이었는데 11월 7일로 연기됐어요. 뉴스거리네요, 맞죠?

> 작성자 RonJebus   34분 전
> 댓글 7   공유 숨김 신고

11월까지 기다려야 한다고요???? 이유는 뭐래요?

> 작성자 MisMarple99   34분 전
> 댓글 2

그런 말은 없고 그냥 연기됐다고만 나왔어요. 잠깐만, 와, 7화랑 스페셜 보너스 8화가 동시 공개될 거라는데요? 이건 또 뭔 소리?

> 작성자 RonJebus   34분 전
> 댓글 10   공유 숨김 신고

아이고

> 작성자 MisMarple99   34분 전
> 댓글 2

이게 무슨 뜻인지 알죠? 그들이 뭔가 알아낸 게 틀림없어요.

> 작성자 TruCrimr   32분 전
> 댓글 133

제7화

촬영

 **드라이 라이저 필름 Ltd.**
227 셔우드 가, 런던 W1Q 2UD

출연	콜시트	제작 닉 빈센트
앨런 캐닝 미첼 클라크 휴고 프레이저 라일라 퍼니스 JJ 노턴 빌 세라피니	**인퍼머스** 누가 루크 라이더를 죽였나? 2023년 7월 13일 목요일 제7화 현장 2일 중 첫째 날	감독 가이 하워드 편집 파비오 배리 조사원 타렉 오스만 제작 보조 제니 테이트 야외촬영 관리 가이 존슨 현장 아침 식사 7 : 30 ~ 점심 식사 12 : 30 ~ 예상 촬영 종료 17 : 50
출연자 대기 0815 **카메라 준비 0830**		
일출 04 : 38 일몰 21 : 14 일기예보 24도, 맑음		

장소	참고
도니 저택 2 라버트 가 캠든 힐 런던 W8 0TF	현장에 일부 주차 가능(사전 예약 필수) 가까운 전철역	홀랜드 파크 비상 전화 07000 616178

팀원 명단							
직책	이름	휴대전화	전화번호		이름	휴대전화	전화번호

타이틀 시퀀스 범죄 현장과 뉴스 보도 장면, 가족 사진 및 짧은 영상들이 아트하우스식 흑백 몽타주로 이어진다.

주제곡 밥 딜런의 "It's Alright, Ma(I'm Only Bleeding)" — 1969년 영화 「이지 라이더」 삽입곡 중에서

제목

인퍼머스

페이드인

누가 루크 라이더를 죽였나?

페이드아웃

어두운 배경이 깔리고, 여성 해설자의 목소리와 함께 글이 나온다.

> 지난 20년 동안 루크 라이더의 죽음은 풀리지 않은 수수께끼로 남아 있었습니다. 진실은 런던 경찰청의 수사망뿐만 아니라 온라인을 장악한 수천 명의 아마추어 탐정의 조사도 피해 교묘히 빠져나갔습니다.
>
> 그러나 이제 이 사건에 대해 알고 있다고 생각했던 모든 것에 의문이 제기되었습니다.
>
> 피해자의 진짜 정체는 무엇인지, 누군가 그를 죽이고 싶었던

> 이유는 무엇인지. 그리고 그를 죽인 살인자는 과연 누구인지. 하지만 진실이 곧 밝혀지게 될까요?

페이드아웃

장면 전환 도니 저택. 출연진이 탁자 주위에 앉아 있고 타렉과 가이도 함께 있다. 프랑스식 창문을 통해 햇빛이 들어오고, 모두 여름옷을 입었다. 그러나 분위기는 심상치 않다. 어둡고 험악한 분위기. 닉 빈센트는 화면 밖에서 목소리로만 등장한다.

빌 세라피니   자 앨런. 이제 모두 여기 모였으니 우리에게 설명해줄 의무가 있는 것 같습니다.

앨런 캐닝   내게 그런 **의무** 따윈 없다고 생각하는데요, 빌. 당신도 정정당당하게 움직인 건 아니지 않습니까, 안 그래요―

라일라 퍼니스   그럼 우리에게 설명해보세요. 우린 알 권리가 있다고 생각하는데요? 왜 사전에 여기에 대해서 아무에게도 말하지 않았어요?

앨런 캐닝   말했습니다.

라일라 퍼니스   아뇨. 그런 말 한 적 없어요.

다른 출연자들도 그 말에 동의하며 한마디씩 거든다. 그러나 그때 닉의 목소리가 끼어든다.

닉 빈센트 사실, 앨런은 말했습니다.

닉이 카메라 앞으로 돌아 나와 평소처럼 창가에 가서 자리를 잡는다. 출연진이 그를 지켜보는 동안 침묵이 흐른다.

닉 빈센트 나한테 말했죠.

가이 하워드 (그를 보며 놀라서 입이 벌어진다) **당신에게 말했**다고요? 왜 아무 말도 하지 않았어요? 빌어먹을 **감독**은 난데―

닉 빈센트 (어깨를 으쓱하며, 아무렇지 않은 표정으로) 그래야 방송이 더 흥미진진하니까요.

빌 세라피니 언제죠, 정확히? **정확히** 언제 앨런이 당신에게 얘기했습니까?

닉 빈센트 (그를 마주 보며) 음, 아마 당신이 이 프로그램에 참여하고 싶다고 내게 이메일을 보낸 그즈음이었을 겁니다.

가이 하워드 잠깐, 두 사람 **모두** 당신에게 연락했다고요?

닉 빈센트   그렇습니다. 그래서 그때 **정말** 뭔가를 발견할 수도 있겠다고 깨달았죠.

모두 할 말을 잃고 침묵에 잠긴다.

라일라 퍼니스   믿을 수가 없군요. **앨런과 빌**은 지금까지 줄곧 우리보다 한발 앞서 있었던 거네요?

JJ 노턴   (냉담하게) 어디 한발뿐이에요. 족히 여섯, 일곱 발은 앞서 있는 것 같은데요.

가이 하워드   우리 모두를 바보 취급했군요.

닉 빈센트   그런 소리 말아요, 가이. 사람들이 우리 프로그램에서 뭘 원하는지 나도 당신도 잘 알고 있잖아요. 사람들은 **답**을 얻고 싶어합니다. 이 사건이 **해결되길** 바라지, 이미 다 알려진 내용을 적당히 우려먹으면서 또 시간 낭비하는 걸 원치 않아요-

휴고 프레이저   (차가운 목소리로) 그러니까 당신에게 유리하도록 사전에 준비했다는 거네요? 다른 출연자들처럼 객관적인 전문가인 양 두 사람을 참여시켰지만, 사실 그들은 **엄청난** 사전 정보를 가지고 있을 뿐만 아니라 이 사건에 실제로 연관이 있는 사람들이었어요.

닉 빈센트　　그렇게 볼 수도 있겠죠. 공정하게 말하면 처음부터 그랬던 건 아닙니다. 우리가 이 사건을 재조명하는 프로그램을 기획한다는 소식을 발표한 후에 빌과 앨런의 연락을 받았으니까요.

가이 하워드　　그런데 우리에게, 나에게 알리는 대신 두 사람에게 입단속을 시켰군요. 다른 출연자들로부터 비밀을 지키려고요.

닉 빈센트　　그렇죠. 흥미를 더하기 위해서죠. 조사 과정에 극적인 요소를 첨가해야 하니까요.
(탁자 주위를 둘러보며) 그리고 제대로 맞아떨어졌잖아요, 안 그래요? 지금 우리가 어디까지 와 있는지 보세요.

라일라 퍼니스　　이건 비열한 방법이에요, 당신도 알잖아요.

휴고 프레이저　　맞아요. 처음부터 우리 모두에게 있는 그대로 다 밝혔어야 했어요.

닉 빈센트　　(눈썹을 치켜올리며) 아, 그래요? "있는 그대로 다"요? 나머지 출연자들이 그랬던 것처럼요?

휴고 프레이저　　그렇습니다.

닉 빈센트　　내가 보기엔 말처럼 그렇게 간단하지 않을 것 같은데요. 안 그래요, 휴고?

우리가 직업적인 측면에서 당신의 전문성을 확인했을 거라고 생각하겠지만, 얼마나 **광범위하게** 조사했는지는 짐작도 못 할 겁니다.

라일라 퍼니스   (그의 말을 이해하고) 우리의 **사생활**도 뒤졌다는 뜻인가요? 우리한테 묻지도, 알리지도 않고? 정말 비윤리적이군요.

JJ 노턴   어째 분위기가 점점 「빅브라더」(참가자들이 카메라와 마이크로 감시되는 집에서 생활하며 다양한 과제를 수행하는 리얼리티 프로그램/옮긴이)를 닮아가는 것 같군요.

닉 빈센트   (두 손을 펴 보이며) 인터넷을 검색하면 누구나 찾을 수 있는 정보만 조사했을 뿐입니다.

가이 하워드   잠깐만요. 이 팀을 구성하려고 당신이 고른 사람들이 **전부** 실제로 이 사건과 연관이 있다는 말입니까? 그거 아주 기가 막힌 우연이군요—

닉 빈센트   (고개를 저으며) 아니에요, 그런 게 아닙니다. 빌과 앨런의 연락을 받고 난 후에 이 사건을 다른 방식으로 볼 수 있지 않을까 하는 생각을 했습니다.
어쩌면, 각자의 전문 분야를 바탕으로 팀을 구성하는 대신 다른 방법을 쓸 수도 있겠다는 생각이 들었죠. 먼저 우리가 자체적으로 사건에 관한 조사를 진행해서 루크 라이더나 하워드 집안과 관련이 있는 사람들을 찾을 수 있는지 알아봤습니다.

가이 하워드 이건 내 **가족** 얘기입니다. 당신은 그럴 권리가 없어요. 이건 부당한 착취예요—

닉 빈센트 아, 그래요? 당신이 하워드 집안 사람이 아니었으면 이 방송을 맡아달라는 제안을 **받았을 리 없다**는 사실을 상기시켜줄까요? 별 볼 일 없는 대학도 간신히 나와서 당신 이름으로 된 변변한 작품 하나 없는 주제에? 이 제안을 받았을 때 덮어놓고 달려들 만도 했죠. 그야말로 내 팔을 잡고 늘어졌잖아요.
 그러니 내 앞에서 성난 도덕군자인 척하지 말아요. 당신이야말로 당신이 앞장서서 주도한다며 아무렇지 않게 "당신 가족을 착취하는" 사람이니까요.

가이가 무슨 말을 하려고 입을 열었다가 마음을 바꾸고 고개를 돌린다. 거칠게 숨을 쉬며 입술을 깨물고 있다. 다른 사람들은 못 본 척한다.

휴고 프레이저 (뒤로 기대앉아 닉을 위아래로 훑어보며) 아주 노련하시네요.

닉 빈센트 감사합니다. 어째 칭찬으로 들리지는 않지만요.

휴고 프레이저 그 정도까지 갔으니 정말 이 사건에 **관련된** 사람에게 접근해서 프로그램에 출연해달라고 부탁하면 그들이 제안을 받아들일 수밖에 없다는 걸 깨달았겠군요. 죄가 있건 없건 말입니다. 당신이 발견한 내용이 뭔지 알고 싶어할 테니까요.

미첼 클라크 프로그램 제작 지원을 따내는 건 식은 죽 먹기였겠어요. 분명 짭짤한 노다지로 보였을 테니.

닉 빈센트 (웃으며) 후원자들이 이 프로그램의 독특하고 참신한 접근 방식이 가진 잠재력을 금방 알아봤다고 해두죠.

JJ 노턴 (소리를 죽여 중얼거리며) 발표 자료에도 저렇게 썼겠지. 토씨 하나 안 틀리고.

닉 빈센트 (JJ를 향해) 사실, 맨 처음 이 프로를 기획했을 때는 이 사건에 관한 새로운 정보를 얻거나 하면 좋겠다고 바란 정도였습니다. 이런 프로그램의 목적이 그거니까요.
   그런데 우리가 접근 방식을 바꾸고 나니 만약 정말 그렇게 **할 수 있다면**, 우리가 정말 진짜 살인자를 찾을 수만 있다면—

빌 세라피니 (고개를 끄덕이며) 그 사람이 바로 당신 앞에 앉아 있을 수도 있겠군요. 바로 여기 이 탁자 앞에 말이에요. 그럼 정말 끝내주는 상황이 벌어지겠죠.

닉 빈센트   (웃으며) 눈치가 빠르네요, 빌.

JJ 노턴   (냉소적으로) 그러면 당신이 카메라 앞에서 생방송으로 범인이 누구인지 폭로할 수 있게 되겠군요. 거만한 힙스터 에르퀼 푸아로(애거사 크리스티의 추리소설에 등장하는 탐정/옮긴이)처럼.

닉 빈센트   "거만하다"는 말은 좀 심하군요, JJ. 하지만 본질적으론, 그 말이 맞습니다.
 물론 가이 말이 틀리지는 않습니다. 범죄 수사 분야에 4명의 전문가가 더 필요한데 **이 사건에 관련된 사람들만** 찾는다는 건 가능성 희박한 희망 사항에 불과했어요.
 (다시 한번 웃는다. 이 상황을 즐기고 있는 게 분명하다) 하지만 누가 압니까, 아무것도 안 했는데 벌써 2명이나 찾았어요. 그러니 뭐 손해 볼 건 없잖아요?

라일라 퍼니스   잠깐만요, 분명히 짚고 넘어가죠. 그러니까 우리 중에 몇몇은 이 사건과 어떤 연관이 있다고 **생각했기 때문에** 선택했다는 말인가요?

닉 빈센트   연관이 있거나, **있을 수도** 있는 거죠. 맞습니다.

라일라 퍼니스   그럼 타렉이 찾아냈다던 모든 "발견"은 가짜였나요? 우리가 조사를 시작하기도 전에 그 내용을 이미 다 알고 있었군요? 윌슨 모자, 아소스에 갔던 앨런의 누나, 캐럴라인의 아기까지 전부?

닉 빈센트 다시 말씀드리지만 일부만요. 전부는 아니고—

가이 하워드 (놀라서 입을 딱 벌리며) 알고 있었다고요? 지금까지 쭉? 정말 **어이가 없네**.

닉 빈센트 오버하지 마요. 그 신혼여행 영상을 우리에게 넘겨준 건 바로 **당신**이잖아요. 당신이 코앞에 있는 것도 발견하지 못한 게 내 잘못은 아니죠. 명색이 감독이라는 사람이—

가이가 거칠게 의자를 뒤로 밀며 벌떡 일어나서 화면 밖으로 사라진다. 닉이 다 들리게 비아냥거린다. "아이고, 슬퍼라."

휴고 프레이저 우리를 팽이에 줄 감듯 팽팽하게 감아놓고 알아서 빙글빙글 돌아가는 꼴을 구경했군요. 처음부터 전부 가짜였어요.

닉 빈센트 이 바닥에서는 그걸 "예술적 허용"이라고 합니다, 휴고. 당신도 아마 들어봤을 텐데요?

휴고 프레이저 내 **분야**에서는 그걸 사기라고 합니다, 닉. 아마 **들어보셨겠죠**?

빌 세라피니   (끼어들며) 방금 우리 중에 "몇몇"은 이 사건과 연관이 있다고 말했습니다. 그러니까, 확실히 해두려고 묻는 건데, **나와 앨런만** 뜻하는 게 아니었습니까?

닉 빈센트   아니죠, 분명히 아닙니다. 하지만 연관이 **있을 수도 있다**고 말했습니다.

빌 세라피니   실제로 입증할 수 있는 건 아니고요?

닉 빈센트   우리가 알아낸 내용 가운데 분명히 확인된 것들도 있다고 말해두죠. 하지만 대부분은 여전히 추정이거나 정보를 바탕으로 하는 추측일 뿐입니다.
  그리고 우리가 알아냈다고 생각했던 내용 중에는 그야말로 순전히 우연의 일치인 것도 있었다는 사실을 꼭 덧붙이고 싶습니다. (앨런을 힐긋 쳐다보며 눈썹을 치켜올린다) 여기 있는 분들은 어떻게 생각할지 모르지만요.

빌 세라피니   (그 말에 말려들지 않으며) 그러니까 우리 중에 일부는 분명히 결백하다는 거네요?

닉 빈센트   아, 그럼요. 물론입니다.

빌 세라피니   정확히 누굽니까?

닉 빈센트   (웃으며) 아, 난 알고 있지만 당신은 알아내야죠.

휴고 프레이저   나쁜 자식―

라일라 퍼니스   당신은 우리에게 누명을 씌우고 있어요. 서로를 의심하도록 몰아가고 있잖아요.

닉 빈센트   그렇게 생각하신다면 어쩔 수 없죠.
 하지만 갑자기 그렇게 흥분하시는 이유를 잘 모르겠네요, 라일라 박사님. 박사님도 "있는 그대로 다" 밝히지 않았잖아요, 안 그래요? 소위 독실한 신자라는 분이 말이에요.

라일라 퍼니스   (갑자기 방어적으로) 무슨 말인지 모르겠군요―

닉 빈센트   아마 잘 아실 텐데요.

JJ 노턴   라일라 박사님? 닉이 무슨 말을 하는 거죠?

미첼 클라크   (천천히) 그게, 난 무슨 얘긴지 알 것 같아요―

라일라 퍼니스   미치, 이미 내가 **말했잖아요**―

JJ 노턴   도대체 뭐가 어떻게 돌아가고 있는 거죠?

미쉘 클라크 (라일라에게서 살짝 몸을 돌려 다른 사람을 보며) 좀 지난 일인데, 시드니에서 발생한 뺑소니 사고를 조사할 때 피해자 이름을 알아냈던 거 기억하시죠? 그 학교 신문에서요.

JJ 노턴 모하메드 칸, 맞죠?

미쉘 클라크 맞습니다. 그 이틀 후에 우연히 1년 전에 라일라 박사님이 쓴 논문을 보게 됐어요. 갑작스러운 가족의 죽음에 대응하는 방법에 관한 내용이었어요.

JJ 노턴 (얼굴을 찌푸리며) 그래서요?

미쉘 클라크 중요한 건, 그 논문을 기고했을 당시에는 라일라 박사님이 결혼하기 전이어서 결혼 전 이름으로 논문을 실었다는 점이죠.
　라일라 칸.

휴고 프레이저 이럴 수가.

미쉘 클라크 그래서 박사님께 이메일로 물어봤어요. 그냥 확인 차원에서요. 촬영할 때도 말했지만 칸이라는 성은 무슬림 사이에 정말 **정말로** 흔한 성이라서-

JJ 노턴   대답은 뭐였나요?

라일라 퍼니스   (끼어들며) 우연의 일치라고 말했습니다–
 (갑자기 앨런에게 화를 내며) 또 우연을 믿지 않는다는 따위의 헛소리를 늘어놓을 생각은 **꿈에도** 하지도 말아요–

앨런 캐닝   (두 손을 들어올리며) 난 아무 말도 안 했습니다.

빌 세라피니   공정하게 말하자면, 좀 전에 닉이 자기들이 알아낸 내용 중에 우연의 일치로 드러난 것도 있다고 말했습니다. 그리고 당신도 말했듯이 꽤 흔한 이름인데–

미첼 클라크   단순히 그것만은 아닙니다, 빌. 그 논문은 가까운 가족을 잃은 경험을 바탕으로 하고 있었어요. 박사님의 남동생이요.
 (라일라를 향해) 동생 이야기였잖아요, 기억하시죠? 겨우 열아홉 살에 어떻게 죽었는지. 동생이 먼 타국에 있었기 때문에 갈 수도 없어서 얼마나 더 힘들었는지–

라일라 퍼니스   (그에게 격분하며) 도대체 무슨 **권리**로 내 사생활을 뒤지는 거예요?

빌 세라피니   (차분하게) 그렇게 "사적인" 내용도 아니잖아요, 박사님. 직접 전문 저널에 그런 글을 기고했다면 말이죠.

휴고 프레이저   (라일라에게) 그리고 정말 우연의 일치일 뿐이라면, 지금 여기서 우리에게 해명하면 되잖아요?

침묵.

빌 세라피니   라일라 박사님?

라일라 퍼니스   (싸늘하게) 좋아요. 그러죠. 그걸 원한다면.
 맞아요. 남동생이 있었습니다. 이름도 모하메드였어요. 시드니에 있는 대학교에 다녔고 1995년에 뺑소니 사고를 당해서 목숨을 잃었어요—

JJ 노턴   이런 세상에—

라일라 퍼니스   그렇지만, 분명히 말하는데, 가해자는 루크 라이더가 **아니었습니다**. 그러니 내가 그에게 원한을 품을 이유가 없죠. 더구나 그를 추적해서 때려죽일 이유는 더더욱 없고요.

앨런 캐닝   (차분하게) 가해자가 라이더가 아니라는 사실을 어떻게 알았습니까? 아무도 기소되지 않았잖아요.

라일라 퍼니스   맞아요. 아무도 기소되지 않았죠. 하지만 결국엔 뺑소니 운전자가 누구인지 알게 되었습니다.

앨런 캐닝   "알게 되었다"고요? 그게 무슨 뜻인가요?

라일라 퍼니스   (다소 딱딱하게) 사고를 낸 사람이 죽음을 앞두고 자백했다고 들었어요. 죽기 전에 다 털어놓고 싶었나 보죠. 그 남자의 아내가 내 아버지에게 연락해서 알려주었습니다.

앨런 캐닝   시드니 경찰은 그 사실을 모르는 것 같던데요.

라일라 퍼니스   (살짝 얼굴을 붉히며) 미치가 그 사건에 대한 조사를 시작하기 전까지는 나도 몰랐습니다. 오래 전에 아버지가 경찰에 알리신 줄 알았어요. 그런데 어머니에게 여쭤보니 알리지 못했다고 하시더군요. 몇 번이나 경찰에 전화를 걸었지만 회신을 받지 못했고, 그러다가 흐지부지된 것 같습니다.

앨런 캐닝   그 "자백"을 들은 게 정확히 언제였습니까?

라일라 퍼니스   (잠시 주저하며) 아마 2006년인 것 같습니다.

모두 그 말의 의미를 깨닫는다.

앨런 캐닝   남동생이 **죽은 지** 10년 뒤에요? 그동안 내내 당신은 범인이 **라이더**라고 생각했겠군요. **2003년 10월**에도—

JJ 노턴   지금까지 여기 앉아서 여자는 그런 공격을 할 수가 없다는 박사님의 주장을 얼마나 자주 들었죠? 그 말은 심리학자로서의 객관적인 의견입니까, 아니면 사건과 **매우** 연관성이 높은 사람으로서의 주관적인 의견입니까?

라일라 퍼니스   (몹시 화를 내며) 터무니없는 억지 쓰지 말아요, 당신도 알잖아요.
(앨런을 향해) 그리고 앨런, 당신 질문에 대답하자면, **이론상으로** 2003년에는 루크 라이더가 범인이라고 생각할 수도 있었겠죠. 그러나 **실제로는** 그렇지 않습니다. 그가 존재하는지도 몰랐다고요—

JJ 노턴   증명할 수 있습니까?

라일라 퍼니스   당연히 증명할 수 없죠. 그러지 않았다는 걸 어떻게 증명합니까?

앨런 캐닝   2003년에 런던에 살고 있었—

라일라 퍼니스   (말이 끝나기도 전에) 여기 있는 사람들 대부분이 그랬죠, 그 점에선 **당신도** 마찬가지고요. 더구나 당신에겐 루크가 죽길 바랄 만큼 **엄청난** 동기가 있다는 게 이미 확인됐어요.
(앨런을 향해 몸을 기울이고 손가락질을 하며) 그러니 어디 말씀해 보시죠, **캐닝 경감님**? 2003년 10월 3일 밤에 **어디**에 있었습니까?

앨런 캐닝　　농담하는 거죠? 설마 진짜 그렇게 생각할—

빌 세라피니　　솔직히 나도 라일라 박사님과 같은 생각입니다. 어쨌거나 "당연한 질문"이니까요.
　(눈썹을 치켜올리며) 당신이 **내**게 똑같은 질문을 했을 때도 **당신**이 그렇게 말하지 않았습니까?

앨런 캐닝　　맞습니다. 그랬죠. 더불어 당신도 아직 정확한 대답을 하지 않은 걸로 기억하는데요.

빌 세라피니　　그날 밤 난 뉴욕에 있었다고 **말했잖아요**.

앨런 캐닝　　그리고 나도 **말했죠**. 당신이 참석자 명단에 올랐던 버크셔에서 열린 그 학회에 나도 참석했었다고요. 당신은 손쉽게 런던에 들어올 수 있었어요—

빌 세라피니　　브루클린에서는 손쉽게 들어올 수 없죠.
　하지만 한 가지는 동의합니다. 그 학회에 참석했던 사람은 누구라도 하룻밤 사이에 쉽게 도니 저택에 갔다가 호텔로 돌아갈 수 있었을 겁니다. (심각한 눈빛으로 그를 보며) 당신이 그랬습니까? 마지막 세션이 끝나고 모두 바에 있을 때 차를 몰고 그 집으로 갔습니까? 라이더에게 경찰 배지를 보여주고 엉터리 얘기를 둘러대며 문을 열도록 설득했어요? 그러고는 집으로 **들어가서, 퍽**—

앨런 캐닝   정말 얼토당토않은 얘기군요. **당신**이 의심받지 않으려고 우리 주의를 딴 데로 돌리려는 수작-

JJ 노턴   (앨런에게) 글쎄요, 객관적인 관찰자 입장에서 말하면 당신의 동기가 빌보다 훨씬 더 강력해 보이는 건 사실입니다.

앨런 캐닝   (JJ를 돌아보며) 하, 이제는 **객관적인** 관찰자라고요, 당신이? 그럼 **당신**은 어때요, JJ? **당신**은 뭘 숨기고 있는 겁니까, 당신도 뭔가 있는 게 틀림없으니까요.

JJ 노턴   당신이 있는 그대로 다 털어놓지 않았다고 해서 우리도 당신과 똑같을 거라고 생각하는 건-

앨런 캐닝   어디, 닉에게 물어볼까요? 분명 당신에 관해 **아주 흥미진진한** 정보를 가지고 있을 테니까요.
 솔직히 말해서 닉은 이 프로그램을 위해서 쟁쟁한 CSI 전문가들을 선택할 수도 있었습니다. 안 그래요? 헨리 리, 베르너 스피츠 혹은 그 누구라도 가능했을 거예요. 그런데도 당신을 골랐잖아요? 한낱 **사우스웨일스** 출신에 문신도 있고 한물간 사람을 굳이 뽑은 이유가 뭐겠습니까?
 (인정사정없이 비꼬며) 아, 미안합니다. 당신이 머리가 **비상하다**는 사실을 잊었군요. 멘사 출신 좋아하시네.

휴고 프레이저   어이쿠, 그건 좀.

빌 세라피니   솔직히 나도 궁금했습니다. JJ의 자격이요.

JJ 노턴   헛소리하지 말아요, 빌.

라일라 퍼니스   닉? 이게 사실이에요? JJ에게도 혐의가 있어요?

닉 빈센트   (자신의 전략이 효과가 있음이 만족스러운 듯) 아까도 말했지만 난 아무 말도 하지 않겠습니다.

빌 세라피니   하지만 형사 입장에서 보면, 내가 아는 한 JJ는 런던과 아무런 연관이 없는데 하워드 집안이나 루크 라이더를 어떻게 알게 되었는지 이해가 안 됩니다. 살해 동기도 그렇고―

JJ 노턴   난 런던에 산 적이 없습니다. 거기서 공부한 적도 없고요. 난 그 동네를 증오한다고요―

라일라 퍼니스   (뭔가 깨달은 듯) 런던이 아니라 **버밍엄**이에요. 그게 연결 고리군요. 당신이 자란 곳이 거기죠.

JJ 노턴   (살짝 얼굴을 붉히며) 그래서요?

휴고 프레이저   나도 기억납니다. "버밍엄에서 나고 자란 토박이"라고 자랑하지 않았어요?

JJ 노턴   자랑이라고 한 소리는 아닌데요. 농담으로-

휴고 프레이저   아니, 여기서 핵심은 당신이 단순히 거기 산다고 말한 게 아니라 거기서 **태어났다고** 말했다는 겁니다.

라일라 퍼니스   바로 그거예요. 캐럴라인 하워드가 열여섯 살에 출산한 아기와 마찬가지로 말이죠. 다른 가정에 입양된 그 아기요. 십중팔구 중부 지역이었겠죠.

JJ 노턴   아 진짜-

빌 세라피니   듣고 보니 박사님 말씀에 일리가 있는 것 같은데요. 언젠가 JJ가 입양아들이 친부모를 찾는 것에 대해 자기 생각을 말했었죠? 그게 캐럴라인의 아기에 대해 처음으로 알아냈을 때 아니었나요? 그때 꽤 개인적인 감정이 실린 것처럼 들렸는데요.
   (닉을 향해) 내 기억이 맞습니까?

닉 빈센트   (고개를 끄덕이며) 그걸 증명할 자료 화면도 있습니다. (카메라맨을 향해 고개를 끄덕인다)

스크린에 자료 영상이 뜬다.

미첼 클라크   1979년에 태어났다면 지금 마흔네 살이겠네요.

라일라 퍼니스   더 중요한 건, 그 아이가 열여덟 살이 된 1997년에 입양 기록을 볼 수 있었을 텐데 그때는 캐럴라인과 연락하려고 시도한 기록이 전혀 없다는 겁니다. 왜 2003년까지 기다린 거죠?

JJ 노턴   모든 입양아가 친부모를 찾고자 하지는 않습니다. 절대 찾지 않는 아이들도 있고요. 그리고 열여덟 살은 기록을 볼 수 있는 가장 빠른 나이죠. 시간이 한참 흐른 후에 확인하는 사람들도 많습니다. 그냥 그렇다는 말입니다.

미첼 클라크   하지만 아이가 캐럴라인을 찾았다고 해도 정말 쉽지 않은 만남이었을 겁니다. 아이가 불우한 환경에서 자랐다면 말이죠. 버밍엄의 도심 빈민 지역에서 자랐다면 그럴 가능성도 있잖아요?
  한참 시간이 흐르고 나서 겨우 친엄마를 찾았는데 친엄마의 다른 자식들은 도니 저택 같은 으리으리한 집에서 편히 사는 반면 자기는 매정하게 버려지고 외면당했다면—

JJ 노턴   그렇죠.

장면 전환 스튜디오.

앨런 캐닝   지금 다시 보니 훨씬 더 사적인 감정이 느껴지네요, JJ.

당신이죠, 그렇죠? 오랫동안 잊힌 그 아이가 맞죠? 그래서 어떻게 된 건가요? 캐럴라인이 당신의 친엄마라는 사실을 발견하고 찾아왔는데- (방 안을 향해 손짓하며) 여태까지 엄마는 이런 집에서 편히 살았다는 사실을 알게 되었잖아요? 그리고 보니 뉴브런즈윅에서 그 목사와 인터뷰할 때도 가난한 집에서 자라는 게 어떤 건지 공감하며 씁쓸하게 얘기했던 게 기억나는군요.

JJ 노턴   제정신이 아니군요, 당신들 전부. 닉 때문에 다들 제정신이 아니라고요. **난 그 일과 아무 상관없습니다.**

앨런 캐닝   내 질문은 그게 아니잖아요, 안 그래요?
당신은 2003년 10월 3일 밤에 어디에 있었습니까?

JJ 노턴   (냉소적으로) 기억 안 납니다. 다음 질문하시죠.

휴고 프레이저   하지만 1979년에 태어난 건 맞죠, 그렇죠?

JJ 노턴   (그를 향해) 맞습니다. 그해에 태어난 수십만 명의 다른 아기들과 마찬가지죠.

빌 세라피니   그리고 입양된 것도?

JJ 노턴   (잠시 침묵하고) 맞습니다. 그렇지만 당신이 상관할 바는 아니죠. 다른 사람들도 마찬가지고요.

빌 세라피니   알겠습니다. 그러나 당신이 캐럴라인 하워드의 잊힌 아들이 맞는다면, 분명히 우리가 **상관해야** 할 일이지요.

JJ 노턴   난 아닙니다. 이제 됐습니까?

앨런 캐닝   증명할 수 있어요?

JJ 노턴   필요하다면요. 하지만 솔직히 내가 왜 그렇게까지 해야 하는지-

라일라 퍼니스   (끼어들며) 미안하지만 지금 이 상황이 몹시 불편합니다. 마치 왕따처럼 괴롭히는 수준이잖아요. 닉이 분명 우리 중 일부는 사건과 연관이 있는 것처럼 **보였어도** 정말 순전한 우연의 일치로 드러난 부분도 있다고 말했어요. 어쩌면 그게 JJ를 암시하는 말인지도-

앨런 캐닝   왜 증명하기를 꺼리는지 이해가 안 됩니다.

라일라 퍼니스   그렇게 쉽지 않을 수도 있어요.

우리에게 자신의 생모 이름이 들어간 출생증명서 원본을 보여줘야 하는데, 그건 **가지고 있지 않을** 가능성이 있고, 당연히 공개하고 싶지 않은 정보겠죠, 아주 사적인 거니까요.

앨런 캐닝   (성마르게) 그런 걸 보자는 게 아닙니다. DNA 견본만 제공하면 끝나는 일이에요. 그럼 그걸 가이의 DNA와 대조하면 되고요. 만약 두 사람이 서로 관련이 있다면 금방 알게 되겠죠.

JJ 노턴   빌어먹을, 아까운 시간 낭비하지 마십시오. 난 **아닙니다**. 그리고 난 그런 견본을 당신에게 줄 이유가 **없습니다**. 명백한 사생활 침해고 당신도 그걸 잘 알잖아요.

JJ가 말을 하면서 뒤로 기대앉아 소매를 내린다. 앨런이 잠시 JJ를 살핀다.

앨런 캐닝   (생각에 잠긴 듯이) 그 문신을 잊고 있었군요. 그거 당신의 DNA 프로필 맞죠?

JJ는 얼굴을 붉히고 아무 말도 하지 않는다.

앨런 캐닝   그걸 이용할 수도 있겠네요. 당신은 그걸 딱히 "사적인" 정보로 취급하는 것 같지 않은데요? 개나 소나 아무나 다 볼 수 있는 자리에 새겼잖아요.

(닉을 향해) 저 이미지를 딸 수 있는 영상이 분명히 있을 겁니다.

닉 빈센트　　(짧게 웃으며) 대단하십니다, 앨런. 맞습니다, 그런 영상이 있습니다. 문제는 결과가 미확정적이라는 겁니다. 어떤 이미지도 확인이 불가했습니다.

JJ 노턴　　(입을 떡 벌리며 닉에게 분노를 쏟아낸다) 벌써 **해봤**다는 겁니까? 망할 내 **DNA**를 검사했다고요? 나한테 한마디 **말도** 없이?

닉 빈센트　　(어깨를 으쓱하며, 전혀 개의치 않는 듯) 앨런의 말대로 그게 그렇게 사적인 정보였다면 보란 듯이 대놓고 팔뚝에 새기지는 않았겠죠.

어색한 침묵이 흐른다. JJ가 씩씩거린다.

빌 세라피니　　(분위기를 전환해보려는 듯 억지웃음을 지으며) 허, 이거 참, 이쯤 되면 우리 출연진 전부 다 거짓말 탐지기 검사라도 받아야 하나 싶습니다. 뭐가 진짜고 뭐가 단순한 "우연"인지 한번에 밝혀줄 수 있다면 말이죠.

닉 빈센트　　(재미있다는 듯) 당신이 마침 그 얘길 하다니 신기하네요.

라일라 퍼니스   거짓말 탐지기요? 농담이겠죠.

닉 빈센트   안 될 거 뭐 있나요? 빌 말에 일리가 있어요. 그리고 솔직히 말해서 그게 나오면-

휴고 프레이저   (음울하게) 당연히 **"엄청난"** 방송이 되겠죠.

닉 빈센트   (웃으며) 드디어 감을 잡기 시작했군요, 휴고. 그건 그렇고 정말로 안 될 이유도 없잖아요? 모두 숨기는 게 없다면 말입니다.

라일라 퍼니스   (단호하게) 법정에서 거짓말 탐지기 결과가 인정되지 않는 데는 분명한 이유가 있습니다, 닉. 영국뿐만 아니라 미국에서도 마찬가지예요. 과학적인 근거가 충분하지 않으니까요. 어떤 사람은 쉽게 거짓말 탐지기를 속일 수 있는 반면, 과도한 스트레스를 받는 사람들은 잘못된 판정을 받을 위험이 큽니다.

타렉 오스만   (조금 주저하면서) 그래도 우리 나라에선 성범죄자들에게 거짓말 탐지기를 사용하잖아요, 그렇죠? 가석방된 범죄자들이 가석방 조건을 잘 지키고 있는지 확인할 때요.

휴고 프레이저   맞습니다. 그러나 매우 제한적이고 엄격하게 통제된 예외의 경우에 한합니다. 2007년 범죄자 관리법은 어떤 형사

소송 절차에서도 거짓말 탐지기 결과를 증거로 채택할 수 없도록 금지하고 있습니다. 라일라 박사님이 설명하신 이유 때문이죠.

빌 세라피니   이해됩니다. 거짓말 탐지기 덕분에 죄가 없는 사람들이 용의선상에서 제외되는 경우도 보긴 했지만요. 그래도 당신 말이 맞습니다. 꼭 필요하다면 어설픈 방송 제작자가 아니라 정식 훈련을 받은 전문가가 시행해야 합니다.
 기분 나빠하지 마십시오, 닉.

닉 빈센트   (웃으며) 나 그렇게 쉽게 상처받는 사람 아닙니다, 빌. 당신도 그렇겠죠.
 그리고 나는 빌의 말에 동의해요. 거짓말 탐지기가 하는 역할이 분명히 있다고 생각합니다.

JJ 노턴   (여전히 분노하며) 나를 망할 실험실 쥐 취급할 생각 말아요. 절대 안 합니다.

휴고 프레이저   같은 생각입니다. 닉은 우리를 곤란에 빠뜨리려는 겁니다. 바위 밑에 뭐가 숨어 있는지 보려고 들쑤시는 거죠.

미첼 클라크   (눈썹을 치켜뜨며) "그녀가 너무 과하게 부정하는군"(셰익스피어의 『햄릿』 속 대사. 너무 강하게 부인할 때 숨기고 있는 의도가 있을 거라는 의미가 있다/옮긴이)이라는 대사가 떠오르네요?

휴고 프레이저   (미첼을 향해) 지금 뭐라고 했습니까?

미첼 클라크   모르는 척 말아요. 당신도 "있는 그대로 다" 밝힌 건 아니잖아요, 안 그래요?

라일라 퍼니스   그게 무슨 말이에요, 미치?

미첼 클라크   (휴고를 가리키며) 그녀와 아는 사이였어요. 그 옛날에. 캐럴라인 하워드. 지금까지 한 번도 그 얘길 꺼낸 적 없죠?

라일라 퍼니스   (눈이 휘둥그레지며) 캐럴라인이 휴고가 **아는** 사이였다고요? 확실해요?

미첼 클라크   그럼요. 두 사람 다 자기들끼리 똘똘 뭉치는 W8 무리에 속해 있었습니다. 같은 클럽에 다니고, 같은 디너파티에 참석하고, 자녀들도 같은 학교에 다녔죠. 끼리끼리 **아주 친밀했어요.**

휴고 프레이저   (불편한 기색을 드러내며) 그런 게 아닙니다―

JJ 노턴   그래요? "그런 게" 아니면 어떤 건데요?

휴고 프레이저   좋아요. 일부 같은 반경 안에서 움직인 건 사실입니다. 그러나 그쪽 동네에선 흔한 일이에요.

빌 세라피니   그래서 정확히 얼마나 가까운 사이였습니까? 오가며 아는 척하는 사이? 친구? 아주 **가까운** 친구?

JJ 노턴   (단호하게) 아니면 잠자리도 하는 친구였습니까? 캐럴라인이 만났다는 그 "부적절한" 남자, 그게 당신이었습니까?

라일라 퍼니스   (두 사람을 번갈아 보며) 그러니까 그 부적절하다는 이유가 상대가 유부남이었기 때문이 아니라 **흑인**이었기 때문이라는 뜻이에요? 세상에—

침묵이 흐른다. 휴고는 누구와도 시선을 맞추지 않는다.

앨런 캐닝   (목청을 가다듬으며) 아무래도 지금이 그 차 얘기를 꺼낼 순간인 것 같군요—

라일라 퍼니스   설마.

앨런 캐닝   2003년에 빨간색 MGB를 소유했던 여자에 대해 얘기한 걸 기억하시죠? 카메라 인터뷰를 완강히 거절했던 그 여자, 그 여자 이름이 세리나 해밀턴입니다. 하지만 그 당시엔 결혼 전이라서 세리나 **프레이저**였죠. 그녀의 남동생이 휴고입니다.
  의심의 여지를 없애기 위해 분명히 밝히면 그가 그녀의 차를 빌려 쓰곤 했습니다. **자주** 그랬다고 하더군요.

라일라 퍼니스　(휴고를 빤히 쳐다보며) 세상에, **당신**이었군요. 캐럴라인이 바람을 피운 상대가 **당신**이었어요.

휴고 프레이저　(고개를 저으며) 그런 게 아닙니다.

JJ 노턴　당신이야말로 루크 라이더를 살해할 만한 **강력한 동기**가 있었던 걸로 보이는데요. 캐럴라인이 당신과의 관계를 끝내고 싶어했는데 당신은 그걸 받아들일 수가 없어서-

휴고 프레이저　이런 쓰레기 같은 상황이 아니었다면 박장대소할 소리군요.

JJ 노턴　당신은 그녀의 마음을 돌리려고 집으로 찾아갔지만, 그녀는 파티에 참석 중이었고 집에는 루크뿐이었겠죠-

휴고 프레이저　(고개를 저으며) 아니요, 절대 아닙니다. **그런 일**은 없었습니다. 그리고 그건 잠깐 즐긴 것뿐이었어요.

미첼 클라크　JJ 말마따나 "퍽이나 그랬겠군요."

휴고 프레이저　(그에게 벌컥 화를 내며) 그러는 당신은 어떻고요? 그날 밤 거기서 **정말로** 뭘 하고 있었는지 솔직히 말해보시죠? "경찰의 라디오 통신을 듣고 있었다"는 헛소리는 지어낸 게 분명하니까-

미첼 클라크   당신이 뭘 어떻게 안다고 그럽니까?

휴고 프레이저   캐럴라인과 난 **친구**였으니까. 캐럴라인이 내게 **말했으니까** 알죠.

휴고가 잠시 호흡을 가다듬는다. 나머지 출연자들은 그를 빤히 쳐다본다. 이윽고 그가 두 손을 올리며 말한다.

휴고 프레이저   어떻게 보일지 뻔했기 때문에 미리 말하지 못했습니다– (출연진이 웅성거리는 소리, 누군가 "떡이나" 라고 중얼거린다) 그런데 그해 여름에 모라 하워드가 "부적절한" 친구들과 어울렸다던 이야기 기억하십니까? 그들 중 한 명은 단순한 친구가 아니었습니다. 모라는 그 남자와 **잤어요**. 그래서 캐럴라인이 그렇게 걱정했던 겁니다–

미첼 클라크   (차갑게) 캐럴라인이 그를 두고 "부적절하다"고 했겠죠, 맞습니까? 정확히 **그 이유**가 뭐였습니까? 당신처럼 그 남자도 흑인이었기 때문이었죠? 아니, **당신**은 겉모습만 흑인이지 속은 새하얀 코코넛에 돈까지 많으니 괜찮지만, 모라의 남자친구는 가난한 흑인 쓰레기라서요? 당신이 신고 있는 빌어먹을 프라다 신발 밑창에 붙은 똥 같은 존재라서? 지금 **그런 뜻**입니까?

휴고 프레이저   그런 뜻이 아니라는 거 당신도 알 겁니다. 모라

는 그때 겨우 **열다섯** 살이었어요. 그건 법정 **강간**입니다-

미첼 클라크　　(고개를 저으며) 그게 나였다고 증명할 수 없을 겁니다-

휴고 프레이저　　(똑바로 그의 눈을 보며) 모라는 그 남자를 학교 행사에서 만났습니다. 그는 기자였어요. **당신도** 기자였고 그 동네에서 열리는 여러 행사를 취재했죠. 그 학교를 **포함해서** 말이죠.
　　(깊이 숨을 들이마시고) 그리고 또 한 가지. 맞습니다, 그 남자는 흑인이었어요. 그렇다면 범위가 상당히 좁혀지죠-

미첼 클라크　　(여전히 고개를 저으며) 그건 증거가 아닙니다.

휴고 프레이저　　그리고 그날 밤 당신이 왜 거기 있었는지 설명이 됩니다. 모라의 엄마가 외출한 틈을 타서 몰래 모라를 만나려 했던 거 아닙니까? 차고 위에 있는 그 방, 그래서 모라가 그쪽으로 방을 옮기고 싶어했던 거 아니었어요? 두 사람이 아무런 방해도 받지 않고 즐기기 위해서? 캐럴라인은 그렇게 믿었어요.
　　당신은 루크가 그 디너파티에 가지 않았다는 걸 몰랐어요. 베아트리스가 그날 밤 가이를 돌봐주기로 했다고 알고 있었겠죠. 70대인 베아트리스는 귀가 잘 안 들리지만 루크는 아니죠. 루크의 청력은 멀쩡하니까요. 그가 무슨 소리를 듣고 밖으로 나왔다가 당신을 보고-

미첼 클라크　　나한테 **덮어씌울** 생각 말아요. 어림없습니다. 만약 내가 루크를 죽였다면 **증거**가 있을 거예요. DNA가 남았겠죠. 하지만 경찰은 나와 관련지을 만한 건 **아무것도** 찾지 못했습니다.
　(휴고를 가리키며) 당신도 똑같이 말할 수 있습니까? **당신** DNA 견본을 제공하는 건 어때요, 런던 경찰청이 그 재킷에서 일치하는 걸 발견하는지 봅시다.

휴고 프레이저　　어디 한번 해봅시다. 난 숨길 게 없습니다. 그 자리에 **없었으니까요**. 당신과는 다릅니다.

라일라 퍼니스　　하지만 당신도 파티에 **참석하지 않았나요**? 그 차, 밖에 세워져 있는 걸 필리스 프랭크스가 봤다고 했어요—

휴고 프레이저　　(주저하며) 네, 맞습니다. 파티에 참석했어요. 그렇지만—

JJ 노턴　　(끼어들며) 잠깐, 잠깐만요. 휴고, 방금 당신이 미치에게 말한 대로라면, 시간상 맞지 않아요.
　자매는 그날 저녁 내내 극장에 있었으니 미치가 그날 밤 모라를 만나기 위해 몰래 들어갔을 리가 없어요. 캐럴라인이 표를 샀고, 영화가 끝나는 시간이 10시 15분이었죠—

휴고 프레이저　　딸들이 극장으로 들어가는 걸 캐럴라인이 봤다고 해서 영화가 끝날 때까지 애들이 극장에 **있었다**고는 할 수 없죠.

빌 세라피니   두 사람이 일찍 빠져나왔다고 생각합니까?

휴고 프레이저   모라는 그랬을 가능성이 충분하다고 봅니다. 내가 알기론 전에도 그런 적이 있었어요. 더구나 걸어서 집까지 20분밖에 걸리지 않습니다.

빌 세라피니   그러니까 당신 생각에는 모라와 미치가 차고 위에 있는 모라의 방에서 만나기로 미리 약속을 했을 거라는 말입니까? 하지만 두 사람은 루크가 집에 남아 있을 거라고는 생각지도 못했겠죠. 루크가 파티에 가지 않기로 마음을 바꾼 건 캐럴라인이 딸들을 극장에 내려주고 온 **다음**의 일이니까, 그런 이야기입니까?

휴고 프레이저   바로 그겁니다.

미첼 클라크   환장하겠네, **헛소리** 그만하시죠―

앨런 캐닝   (차분하게) 그렇다면 그날 무슨 일이 있었는지 직접 말씀해보시죠. 모라 하워드와 사귀었습니까?
아니면 모라를 여기로 데리고 와서 직접 물어보는 게 낫겠어요? 가이는 어떻게 생각하는지 의견을 물어보면 어떨까요? (고개를 돌려 방의 반대쪽을 본다)

카메라 무빙 앨런의 시선을 따라가며 천천히 넓은 각도로 방의 전체 모습을 담는다. 출연진뿐 아니라 지금껏 한쪽에 앉아 있던 가이의 모습이 들어온다. 그는 멀리 떨어진 곳에서 의자에 앉아 머리를 두 손에 묻고 있다. 잠시 후 그가 고개를 든다. 분노한 표정이다.

가이 하워드 모라는 건드리지 말아요, 내 말 알아듣겠어요?

닉 빈센트 이제야 감독이랍시고 권한을 행세하려는 거라면 좀 늦었는데-

가이 하워드 (일어나서 닉에게 다가가며) 꺼져버려, 닉- 당장 꺼지라고-

빌 세라피니 (두 손을 들며) 좋아요, 좋습니다. 이쯤에서 두 분 다 좀 진정하시죠.
 미치, 당신이 이 자리에서 솔직하게 터놓고 말해야 한다고 생각합니다. 다른 누구도 아닌 모라를 위해서라도요.

미첼 클라크 (깊이 숨을 들이마시며) 알겠어요. 알겠습니다. 맞습니다.

앨런 캐닝 모라와 **사귀었다는** 건가요?

미첼 클라크   (침을 삼키고, 고개를 끄덕인다) 맞습니다. 모라와 사귀었어요.

카메라 무빙   여전히 넓은 각도로 방 안을 찍는다. 가이가 그를 노려보다가 고개를 떨구고 외면한다. 미치가 나머지 출연자들을 둘러본다.

미첼 클라크   내가 잘했다는 말은 아닙니다. 그렇지만 나도 그때는 겨우 스물한 살 풋내기였다는 점을 생각해주세요. 그리고 모라는 나보다 훨씬 더 조숙했어요- (출연자들의 표정을 보고) 그런 뜻이 아닙니다, 젠장, 말이 엉뚱한 데로 샜군요. 모라 탓으로 돌리는 게 아닙니다. 진심이에요. 다 내 탓이죠. 나도 **압니다**. 다만 모라는 나와는 완전히 출신 배경이 달랐고, 모라에 비하면 **나는** 그냥 애였어요.
  그리고, 맞습니다. 모라가 미성년자라는 거 알고 있었고 그걸 변명할 생각은 없지만, 그래도 **강간**이라는 건- (휴고를 향해) 절대 아닙니다. 난 모라를 사랑했어요. 모라가 원치 않는 걸 강요한 적은 한 번도 없습니다. 그런 면에선 오히려 모라가 더 적극적인 편이었어요.

휴고는 믿지 않는 표정이다. 다른 출연자들도 누구 말을 믿어야 할지 모르는 분위기이고 가이는 창가로 다가가 출연자들에게 등을 돌리고 한 손을 창문 위에 올린다.

라일라 퍼니스　　(차분하게) 모라도 당신을 사랑했어요?

미첼 클라크　　(어깨를 으쓱하며) 그렇다고 생각했습니다.

휴고 프레이저　　엄마에게 반항하려고 당신을 이용한 거겠죠.

미첼 클라크　　(그를 향해 화를 내며) 이봐요, 모라가 날 사랑한다고 **말했어요**, 알아듣겠어요? 그리고 도대체 당신은 뭣 때문에 그렇게 당당한 겁니까? 당신은 모라의 엄마와 바람을 피우고 부인까지 속였으면서-

휴고 프레이저　　(화를 내며) 그 **사람은 성인**이었어요. **미성년자**가 아니고-

빌 세라피니　　자자, 여러분. 아까도 말했지만 좀 진정하세요.

어색한 침묵이 흐른다. 휴고가 일어나서 물을 따라 마신다. 카메라는 여전히 넓은 각도로 모두를 담고 있다.

빌 세라피니　　미치, 나도 웬만하면 앨런의 말에는 동의하기 싫지만, 그날 밤 무슨 일이 있었는지 솔직히 말해줘야 할 것 같습니다.
　휴고 말이 맞잖아요. 초반에 당신이 말했던 상황이 거짓임이 분명해졌으니까요.

미첼 클라크   난 그를 죽이지 않았어요. 그 사건과는 **전혀** 관련이 없다고요-

빌 세라피니   (달래듯이) 당신이 죽였다는 게 아니에요. 하지만 우린 진실을 알아야 하잖아요.

미첼 클라크   좋아요. 알겠습니다.
   (깊이 숨을 들이마시고) 영화 얘긴 맞아요. 모라가 먼저 나오고 어밀리가 거짓말을 해주기로 약속했습니다. 내가 노팅힐 게이트 극장으로 가서 모라를 태우고 내 아파트로 갔어요.

JJ 노턴   도니 저택에 비하면 좀 수준이 떨어졌겠군요-

휴고 프레이저   (비아냥대며) 모라의 취향이 그렇다는 건 이미 밝혀졌고요-

미첼 클라크   입 닥쳐요, 휴고.

빌 세라피니   신경 쓰지 말고 계속하세요. 그런 다음엔?

미첼 클라크   10시쯤 모라를 집 앞 모퉁이에 내려줬습니다. 거기서 10시 15분에 어밀리를 만나 같이 집까지 걸어가기로 했거든요.

앨런 캐닝   (고개를 끄덕이며) 거기서 당신과 인상착의가 비슷한 사람을 봤다는 남자의 말이 맞군요–

미첼 클라크   그렇습니다. 아무튼 모라를 내려주고 돌아오는 길에 주유소에 들렀고 계산대에 서 있는데 이상한 전화가 걸려왔습니다. 모라의 휴대전화 번호였는데 무슨 소리인지 알아들을 수가 없었죠. 몇 분이 지나서야 실수로 걸린 전화라는 걸 깨달았어요. 말 그대로 잘못 눌린 거죠.

빌 세라피니   그게 몇 시였죠?

미첼 클라크   시계를 확인하진 않았지만 아마 10시 35분쯤이었을 겁니다.

빌 세라피니   무슨 일인지 전혀 모르겠던가요? 모라가 무슨 말을 하진 않았어요?

미첼 클라크   (한숨을 쉬며 고개를 젓는다) 아뇨, 말은 아니고 거의 신음에 가까운 거친 숨소리만 들렸어요. 내가 몇 번 말을 걸어봤지만 내 소리를 못 듣는 게 분명했습니다–

빌 세라피니   그래서 다시 그 집으로 돌아갔군요?

미첼 클라크   당연하죠. 당신이라면 안 그러겠어요?

빌 세라피니   그런 다음엔 어떻게 됐습니까?

미첼 클라크   그다음엔 이미 말한 내용과 거의 같습니다. 내가 도착했을 땐 이미 경찰이 와 있었어요.

빌 세라피니   경찰차를 따라 진입로로 들어가서 집 뒤로 돌아갔군요?

미첼 클라크   맞아요. 모라를 찾으려고요.

앨런 캐닝   그런데 모라가 아니라 시체를 발견했군요.

미첼 클라크   (침을 삼키고) 그렇습니다.

빌 세라피니   전에 루크를 만난 적 있습니까?

미첼 클라크   (고개를 저으며) 아니요. 먼발치에서 본 적은 있지만, 그게 답니다.

휴고 프레이저   모라와 재미 보려고 몰래 그 마구간 건물에 드나들 때 봤겠군요. 뻔하죠.

미첼 클라크   (휴고를 무시하며) 루크와 대화해본 적도 없습니다. 그리고 그를 알았다고 해도 그런 상태의 시신을 보고 알아보지는 못했을 거예요. 누구라도 그랬을 겁니다―

빌 세라피니   그래서 어떻게 됐죠?

미첼 클라크   (어깨를 으쓱하며) 저번에 얘기한 그대로예요. 나를 잡으러 오는 경찰을 발견하고는 냅다 도망쳤죠.

라일라 퍼니스   모라와 아는 사이라고 왜 경찰에 말 안 했어요?

미첼 클라크   그걸 물어봐야 압니까?

휴고 프레이저   강간죄로 걸려들고 싶지 않았겠죠. 그겁니다.

미첼 클라크   난 철없는 **애송이**였어요. 그것도 래드브로크 그로브의 공영 주택단지에 사는 **흑인** 애송이요. 범법자까지 되고 싶지 않았습니다. 모라에게 피해를 끼치기도 싫었고요.

라일라 퍼니스   (한숨을 쉬며) 그건 이해할 수 있을 것 같네요.

앨런 캐닝   그게 끝입니까? 그 외에 더 말할 건 없어요?

미첼 클라크   그게 전부입니다. 아까도 말했지만 난 사건과 아무 관련 없습니다. 내가 도착했을 때 그는 이미 죽은 뒤였어요. 하늘에 맹세코 정말입니다.

JJ 노턴   (숨죽여 중얼거린다) 처음에도 그렇게 말했지. 토씨 하나 안 틀리고.

잠시 침묵이 흐른다.

앨런 캐닝   그럼 모라는요?

모두 그를 쳐다본다. 가이가 창문에서 몸을 돌려 앨런을 노려본다.

라일라 퍼니스   무슨 말이에요, 모라가 왜요?

앨런 캐닝   경찰의 말로는 자매가 10시 30분에 집에 도착했다고 했어요. 아무도 그걸 의심하지 않았죠. 우리 타임라인에도 그렇게 나와 있습니다.
 하지만 미치의 말이 모두 사실이라면, 모라는 10시가 조금 넘어서 집에 도착했을 수도 있습니다. 어밀리를 기다리지 않고 곧장 집으로 향했다면 말이죠. 그렇다면 창문을 통해서 정면으로 목격했을 수도 있어요. 루크가 살해당하는 장면을요.
 그리고 그 잘못 눌러서 걸려온 전화를 받은 것이 정말 10시 35분이었다면 모라가 시신을 발견했다고 진술한 시간보다 10분 앞섭니다.

또 한 가지 있습니다. 모라의 머리카락은 갈색이죠.

출연자들의 표정이 불편해진다. 앨런의 말이 뭘 의미하는지 뻔하다. 앨런이 뒤로 기대앉으며 좌우를 둘러본다.

앨런 캐닝 그러니까, 혹시 모라였다면요? 만약 **모라**가 그를 죽였다면요?

침묵이 흐른다. 창가에 선 가이의 얼굴이 창백하게 질린다. 그는 관절이 하얗게 도드라질 만큼 있는 힘껏 주먹을 쥐고 있다.

빌 세라피니 (의자에서 몸을 뒤척이며) 글쎄요, 이런 얘기가 우리 모두에게 불편한 일인 건 분명합니다만, 모든 상황을 객관적으로 볼 필요는 있으니까요-

라일라 퍼니스 (뒤숭숭한 얼굴로 힐긋 가이를 보며) 당신 가족이 관련되지 않았을 땐 그렇게 말하기 쉽죠-

빌 세라피니 알아요, 나도 잘 압니다. 하지만 의심이 가는 용의자들을 **모두** 확인하지 않을 거라면 애초에 이 수사를 시작한 의미가 있겠습니까?

앨런 캐닝   바로 그겁니다.

그러니까 모라 이야기를 해보죠. (다시 타임라인을 가리키며) 왜냐하면 그 가설에 따라서 모라가 10시에 집에 도착했다면 시간이 충분히—

미첼 클라크   정말로 열다섯 살짜리 소녀가 그런 짓을, 그런 **피바다**를 만들 수 있다고 생각합니까? 살해 동기는 말할 것도 없고요. 도대체 모라가 왜 그런 짓을 하겠습니까?

앨런 캐닝   (그를 쏘아보며) 다른 사람도 아니고 당신이 그런 질문을 한다니 뜻밖이군요. "루크"가 당신들의 연애질을 엄마에게 알리려고 했을 테니까요, 안 그래요? 그랬다간 당신들의 불장난은 완전히 끝장나고 말겠죠. 그 정도면 충동적인 10대 소녀에게 충분한 동기가 된다고 봅니다. 게다가 모라가 루크를 싫어했다는 건 이미 알고 있고요.

빌 세라피니   (동의하며) 경찰로서 경험한 바를 바탕으로 말하자면 10대들이 저지르는 범죄가 충격적인 건 맞습니다. 특히 소녀들이 더 하죠.

앨런 캐닝   (가이는 외면한 채 출연자들을 둘러보며) 그리고 타임라인도 맞아떨어집니다. 미치가 모라를 내려준 뒤, 모라는 곧 비가 올 거 같아서 어밀리를 기다리지 않고 먼저 집으로 간 거죠.

재연　캐닝이 말하는 동안 재연 화면이 나온다. "모라"가 밝은색 포드에서 내리자마자 차가 떠난다. 차에 있는 남자가 흑인임을 알 수 있다. 카메라가 불이 환히 밝혀진 길을 따라 도니 저택으로 향하는 "모라"를 따라간다. 길에는 아무도 없다. 집에 도착한 "모라"가 비밀번호를 눌러 대문을 열고 안으로 들어간다. 모라를 연기하는 소녀는 당시 사진 속 모라와 닮았다.

앨런 캐닝　　모라가 집 옆으로 돌아가 자기 방으로 향합니다. 집에 베아트리스가 있을 거라고 생각했으니 몸을 숨길 생각도 하지 않죠. 어차피 알아채지 못할 테니까요.
　그러나 집에 있는 사람은 베아트리스가 아니라 루크였습니다.

재연　"모라"가 테라스에 다다랐을 때 프랑스식 창문에 모습을 드러낸 "루크"가 화가 난 듯 벌컥 문을 열어젖힌다. 놀란 "모라"가 몸을 돌려 도망가려 하지만 "루크"가 쫓아가 팔을 낚아챈다. 둘 사이에 몸싸움이 벌어진 와중에 "모라"의 머리카락이 "루크"의 재킷 지퍼에 끼이는 장면을 카메라가 클로즈업한다. "모라"가 "루크"를 밀치고, "루크"가 미끄러지며 돌계단으로 굴러떨어진다. 바닥에 쓰러진 "루크"는 꼼짝하지 않는다.

앨런 캐닝　　어쩌면 모라는 자기가 죽였다고 생각했을 수도 있습니다. 그가 죽어서 기뻐했을 수도 있고요.
　그리고 어쩌면, **어쩌면** 그의 생사가 확실치 않으니 분명히 해야겠다고 마음먹었을 수도 있습니다.

재연 손에 돌을 들고 "루크"를 내려다보며 선 "모라"가 천천히 돌을 머리 위로 들어올릴 때 영상이 느려지다가 이윽고 멈춘다.

장면 전환 출연진. 앨런이 뒤로 기대앉아 주위를 돌아본다.

앨런 캐닝   결국 모라는 그의 얼굴을 짓이겨버렸습니다.

침묵이 흐른다. 창가에 선 가이가 고개를 돌린다.

미첼 클라크   (고개를 저으며) 난 아직도 못 믿겠어요. 모라의 엄마가 **눈치챈들** 얼마나 큰일이 나겠어요? 외출을 금지당하거나 용돈을 뺏기는 정도겠죠. 그게 **사람을 죽일 이유**는 아니잖아요–

빌 세라피니   라일라 박사님, 별로 말이 없으시네요. 심리학자로서 어떻게 보십니까?

라일라 퍼니스   (걱정스러운 얼굴로) 난 이 사건이 종종 가족 간에 벌어지는 끔찍한 비극의 또다른 사례가 아니기만을 빌 뿐이에요.

잠시 침묵이 흐른다. JJ가 먼저 입을 연다.

JJ 노턴   설마, 루크가 모라를 성폭행했다고 생각하세요? 그래서 모라가 그런 행동을 했을까요?

라일라 퍼니스　　(한숨을 쉬며) 아니길 바라죠, 정말 그게 아니었으면 좋겠습니다. 그렇지만 자매가 그렇게까지 그를 싫어한 이유가 될 수도 있으니까요.

카메라 무빙　빠르게 움직여 의자를 밀치며 카메라 뒤로 사라지는 가이의 뒷모습을 쫓는다. 라일라의 얼굴에 심란한 표정이 떠오른다.

라일라 퍼니스　　이런, 가이, 미안해요. 이런 이야기를 하는 게 아닌데—

앨런 캐닝　　(차분하게) 우린 **진실**을 찾으러 온 겁니다, 라일라 박사님. "그 진실이 무엇이든 말입니다." 가이 **본인**이 그렇게 말했습니다.
　(손을 펴며) 가이가 그걸 원했다면 우리가 찾아낸 "진실"을 자기 마음대로 취사선택할 수는 없죠.

빌 세라피니　　(라일라에게) 상황이 그렇게 됐을 가능성도 있는 겁니까? 모라가 그를 **죽였을 수도** 있을까요?

라일라 퍼니스　　(굳은 표정으로) 그럴 수도 있어요. 그가 정말 모라를 학대했다면요.
　(숨을 깊이 들이마시고) 몇 달이나 한집에 살았고, 그동안 내내 학대가 지속되었다면 스트레스가 극에 달했을 가능성이 크죠.

그리고 10대의 두뇌는 전두엽이 완전히 발달하지 않은 미숙한 상태라는 걸 잊지 말아야 합니다. 그래서 성인과 비교해 충동을 조절하는 능력이 현저히 떨어지죠.

그러니, 맞아요. **어쩌면**, 만약 모라가 그 정도의 정신적 스트레스에 시달리고 있었고 갑작스럽게 그와 적대적인 대치 상태에 놓였다면, 가능할 수도 있을 것 같습니다. 방금 앨런이 묘사한 방법으로 분노를 **쏟아냈을지도** 몰라요.

휴고 프레이저 어쩌면 박사님이 생각하는 것보다 훨씬 더 교활한 아이였을 수도 있습니다. 어떤 미친 싸이코가 그런 것처럼 보이도록 루크의 얼굴을 그 정도로 훼손했을 수도 있어요. 경찰에게 의심받지 않기 위해서 말이죠.

빌 세라피니 미치, 당시에 모라와 사귀었죠. 모라가 그날 밤에 무슨 일이 있었는지 말한 적은 없습니까? 학대를 당했다는 얘기 같은 건 꺼내지 않은 것 같은데요. 그랬다면 당신이 이미 우리에게 말했을 테니까요.

미첼 클라크 (고개를 저으며) 그날 밤 이후 모라와 얘기를 나눈 적이 없습니다. 다음 날 아침에 문자로 이별 통보를 받았어요. 그후에 몇 주일 동안이나 모라와 얘기해보려고 시도했지만 전화를 받지도 않았어요.

휴고 프레이저   그 자체만으로도 대충 설명이 되는 것 같군요.

빌 세라피니   (미첼에게) 어딘가 이상하다는 생각은 안 들었습니까?

미첼 클라크   (어깨를 으쓱하며) 그땐 그런 생각을 하지 않았습니다. 그 당시 돌아가는 상황을 감당하기도 벅찼으니까요. 솔직히 말해서 스물한 살짜리 풋내기에게 그 정도의 감정 지능을 기대하긴 무리잖아요. 그냥 그런 끔찍한 상황이 벌어졌으니 나까지 신경 쓰고 싶지 않은가보다 했습니다.

그리고 솔직하게 말하면 나도 좀 마음이 떴던 것 같아요. 그날 밤만 해도 정말 아슬아슬했으니까요.

(빌을 보며) 그리고 분명히 말하지만, 당신 말이 맞습니다. 모라는 루크와의 사이에 뭔가 부적절한 일이 벌어졌다는 말은 한 번도 안 했습니다. 단 한 번도요.

앨런 캐닝   (뒤로 기대앉으며) 그럼 만약 모라가 **그랬다면**, 캐럴라인은 알고 있었을까요?

모두 생각에 잠긴 동안 잠시 침묵이 흐른다. 빌이 낮게 휘파람을 분다.

빌 세라피니   맙소사.

앨런 캐닝　　뻔하지 않습니까? 그날 밤이 아니더라도 금방 알아차렸겠죠.

아이들이 상담 치료를 받았다던 셜리 부커의 진술 기억하시죠? 만약 모라가 정말 "루크"를 죽였다면, 당연히 치료가 필요했을 겁니다. 모라는 정신에 문제 있는 또라이는 아니었으니까요.

라일라 퍼니스　　(앨런의 단어 선택을 거슬려하며) 모라가 시신을 **발견했습니다**. 그 **자체**만으로도- (사건 현장 사진들을 가리키며) 평범한 열다섯 살 소녀의 정신에 큰 충격을 주지 않았겠어요?

앨런 캐닝　　물론 그렇습니다. 하지만 또다른 가능성이 있을 수 있으니까요. 아까도 말했지만 우리 마음에 들지 않는다고 해서 그냥 배제할 수는 없습니다.

빌 세라피니　　(역시 메모판을 보며) 그럼 모라의 옷은요? 만약 모라가 루크를 때려죽였다면 거기서 튄 유기물질이랑 피로 범벅이 됐을 텐데요. 그랬다면 경찰이 놓쳤을 리가 없습니다.

휴고 프레이저　　가장 간단한 가능성은 옷을 갈아입는 겁니다. 집이었으니 깨끗한 옷으로 갈아입을 수 있었겠죠.

라일라 퍼니스　　(타임라인을 보며) 시간상으로 가능한가요?

휴고 프레이저　(생각하며) 좀 빠듯하긴 해도 가능할 것 같군요. 모라가 10시쯤 집에 왔다면요. 신고 시각이 10시 47분이니까요.

JJ가 메모판으로 다가가 이전에 보여준 영상 속 사진들 앞에 선다.

카메라 무빙　메모판을 클로즈업한다.

JJ 노턴　(사진들을 가리키며) 그날 이른 저녁 친구의 파티에 갈 때 입었던 옷은 알고 있습니다. 문제는 신고를 받고 경찰이 출동했을 때도 똑같은 옷차림이었느냐 하는 거겠죠.

타렉 오스만　(고개를 들며) 그 당시 영상은 없습니다. 언론에서 그날 밤 아이들이 찍힌 영상은 내보내지 않도록 막았거든요.

휴고 프레이저　(앨런에게) 모라가 시신을 최초로 발견했다면 런던 경찰이 모라의 옷도 분명 수거했겠죠? 그럼 사건 파일 어딘가에 그날 모라가 무엇을 입고 있었는지 알려줄 정보가 있을 겁니다.

모두 서류를 뒤적인다. 빌이 가장 먼저 발견한다.

빌 세라피니　여기 있네요- 회색 후디, 흰 티셔츠, 청바지.
(고개를 들어 아직 메모판 옆에 서 있는 JJ를 보며) 맞습니까?

JJ 노턴   (빌을 마주 보며) 네, 맞습니다. 하지만 보통 10대들이 가지고 있는 흰 티셔츠와 청바지가 한두 벌은 아니죠? 그것만으로는 결정적인 단서가 되기는 어려울 것 같네요. 경찰이 오기 전에 손쉽게 갈아입을 수 있으니까요.

라일라 퍼니스   후디는요?

JJ 노턴   이전에 찍은 사진에서는 입고 있지 않습니다. 하지만 실내에 있었으니 입을 필요가 없었을 수도 있죠.

휴고 프레이저   잠깐만요, 앨런, 당신 말대로라면, "루크"는 왜 재킷을 입고 있었는지 설명해주시겠어요?

몇 사람이 무표정하게 휴고를 보는데, 빌이 한발 앞선다.

빌 세라피니   무슨 말인지 알겠어요. 루크가 집에서 TV를 보다가 창밖으로 모라가 오는 걸 봤다면, 나가서 모라에게 따지기 전에 굳이 재킷을 챙겨입은 이유가 있냐는 거군요? 보통은 안 그럴 테니까요. 비가 오고 있었대도 그렇지만 그땐 비가 오기도 전이었고요.

앨런 캐닝   (어깨를 으쓱하며) 별것 아니죠. TV를 보고 있지 않았을 수도 있어요. 오토바이를 손보기 위해 차고로 가려던 참이었을 수도 있고요.

재연   화면이 "모라"가 테라스에 나타나는 장면으로 "되돌아가" 다시 시작된다. 이번에는 "루크"가 검정 데님 재킷을 입고 거실에 서 있다가 "모라"를 발견한다. 나머지는 이전과 똑같이 전개된다.

장면 전환   출연진.

라일라 퍼니스   하지만 죽었을 때 차고 작업실 열쇠를 가지고 있지 않았잖아요? 전에 이미 얘기했던 거 같은데요.

앨런 캐닝   (침착하게) 열쇠를 찾고 있는데 모라가 나타났을 수도 있지요.

휴고 프레이저   난 아직 뭔가 석연치 않습니다. 이미 **알려진** 사실들이 다른 가설에 더 부합하는 것 같아요. 예를 들면, 그날 밤 예고 없이 나타났든 미리 알렸든 간에 누군가 집에 왔고, 루크가 그 사람과 집 밖에서 대화하려고 마음먹고 재킷을 입은 거죠.
   내가 보기엔 모라는 이 일과 상관없는 것 같습니다.
   (잠시 침묵한 끝에) 물론 미치의 얘기가 몇 가지 중요한 의문을 제기한 건 맞습니다. 무엇보다 정말 모라가 집에 일찍 도착했다면, 앨런의 말처럼 직접 루크를 살해할 만한 충분한 시간이 되기도 하죠. 하지만 한편으로는 그녀가 기존에 진술했던 것보다 더 많은 것을 알고 있을 가능성도 있어요.
   문제는 오로지 모라만이 대답할 수 있는 질문이라는 겁니다.

카메라 무빙 갑자기 무슨 소리가 들리자 카메라가 재빨리 움직여 옆방으로 이어지는 문이 열리는 장면을 포착한다. 모라가 양쪽 문을 잡고 서 있다. 모두가 돌아본다.

모라 하워드 무슨 일이 있었는지 알고 싶다고요?

좋아요. 나한테 물어보세요.

빌어먹을 무슨 일이 있었는지 말해줄 테니까요.

천천히 페이드아웃

장면 전환 닉 빈센트가 아무것도 없는 검은 배경 앞에 서서 카메라를 보고 말한다.

닉 빈센트 이번 시리즈가 여기까지 오는 동안 저희 방송의 제작 방식에 관해 제기된 여러 논란을 알고 계실 겁니다. 비열함, 착취, 심지어 사기라는 비난도 들었습니다.

그러나 저는 어떤 사과도 하지 않겠습니다.

왜냐고요?

20년 동안 런던 경찰청도 풀지 못한 사건을 지난 몇 달 사이에 우리가 해결했기 때문입니다.

그렇습니다. 오랜 시간이 지난 지금, 마침내 우리는 진실을 알게 되었습니다. 누가 루크 라이더를 죽였는지 알아냈습니다.

놀라지 마십시오. 단언컨대 지금부터 아주 **아찔한** 일이 벌어집니다.

페이드아웃

장면 전환　도니 저택. 모라는 여전히 문간에 서 있고 조금 떨어진 곳에 가이가 서 있다. 스크린 앞쪽으로 탁자 주위에 앉아 있는 출연진이 보인다. 모두 고개를 돌려 모라를 보고 있다.

가이 하워드　(모라를 향해 한 걸음 다가가며) 누나, 이러지 않아도 돼—

모라 하워드　오, 그래? 저 사람들이 하는 말을 다 들었는데도? 그리고 **저** 개자식이— (떨리는 손으로 앨런을 가리키며) 방금 나를 살인자로 몰았잖아.

가이 하워드　(더 가까이 다가가며) 그냥 가설을 하나씩 지워가는 과정이야. 누나가 무슨 짓을 했다고 믿는 사람은 없어.

모라 하워드　과연 그럴까? 난 그렇게 들리지 않았어.
　(가이를 밀어내고 방 안으로 들어가 앨런 앞에 서며) 무슨 일이 일어났는지 알고 싶다고요? 그럼 어디 내 면전에서 직접 물어보지 그래요.

모라가 큰 소리를 내며 거칠게 의자를 끌어와 앨런과 조금 떨어진 곳에 놓고 강한 적개심을 드러내며 뒤로 기대앉는다.

앨런 캐닝   (차분하게) 좋습니다. 그걸 원하신다면 한번 들어봅시다. 그날 밤 무슨 일이 있었는지 당신 입장을 직접 말해보세요.

모라 하워드   이건 내 **입장**이 아니라−

앨런 캐닝   (어깨를 으쓱하며) 입장이든 주장이든 "당신의 진실"이든 뭐든 상관없습니다. 단어에 집착할 필요는 없으니까요.
우선 영화부터 시작해보죠. 당신의 어머니가 당신과 어밀리를 노팅힐에 있는 게이트 극장에 데리고 가서 영화표를 사줬죠.「참을 수 없는 사랑」이라는 영화였죠, 맞습니까?

모라 하워드   (소리 죽여 중얼거린다) 아주 찰떡 같은 제목이지.

앨런 캐닝   (그 말에 흥미를 보이지만 말꼬리를 잡지 않고) 영화는 8시에 시작했고 10시 15분에 끝날 예정이었습니다. 그러니 당신과 어밀리가 집까지 걸어가는 시간을 고려하면 10시 30분쯤 집에 도착했어야 하죠.

앨런은 대답을 기다리지만 모라는 대꾸하지 않는다.

앨런 캐닝   그렇지만 당신에게는 다른 계획이 있었습니다. 극장에 들어가자마자 다시 나왔고 미치가 당신을 픽업했습니다.

앨런이 미치를 가리키자 모라가 무심결에 그를 본다. 짧은 순간 둘의 시선이 부딪친다. 마지막으로 함께였던 때로부터 아주 긴 시간이 흘렀다. 시선을 돌리는 모라의 입술이 가볍게 떨린다. 미치는 카메라에 등을 보이고 있지만, 라일라가 긴장한 눈으로 흘긋 그를 살피는 것이 보인다.

모라 하워드   맞아요.

앨런 캐닝   당신은 미치의 집에 두 시간 정도 있었고, 미치가 당신을 다시 라버트 가에 내려준 게 10시 직전이었습니다. 당신은 그곳에서 어밀리와 만나기로 했죠. 같이 집까지 걸어가려고요.

모라가 고개를 끄덕인다. 여전히 시선을 피하고 있다.

앨런 캐닝   그런데 미치가 당신을 내려줬을 때 어밀리가 있었습니까?

모라가 아주 잠깐 주저하다가 고개를 젓는다.

앨런 캐닝   어밀리는 언제 왔습니까?

모라 하워드   5분 정도 지난 후에요. 나한테 잔뜩 화가 나 있었어요. 사실 극장보다 친구네 집에 가고 싶어했는데 내 계획이 엄마에게 탄로 날까 봐 어밀리도 억지로 끌고 갔거든요.

앨런 캐닝　둘이 도니 저택에 도착한 게 몇 시였습니까?

모라 하워드　10시 30분쯤이요. **이미 다 알 텐데요.**

앨런 캐닝　하지만 999에 신고한 건 10시 47분이었습니다. 왜 시간이 걸렸죠?

모라 하워드　(눈알을 굴리며) 도대체 몇 번이나 같은 말을 되풀이합니까? 우린 콜라와 간식거리를 챙기러 부엌에 들어갔어요. 루크는 보이지 않았고—

앨런 캐닝　베아트리스 말입니까? 분명 루크가 아니라 베아트리스가 와 있을 거라고 생각했을 텐데요?

모라 하워드　(살짝 얼굴을 붉히며) 당연하죠— 내 말은 부엌에 아무도 없었다는 뜻이에요.

앨런 캐닝　걱정되지 않았습니까? 베아트리스가 집에 있기로 했잖아요? 엄마가 동생을 혼자 집에 둘 리는 없으니까요.

모라 하워드　(처음으로 앨런을 쳐다보며) 베아트리스는 가이를 돌보러 올 때면 주로 다림질을 했어요. 그래서 거기에 있는 줄 알았죠.

앨런 캐닝   보통 부엌에서 다림질하지 않습니까?

모라 하워드   (비꼬듯이) 우리 집에는 **세탁실**이 따로 있습니다. 이름만 봐도 알 텐데요, 똑똑한 양반.

앨런 캐닝   (비아냥에 개의치 않고) 좋습니다. 그럼 테라스로 이어지는 문은요? 열려 있었습니까, 닫혀 있었습니까?

모라 하워드   이봐요, 이미 다 아는―

앨런 캐닝   (메마른 미소를 지으며) 말씀해주시죠.

모라 하워드   닫혀 있었습니다. 됐어요?

앨런 캐닝   그러고 나서 무슨 일이 있었죠?

모라 하워드   어밀리와 잠시 대화하다가 콜라를 챙겨서 어밀리는 2층으로 올라가고 난 내 방으로 갔죠. (잠시 멈췄다가) 그때 그를 발견했어요.
　이 이상은 **말하지 않겠습니다**. 그때를 또 떠올리고 싶지 않아요.

앨런 캐닝   그럼 요약해보죠. 미치가 당신을 내려준 후 곧장 집으로 가지 않고 동생을 기다렸군요.

모라 하워드　　그래요.

앨런이 속사포처럼 질문을 퍼붓기 시작한다.

앨런 캐닝　　집에 도착을 때 집에서 나가는 사람을 보지 못했습니까?

모라 하워드　　못 봤어요.

앨런 캐닝　　당신이 극장에 간 게 아니라 미치와 있었다고 루크가 화를 내서 그와 다투지는 않았습니까?

모라 하워드　　아니요.

앨런 캐닝　　그의 재킷 지퍼에 끼인 머리카락은 당신 머리카락이 아니었습니까?

모라 하워드　　(눈이 휘둥그레지며) 아니요-

앨런 캐닝　　그에게 학대를 당했습니까?

모라가 놀라며 "헉"하고 숨을 들이마신다. 그리고 아주 짧은 침묵 후에 대답한다.

모라 하워드   아니요.

앨런 캐닝   어밀리는요? 당신보다 어려서 교묘하게 조종하기 쉬웠을 텐데요. 루크가 표적으로 삼은 게 어밀리였습니까? 두 사람이 루크를 싫어한 이유가 **그거**였나요?

모라 하워드   (매섭게) 이봐요, 우린 그냥 그가 마음에 안 들었어요, 알겠어요? 그게 다예요. **모든 문제**의 원인이 아동학대는 아니에요. 쓰레기 같은 리얼크라임 쇼에 나오는 게 전부가 아니라고요.

앨런 캐닝   극장에 갈 때 무슨 옷을 입고 있었습니까?

모라 하워드   (갑작스러운 방향 전환에 살짝 당황하며) 친구네 파티에 갈 때와 같은 옷이요. 청바지, 티셔츠, 운동화—

앨런 캐닝   물론 재킷도 입었겠죠? 날씨가 꽤 쌀쌀했잖아요. 오전에 비가 왔고 밤에 또 비가 내릴 거라는 예보가 있었으니—

모라 하워드   맞아요, 깜빡했네요. 엄마가 사준 그 후디도 입고 있었어요.

앨런 캐닝   그게 전부입니까? 비가 많이 올 때에는 별 도움이 안 될 것 같은데요.

모라 하워드   (자기도 모르게 웃으며) 네, 엄마도 그렇게 말했지만, 마음에 드는 코트가 없었어요. 교복이 있지만 금요일 밤에 교복을 입기는 **죽어도** 싫었으니까요.

앨런 캐닝   그 후디는 그날 밤 경찰에서 당신의 나머지 옷가지들과 수거해간 그 후디입니까?

모라 하워드   네.

앨런 캐닝   검사 결과 핏자국이 발견되지 않았지요.

모라 하워드   (또 얼굴을 찌푸리며) 그래서요? 핏자국이 있을 리 없잖아요?

앨런 캐닝   당신이 시체를 발견했으니까요. 당신 옷에 핏자국이 **약간** 묻어 있어도 이상할 상황은 아니죠. 특히 후디에는요.

모라 하워드   (고개를 저으며) 난 가까이 가지도 않았어요. 말했잖아요. 그게 뭔지 깨달은 순간 **도망갔다고요**—

앨런 캐닝   후디를 갈아입지는 않았습니까? 깨끗한 걸로요.

모라 하워드   내가 왜 그러겠어요?

앨런 캐닝   후디에 피가 **묻었을지도** 모르니까요. 시체를 발견했다는 이유라고 하기에는 **너무 많은** 피가 묻어서요.

모라 하워드   재수 없는 앨런 조사관님, 잊어버렸을까 봐 한 번 더 말씀드리자면, 당신네 경찰들이 집으로 몰려와서 온 집 안을 샅샅이 뒤졌어요.
  경찰이 하나같이 무능하기 짝이 없는 건 알지만, 아무리 키스톤 경찰들(**무성 슬랩스틱 코미디에 나오는 무능한 경찰들/옮긴이**)처럼 형편없는 경찰이라도 피범벅이 된 후디 하나를 찾지 못할 리는 없지 않나요?

앨런 캐닝   신고를 하기 전에 당신이 세탁기에 집어넣은 건 아니고요—

모라 하워드   (빈정대며) 아, 그래요? 내가 어떻게 그럴 수 있죠, 똑똑한 양반? 망할 세탁기는 **이미 돌아가고** 있었는데—

모라가 말을 멈춘다. 갑자기 자신이 무슨 말을 했는지 깨닫고 경악한다. 볼이 빨갛게 달아오르고 고개를 돌린다.

앨런 캐닝   그러니까 누군가 세탁기를 돌리고 있었다는 말이군요. 당신이 집에 도착하기 **전**에요.
  그게 누굽니까?

모라 하워드   (그의 시선을 피하며) 나한테 묻지 말아요—

앨런 캐닝   당신에게 묻고 있습니다.

모라 하워드   그걸 내가 무슨 수로 압니까? 아마 엄마였겠죠—

앨런 캐닝   이 방송 초반에 당신은 어머니가 빨래 같은 걸 한 적이 없다고 했습니다. 집안일을 싫어했다고요. 그래서 베아트리스를 고용한 게 아니었습니까?

모라 하워드   (어깨를 으쓱하며) 그럼 베아트리스가 세탁기를 돌렸나 보죠. 빌어먹을 그게 무슨 상관이에요— (말을 멈추고 입술을 깨문다)

앨런 캐닝   (조용히) 아주 큰 상관이 있죠. 베아트리스는 그날 밤에 집에 없었으니까요. 그녀는 오후 2시쯤 퇴근했습니다. 8시간이나 계속 돌아가는 세탁기는 지구상에 없습니다. (침묵) 어밀리였군요, 그렇죠?

질문이 아니다. 모라는 대답하지 않는다.

앨런 캐닝   그날 밤에 무슨 일이 있었는지 내 생각을 말해줄까요?

모라가 고개를 돌린다. 금방이라도 울음을 터뜨릴 것 같은 분위기다.

앨런 캐닝　　미치가 당신을 내려준 후 당신은 어밀리와 함께 집에 돌아오지 않았습니다. 잠시 거기 서서 기다리다가 분명 어밀리도 일찍 극장에서 나왔을 거라는 생각이 들었고, 어밀리가 이미 집에 갔을 것 같아서 그냥 집으로 향했죠. 그리고 당신 생각대로 어밀리는 집에 있었어요.

그리고 당신은 꿈에도 생각하지 못한 장면과 맞닥뜨린 겁니다.

재연　앞의 재연과 같이 "모라"가 포드에서 내린다. 이번에는 길에서 시계를 보며 잠시 기다리다가 주위를 둘러보고는 도니 저택으로 걸어간다. 현관에 도착한 뒤 비밀번호를 누르고 안으로 들어간다.

집에는 아무도 없어 보인다. 당황한 "모라"는 부엌으로 들어갔다가 무슨 소리를 듣고 세탁실 문을 연다. 세탁기가 돌아가고 있다. 어리둥절한 표정으로 세탁기를 살피던 "모라"는 문득 뒤를 돌아본다. 얼굴에 피가 묻고 백지장처럼 하얗게 질린 어밀리가 서 있다. 뭔가 끔찍한 일이 벌어진 게 분명하다.

앨런 캐닝　　어밀리는 절망적이고 충격에 빠져서 정신이 반쯤 나간 상태였습니다. 루크가 집에 있는 줄 몰랐다면서 알았으면 먼저 집에 오지 않았을 거라고 말합니다. 두 사람이 끔찍한 언쟁을 벌였다고 하죠. 아마 그동안 자기한테 한 짓을 엄마에게 다 말하겠다고 협박했을지도 모르죠.

그의 말이 이어지는 동안 재연이 계속된다.

앨런 캐닝   왜, 어쩌다 그렇게 됐는지 모르지만 옥신각신 몸싸움이 벌어지고 그 와중에 어밀리의 머리카락이 루크가 입고 있던 재킷 지퍼에 끼입니다.
 어밀리가 겨우 빠져나와 정원을 통해 도망치려 하지만 뒤쫓아온 루크가 그녀를 계단에서 붙잡고, 다시 옥신각신합니다. 그러다 어밀리가 루크를 밀었을 수도 있고, 루크가 미끄러졌을 수도 있죠―

장면 전환   다시 도니 저택. 모라가 손으로 입을 가리고 소리 없이 눈물을 흘리고 있다. 가이가 다가가 그녀의 어깨에 손을 얹는다.

앨런 캐닝   어밀리는 어쩔 줄을 몰랐겠죠. 당신에게 도와달라고 했고 당신은 그러겠다고 했어요.
 어밀리는 당신의 동생이고 당신은 그녀를 사랑하니까요. 그리고 이 일을 비밀로 하는 데 동의합니다―

모라 하워드   (고개를 저으며) 아니― 그런 게 아니에요―

라일라 퍼니스   (부드럽게 달래며) 그럼 어떻게 된 거예요, 모라?

모라 하워드   (떨리는 목소리로) 어밀리는 내게 도와달라고 하지 않았어요. 내가 거기 있는지도 몰랐어요.

빌 세라피니   잠깐만요— 지금 뭐라고 말했습니까?

모라 하워드   (깊이 숨을 들이마신다. 가이가 그녀의 어깨를 힘주어 잡는다) 집에 돌아가서 부엌으로 갔을 때 다용도실에 있는 어밀리를 발견했어요. 뭔가 헹구고 있는 것 같았는데 그게 뭔지는 보이지 않았어요. 하지만 피가 묻은 것 같았죠. 그다음 어밀리는 세탁기를 열고 그걸 집어넣고는 세탁기를 켰어요. 뭔가 좀 이상했어요. 세탁기 안에 이미 세탁이 끝난 깨끗한 옷들이 있었는데 꺼내지도 않고 그냥 다시 돌렸거든요.

빌 세라피니   뭐냐고 물어보지 않았습니까?

모라 하워드   (고개를 저으며) 아니요. 어밀리가 창피해할까 봐서요. 생리혈이 묻었나 보다 했어요. 생리를 시작한 지 얼마 안 됐을 때라서 그런가 보다 생각했죠.

빌 세라피니   그래서 그냥 나왔습니까? 당신이 왔다는 걸 알리지 않고? (모라가 잠시 주저하다 고개를 끄덕인다) 그후에는요?

모라 하워드   곧장 내 방으로 가려고 나왔어요— (더듬거리며 다시 손으로 입을 가린다)

빌 세라피니   그때 그 피가 어디에서 묻은 건지 깨달았군요.

(모라가 힐긋 그를 보고 고개를 끄덕인다) 그리고 어밀리를 보호해야 겠다고 결심했고요. 열세 살짜리 여동생을 평생 감옥에서 썩게 할 순 없다고 생각했겠죠. 무슨 짓을 해서라도요.
(모라가 손을 더듬어 가이의 손을 꼭 잡는다) 그래서요?

모라 하워드　　다시 부엌으로 들어갔는데 어밀리가 거기 있었어요. 몰골이 말이 아니었지만 아무 말도 안 했어요. 루크가 죽었다고 말하자 어밀리가 놀라는 척했지만 정말 놀란 게 아니라는 걸 알았죠. 놀라지 않았어요.
내가 경찰에 신고하겠다고 말하고 경찰이 오면 우린 내내 극장에 있다가 지금 막 집에 돌아왔다고 말해야 한다고 했어요. 안 그러면 우리가 연관되었다고 생각할 수 있으니까요.

라일라 퍼니스　　어밀리는 뭐라고 했나요?

모라 하워드　　별말 안 했어요. 2층에 올라가서 가이가 괜찮은지 살펴보겠다고 했어요. (고개를 든다. 얼굴에 하염없이 눈물이 흐르고 있다)
그때 알았어요.
어밀리가 그랬다는 걸.

화면이 멈추고 천천히 페이드아웃
엔딩 크레딧

모라 하워드가 어밀리 하워드에게 남긴 음성 메시지

2023년 7월 14일 오후 5시 40분에서 밤 11시 5분 사이

엄, 거기 있으면 전화 좀 받아.

꼭 할 얘기가 있어. 여러 번 문자를 보냈는데 대답을 안 하네.

부탁이야 엄. 중요한 문제야.

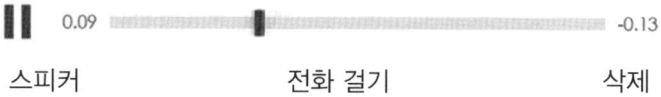

어밀리, 벌써 다섯 번째야. 전화 좀 해줘.

진짜 급한 일이란 말야.

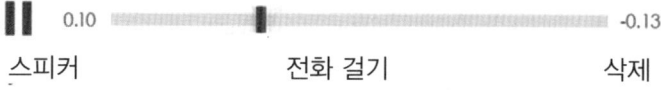

엄, 너희 집 앞에 와 있어. 벨을 눌러도 답이 없고.

무서워 죽겠어.

도대체 어디 있는 거야?

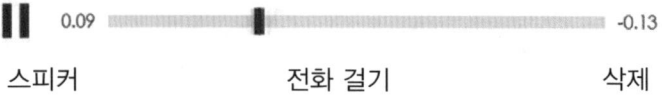

스피커   전화 걸기   삭제

제8화

촬영

드라이 라이저 필름 Ltd.
227 셔우드 가, 런던 W1Q 2UD

출연	콜시트	제작	닉 빈센트
앨런 캐닝		감독	가이 하워드
미첼 클라크	**인퍼머스**	편집	파비오 배리
휴고 프레이저	**누가 루크 라이더를 죽였나?**	조사원	타렉 오스만
라일라 퍼니스		제작 보조	제니 테이트
JJ 노턴	2023년 11월 2일 목요일	야외촬영 관리	가이 존슨
빌 세라피니			
출연자 대기 0815	제1화	현장 아침 식사 7 : 30 ~	
카메라 준비 0830	현장 2일 중 첫째 날	점심 식사 12 : 30 ~	
		예상 촬영 종료 17 : 50	
일출 07 : 02			
일몰 16 : 37			
일기예보 14도, 비			

장소	참고
도니 저택	현장에 일부 주차 가능(사전 예약 필수)
2 라버트 가	가까운 전철역 | 홀랜드 파크
캠든 힐 런던 W8 0TF	비상 전화 07000 616178

팀원 명단

| 직책 | 이름 | 휴대전화 | 직함 | 이름 | 휴대전화 | 전화번호 |

타이틀 시퀀스 범죄 현장과 뉴스 보도 장면, 가족 사진 및 짧은 영상들이 아트하우스식 흑백 몽타주로 이어진다.

주제곡 밥 딜런의 "It's Alright, Ma(I'm Only Bleeding)" — 1969년 영화 「이지 라이더」 삽입곡 중에서

제목

인퍼머스

페이드인

누가 루크 라이더를 죽였나?

페이드아웃

장면 전환 닉 빈센트가 검은 배경 앞에 서서 카메라를 보고 있다.

닉 빈센트 지난 회차의 마지막 장면은 방송 프로그램 역사상 보기 힘든 굉장한 순간이었습니다.

21년째 풀리지 않던 미제 사건이, 카메라 앞에서 해결되었습니다. 살인자는 누구도 일말의 **의심**조차 하지 않은 사람이었습니다. 제작자로서는 마치 「징크스」(뉴욕의 부동산 재벌이자 2건 이상의 살인 사건에 연루되었던 로버트 더스트의 이야기를 다룬 미국의 범죄실화 다큐멘터리 시리즈/옮긴이)가 눈앞에서 재현되는 듯한 기분이었습니다. 기억하십니까? 연쇄살인범 로버트 더스트는 수십 년간 법망을 교묘

히 피해다니다가 한참 후 마침내 다큐멘터리 제작에 응했습니다.

그것만으로도 놀라운 일이었지만, 마지막 장면, 그가 모든 것을 성공적으로 끝냈다고 믿으며 화장실에 갔던 장면은 절대 잊을 수 없습니다.

그는 한 가지를 잊고 있었죠. 바로 자신의 마이크가 켜져 있었다는 사실.

"내가 무슨 짓을 했냐고?" 그가 거울을 들여다보면서 나지막이 말합니다. "물론 다 죽여버렸지."

쾅.

누구도 그보다 더 멋진 장면이 나올 수는 없다고 생각했습니다. 이쪽 분야에서는요.

「징크스」가 제작된 후 8년간은 그랬습니다. 한 번도 없었죠, 지금까지는.

「징크스」의 제작자들은 자신들이 발견한 내용을 경찰에 전달했고, 마지막 방송이 방영되기 전날 밤 로버트 더스트는 일급 살인죄로 체포되었습니다.

엄청난 클라이맥스인 건 맞지만, 뒤늦게 일어난 일이라 그 시리즈에는 담기지는 못했죠.

우리도 **우리**가 발견한 내용을 경찰에 전달했고, 이번 여름 내내 런던 경찰청은 재킷에 낀 머리카락에 대해 최첨단 DNA 분석을 시행하는 등 자체 수사를 진행했습니다.

10월이 되어서야 경찰이 체포에 필요한 충분한 증거를 확보했고 우리는 이 시리즈를 잠시 중단했습니다.

그리고 이제 여러분들에게 공개할 수 있게 되었습니다.

자료 화면 닉 빈센트가 계속 이야기하는 동안 어밀리 하워드가 수갑을 차고 아파트 건물에서 나오는 영상이 재생된다. 그녀의 뒤로 사복경찰 2명이 따라 나오고, 카메라가 그들이 경찰차로 걸어가서 경찰이 뒷문을 열고 어밀리를 태우는 모습을 찍는다.

닉 빈센트 우리는 우리가 사건을 해결한 줄 알았습니다. 우리는, 우리 덕분에 마침내 이 사건에 마침표를 찍을 수 있게 된 줄 알았습니다.
그러나 우리가 잘못 알았습니다. 그게 끝이 아니었습니다.
전혀 아니었습니다.

몽타주 체포 관련 신문 기사들.

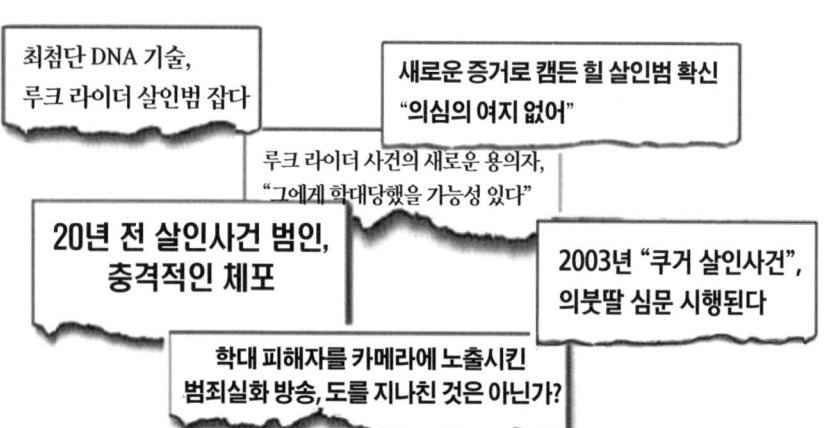

장면 전환 카메라와 마이크로폰에 둘러싸인 가이. 수염이 덥수룩하고 창백하지만 침착한 모습이다.

기자 #1 이 뉴스에 대해 어떻게 생각하십니까, 가이? 상당한 충격을 받으셨을 것 같은데요.

가이 하워드 우리 중 누구도 예상하지 못한 일입니다. 최악의 소식이에요—

기자 #1 따지고 보면 당신 책임이잖아요. 당신이 그 다큐멘터리를 제작하지 않았다면 이런 결과는 없었을 테니까요. 당신의 누나는 빠져나갔을 거고—

가이 하워드 이건 "빠져나가고 아니고"의 문제가 아닙니다. 그녀는 **어린아이**였습니다. 참을 수 없는 감정적 스트레스에 시달리던—

기자 #1 그럼 그녀가 당신이 루크 라이더라고 알고 있던 남자에게 학대를 받았다는 걸 인정하는 건가요? 거기에 관한 확실한 증거가 있나요?

가이 하워드 아닙니다. 하지만—

기자 #1   경찰이 발견한 새로운 증거, 그러니까 그들이 실시한 새로운 DNA 검사 결과 죽은 남자의 재킷에 낀 머리카락이 누나의 머리카락이라고 입증되었다는데요, 사실입니까?

가이 하워드   그렇다고 들었습니다-

기자 #2   그리고 그의 진짜 이름이 조나 매케너였다고요? 캐나다 출신으로 1991년에 가짜로 자기의 죽음을 위장했다면서요?

가이 하워드   그렇다고 합니다-

기자 #2   그에 관해 아는 게 있습니까?

가이 하워드   없습니다. 당신이 아는 것과 똑같습니다. 아마 경찰이 그의 가족을 추적할 겁니다-

기자 #3   당신 가족은 어때요? 가족들은 이 일을 어떻게 생각합니까? 누나가 체포된 게 당신 탓이라고 비난합니까?

가이 하워드   (살짝 고개를 쳐들며) 그건 내 잘못이 아닙니다. 우리가 어떤 정보를 찾게 될지 누가 알았겠습니까?

기자 #4   어머니와 모라는요? 어떻게 생각하고 있습니까?

가이 하워드   어머니는 알츠하이머 진단을 받은 지 오래됐습니다. 무슨 말씀을 하실 상태가 아니에요―

기자 #4   그래도 물론 어머니는 알았겠죠? 2명의 10대 소녀가 그런 엄청난 비밀을 숨길 수 있을 것 같지 않은데요.

가이 하워드   어머니가 뭔가 **알고** 있었다는 느낌은 전혀 **없었습니다.**

기자 #4   그날 밤은 아니더라도 그 이후에는요? 누나들이 상담 치료를 받지 않았습니까? **당신**도 받았죠? 어머니가 어떻게 **모를 수** 있습니까?

가이 하워드   그건 **사생활**입니다―

기자 #4   이미 방송에 다 나온 내용입니다. 만천하에 공개된 얘기인데 이제 와서 그런 소리를 하면 안 되죠―

가이 하워드   (뒤로 물러나면서) 더는 할 말 없습니다. 질문이 있으면 내 변호사에게 보내세요. 그동안은 나와 내 가족의 사생활을 보호해주시기 바랍니다―

기자 #4   "이 힘든 시기에" 말이죠. 어련하겠어요.

(낮은 소리로 중얼거리며) 그동안 당신은 이 일로 엄청난 이득을 챙길 게 뻔하지.

기자 #3 (조용히 동의하며) 시청 시간이 20퍼센트나 껑충 뛰었어요. 최소한으로 잡아도 그 정도예요.

장면 전환 스튜디오. 밖에는 시커먼 구름이 덮여 있고 빗방울이 창문을 때린다. 닉이 타렉과 탁자 앞에 앉아 있다. 벽에 2개의 스크린이 설치되어 있다.

닉 빈센트 자, 아주 많은 일이 벌어졌으니 이제 마지막으로 한번 다 같이 모이는 게 좋을 것 같았습니다.
 서머싯에 있는 가이는 줌으로 합류할 겁니다. 그곳에서 어머니와 지내고 있지요.

스크린 중 하나가 켜진다. 가이가 앉아 있는 거실 뒤로 넓은 정원이 눈에 들어온다. 헐벗은 나무들 사이로 자욱하게 안개가 덮였다. 지난번보다 야윈 가이는 침울해 보이고 흐트러진 모습이다. 머리는 덥수룩하고 옷에 구김이 많다. 그는 음소거 상태다.

라일라 퍼니스 우리 모두를 대표해서 위로의 마음을 전합니다. 상황이 이렇게 되어버려서 정말 안타까워요. 당신과 당신 가족이 정말 끔찍한 시간을 보내고 있으리라 짐작됩니다. 어려운 시기를 잘 넘길 수 있도록 꼭 도움을 받았으면 합니다.

어밀리도 마찬가지입니다. 그녀의 과거를 알고 나니 이해가 될 것도 같아요. 당시에 누군가 눈치채고 개입했더라면 얼마나 좋았을까요. 정말 비극이에요, 가이. 정말 비극적인 일입니다.

가이가 손을 들어 짧게 감사 인사를 하지만 여전히 음소거 상태를 유지한다.

JJ 노턴   (출연자들을 둘러보며) 다른 사람은 어떤지 모르겠지만 이 모든 걸 처음 시작했던 때가 까마득히 멀게 느껴집니다. 아니면 그새 내가 폭삭 늙어버렸는지도 모르겠어요.

빌 세라피니   (냉소적으로 닉을 향해) 자, 이제 당신은 매우 만족스럽겠군요. 여기저기 안 나오시는 데가 없던데. 나도 30년 동안 연락 한 번 없던 사람들에게 전화를 다 받았습니다.

닉 빈센트   우리 모두 그렇죠, 빌. 이건 다 같이 노력한 덕분이니까요.

휴고 프레이저   늘 그렇게 느껴지진 않던데요, 닉. 우리 생각은 다릅니다.

JJ 노턴   그런데 난 경찰이 그 당시에 이 사건을 풀지 못한 이유를 아직도 이해하기 어렵습니다. 지금 보면 너무 명백한 것 같은데 말이죠. 우선 그날 밤 세탁기가 돌아가고 있는 걸 발견했을 거 아닙니까?

라일라 퍼니스　(어깨를 으쓱하며) 워낙 집이 크잖아요. 어밀리가 세탁기 가동 시간을 짧게 설정했다면 경찰이 도착해 집을 둘러보고 세탁실을 열었을 때쯤엔 이미 끝났을 수도 있습니다.

JJ 노턴　지나고 나서야 명확히 보인다나 뭐라나 하는 말이 있죠. 어쨌든 우리도 전혀 예상하지 못했잖아요? 몇 주일 동안이나 사건과 관련된 정보들을 이 잡듯 꼼꼼히 뒤졌는데도 말입니다. 그렇게 따지면 런던 경찰청을 탓할 일만도 아닌 것 같네요.
　(가이를 힐긋 보며) 솔직히 말하면 두 자매가 완벽하게 은폐한 건 사실이잖아요.

휴고 프레이저　(낮게 중얼거리며) **지나치게 완벽했죠–**

JJ 노턴　(휴고의 말을 듣지 못한 듯) 최소한 우리는 다 혐의가 풀렸네요. 닉이 계속해서 시청자들이 "우연의 일치"라고 믿기를 바랐던 그 많은 것들이 전혀 우연의 일치가 아니었군요.
　이봐요, 닉? 이제 완전히 스타가 되셨습니다.

닉은 웃기만 하고 아무 말도 하지 않는다.

라일라 퍼니스   (가이를 보고 다시 닉을 보며) 모라는 어떤가요, 소식을 알고 있어요? 모라에게 엄청난 충격이었을 텐데요.

스크린 속 가이는 왼쪽을 보고 있다. 라일라의 말을 듣지 못한 듯하다.

닉 빈센트   괜찮을 겁니다.

라일라 퍼니스   어밀리는요?

닉 빈센트   그쪽도요. 경찰이 특별히 언질을 해주지는 않습니다.

JJ 노턴   (비꼬듯이) 경찰이 엄청나게 **흡족해하겠군요**. 닉이 자기들 사건을 대신 해결해주고, 설명되지 않던 부분들을 싹 다 모아서 말끔하게 정리해줬으니 경찰은 돈 한 푼 안 들이고—

휴고 프레이저   근데 다 정리된 건 아니잖아요?

몇 명이 의심쩍은 표정으로 휴고를 돌아본다. 스크린에서 가이가 고개를 들고 얼굴을 찌푸린다.

미첼 클라크   (얼굴을 찡그리며) 무슨 말을 하는 거예요, 휴고?

휴고 프레이저   (뒤로 기대앉으며) 그러니까 아직 설명되지 않은 부분들이 남아 있잖아요? 재킷도 그렇고. "루크"가 입고 있던 검정 데님 재킷 말입니다.

잠시 침묵.

라일라 퍼니스   (기억을 더듬으며) 맞아요, 그 이야기를 하긴 했었죠. 그가 죽었을 때 재킷을 입고 있었던 이유를 말하는 거죠?

휴고 프레이저   그렇습니다. 닉의 마지막 재연 장면을 생각해보세요. 아마 경찰도 그걸 보고 그날 밤 사건에 관한 타당한 추론이라고 생각했을 겁니다. 어밀리가 집에 도착했을 때 집에 있는 "루크"를 봤고, 두 사람이 몸싸움을 벌이다가 어밀리가 정원을 가로질러서 도망가려고 했는데—

빌 세라피니   (고개를 끄덕이며) 그랬다면 그가 왜 재킷을 입고 있었을까요? 어밀리가 왔을 때 그는 집 안에 있었는데요.

휴고 프레이저   바로 그겁니다.

라일라 퍼니스   잠깐만요. 모라가 범인일 수도 있다는 의심을 했을 때 이 얘기도 나오지 않았나요?

미첼 클라크   그랬죠. 그리고 그가 마침 차고에 가려던 참이었을 거라고 결론을 내렸죠-

휴고 프레이저   그리고 그때 **나는** 그가 이미 누군가를 만났거나, 아니면 **만나려는** 참이었고, 정원에 나가서 얘기하려던 상황이었다는 게 훨씬 더 설득력 있게 들린다고 했죠.
  예를 들면 킹스크로스 역에서 그에게 전화를 건 정체불명의 사람이라든가 말이죠.

JJ 노턴   (반농담조로) 아, 제발 다시 그 얘기는 꺼내지 맙시다. 그래봐야 닉이 또 우리를 죄인 취급할 명분만 줄 거예요-

휴고 프레이저   (그의 말을 끊으며) 어밀리의 상처는 또 어떻고요? 그러니까, 상처가 전혀 없었잖아요?
  머리카락이 지퍼에 낄 정도로 "루크"와 격렬한 몸싸움을 벌였는데 어밀리는 멀쩡했잖아요? 심지어 긁힌 자국 하나 없었어요.

라일라 퍼니스   (얼굴을 찌푸리며) 그거 확실한 건가요?

앨런 캐닝   파일을 보면 어디에도 상처에 관한 얘기는 없습니다. 있었다면 경찰이 놓쳤을 리 없어요.

JJ 노턴   그러고 보니 휴고가 좋은 지적을 한 것 같습니다. 당신 생각은 어때요, 닉? 어밀리에게 그걸 물어본 사람이 있는지 알 수 있나요?

닉 빈센트 (웃으며) 아, 그보다 더 좋은 게 있습니다, JJ.

닉이 타렉을 향해 고갯짓하자 타렉이 자판을 친다. 녹음된 오디오가 흘러나온다.
 음질이 썩 좋지는 않다. 살짝 소리를 죽이고 있어서 출연진은 그 목소리의 주인공을 알아차리는 데 시간이 걸린다. 2명의 젊은 여자들 목소리다. 한 사람이 다른 사람에게 안에서 대우가 괜찮냐고 묻는다.

휴고 프레이저 잠깐만요- 저건 **모라**-

닉 빈센트 (조용히) 그리고 어밀리입니다. 맞아요.

휴고 프레이저 (그를 돌아보며) **도대체** 무슨 수로 저런 걸 손에 넣었습니까?

닉 빈센트 들어보세요, 휴고. 일단 들어봐요.

녹음된 내용이 계속 이어진다.

모라 하워드 다른 게 또 있어. 나한테 너무 화내지 마. 그 제작

자 닉이 너한테 뭘 좀 물어보라는데-

어밀리 하워드　　그 개자식- 그 자식만 아니었으면 이런 일은 없었을 거 아냐. 이걸 하겠다고 동조한 가이도 멍청이고-

모라 하워드　　나도 알아. 그런데 닉이 끈질기게 굴어서 물어보겠다고는 했어, 알겠지?
　대답하기 싫으면 그냥 헛소리 말라고 해. 왜 너한테 가벼운 상처 하나 없었는지 알고 싶대. 그날 밤 말이야. 네가 루크랑 몸싸움을 벌였다면 그럴 리 없을 텐데.

어밀리 하워드　　그래, 헛소리 말라고 해.

모라 하워드　　제발, 엄- (침묵)
　지퍼에 낀 머리카락은 네 것이 분명해. 경찰이 증명했고. 변호사가 그러는데-

어밀리 하워드　　그래, 하지만 그때 낀 건 아니야. 언니, 난 그저 지퍼를 올리려고 했을 뿐이라고, 알겠어? 그 재킷 말이야. 그 며칠 전 일이었어. 그 옷이 맘에 들어서 줄곧 눈독 들이다가 한 번 입어본 건데 아마 그때 머리카락이 낀 모양이야. 그게 다라고.

모라 하워드　　그럼 그날 밤에 루크랑 다툰 게 아니야?

어밀리 하워드　(목소리를 낮추며) 언니까지 왜 이래. 나 아닌 거 언니도 알잖아.

모라 하워드　아냐, 난 몰라. 난 아무것도 모르는데-

어밀리 하워드　빌어먹을-

모라 하워드　(조용히) 루크가 너한테 몹쓸 짓을 했니? 나한테는 말해도 돼. 혹시라도 그 사람이-

어밀리 하워드　그런 일 없어.

모라 하워드　그런데 넌 사람들이 그렇게 믿도록 몰아가고 있잖아. 경찰도, 변호사도-

어밀리 하워드　당연한 거 아냐? 사람들이 듣고 싶어하는 이야기가 그거니까. 그쪽으로 몰아가고 싶어서 다들 안달이 났잖아-

모라 하워드　그럼 루크한테 학대당한 게 아니면 왜 그랬어? 왜 그렇게, 그러니까 왜-

어밀리 하워드　때려죽였냐고? 머리가 터질 때까지 얼굴을 두들겨 팼냐고?

모라 하워드　　세상에, 엄. 정말?

어밀리 하워드　　진짜 왜 이래. 내가 그 사건과 아무 관련 없다는 거 언니도 알면서-

모라 하워드　　난 정말 몰라. 아무것도 모른다고-

어밀리 하워드　　지금 장난하는 거지, 응?

모라 하워드　　절대 아니야. 그 오랜 시간 동안- 난, 난 내가 널 보호하고 있다고 생각했어.

어밀리 하워드　　(들릴락말락 작은 소리로) 언니가 나를 보호하고 있다고 생각했다고?

모라 하워드　　(목소리를 최대한 낮춰 속삭이며) 그럼 넌 도대체 내가 뭘 한다고 생각한 거야? 그날 널 봤어. 싱크대에 고인 피, 세탁기를 돌리는 것도 봤어. 그러고 나서 밖으로 나갔는데 그가 죽어 있어서 난- 난 그런 줄로만-

어밀리 하워드　　젠장, 언니는 왜 나한테 아무 말도 안 했어?

모라 하워드　　내가 그 상황에 무슨 말을 할 수 있겠어? 너한테 루크가 죽었다고 했을 때 넌 조금도 놀라는 기색이 없었고, 경찰에 저녁 내내 극장에 있었다고 말해야 한다고 했을 때도 넌 군말 없이 동의했잖아. 왜 그래야 하는지 묻지도 않았어.
네가 그런 게 아니라면 도대체 왜 그런 반응을 보인 거야?

어밀리 하워드   이런 망할.
이제 어떡하지 젠장, 젠장—

닉이 타렉을 향해 고갯짓하자 타렉이 오디오 재생을 멈춘다. 닉이 출연진을 둘러본다. 거의 모두가 충격과 불신에 휩싸인 표정이다.

휴고 프레이저   그러니까 모두 틀렸네요. 경찰도, 우리도— 모두 틀렸어요. 어밀리가 아니었군요.

닉 빈센트   그런 것 같습니다.

라일라 퍼니스   (닉에게) 모라가 당신을 위해 이걸 녹음했어요?

닉 빈센트   (고개를 끄덕이며) 히스사이드 감옥에서요. 어밀리가 구금된 곳입니다.

JJ 노턴   그러니까 모라는 어밀리가 범인이라고 생각했고, 어밀리는 모라가 범인이라고 생각했지만 서로 거기에 관해 아무 얘기를 하지 않아서 둘 다 틀렸다는 걸 여태까지 모르고 있었다는 거네요. 이건 무슨 토머스 하디 소설도 아니고-

앨런 캐닝   (JJ를 향해) 두 사람 얘기는 그게 아닌 것 같은데요, 안 그래요?
　물론 당신 말도 반은 맞아요. 모라는 분명히 어밀리가 범인이라고 생각했지만, 어밀리는 모라가 범인인 줄 알았다고 말한 적이 없잖아요?

라일라 퍼니스   그래요? 난 잘 모르겠는데.

빌 세라피니   맞아요. 나도 앨런의 의견에 동의합니다-

미첼 클라크   (혼란스러운 표정으로) 하지만 어밀리가 범인이 아니라면 누구죠?

닉 빈센트   (쓴웃음을 지으며) 휴고가 아까 했던 말이 맞는 것 같습니다. 그날 밤 거기에 다른 사람이 있었어요.

그가 탁자 주위를 둘러보며 눈썹을 치켜올린다. 출연진은 방금 그가 한 말의 의미가 천천히 이해되기 시작하는 표정들이다.

라일라 퍼니스   세상에, 또 시작이군요-

닉 빈센트   어떻습니까?

휴고 프레이저   진담입니까? 당신은 **아직도 우리 중 한 명**이라고 생각해요? 모두 무죄를 입증하려고 다 털어놨는데도요?

닉 빈센트   (어깨를 으쓱하며) 해당하는 사람이 있다면요.
  어떤 경우든 솔직히 여러분 중에서 실질적인 "증거"를 제공한 사람이 있었나 싶은데요. 물론 무죄를 주장하며 의심을 받는 것에 대해 엄청난 분노를 쏟아낸 건 맞죠. 그렇지만 그건 말뿐이고 "증거"는 없었습니다. 적어도 내가 보기엔.

미첼 클라크   이제 그만 좀 하죠. 이거 다 극적 효과를 노리는 거 맞죠? 시청 순위를 올리기 위해서? **실제로는** 우리 중에 범인이 있다고 생각한 적도 없으면서—

빌 세라피니   (동의하며) 다 헛소리고 닉도 알고 있을 겁니다.

닉 빈센트   내가요? 시청자들은 여러분과 생각이 좀 다른 것 같던데요. 직접 시청자들에게 물어봤으니 그건 확실합니다.
  6화가 공개되고 두 자매가 용의선상에 오르기 전에 트위터에서 설문조사를 했습니다. 이 살인사건에 연루되었을 가능성이 가장 큰 사람이 누구라고 생각하는지 물었죠. 그리고 이런 결과가 나왔습니다.

보시다시피, 여러분 모두 **완전히** 무죄를 입증하지는 못한 것 같은데요.

스크린에 조사 결과가 뜬다.

드라이 라이저 필름 Ltd.
@dryriserfilms

범행을 저질렀을 가능성이 가장 큰 사람이 누구라고 생각하시나요?
#인퍼머스#누가루크라이더를죽였나

앨런 캐닝	15 %
미치 클라크	14 %
휴고 프레이저	13 %
라일라 퍼니스	9 %
JJ 노턴	11 %
빌 세라피니	9%

라일라 퍼니스   글쎄요, 더 안 좋은 결과가 아니라 다행이군요—

휴고 프레이저   (실망한 척하며) 이런, 앨런은 어쩌죠—?

앨런 캐닝   당신도 그런 말할 처지는 아닌 듯한데요, 휴고?

JJ 노턴　　　(스크린을 뚫어지게 쳐다보다가 닉을 향해서) 이거 퍼센티지 맞죠? 그렇다면 숫자가 모자라는데요— 저건 다 합쳐도 71퍼센트 밖에 안 되잖아요.

닉 빈센트　　　역시 눈썰미가 있으시네요. 과학자는 **어디서나** 늘 도움이 된다니까요.

　　JJ의 말이 맞습니다. **한 사람**이 비죠.

스크린에 전체 리스트가 뜬다.

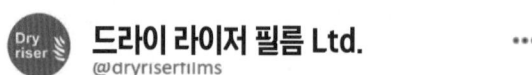

드라이 라이저 필름 Ltd.
@dryriserfilms

범행을 저질렀을 가능성이 제일 큰 사람이 누구라고 생각하시나요?
#인퍼머스#누가루크라이더를죽였나

앨런 캐닝	15 %
미치 클라크	14 %
휴고 프레이저	13 %
라일라 퍼니스	9 %
JJ 노턴	11 %
빌 세라피니	9%
이언 윌슨	29 %

1만 6,845표 집계 결과

휴고 프레이저   아, 행적이 묘연한 윌슨 씨가 있었군요. 그럴 만도 합니다.

JJ 노턴   그래도 이게 무슨 소용인가요? 그 사람은 지금도 스칼렛 핌퍼넬(오르지 남작 부인의 역사소설 속 인물. 프랑스 혁명기에 단두대에 오를 귀족들을 구출하는 인물로, 뛰어난 변장술과 기지로 정체가 알려지지 않았다/옮긴이)이라도 된 양 숨어서 나타나지를 않는데—

닉 빈센트   성급하게 단정 짓지 마세요, JJ. 마지막에 여기 모인 이후로 우리한테 연락한 게 **시청자들뿐만은** 아니었거든요.

모두 그를 쳐다본다.

라일라 퍼니스   (닉과 타렉을 번갈아보며) 윌슨을 찾았어요?

닉 빈센트   내가 찾아냈다면 좋겠지만, 그가 **우리**를 찾았습니다. 우리 시리즈를 시청하고 있었더군요. 아주 굉장한 관심을 가지고 말이죠.

앨런 캐닝   (낮게 중얼거리며) 당연히 그랬겠지.

닉 빈센트   모든 **방송**을 본 뒤 자기가 나서야겠다는 의무감을 느꼈답니다.

휴고 프레이저 (비아냥거리며) 아, 그래요? 이제 와서 뒤늦게 도덕적 책임감에 사로잡히기라도 했답니까?

닉 빈센트 조금만 참아주세요, 휴고, 조금만-

라일라 퍼니스 (조급하게) 빨리 말해보세요, 그가 뭐라던가요?

닉 빈센트 그럼 다 같이 보실까요?

스크린 속 화면이 이언 윌슨과의 인터뷰 장면으로 바뀐다. 그는 해안가에 있는 바에서 대리석 상판을 깐 탁자 앞에 앉아 있다. 야자수와 덴마크 스타일의 박공지붕을 얹은 낮은 집들 너머로 저 멀리 햇빛을 받아 주홍색으로 반짝이는 모래언덕이 보인다. 그는 햇볕에 탄 거무스름한 피부에 크림색 리넨 셔츠를 입었고, 탁자 위에는 네그로니 칵테일과 타고 있는 담배가 놓인 재떨이가 있다. 금발의 숱이 줄고 살이 쪘으나 당당함과 자신감은 여전해 보인다.

미첼 클라크 저기가 어딥니까?

닉 빈센트 (출연자들을 둘러보며) 스바코프문트, 나미비아의 해안 도시입니다. 그동안 저기 살고 있었답니다. 저는 이번에 처음 가봤습니다만, 그가 왜 저기서 사는지 알 것도 같아요. 쾌적한 기후에 친절한 사람들-

휴고 프레이저   (신랄하게) 어련하겠어요. 영국의 범인 인도 조약이 미치지 않는다는 사실도 반할 만한 이유죠.

장면 전환   인터뷰 장면이 방 안에 마련된 스크린을 통해 이어진다. 그 내용을 보는 출연자들의 반응도 볼 수 있다.

닉 빈센트   자, 이언, 왜 이제 와서 침묵을 깨는 겁니까? 이렇게 오랜 시간이 지난 후에요. 경찰이 근 20년 가까이 당신을 찾았다는 사실을 분명히 알고 있었을 텐데 말입니다.

이언 윌슨   물론입니다. 그동안은 "내 변호사들의 조언에 따라 그 요청을 거절했습니다." 미국의 경찰 드라마에서 나오는 것처럼요.

닉 빈센트   지금까지는요.

이언 윌슨   그렇습니다.

닉 빈센트   왜 마음을 바꾸셨나요?

이언 윌슨   나도 다른 사람들처럼 당신 시리즈를 잘 보고 있었습니다. 그날 밤 일어난 일에 대한 여러 가설들을 지켜봤죠. 그러다 엄청난 사실이 밝혀져서 마지막 방송이 연기될 것이라고 당신이 발표했을 때 여기저기 수소문해봤고, 그 결과 런던 경찰청이 그 여자, 어밀리를 체포할 참이라는 사실을 알게 됐습니다.

닉 빈센트   그럼 경찰이 엉뚱한 사람을 잡았다고 생각하시는 겁니까?

이언 윌슨   그들이 엉뚱한 사람을 잡았다는 사실을 분명히 알고 있습니다.

닉 빈센트   좋습니다, 어디 들어봅시다. 그날 밤 정확히 무슨 일이 있었습니까?

이언 윌슨   (술잔을 들어올리며) 한 가지는 당신들 추측이 맞았어요. 나도 거기 있었습니다. 그날 내가 킹스크로스 역에서 라이더에게 전화를 걸었으니까요.

탁자 주위에서 놀라는 소리가 들린다. 휴고가 "그럴 줄 알았다니까"라고 중얼거린다. 닉이 만면에 잘난 체하는 미소를 띠고 출연자들의 표정을 살핀다. 그들의 반응을 즐기는 모습이다.

닉 빈센트   그 집에 가기로 했습니까? 라이더와 대화하기 위해서요?

이언 윌슨　　그렇습니다. 유언장에 관해 의논하려고요. 플로렌스의 유언장 말입니다. 라이더가 몽땅 상속받을 판인데 난 말도 안 된다고 생각했어요. 우선 내 어머니도 나이가 들고 건강이 나빠져서 전처럼 돌아다니지 못하는 형편이었어요. 그 돈만 있으면 큰 도움이 될 수 있었죠.

닉 빈센트　　그렇지만 당신은 플로렌스 씨와 썩 가까운 사이가 아니었잖아요? 당신 어머니도 마찬가지고요.

이언 윌슨　　맞습니다. 하지만 **아버지**가 플로렌스의 남편과 가까웠어요. 아버지와 빅터 라이더는 예전에 절친한 사이였죠. 빅터라면 분명 우리에게 최소한 **뭔가** 남겨주고 싶어했을 겁니다. 빌어먹을 루크는 생전에 **얼굴 한번** 보지도 못했고요.
　　(술을 한 모금 마시고) 물론 그때는 "루크"가 진짜 루크가 아니라는 사실도 몰랐으니 그 나쁜 새끼가 어떤 재산에도 손을 댈 자격이 없다는 것도 몰랐지요.
　　(얼굴을 찌푸리며) 모든 상황을 고려하면 그때 몰랐던 게 다행인지도 모르지만요.

닉 빈센트　　그래서 유언장에 관해 의논하려고 도니 저택으로 갔군요.
　　여기서 잠깐, 이야기를 계속하기 전에, 당신이 제시한 사건 당일 밤의 알리바이가 거짓이었다는 걸 인정하는 겁니까? 출연자들이 물어볼 게 뻔하니 먼저 짚고 넘어가겠습니다.

이언 윌슨   (몸을 앞으로 기울여 담배를 향해 손을 뻗으며) 당연하죠.

닉 빈센트   "크리스틴"에게 거짓말을 부탁했습니까?

이언 윌슨   (다소 불쾌감을 주는 미소를 지으며) 사실, 그녀가 먼저 제안했습니다. 난 도움이 필요했고 그녀가 기꺼이 도와주겠다고 했죠. 우린 몇 년간 알고 지낸 사이거든요. 런던 경찰청이 굳이 조사하려고 들었다면 아마 밝혀낼 수도 있었을 겁니다.
  (닉 쪽으로 담배 연기를 내뿜으며) 솔직히 말하면 맨 처음 이 프로그램에 대해 내게 귀띔해준 것도 그녀였습니다.

닉 빈센트   "크리스틴"이 당신에게 그런 알리바이를 제공하느라 상당한 위험을 감수했네요. 기소될 수도 있었으니까요.

이언 윌슨   (짧게 콧방귀를 뀌며) 웃기는 소리 하지 말아요. 그 당시에 런던 경찰청은 양손에 지도를 들고 있어도 어디가 어딘지 모르던 시절이었어요. "크리스틴"이 그 멍청한 인간들을 제대로 가지고 놀았죠.
  어쨌든, 시간이 지나고 어머니가 돌아가신 후 그녀에게 "톡톡히" 보상했습니다.

닉 빈센트   (천천히 고개를 끄덕이며) 무슨 돈으로 그런 B&B 숙소를 운영하는지 궁금하긴 했습니다…….

윌슨이 눈썹을 치켜뜨고 담배를 한 모금 빨아들이며 아무 대꾸하지 않는다.

닉 빈센트   자, 그럼 다시 그날 사건 현장으로 돌아가보죠. 당신은 전화를 걸어 도니 저택을 찾아가기로 루크와 약속했습니다. 그런데 그가 문을 열어주지 않았죠, 그렇죠?

이언 윌슨   (다시 담배를 들어 길게 한 모금 빨아들인 후) 그가 정원에서 얘기하자고 했습니다. 기선을 제압하겠다는 심산이죠. 나를 무슨 거지 취급하면서 말입니다.

닉 빈센트   그래서 어떻게 됐습니까?

이언 윌슨   당연히 그놈에게 본때를 보여주려고 했죠. (침묵)

닉 빈센트   그리고요?

이언 윌슨   뻔하죠. 그놈이 의논할 "기분"이 아니라면서 피하잖아요. (몸을 살짝 숙여 재떨이에 재를 떨며) 그래서 상황이 좀 과격해졌어요. 체면이고 뭐고 서로 치고받다가 그가 미끄러졌죠.

닉 빈센트 　　　미끄러져요?

이언 윌슨 　　　(다시 담배를 한 모금 빨고) 그래요. 그 가파른 계단에서요. 아주 다치라고 작정하고 만든 것처럼 위험하더군요. 솔직히 진즉에 거기서 넘어져 목이 부러진 사람이 없다는 게 놀라울 정도죠.

닉 빈센트 　　　실수로 당신이 그를 민 건 아니고요?

이언 윌슨 　　　네, 맹세코 안 밀었어요.

닉 빈센트 　　　쿡 찌르지도 않았습니까?

이언 윌슨 　　　아닙니다. 당신이 원하는 클라이맥스를 망쳐서 미안하지만 자기 혼자서 미끄러진 겁니다.
　　그래요, 살짝 중심을 잃었을 수도 있어요. 하지만 **그 자식이 나를 밀려다가** 그런 겁니다. 그건 그 자식 잘못이지 내 탓이 아니죠.

닉 빈센트 　　　부검 결과에 의하면 뒤통수에 입은 상처가 상당히 심했던 걸로 알고 있습니다. 분명 기절했을 정도였어요. 도와줄 생각은 없었습니까?

이언 윌슨 　　　내가 빌어먹을 응급 구조원도 아니고―

닉 빈센트   하지만 999에 신고할 수도 있었잖아요 —

이언 윌슨   (또 한 번 담배를 한 모금 빨아들인다. 시간을 벌려는 행동이 분명하다) 뭐 그럴 수도 있었겠죠. 하지만 그때는 그 자리를 빠져나가기에 급급했어요. 참고인 조사니 뭐니 골치 아픈 일에 말려들고 싶지 않은 마음이 더 컸으니까요.

닉 빈센트   "더 컸다고요?" 그럼 다른 이유가 또 있습니까?

이언 윌슨   (주저하며) 꼭 알아야겠다면 말하죠. 집 안에서 불이 켜지는 걸 봤습니다 —

닉 빈센트   불이요? 어디에요?

이언 윌슨   2층이요. 테라스 위쪽이었어요. 침실 중 하나였겠죠. 창가에 누가 서 있는 걸 본 것도 같아요.

닉 빈센트   그래서 도망쳤습니까?

이언 윌슨   (눈을 가늘게 뜨며) 당연히 몸을 숨겼죠. 그러다 넘어져서 내 목이 부러질 뻔했다니까요. 어쨌든 맞아요, 거기서 서둘러 몸을 피했어요.

닉 빈센트　　　그럼 보다 정확히 말하자면, 당신이 마지막으로 "루크"를 봤을 땐 기절해 있었지만 전체적으로 훼손되지는 않은 상태였군요.

이언 윌슨　　　(술잔을 향해 손을 뻗으며) 네, 맞아요.

닉 빈센트　　　그를 구타하지도 않았고, 어떤 방법으로든 해를 입히지 않았다는 거군요.

이언 윌슨　　　그럼요. 난 그놈 털끝 하나 안 건드렸어요.

닉 빈센트　　　하지만 누군가 분명히 그런 짓을 했습니다. 그게 누군지 봤습니까?

이언 윌슨　　　(천천히) 꼭 그런 건 아닙니다.

닉 빈센트　　　그게 무슨 말입니까?

이언 윌슨　　　내 말은, 실제로 무슨 일이 **벌어지는 걸** 목격하진 않았다는 거예요. 다음 날에야 그놈이 죽었고, 어떤 상태였는지 알았어요.
　(손을 뻗어 다시 재를 털며) 상황이 완전히 엉망진창이었어요. 경찰이 곧이곧대로 내 말을 믿어줄 리 없고 **내가** 범인이라고 생각할

게 뻔했죠. 솔직히 그런 터무니없는 소리를 듣는다면 내가 경찰이었대도 믿지 않았을 테니까요.
 그런 위험을 감수할 수는 없잖아요. 자칫하면 살인죄를 뒤집어쓸 수도 있는데. 누구라도 똑같이 생각할 겁니다.

닉 빈센트   그럼 당신이 본 게 **정확히** 뭡니까?

이언 윌슨   (담배를 또 한 모금 빨아들인 후) 당신 말대로 거기서 도망치다가, 집 모퉁이에서 아주 잠깐 뒤를 돌아봤어요.
 막 비가 내리기 시작했는데 집 안에서 불빛이 새어나오고 있었습니다. 테라스 문이 열려 있었어요—

닉 빈센트   처음엔 열려 있지 않았고요?

이언 윌슨   (고개를 저으며) 분명 닫혀 있었습니다. 그 자식이 나를 집 안으로 못 들어오게 했다고 말했잖아요. 집 옆으로 돌아갔기 때문에 그때 뒷문은 분명히 잠겨 있었어요.

닉 빈센트   그래서 뒤돌아봤을 때 뭘 봤죠?

이언 윌슨   아까도 말했듯이 완전 엉망진창이었어요. 무슨 공포영화처럼 누군가가 그 자식 옆에 서 있더라고요. **빤히** 내려다보고 있었어요.

닉 빈센트　　그 사람이 실제로 루크를 구타하는 건 보지 못했습니까?

이언 윌슨　　네. 하지만 손에 들고 있는 건 봤어요.

닉 빈센트　　캄캄했는데도 그게 뭔지 보였습니까?

이언 윌슨　　바로 직전에 도망치다가 내가 그 망할 물건에 걸려 넘어졌다니까요. 당연히 뭔지 알죠.

닉 빈센트　　그럼 그게 **누군지도** 봤습니까?

이언 윌슨　　네, 누군지 봤습니다.
(다시 길게 담배를 빨아들이고) 하지만 아까도 말했듯이 누구도 내 말을 믿지 않을 겁니다.

닉 빈센트　　왜죠-?

이언 윌슨　　왜냐면 겨우 **어린애**였으니까요.
끽해야 열 살도 안 됐을 거 같은 꼬맹이었어요. 망할 그 물건을 손에 들고 무슨 좀비처럼 꼼짝하지 않고 가만히 서 있더라고요. 그 무시무시한 공포영화 「오멘」에 나오는 한 장면 같았어요. 무서워서 등골이 다 오싹했다니까요.

닉 빈센트　　돌아가서 말을 걸어볼 생각은 안 했습니까?

이언 윌슨　　내가 미쳤어요? 정신없이 거길 빠져나와서 다시는 뒤도 안 돌아봤습니다.

화면이 정지된다.

　침묵이 흐르고 닉이 의자 아래로 손을 뻗어 플라스틱 증거물 봉투에 든 물건을 탁자 위에 올려놓는다. 어린이용 크리켓 방망이다.

카메라 무빙　　카메라가 천천히 돌며 충격에 휩싸인 출연자들의 얼굴을 하나하나 화면에 담는다. 가이는 보이지 않는다.

라일라 퍼니스　　(손으로 입을 가리며) 세상에―

미첼 클라크　　도대체 이건 어디서 찾았습니까?

닉 빈센트　　2층에서요. 이틀 전에 촬영 준비를 하다 발견했습니다. 물론 그땐 우리가 뭘 찾아야 하는지 알고 있었지요.

앨런 캐닝　　그건 불법 수색이라고 굳이 말할 필요도 없을 것 같군요. 허가를 받았을 리 만무하니까요.

닉 빈센트　　(아무렇지 않게) 맞아요. 안 받았습니다.

휴고 프레이저   (증거물 봉투를 가리키며) 검사는 했습니까?

닉 빈센트   네, 사설 실험실에 맡겼습니다.

JJ 노턴   그래서요?

닉 빈센트   누군가 먼저 방망이를 닦은 게 분명하지만 나뭇결 틈새로 스며든 핏자국이 조금 남아 있었습니다. 그게 누구의 것인지는 아직 확실히 밝히지 못했습니다만-

라일라 퍼니스   (나직하게) 어밀리, **어밀리**가 피를 닦은 거예요. 모라가 다용도실에서 본 핏자국 말이에요. 그게 **여기**에서 묻은-
 어밀리가 그날 밤에 벌어진 일을 목격한 게 틀림없습니다-
 지금까지 진실을 알고 있었던 거예요-

그녀의 뺨이 달아오른다. 몇몇 사람이 가이를 보기 위해 스크린으로 고개를 돌리지만 그의 화면은 꺼져 있다.

빌 세라피니   (고개를 저으며) 상담 치료가 필요할 수밖에 없었겠군요. 세상에, 그 불쌍한 아이가-

미첼 클라크   (얼굴을 찌푸리며) 그럼 세탁기 안에 넣은 건 뭐였습니까?

JJ 노턴		(그를 향해) 아마도 가이의 파자마가 아니었을까요, 완전히 젖었을 테니-

라일라 퍼니스		세상에, 어밀리가 동생을 씻기고 옷을 갈아입혀서 침대에 눕게 했군요-

JJ 노턴		(고개를 끄덕이며) 그러고는 모라에게는 **자기가** 한 짓이라고 생각하게 한 겁니다. 자기가 살인범이라고 생각하게 내버려뒀어요. 그렇게 20년간 남동생을 보호해왔군요-

미첼 클라크		하지만 정말 동생이 감옥에 갇힐 거라고 생각했을 리는 없잖아요? 가이는 그때 고작 열 살밖에 안 된 어린아이였는데-

휴고 프레이저		(차분하게) 제이미 벌거를 살해한 소년들도 그 또래였습니다. 그들은 감옥에 갇혔고 10년 뒤 "루크"가 살해당했을 때에도 감옥에 갇혀 있었어요. 신문에 대서특필됐었죠. 당시에 어밀리가 열세 살이었으니 그 사건에 대해 들었을 만한 나이예요.

미첼 클라크		하지만 벌거 살해범은 싸이코패스들이었잖아요. 우린 지금 **가이** 얘기를 하고 있어요. 도대체 어떤 끔찍한 이유로 평범한 열 살짜리 소년이 그런 무시무시한 일을 저지르게 되었을까요?

라일라 퍼니스   대개 열 살배기 아이들은 "평범하지" 않습니다. 최소한 어른들의 생각과는 다르죠.

전에도 말했지만 아이들은 어른처럼 생각하지 않습니다. 그 나이대의 아이에게 어떤 동기가 있는지 헤아리기란 불가능해요. 충동적이죠.

또한 그 "충동"은 어디에서든 생길 수 있어요. 아버지 자리를 차지한 남자에 대한 극심한 반감, 좋아하는 TV 프로그램을 못 보게 했다거나 크리켓을 하지 못하게 했다거나-

JJ 노턴   (라일라에게) 가이가 그날 일을 기억하고 있다고 생각하십니까? 그런 것 같지 않아서요. 솔직히 월슨의 설명대로라면 몽유병일 수도 있을 것 같은데요.

라일라 퍼니스   가이는 그 일을 전혀 기억하지 못한다고 생각합니다. 그럴 리가 없어요. 기억했다면 이 일을 맡지도 않았겠죠.

휴고 프레이저   (끼어들며) 그렇지만 그는 만성적으로 선택적 기억의 성향을 보이잖아요. 그 웨딩케이크 사건은 또 어떻고요? 그런 행동을 한 기억조차 없다고 했잖아요-

라일라 퍼니스   아니요, 선택적 기억은 아니라고 생각합니다. 최소한 당신이 말하는 의미는 아닌 것 같아요.

이 방송이 시작했던 때 가이가 했던 말 기억하시죠, 친아버지가 갑자기 쓰러져서 돌아가셨을 때 그 자리에 자기 혼자 있었다고 했던 것. 그때 그는 고작 **여섯** 살이었습니다. 그 나이에 그렇게 갑작스럽고 끔찍한 사건에 무방비하게 노출됐을 때 어떤 충격을 받을지 생각해보세요–

미첼 클라크　(고개를 끄덕이며) 그런데 그는 완전히 그 기억을 차단한 것 같았어요.

라일라 퍼니스　내 말이 바로 그 말입니다. 그렇게 어린 나이에 감당할 수 없는 심각한 트라우마를 경험하는 아이들은 그걸 적절하게 처리하지 못하고, 그 결과 기억이 뒤엉켜버리게 됩니다. 내가 학대당한 어린이들을 만나면서 무수하게 목격해온 일입니다. 생존을 위해 해리 반응을 보이게 되는 거죠.

미첼 클라크　해리라는 게 무슨 뜻인지 잘 모르겠습니다. 그건 어떤 행동을 말하는 거죠?

라일라 퍼니스　아이들은 해리 상태에 빠질 수 있어요, 말하자면 "정신이 다른 데로 빠지는" 멍한 상태죠–
　(깊이 숨을 들이마시고) 또 아무 때나 폭력적이고 분노에 가득 찬 발작을 일으키기도 합니다. 그런 발작은 지나고 나면 거의 기억하지 못하고요.

재연 대화가 계속되는 동안 소리 없는 재연 장면이 나온다. 카메라가 도니 저택의 정원을 위에서 비춘다. 비가 내리는 캄캄한 밤, 활짝 열린 뒷문에서 불빛이 흘러나온다. 카메라가 천천히 내려와 지상 높이에 이른다. "루크"가 계단에 똑바로 누워 있다. "가이"가 손에 크리켓 방망이를 들고 그를 내려다보고 있다. 기절했던 "루크"가 정신이 돌아오는 듯 몸을 움직이려는 찰나 "가이"가 방망이를 머리 위로 들어올려 힘껏 내리친다. 묵직하게 한 번, 두 번. 몸이 파르르 떨리다가 잠잠해지지만, 방망이는 멈추지 않는다. 카메라가 천천히 다가가 소년의 얼굴을 비춘다. 이마와 뺨, 머리에 피가 튀어 흐르고 있다. 카메라가 점점 가까이 가자 마침내 아이의 두 눈이 보인다. 완전히 빈 듯 멍한 눈이다.

미첼 클라크 그럼 그렇게 폭력적인 반응을 일으키는 원인은 뭡니까?

라일라 퍼니스 다양하죠. 특정한 소리나 냄새가 원래 가지고 있던 트라우마를 일깨울 수도 있고, 시각적인 자극이 도화선이 될 수도 있고요–

휴고 프레이저 (고개를 끄덕이며) 누군가 자기 앞에 쓰러져 있는 모습을 본 것이 자극이 되었을 수 있겠군요. 아버지가 죽었을 때와 똑같은 모습이었을 테니.

라일라 퍼니스 중요한 지점은 가이의 무의식이 그 사건을 사랑하는 아버지가 자신을 "떠나서" 다시는 돌아오지 않았던 것과 연결했다는 데 있습니다.

이 아이는 아버지의 죽음으로 엄청난 슬픔을 겪었죠. 게다가 그런 사실을 깨닫고 보살펴준 사람이 아무도 없었을뿐더러, 아버지의 죽음을 겪은 당시에 생긴 큰 트라우마가 그동안 그 슬픔이 조금이라도 건전한 방법으로 해소될 수 없게 막았던 겁니다.

그는 분노와 상실감으로 크나큰 혼란에 빠졌을 겁니다. 하루아침에 변해버린 세상을 도저히 이해할 수 없었을 거예요. **이해할 수 있는 것**이라고는 루크가 나타나기 전까지는 아무 문제가 없었다는 거였겠죠. 어린 마음에는 모든 게 **루크의 잘못**이라고 여겨졌을 겁니다.

그리고 그날 밤, 깊은 해리 상태에 빠진 채 극도의 분노가 표출된 겁니다. 자기 손으로 루크도 "떠나게" 만든 거예요.

장면 전환 스튜디오. 라일라가 뒤로 기대앉아 고개를 젓는다. 매우 상심한 표정이다.

라일라 퍼니스 내 탓이에요. 진즉에 이런 사실들을 깨달았어야 했는데. 모든 징조가 다 눈앞에 있었는데. 혼란스럽고 불행해 보이던 사진 속 표정들, 문제 행동, "몽상", 심지어 케이크 사건까지―
 (깊이 숨을 들이마시고 스크린을 향해) 가이, 내 말 들어요. 이 문제는 제대로 짚고 넘어가야 해요. 이번엔 적절한 방법이 필요해요. 전문가와 상담하고―

그녀가 말을 멈춘다.

카메라 무빙 카메라가 빠르게 출연진을 지나 스크린을 비춘다. 아무도 없다.

가이가 앉아 있던 의자는 텅 비어 있다.

장면 전환 1화에 나왔던 영상이 재생된다. 도니 저택 거실에 앉아 있는 가이. 주름 없는 흰 셔츠와 청바지, 어머니가 선물한 고급 브라이틀링 손목시계와 은팔찌를 차고 있다. 인생을 바꿔줄 기회 앞에서 기쁘고 느긋한 모습이다.

닉 빈센트 지금이 2023년이니까 사건으로부터 거의 20년이 되었군요. 왜 지금 다시 그 사건을 들추려는 거죠?

가이 하워드 진실을 알고 싶기 때문입니다. 이게 영화감독으로서 내가 하는 일이기도 하고요.
 이 사건은 거의 20년간 우리 가족 주위를 맴돌며 끊임없이 우리를 괴롭혔습니다. 누군가 나서서 범인을 밝히고 그를 감옥에 가두기 전까지 우리는 평화를 되찾을 수 없을 겁니다.
 난 진실을 밝혀내고 싶습니다. (잠시 침묵) 그 진실이 무엇이든 말입니다.

페이드아웃 후 엔딩 크레딧

제7, 8화

공개
11월 7일

날짜 2023/11/26 일요일 09:18

중요도 상

발신 빌 세라피니

수신 데이비드 슐먼

제목 업데이트

데이비드,

　월요일에 시간 내줘서 고맙습니다. 얘기했던 대로 이제 우리가 찾는 사기꾼의 진짜 이름이 조나 매케너라는 사실을 알아냈으니 스위스를 비롯한 해외 은행의 휴면 계좌를 찾는 데 초점을 맞추고, 그 분야 전문가에게 특별 상담을 받도록 하겠습니다.

　현재 가장 시급한 일은 그의 누나를 찾는 것입니다. 레베카 매케너가 조나의 유일하게 생존해 있는 직계가족임이 거의 틀림없는 데다가, 레베카가 없으면 조나의 이름으로 된 자산을 맡은 어떤 금융 기관과도 접촉하기 쉽지 않을 것이기 때문입니다.

　그러나 레베카 매케너는 여전히 행방이 묘연합니다. 무엇보다 그녀가 지금도 같은 이름을 사용하고 있는지 확신할 수 없으니까요. 타렉 오스만의 말로는 국제 의료 및 간호 단체들과 접촉해봤지만 이렇다 할 만한 정보를 얻지 못했다고 합니다. 경찰 측에서도 별 도움을 받을 수 있을 것 같지는 않고요. 영국에서는 가이를 기소하기로 한다고 해도(사실 내가 볼 때에는 그럴 것 같진 않습니다. 시간도 많이 흘렀고 사건 발생 당시의 나이와 그가 겪고 있던 정신적인 문제를 고려하면 말이죠), 런던 경찰청에서 레베카를 추적하는 일이 세금을 쓸 만한 가치가 있다고 판단할지는 의문입니다. 이미 매케너의 신원을 입증하는 충분한 정황증거는 확보했으니까요.

그렇지만 다른 선택지도 있습니다. 현재 인터폴과 특수 실종자 전담반에 있는 지인들에게 연락해서 도움을 받을 수 있는지 알아보고 있습니다. 그 점을 염두에 두고 고성능 미래얼굴 예측기술을 이용해 시각 자료(예를 들면 안경을 쓰는 경우와 쓰지 않는 경우, 원래 머리색인 붉은색과 염색을 거친 다른 머리색, 다양한 길이 등)들을 만들고 있습니다. 그 과정에서 뭔가 발견하게 되기를 바랄 뿐이지요.

그동안 잭슨 홀(**미국 와이오밍 주에 있는 골짜기로, 스키장이 유명하다/옮긴이**)에서 즐거운 시간 보내시기를 바랍니다. 일기예보를 보니 앞으로 며칠 동안 눈도 푸짐하게 내릴 것 같더군요.

잘 지내시고 가족에게도 새해 안부 전해주십시오.

빌

「타임스」, 2023년 11월 30일

「인퍼머스」 감독 가이 하워드, "충격적" 사실 밝혀진 후 사망한 채 발견

루크 라이더 사건이 앗아간 또다른 희생자

앤절라 오디웨 기자

11월 7일 공개된 쇼러너의 「인퍼머스」의 마지막 회가 누구도 예상치 못한 결말로 막을 내린 후 악명 높은 캠든 힐 살인 사건이 또 한번 충격적인 사건을 불러왔다.

시리즈의 감독이자 피해자의 의붓아들인 가이 하워드는 마지막 회에서 2001년 "루크 라이더"로 행세하며 하워드의 어머니와 결혼식을 올린 조나 매케너의 살인범으로 밝혀졌다. 하워드는 지난주에 체포되었다가 경찰의 보석으로 풀려났고, 왕립 경찰청은 시리즈가 밝혀낸 새 정보를 바탕으로 사건을 재검토하고 있다. 처음에는 하워드의 누나가 연루되었다고

마지막 회에서 모두를 경악하게 만든 것은 제작팀이 발견한 어린이용 크리켓 방망이였다. 하워드의 소유였던 방망이에는 약간의 혈흔이 남아 있어 "루크 라이더"가 살해된 날 밤에 사용된 도구일 가능성이 크다고 한다. 경찰 소식통은 철저한 법의학적 조사를 위해 증거품을 수거했다고 전했다.

에이번과 서머싯 경찰서는 어제 오후 3시 직후에 걸려온 응급 신고를 받고 출동했다. 지난 2009년 전직 대사인 제러미 보여와 결혼한 하워드의 어머니 캐럴라인 보여가 병원을 방문하고 요양사와 집으로 돌아와 하워드를 발견해 신고했고, 보여 부인은 구급차에 실려 요빌 병원으로 이송되었으며

30세인 하워드는 어제 오전에 심장마비로 사망한 것으로 보이며 약물 과다 복용이 원인으로 추정되고 있다.

유서가 발견되지 않았고 방도 다소 어지럽혀져 있어 사라진 물건이 있을 수 있음에도, 경찰은 범죄 가능성을 배제하고 있다고 밝혔다. 감독의 지인들은 그가 프로그램에서 밝혀진 진실에 "망연자실"했으며 "전혀 기억이 없다"라는 말을 되풀이했다고 전했다.

간호복 차림에 안경을 쓴 빨간 머리 여성이 집으로 들어가는 것을 봤다는 이웃 노인의 증언이 있었지만, 보여 부인의 간호 기관이 그날 전담 간호사가 방문하지 않았고 인상착의에 맞는 직원도 없다고 확인함에 따라 경찰은 그 증언에 무게를 싣지 않았다.

플램버러 GAZETTE

「플램버러 가제트」, 2024년 6월 27일

우리 동네 신문 | 1968년 창간

새로 단장한 플램버러 리틀 리버 가의 소화전. 총 2년에 걸친 프로젝트가 완료되었다.

플램버러의 모든 소화전, 페인트칠로 새단장 완료

마이클 랜드리 | 동네 소식통

트럭 사고로 시작된 프로젝트의 완료를 기념해 플램버러 중학교에서 특별한 행사가 열렸다. 앞서 2021년 10월 21일, 이 중학교 앞 빅토리아 가에서 트럭이 소화전을 들이받은 사고 이후 7학년 학생들은 주변을 환하게 복원하는 데 힘을 보태기로 결정했다.

교체된 소화전은 그주 주말에 페인트칠을 마쳤으며, 이후 지역 사업체들로부터 후원을 받아서 밝은색으로 도색되었다. 이 과정에서 발생한 수익은 전부 지역 자선단체에 기부되었다.

이번 행사에서 매슈 서티즈 교장은 "순수한 지역 공동체의 노력으로 진행된 이번 프로젝트는 학생들에게 협동의 가치를 보여주고, 아주 작은 긍정적인 행동이라도 큰 변화를 끌어낼 수 있음을 보여주는 계기가 되었다"라고 말했다.

주인을 기다리는 미궁의 손목시계

플램버러 경찰서의 피에르 뒤세 경사는 6개월 전 세인트로런스 교회 묘지에서 발견된 고급 시계의 주인이 아직 나타나지 않았다고 말했다. 크롬 시곗줄의 브라이틀링 어벤저 남성 시계는 지역 어린이들이 "조나와 고래"라고 부르는 기념비 앞에서 발견되었다.

경찰은 시계 뒷면에 새겨진 말을 토대로 시계 주인의 진위를 확인하고자 그 내용을 공개하지 않는다는 방침이지만, 첫 글자가 "G"로 시작되며 21세 생일에 관한 내용임은 공개되었다. 뒤세 경사는 "중요한 의미가 담긴 값비싼 고급 시계인데 왜 아직도 주인이 나타나지 않는지 이해할 수 없다"며, "시계를 잃어버린 사람을 안다면 플램버러 경찰서로 연락해달라"고 당부했다.

뉴스 2-5 | 지역소식 6-7 | 날씨 9 | 부고 10 | 구직 11 | 부동산 12 | 광고 13-14 | 스포츠 15-16

감사의 말

"애덤 폴리" 시리즈 6권의 집필을 마친 후, 이 소설은 여러모로 내게 첫 경험을 선사해주었습니다. 무엇보다 이 책은 나의 첫 번째 단행본이며 하퍼콜린스 출판사와 처음 작업한 책입니다. 나는 이 책의 아이디어를 구상할 때부터 푹 빠져들었고, 독자들이 이 책을 읽고 내가 느꼈던 즐거움의 반만 느낀다고 해도 정말 행복할 것입니다.

물론 예전과 달라지지 않은 것도 있습니다. 탁월한 나의 에이전트 애나 파워는 여전히 다방면으로 무한한 지지를 아끼지 않으며, 나를 담당하고 있는 존슨 & 올콕의 멋진 팀도 많은 도움을 주었습니다. 특히 엘렌 버틀러, 애나 도슨, 샐리앤 생클레어, 크롬 발츠코프에게 감사드립니다.

내게 조언을 아끼지 않는 "프로팀"은 이번에도 대체 불가능한 역할을 맡아주었습니다. 앤디 톰프슨 형사, 조이 기딩스, 왕실 고문 변호사 니컬러스 사이프렛, 그리고 이야기의 심리학적 측면을 풀어가는 데 많은 도움을 주신 줄리 스토크스에게 고개 숙여 깊은 감사 인사를 전합니다.

나의 "첫 번째 독자"가 되어준 많은 친구들, 특히 「인퍼머스」팀 출연진의 "얼굴"로, 혹은 본문 이야기 속 인물로 등장시킬 수 있게 허락해준 친구들에게 고마움을 전합니다. 스튜어트, 벤, 조이, 파비오, 레이철, 그리고 해미시, 정말 큰 신세를 졌습니다! 또한 사이먼, 새라, 엘리자베스, 그리고 스티븐에게 늘 고맙습니다.

이번에 새로운 출판팀을 만나게 되었습니다. 영국과 미국의 새 편집자들께 고마운 마음을 표하고 싶습니다. 줄리아 위즈덤과 레이철 카한, 수재나 페든과 영국의 PR팀, 마케팅 담당 올리비아 프렌치와 로이진 오셰이, 특히 최종고를 살펴준 빼어난 실력의 교정 편집자 재닛 커리, 앤디 오닐과 팔림프세스트 북 프로덕션의 모든 관계자 여러분, 작품에 도움 주신 엘리자베스 버렐과 에인젤 벨시에게 감사드립니다. 마지막으로 하퍼콜린스와의 작업을 현실로 이루어지게 해준 장본인, 사랑스러운 피비 모건과 나를 하퍼의 가족으로 따뜻하게 맞아주신 편집위원인 킴벌리 영에게 진심으로 깊이 감사드립니다.

옮긴이 후기

 20년 전 벌어진 장기 미제 살인사건을 파헤치는 새로운 다큐멘터리 프로그램이 제작된다. 보통 이런 종류의 프로그램은 이미 알려진 정보들을 재구성해 시청자들의 일시적인 관심을 끄는 데 그치기 마련이지만, "인퍼머스"의 새 시리즈는 완전히 다른 방식으로 접근한다.
 각 분야를 대표하는 전문가 5명이 한자리에 모여 사건 기록을 검토하고 분석하며, 잊혔던 단서들과 새롭게 드러나는 정황들을 퍼즐처럼 맞춰가는 이 프로그램은 매 회차가 반전과 충격의 연속이다. 이 사람이 범인인가 싶으면 그 추측은 어김없이 뒤집히고, 또다른 용의자가 떠오르면 예상치 못한 폭로가 이어지며 수사는 점점 더 미궁에 빠진다. 사건의 중심에 있는 피해자의 아내와 4명의 의붓자식, 이 사건을 파헤치는 5명의 전문가와 주변 인물들까지 적지 않은 인물이 등장해 처음에는 다소 복잡하게 느껴질 수 있지만, 등장인물 각각의 개성과 과거가 분명하게 드러나며 정교하게 짜인 하나의 중심 이야기로 통합된다.

애덤 폴리 형사 시리즈로 잘 알려진 영국의 추리소설 작가 카라 헌터의 『가족 살인』은 기존 추리소설의 틀에서 과감히 벗어나 다큐멘터리 대본의 형식으로 이야기를 풀어간다. 여기에 뉴스 기사, 이메일, 문자 메시지, 온라인 포럼 게시글 등 다양한 매체가 복합적으로 사용되어 마치 독자가 다큐멘터리 제작 과정에 직접 참여하고 있는 듯한 몰입감을 선사한다. 이처럼 독특한 구성이 처음에는 다소 낯설고 산만하게 느껴질 수 있으나 오히려 독자의 추리 본능을 자극해 읽을수록 점점 빠져들게 되고, 특히 미국의 「풀리지 않은 미스터리」 시리즈, 우리나라의 「그것이 알고 싶다」 같은 미스터리 다큐멘터리를 즐겨본 독자라면 이 소설이 주는 현실감에 더 큰 재미를 느낄 수 있을 것이다.

2025년 여름
장선하